— 亚洲经典著作互译计划 —
中亚（美尼亚）互译

Գառնի
Սաղգետունի

格沃尔格·马尔兹佩图尼

[亚美尼亚] 穆拉灿 | 著 黄雅婷 | 译

春风文艺出版社
·沈阳·

图书在版编目（CIP）数据

格沃尔格·马尔兹佩图尼/（亚美）穆拉灿著；黄雅婷译. —沈阳：春风文艺出版社，2024.6
ISBN 978-7-5313-6447-4

Ⅰ.①格… Ⅱ.①穆… ②黄… Ⅲ.①长篇小说—亚美尼亚—现代 Ⅳ.①I369.45

中国国家版本馆CIP数据核字（2023）第093007号

春风文艺出版社出版发行
沈阳市和平区十一纬路25号　邮编：110003
辽宁新华印务有限公司印刷

责任编辑：徐艺菲		助理编辑：滕思薇	
责任校对：陈　杰		封面设计：琥珀视觉	
印制统筹：刘　成		幅面尺寸：145mm×210mm	
字　　数：304千字		印　　张：12.5	
版　　次：2024年6月第1版		印　　次：2024年6月第1次	
书　　号：ISBN 978-7-5313-6447-4			
定　　价：85.00元			

版权专有　侵权必究　举报电话：024-23284391
如有质量问题，请拨打电话：024-23284384

目 录

上 篇

1. 在加尔尼要塞 …………………………………003
2. 不愉快的消息 …………………………………012
3. 乳母的讲述 ……………………………………019
4. 萨卡努伊什的命运抉择 ………………………026
5. 萨卡努伊什的命运阻碍 ………………………035
6. 加冕礼和订婚礼的美好回忆 …………………045
7. 王后不知的亚美尼亚人民三年不幸遭遇 ……053
8. 未婚妻关于未婚夫到来的欢欣回忆 …………060
9. 不忠的开端 ……………………………………067
10. 瞎眼的复仇者 …………………………………076
11. 瞎眼的人会宽恕,但瞎眼的心绝不会 ………108
12. 出乎意料的结局 ………………………………137

中 篇

1. 在艾里万克 …………………………………159
2. 新的建议 ……………………………………174
3. 干涸树干上的绿芽 …………………………191
4. 攻占比拉坎 …………………………………203
5. 英雄的决定 …………………………………220
6. 最悲伤的悲伤 ………………………………231
7. 一花成春 ……………………………………245
8. 湖上的战斗 …………………………………259
9. 出得龙潭，又入虎穴 ………………………270

下 篇

1. 不安分的人 …………………………………277
2. 三个方向 ……………………………………288
3. 和解的成果 …………………………………301
4. 旧愁的结束 …………………………………321
5. 旧的敌人和新的国王 ………………………334
6. 夺取德温 ……………………………………347
7. 十五年后 ……………………………………369
8. 最后一个敌人的结局 ………………………381
9. 英雄之死 ……………………………………390

上 篇

1. 在加尔尼要塞

艾卡兹奠基者始建城堡于此,梯里达底一世①进行了重建和修复。在战争时期,它是一座坚不可摧的要塞,在和平时期,它是一座珍藏王室宝物的仓库,是王公贵族安全的军事避难所,是亚美尼亚军队避寒过冬的好地方。曾经瓦尔丹被瓦克背叛导致兵败,当时这座要塞在战争中遭到严重毁坏。如今它完好无损地重新矗立在我们面前。我们的故事便从这里开始。

要塞位于格赫山支脉,该山是阿拉拉特地区马扎斯省和沃斯坦省的分界线,后因位于山坡上的格加尔德修道院被命名为格加尔达萨尔要塞。

要塞周围山峦险峻、气势雄伟。巨大的岩石、奇特的峭壁、无底的悬崖、深邃的峡谷、崎岖不平的山脉从要塞口一直延伸到地平线。在要塞前方,河水从高处奔腾而落,冲破峡谷,与阿扎特河一起蜿蜒而下,汇入宽阔的德温河谷,用清凉的河水灌溉滋养着沃斯

---

① 梯里达底一世,亚美尼亚阿尔沙克王朝缔造者,在位期间他在加尔尼建造了一座教堂。

坦的这片土地。

　　这座古老的要塞威严地矗立在苍茫的高原上，这里坐落着五座教堂和众多的塔楼，周围是陡峭的悬崖。四面被天然屏障和防御工事所包围——北面是悬崖峭壁，远处与格赫山相连；东面和西面是高大的城墙和塔楼，城墙和塔楼由光滑的玄武岩块凿制，用铅和铁捆绑而成；南面和北面是由岩石峭壁组成的天然堡垒。它们就像峡谷上的巨塔，牢牢守护着这座坚不可摧的要塞。

　　在王室要塞的后面坐落着错落有致的塔楼和宏伟壮观的特尔达特夏宫，它们如同巨人一般耸立在要塞东南靠近城墙的山坡上。夏宫的门廊由24根爱奥尼亚柱组成。宫殿里完整地保存着罗马艺术作品，这里有精美的雕像和高高的雕花拱顶。从门廊远看整个要塞，群山绵延，雄伟壮丽。国王的避暑山庄不仅是个完美的居住场所，也是个绝佳的观景点。

　　那是923年的秋天，覆盖在格加尔达萨尔要塞岩石坡上的稀疏绿植早已消失。悬崖峭壁上的石块赤裸裸地显露在外面。格加尔达萨尔要塞的威严宏伟在加尔尼雄伟的宫殿面前毫不逊色。

　　天色渐晚，峡谷的山路上空无一人。那些需要穿过德温山谷的人或者早已回家，或者选择在艾里万克①的山洞里过夜。加尔尼峡谷强盗横行，旅行者们不敢在天黑后冒险进入峡谷，修士们会为他们提供住所和食物。周围的峡谷和悬崖笼罩着一种可怕的寂静，偶尔有秋风的呼啸声和从高处泄下的流水声。

　　夜深了，万家灯火都已熄灭，加尔尼陷入了夜晚的寂静。秋季

---

　　① 艾里万克，现为亚美尼亚格加尔德修道院所在地，"万克"一词在亚美尼亚语中意为"修道院"。2000年，格加尔德修道院被联合国教科文组织世界遗产委员会批准列入《世界遗产名录》。

夜晚的山区，潮湿又寒冷，要塞的居民都回到了住所。只有哨兵们是醒着的。他们头戴铁盔，腰间系着重剑，手里拿着铜盾和长矛，在要塞门口、塔楼前、城堡周围来回巡逻。当时城堡里住着阿绍特的妻子——萨卡努伊什王后。

尽管国王刚刚与他同名的堂兄弟暴君阿绍特讲和，占领了首都德温，将入侵者从首都驱逐出去，但局势仍然动荡不安。因为阿拉伯人随时都可能发起攻击，将战火引向首都。

国王忙于镇压各处的叛乱，王室成员留在首都很危险。于是萨卡努伊什和其他许多王公贵族一起迁往了加尔尼要塞。

天气寒冷，黄昏将至，王后仍然留在特尔达特的宫殿里。最近，她总是独自一人坐在面对峡谷的露台上，度过漫长的时光。她有时会若有所思地注视着下面流淌的阿扎特河，看着翻涌的水花拍打着柳树、撞击着岩石，有时则会望着格赫山间的道路，那里的每个骑马者都会吸引她的注意。她的目光会一直跟随着骑马者，从阿扎特峡谷转到加尼山的小路，直至骑马者从视野中消失。

两个星期以来，王后一直在焦急地等待一个人。唉！可惜一直没有他的消息。她日复一日地渴望着，也愈发感到焦虑和不安。

这些日子王后总是喜欢独处，不愿与任何人见面或讲话。她想独自面对自己备受煎熬的内心。如果有人胆敢打扰她，她便会十分恼火。在偌大个城堡里要是有人能倾听她心底的秘密该多好啊。可是即便有这样的人，王后也不会告诉她什么的，因为她打心眼里就不相信女人，不相信与她同样出身于王公贵族家庭的女人会为她保守秘密。王后笃定，她们全都是表面上装作同情她，暗地里则在幸灾乐祸，各怀鬼胎。她期待那个同情她、能疏解她痛苦的人出现。此时此刻，她如此渴望着他的出现。然而，信使带来了消息，他的承诺没有兑现,他并没出现。

这时一位中等身材的老妇人来到王后身边。她的脸上闪着慈祥的光芒,眨着一双温柔的眼睛,嘴角含着微笑,她小心翼翼的样子似乎是在担心自己会激起女主人的愤怒。她知道她的女主人为什么如此痛苦,她已经想好该怎么做了。早在她和随从们在休尼克山和古加山的时候,她就真心为王后的不幸感到悲哀。

她叫谢达,是王后的乳母,她很喜欢这位被她奶水养大的女儿,这位最善良、最高尚的女人。她早就知道萨卡努伊什的不幸,却什么也没说。因为如果无法帮她消除痛苦,那么最好不要去揭开伤疤。

"那自己能和她谈谈吗?能和她一起哭泣吗?能安慰她吗?她可是自己曾抱在怀里哺乳过的萨卡努伊什啊。"谢达有时会这样想,但马上又反驳自己,"不!萨卡努伊什是加德曼大公的女儿,她不只是自己哺乳的孩子,还是她的王后。谢达可以亲吻她的脚,但并没有资格与她平等对话。"

从谢达意识到王后知道自己不幸的那一天起,这个可怜的女人便再也无法平静了。她无法帮助王后,她努力缓解她的痛苦。她像影子一样跟着萨卡努伊什,尽可能舒缓她的悲伤和忧虑。

"天快黑了,我亲爱的王后。要回要塞了吗?"谢达走到露台上问。

"是你吗,谢达?"萨卡努伊什惴惴不安地转过身来。

"是的,伟大的王后,我是来说……"

"你在这儿待多久了?"王后打断了她的话,似乎担心乳母会察觉到她暗自的忧虑或是听到了她的自言自语。

"自打太阳落山我就在这里了。"

"我下令让所有人都不要来打扰我……"

"是的,我尊贵的王后,我也不敢违抗你的命令,但天色已晚,也起风了,你可能会着凉。我是来提醒你,是时候回要塞了。"

"提醒我是什么意思,谢达?"王后问。

这位善良的老妇人很不安,不敢说出自己内心的真实想法。她意识到了自己的错误,默默地低下了头。一抹淡淡的红晕,就像苍茫的冬日黎明,爬上了她的脸颊。她赶紧露出了温柔的微笑来掩饰不安。王后原本用严厉的目光看着她,想让她做出个解释,但心好像突然被这母亲般的温柔软化了。谢达更有勇气了,她坚定地全心全意地爱着王后,时刻关注着她。这并不是为了窥探她的秘密,而是为了确保她的健康。她像慈爱的母亲一样关心着她。真诚的爱有错吗?当然没有。于是她更加自信地说道:"我是来提醒你,现在很冷,王后可能会着凉。"

"我自己知道!"萨卡努伊什说。

"不,我的王后,当你沉浸在悲伤的思绪中时,你就会忘记一切。"

"谢达,谢达乳母,你胡说!"王后很惊讶,打断了她的话。

"我没胡说,我亲爱的王后。"谢达坚定地说,"上次那场可怕的大雷雨,每个人都在躲避,连在要塞前站岗的哨兵都躲了起来。而你一直走来走去,就仿佛置身于春天里,仿佛在我们加德曼的天堂里。"

王后身子猛然一抖,她感觉乳母是在责备她,怎么抵赖也没用。她害怕乳母会不会是为了讨好某个公爵夫人才这样做的,她的不幸是不是已经人尽皆知了?如果乳母帮助了她们,那嫉妒她的那些对手现在是不是正津津乐道,羞辱她的王室尊严呢?这些想法让她感到不安,但她隐藏起情绪,平静地问:"谢达,谁告诉你我沉浸在悲伤之中,完全没注意到周围发生的事情?"

"没人告诉我,我亲爱的女主人,是我自己发现的。如果我连你脸上那种持续的渴望和额头上悲伤的皱纹都注意不到的话,那我简直就是个瞎子。很久很久以前,我就知道你高贵善良的心被百般折磨着。"

王后被这番话打动了。刚刚的怀疑瞬间消失不见,此时心里充满着对乳母的信任。她从乳母的话中感受到了的真诚和温柔,仿佛是一位母亲在同她讲话。她若有所思地从座位上站起来,没有说话,站直了身子,看到这位老妇人的眼睛里闪着坚定的温柔。此时此刻,她很想从乳母口中听到,她眼中自己一切的痛苦到底是什么,很想验证一下乳母知道的事情。但王室的骄傲让她问不出口。她以前没有向任何人倾诉过自己的心事,所以她也同样不会对乳母说。可她又希望谢达能自己全部说出来。

谢达不明白王后这意味深长的目光是什么意思。她以为是她的冒失让女主人感到不安。她避开她的目光,匆匆忙忙地给王后披上蓬松的貂皮斗篷。王后从长椅上站起,斗篷从肩上滑落下来。

"你年事已高,不适合做这种事了,谢达乳母。我的女仆们呢?"王后轻声问。

"啊,就让我自己为你服务吧,我温柔的王后,我无与伦比的王后!谢达已经老到不适合做任何事情了吗?"

"谢达乳母,我不是这个意思……"

"还是我的出现让王后不高兴了?"

"谢达,你打断了我。"

"或者我刚刚无心的话让我的女主人伤心了?"

"不，不，我的谢达，你的出现让我高兴。你知道我不允许任何人陪我散步，但不管我是否愿意，你都可以在这里，可以随时打断我。"

"我会这样做的，我的女主人！只要你愿意，你可以对我发火，但我不能让你长时间沉浸在悲伤和痛苦中！这会损害你宝贵的健康的。"

"宝贵的？是的，或许对你来说是的，我的好谢达，但只是对你来说……"王后转身看着乳母轻声说，"你有权与我争论，谢达乳母，我没有生你的气……的确，我在户外逗留太久了。我的女仆们都去哪儿了？"

"你吩咐她们，没有你的允许不准过来。"

"那就去叫她们，让她们备轿。"

说完，王后走到柱廊尽头，停在那里，凝视着从山后缓缓升起的暗红色的月亮。

虽然天气已经相当寒冷，风也在吹，但天空仍然晴朗无云。星星亮了起来，圆圆的月亮悬挂在山顶上空，仿若一盏魔灯照耀着山脊和山丘上的岩石。阿扎特河从高处奔腾而下，河水飞溅起来，泛着银光。

王后被这美丽的夜色迷住了，陷入了沉思。过一会儿，她回到座椅上，怀揣着一颗躁动不安的心，再次陷入了深深的沉思。

女仆们的声音和男仆们举起的火把将她从沉思中拉回。

王后转过身来。要塞的主人戈阿尔·马尔兹佩图尼公爵夫人和她的乳母以及女仆们一起走进来。公爵夫人走近王后，恭敬地向她鞠了一躬，轻轻地责备她说："我不喜欢，你总是在寻求孤独。"

"我在这盯着这条路，要是马尔兹佩图尼大公来了，我好第一时间告诉你。"王后温柔地笑着回答。

"只要他能给我们带来好消息,我对你感激不尽。"戈阿尔公爵夫人说,同时伸出手来扶着王后走下台阶。

"如果他没有带来好消息呢?"王后问。

"那就让要塞的大门继续对他关闭吧!"公爵夫人开玩笑地说。

王后笑了笑,什么也没说。

四个高大的仆人站在下面。他们抬着一顶轿子,上面装饰着带有金色流苏的彩色丝布。女仆们把王后扶上轿。仆人们用火把照亮了通往要塞的路,要塞离他们只有几十步远。公爵夫人和女仆们跟着轿子朝要塞的方向走去。

要塞宽大的拱门前点着灯火,武装士兵守在门口。王后走近时,士兵们站成一排,放下手中的长矛,矛尖轻点在地上。

"你们的守将在哪儿?"王后走上来和士兵们并排,然后问。

"在这里,美丽的王后。"一位高大英俊的年轻士兵边说边向她走来,他全副武装,头盔上插着一根羽毛。

"要塞守将有什么指示吗?"

"守将下令,弓箭手和长矛手都已被安置在要塞射孔处,士兵守卫城墙,各队士兵驻守塔楼。"

"要塞的钥匙呢?"

"我们在等待王后下令锁门。"

"为什么这么晚还未锁门?天已经黑了。"

"从艾里万克来了位信使,他告诉我们,卡多利柯斯①将于今晚抵达。守将想知道,钥匙可否留在他那儿等卡多利柯斯到。"

---

① 卡多利柯斯,亚美尼亚教会首脑的尊号。

"告诉他把门闩装上,然后向我报告。"

士兵恭敬地鞠了一躬,向通往大门的街道走去。

到了要塞门口,王后从轿子上下来,走进圆形拱顶礼堂。礼堂左右两侧共有四扇雕花小门,分别通向底层的房间和城堡的密室;中央是宽阔的花岗岩主楼梯,主楼梯上面的左侧楼梯通向中层的房间,那里是公爵夫人们的住所;右边的楼梯通向上层的房间,那里是王后和女仆们的住所;楼梯铺就着休尼克地毯;拱顶上悬挂着铜灯,照亮了整个楼梯。

王后和女仆们上楼,右转走进一间漂亮的圆顶房间,这里有柱子、壁龛、雕花檐口和马赛克地板,房间的拱形门通向这层楼的其他房间。

王后经过两个小房间。房间墙上贴着彩色瓷砖,瓷砖在银灯的照耀下闪闪发光,地上铺着地毯,地毯上放着靠枕,这是女仆们的房间。之后王后走进了一间富丽堂皇的房间,这是王后在加尔尼的寝宫。四盏古典华丽的吊灯、点缀着彩色马赛克的天花板、镶嵌着白色磨光石的墙壁尽显尊贵气质,满屋铺着地毯,靠墙摆放着沙发,沙发上放着长圆形锦缎靠枕。王后坐到房间尽头的锦缎沙发上。一个女仆弯下腰,把带穗的真丝垫子垫在她脚下。

2. 不愉快的消息

"王后怎么想,为什么至圣的大主教会在晚上来要塞呢?"马尔兹佩图尼公爵夫人问,她试图打破大厅里令人尴尬的沉寂。她坐在王后沙发对面的丝绸长椅上,认真地注视着王后,等待她的回答。

"毫无疑问,至圣的大主教有重要的事情要告诉我们。"王后意味深长地回答。

"或者他只是想来拜见王后?"

"如果只是为了拜见,他没必要非得晚上离开修道院。还好艾里万克离我们不远。"

"我对他的来访非常担心。"

"而且我感到十分不安,已经很久没有马尔兹佩图尼大公的消息了。他已经离开两个星期了。如果卡多利柯斯再带来一些什么新的不幸,现在大公又不在,这会使我们陷入双重危险。"

"光荣的王后,你相信国王会胜利吗?"

"征服乌季克总督并不容易,但上帝会保佑我们的。如果王国赢了,马尔兹佩图尼大公现在就应该已经在这里。至少他也会派人送来消息,告诉我们茨里克·阿姆拉姆被打败或是被俘房了。"

"千万不要败给茨里克·阿姆拉姆。这对王国和军队来说是巨大的耻辱。"

"首先感到耻辱的应该是那些没有帮助国王,只顾着加固自己要塞的王子。"王后痛苦地说。

"当然,他们甚至可以把守卫要塞的任务交给女人。"公爵夫人说,想纠正自己的错误。

"所以我们也没有什么可期待的了。"

"但如果上帝保佑的话……"

"是的,如果上帝保佑的话。"王后苦笑着说。

一位女仆走进来,向王后报告说,要塞守将请求接见。

"让他进来吧!"王后吩咐。

几分钟后,守将进来了。他是一位上了年纪的高大男人,长着一张严肃的贵族脸,头发有些花白,腰间佩剑,手里拿着一顶铜盔。他迈着坚定而沉稳的步伐来到王后面前,低头奉上要塞的钥匙,他身后的侍从用银盘子端着钥匙。王后接过钥匙,交给了站在旁边的乳母。谢达接过钥匙去了王后寝宫。这是每晚都要进行的仪式。马尔兹佩图尼指挥官是阿绍特国王的心腹,之前他在加尔尼担任要塞守将时,要塞的钥匙一直由他掌管。王后命他去乌季克打听国王的行军情报,并在必要时派兵援助。所以从那天起,守将的职位就交给了一位名叫穆舍格的老兵,他不是王室成员,但也算是国王忠诚可靠的仆人。王后决定把要塞的钥匙交由他掌管。当时情况危急:不是驻军兵力不敌敌军,就是指挥官背叛,噩耗一次又一次传来,敌人攻占了一个又一个堡垒,是穆舍格的忠诚让他获得了这个要塞守将的职位。尽管王后对穆舍格非常信任。但为了心安,还是命令穆舍格每晚把要塞大门的钥匙交给她。

"在至圣的大主教来之前,要先把钥匙放在你那里吗?"王后问。

"是的,光荣的王后。"

"为什么?"

"为了不打扰你晚上休息。"

"你不知道只有得到王后的允许才可以打开要塞的大门吗?"

"我知道,美丽的王后,请原谅我之前想得过于简单了。"

"想法简单不是错,我的好穆舍格,但这是一个弱点。我们生活在这个充满不幸的时候,必须处处小心谨慎。至圣的大主教什么时候到?"

"信使没说具体时间,他只说卡多利柯斯于今晚抵达,并要求到时打开要塞大门。"

"你猜不到他来的目的吗?"

"也许是想拜见王后。"

"但为什么要在晚上呢?"

"至圣的大主教行事低调,不愿意大张旗鼓地会面。"

此时,一位女仆进来报告说,戈尔王子求见王后。

"让他进来吧。"萨卡努伊什说。

马尔兹佩图尼公爵夫人微笑着看向门口,在场的女仆们也都打起了精神。很明显,戈尔王子深受大家喜爱。这时走进来一位二十岁的年轻男子,高大英俊,从头到脚全副武装。他佩着一把镶金宝剑,戴着黄金护肘和护膝,手里拿着一个闪亮的头盔。戈尔王子走到王后面前,微笑着吻了她的手。然后,向他的母亲马尔兹佩图尼公爵夫人鞠躬,也吻了她的手,站到要塞守将身边。

"戈尔,每次我看到你,我都觉得你不是要去打仗就是刚从战场上回来。为什么你总是全副武装?"公爵夫人笑着说。

"这是父亲的命令,母亲。"

"都这么晚了,更何况还在一座大门紧锁的要塞里,真是没必要这样全副武装。你可是在一座守卫森严的要塞里。"

"我必须时刻准备好保护自己。谁知道要塞的哪个房间里会不会潜伏着歹徒。"

"啊,你也是个危险的人,戈尔王子!"王后说。

"是的,对于我的王后和国王的敌人来说。"

"你不知道的那些敌人?"

"我希望永远不要在这个要塞里看到敌人。"

马尔兹佩图尼公爵夫人用独属于母亲的温柔的目光注视着他,听到这些话很高兴。

"你是对的,亲爱的,但现在有一个这样的敌人就在我们要塞里。"王后假装严肃地说。

"是谁?"戈尔激动地说。

"他就在其中一个内室里伺机而动。"

"所以他是谁?"戈尔焦急地问。

"沙安杜赫特公主……"

年轻王子的脸一下子就红了,王后和公爵夫人都笑了起来。

"你从哪里来?希望能有好消息?"王后问。

"是的,是好消息。"王子回答,"第二个信使刚刚从卡多利柯斯那里来,说至圣的大主教改主意了,今晚不来了。"

"为什么?"

"信使倒是没说原因。要塞的大门紧锁,我刚刚是站在塔楼的窗户旁跟他说的话。"

王后的脸色沉了下来。她思考着,"我真想知道,是什么事让卡多利柯斯在晚上来加尔尼的路上突然改变了主意。也许他收到了来自乌季克不愉快的消息,或者听说敌人很快要打来了?"

"你为什么说这是个好消息?至圣的大主教要来,你不高兴吗?"王后问。

"没有,王后大人。"王子立即回答。

"奇怪……"萨卡努伊什边说边仔细地打量着这位年轻人。

要塞守将的眼中闪过一丝阴影,仿佛害怕戈尔接下来会说出什么以伤害他的虔诚。于是他请王后准许他离开,鞠了一躬,走出了大厅。

马尔兹佩图尼公爵夫人注意到了这一点。儿子无礼的回答让她难过,于是她问:"为什么卡多利柯斯的到来会让你感到不快?"

"请王后准许我实话实说……"

"说吧。坦诚是所有罪行中最轻的。"王后说。

"因为他不是来拜见王后,不是来送祝福的。"

"戈尔,小心说话!"戈阿尔公爵夫人打断了他的话,激动得满脸通红。

"戈阿尔公爵夫人,别管他,让他说出自己的想法。"萨卡努伊什厉声说。

"真诚是谨慎的敌人。现在当着王后和母亲的面,我再说一遍,卡多利柯斯不是来送祝福的,他是想在加尔尼避难。"

"避难?避什么难?"王后问。

"很可能他听说我们的国土将受到攻击,想在加尔尼避难。"

"如果是这样,他搬来我们要塞倒是明智之举。"戈阿尔公爵夫人说。

"不，母亲，他不该只想着自己保命，抛弃艾里万克孤立无援的修士们。"

"这是谁告诉你的？"王后不安地问。

"没人告诉我，这是我的推测。"

"你不能仅凭推测说话。"戈阿尔公爵夫人说。

"王后，能准许我继续说吗？"

"说吧。"

"这推测并非毫无根据。至圣的大主教害怕优素福的继任者恩瑟尔，逃离了德温，躲到艾里万克山洞里避难。恩瑟尔迟早会向德温进军，然后会占领大主教的宫殿和庄园。"

"如果沃斯提坎①准备夺取没有国王的首都，那么恩瑟尔成功夺取卡多利柯斯的宫殿几乎就是必然的事了。手无寸铁的神职人员难道能守住它吗？"公爵夫人激动地说。她未曾料想，她的这些话着实让王后很伤心。

萨卡努伊什被公爵夫人的话刺痛了，慢慢地从沙发上站起来，没看公爵夫人，平静地对乳母说："谢达，我累了，可以就寝了吗？"

"可以了，亲爱的王后。"乳母回答。

王后对戈阿尔公爵夫人和小王子冷冷一笑，向他们道了声晚安，便向寝宫走去。谢达和仆人们跟在她身后。

"你在说什么呀，母亲？你教导我要谨慎，自己却在王后的心上插刀子！"戈尔激动地说。

戈阿尔公爵夫人一时失去了她一贯的克制，现在才回过神来，

---

① 沃斯提坎，亚美尼亚语中对阿拉伯哈里发派驻亚美尼亚实施统治的特别代表的称呼。

像被雷击中一样愣住了。

"我不是有意让她难过的……我没有想到……我并非有意说那些话的。"公爵夫人难过地小声说。

戈尔愤怒地在大厅里踱步,踱着踱着突然停了下来:"你说说,是不是所有的女人都像你一样健忘?"

"你为什么这么说?"

"为什么?你还记得吗,临别时父亲说王后很伤心,让我们把她从悲伤的情绪里拉出来。你忘记了父亲的吩咐,你让王后伤心了。"

"这是你的错,戈尔。你不能凭自己的推测就当着王后的面说卡多利柯斯要逃离艾里万克。"

"这不是推测!"戈尔打断了她的话,"这是悲伤的事实。"

"我没懂。"

"我刚对王后隐瞒了真相,我不想让她担心。"

"什么真相?"

"我们就要被攻击了。"

"戈尔,你在说什么?什么攻击?"

"恩瑟尔已经离开纳西杰万,正在前往德温。"

"天啊!你说什么?"公爵夫人惊讶地说。

"而且就在首都没有国王和军队的时候。"

"那我们该怎么做?"

"这个消息你得瞒着王后。我们将尽己所能击退敌人。我这就去找要塞守将。"

说完,年轻的王子跟母亲告别,迅速走出大厅。公爵夫人也起身,忐忑不安地走向寝宫。

3. 乳母的讲述

　　王后忧虑地走出大厅，走进寝宫。天花板上银灯的光线对她来说太微弱了。通常情况下，她要求这里只点一盏灯，但今天她觉得这微弱的光亮实在让人难以忍受。

　　"把灯打开，现在我心里已经够黑的了！"王后大声说，边说边走到拱形窄窗前面。窗口正对着格赫山的山顶，在月光的笼罩下，一股寒气从敞开的窗户吹了进来。萨卡努伊什用力地呼吸着新鲜空气，仿佛在努力疏解心中的忧虑。

　　女仆拿来了一只五头金色烛台，放到一张用珍珠母和象牙镶嵌的胡桃木圆桌上。烛光照耀着房间的每个角落。这里曾经是永恒少女——特尔达特心爱的妹妹的寝宫。国王是位艺术爱好者，寝宫的设计在这座皇家宫殿建筑中达到了很高的水平，呈现着精妙的艺术效果。墙壁上镶嵌着彩色石板，矗立着五对伊奥尼亚式柱子，柱子与拱门相接，主体部分是光滑的白色石头，底座和柱顶是火红色的大理石。拱门之间的拱形壁龛内铺有彩色瓷砖，瓷砖边缘由大理石包裹。壁龛之间饰有雕刻的花环和装饰品。檐口上有红色和黑色的石头雕刻，使之更加生动。角落的柱子上刻有镀金马赛克图案。日光从狭窄的拱形窗户射入,王后的床摆放在寝宫的右侧角落里,床上罩着带有金色流苏和穗子的紫色帘子。

乳母来到床边,掀开了厚重的帘子。床上摆放着精美的被褥、锦缎和波斯床垫。她深情地问:"王后想休息一下吗?"

"是的,我非常疲惫。"萨卡努伊什回答,转身离开窗户,让女仆们给她宽衣。但此刻王后脸上流露出的并非疲倦,而是不安,这给她的眼睛和整个脸庞赋予了独特的美。两个女仆摘下了她的日常首饰,先是摘掉那巨大的拜占庭式手链和耳环,再除下了她雪白脖子上的金项链和她纤细腰上的宝石腰带,然后解开了她镀金衣服左肩上的红宝石扣子。王后梳的是希腊式发型,女仆们摘下王后头发上的珍珠发带,沉重的辫子一下子摆脱了发带的束缚,散落在她半裸的胸部和肩膀上。王后在床上坐下,想读读诗。一个女仆来到床边,从一个小箱子里拿出一本书——书的封皮镶嵌着石头装饰,低头亲吻了下它,把它递给王后,又拿来了一盏灯。

"我这儿不用你们侍奉了,都去休息吧。"王后对女仆们说,"谢达留在我这里过夜。"

"要吃点儿什么吗?"谢达小心翼翼地问。

"不要。"

"要不来杯果汁?"

"好吧,那就拿点儿提神的东西来吧。"萨卡努伊什不太情愿地说。

女仆们都出去了。寝宫里一片寂静。王后打开了诗集,但她的注意力并不在这些文字上。她根本没读进去,只是故意避开谢达的视线。她想等女仆们都离开后再和谢达交谈。过一会儿女仆们回来了,她们用银盘子端着一个金碗,里面装着加了蜂蜜的果汁和从阿拉拉特果园里摘来的水果。

"你们可以走了。"王后对她们说。

女仆们把盘子放在桌上,低头鞠了一躬,和王后道了声晚安,然后离开了。王后松了口气。她把书放在桌上,转身问站在床边的谢达:"谢达,你听到戈阿尔公爵夫人说的话了吗?"

"是的,王后,我听到了。"

"你听懂她的言外之意了吗?"

"她说国王现在不在德温?"

"是的,他一直在乌季克……"

"不,王后,她没提乌季克。"

"怎么会?难道是我听错了?"

"戈阿尔公爵夫人说的每一个字我都能背下来。她没提乌季克。"

"你说什么,乳母?那是我……不!我确实记得她暗示过乌季克。你没注意到我当时的不安吗?"

"是的,亲爱的王后,她暗示国王不在德温的时候,我感觉到了你的不安。但是她没有提乌季克。你或许是听到公爵夫人说国王离开了首都,然后自己推断出国王在乌季克,所以你以为自己听到了这些话,但我清楚地记得,她并没有说……"

乳母的话抚慰了王后,她缓过神来。她感到很羞愧,自己竟然被自己的臆测弄得如此不安。但她又想起,她还没有把自己的痛苦告诉谢达。她为什么要这样开诚布公地谈起乌季克?这些想法让她很压抑,她感觉自己濒临崩溃的边缘,实在忍不住想要倾诉自己的秘密了,她突然问谢达:"谢达,你对乌季克了解多少?"

谢达用惊讶和迟疑的眼神看着王后,什么也没说。

"谢达,我在问你,你怎么不说话?"

"关于乌季克,亲爱的主人,我知道很多事情,我知道所有事情。"

"是的,我记得两小时前你在露台上也说过同样的话。你说我的痛苦你早就知道,但你不敢告诉我,也不想在我伤口上撒盐。对吗,谢达?"

"是的,亲爱的王后,我是这样说的。"

"那么,现在就大胆地说出来吧。借用你的话,你不会在我的伤口上撒盐的,你可以缓解我的痛苦。"

"但如果……"

"没有如果!我现在需要一位忠实的朋友,一位可以让我敞开心扉的朋友。做我的朋友吧,谢达乳母,我无法再独自承受伤痛了。"

"但你都知道了。为什么还想再听一遍自己的伤痛呢?"

"别这么说,谢达。我想再听一遍,而且还想听到一直瞒着我的其他事。"

"但是……我不知道该从何说起。"

"从头说起。夜很漫长,我睡不着。"

"非常简单,王后,所有的事用几个字就能概括:国王爱着茨里克·阿姆拉姆的妻子。就这样。"

王后颤抖着,仿佛被闪电击中。她的灵魂动荡不安,就像石头从高处坠落进了大海。她满脸绯红,满头大汗。她没有想到会得到如此简短而直接的回答。她是想听到一切,但不是这么简短,也不是这么赤裸裸……一个乳母竟敢在她面前对她的丈夫、一个王国的国王说出这样大不敬的话?这种话是该对王后说的吗?

"住嘴,谢达!"她突然说。她其实也不知道,到底想从这个可怜的女人嘴里听到什么。

谢达感到很惶恐。她用惊恐的眼神直勾勾地盯着王后,不明白她为什么生气。王后一直沉默不语。她垂下眼帘,严厉地盯着下方。几分钟过去,激动的情绪终于平复了。王后抬起头,看着乳母胆怯惊恐的神情,一下子心就软了。"有必要为了他去为难这位可怜的老妇人吗?我为什么这么固执虚伪?"想到这里,王后向乳母伸出手,深情地说:"谢达,来,把你的手给我。"

谢达犹犹豫豫地走过来,不敢伸出手。

"来,把你的手给我!"

谢达向王后伸出她柔软洁白的手。

萨卡努伊什握住她的手,看着她的眼睛,轻声说:"谢达乳母,对不起,请原谅我!"说着,她吻了吻乳母的手,动作很快,谢达都没来得及阻止她。

"我的王后,我亲爱的主人,你在做什么呀?"谢达颤抖着大声说,跪在萨卡努伊什面前,紧紧抱住她,控制不住地哭了起来。

"别紧张,谢达,我吻了我小时候多次亲吻过的手,就是这双手爱抚过我,保护过我。我吻了那个用乳汁哺育过我的女人的手,你是我的第二个母亲。起来吧,谢达,起来拥抱你的萨卡努伊什。还记得吗,之前你总说萨卡努伊什这个名字太长了,你想叫我萨努伊什?童年的时光一去不复返,多少欢乐也随之烟消云散了!时光匆匆,悠悠岁月,我的好谢达,只有你还留在我身旁。快起来,抱抱我,亲亲我。"

谢达站起来,捧起王后美丽的脸颊,亲吻她苍白的额头和被散下的浓密的波浪发半遮半掩的手臂。

"啊,母亲的吻是多么温柔啊!"萨卡努伊什低声说着,依偎在乳母的身边抽泣着。"我没有母亲,谢达!我没有母亲!你做我的母亲吧。"

"别哭了,我的宝贝萨卡努伊什,我是你的母亲,是你的女仆,是你的奴隶!别哭了,我亲爱的主人!"

她们在对方怀里哭了很久。然后乳母起身来到桌旁,拿起盛着果汁的樽,端给王后。

"喝点儿果汁吧,舒缓一下情绪。"

萨卡努伊什并未理睬,突然激动地说:"啊,谢达,我当时怎么不选择嫁给个牧人?"

"你在说什么,王后?"谢达疑惑地问。

"是啊,要是那样,王子们就会嘲笑萨克·谢瓦德。他们就会说,强大的加德曼大公把女儿嫁给了一个山里的牧人。那么我也就不会成为亚美尼亚王后,不会成为铁人阿绍特的妻子,不会享用精美的珠宝、金色的锦缎、银器和象牙。军队也不会把他们的旗帜和长矛交给我。但如果那样,在牧人的小屋里,我可以获得心灵的平静。我心爱的父兄也不会失明,我不会为一个人的老去和另一个人绽放的青春而偷偷哭泣、暗自呻吟。这一切都是因为一个厚颜无耻和卑微下贱的女人⋯⋯啊,我一想到这些就会失去理智⋯⋯"

"王后,你又激动了。喝点儿果汁吧,求你了!果汁会抚慰你的心。"谢达请求。

王后接过樽,喝了几口。这杯清爽的果汁浇灭了她心中的怒火。她沉默不语。谢达从女仆端来的水果中摘了一把葡萄,递给王后。

"尝尝几颗果子,这也会让你平静的。"她说。

"好吧,但你要坐到我身边来,给我讲讲你知道的所有事。"萨卡努伊什命令。

谢达遵命,把一张长椅拉到床边,坐了下来。

"那么。现在开始吧。"

"你太激动了,我的王后。为什么非得说我们的不幸呢?"谢达恳求。

"我想知道,别人到底对我的悲痛有多少了解。这很有必要,也很有用。所以你得告诉我,不只告诉我你知道的,还有你从别人那里听到的。"

"如果这样能帮到你……"

"当然,当然会帮到我。"王后用命令的口吻说。

谢达低下了头,陷入了沉思。她显然是在努力回忆过去的事情,这并不难。她要讲述的是过去四五年内发生的事情。谢达还记得一清二楚。但她很纠结,不知道是要告诉王后她所知道的一切,还是只说一点儿,只要满足萨卡努伊什的好奇心就好,这样就不至于让萨卡努伊什更伤心。

王后猜到了谢达的纠结,苦笑着说:"我的好谢达,我知道你为什么纠结地不敢说话。你不想让我伤心,是吧?但隐藏的伤口比公开的伤口更让人痛苦。你尽管知无不言,你会给我带来心灵的解脱,我向你保证,我会保持平静。"

"是的,我亲爱的王后,我担心我的讲述会让你伤心。但你已经猜到我的心思,而且答应会平静地听我说,那我就毫无隐瞒地告诉你我知道的一切。我希望能像你说的那样,我的话可能会帮到你。"

谢达坐了下来,整理了一下袍子的襟口,抬头看着满怀期待的萨卡努伊什,用柔和平静的声音开始了她的讲述。

4. 萨卡努伊什的命运抉择

"亲爱的王后，我要告诉你不久前发生的事情。很多事情或许你也还记得。"谢达就这样开始了她的讲述，"过去的就是过去了，再也不会回来了，但它是我们痛苦的根源，如果我们想减轻痛苦，我们必须回到过去。"

"是的，谢达，你得从过去开始说，因为我的现在已经被埋进坟墓了。或许你的话可以让我找到原谅他的理由。啊，我多么希望他是无辜的！"

"你说的他，是指国王？"

"你继续说吧，谢达！这个我们一会儿再说。"

"你那时还是个小女孩，在你父亲的宫殿里欢快地蹦来蹦去，无忧无虑，就像春日清晨飞舞的蝴蝶。你已故的母亲非常非常爱你，加德曼大公温柔地抚摸着你，呵护着你，你的兄弟们都格外疼爱你，会为你想出无穷无尽好玩的事情！在萨克·谢瓦德的宫殿里只有一个宝贝，那就是美丽的萨卡努伊什，在整个阿格万只有一颗星星，就是加德曼公爵小姐。你还记得吗？在你父亲的宫殿里会经常举行庆祝活动和酒宴，在我们要塞前也经常举办赛马。这些都是为你而办的。"

"怎么是为了我呢，谢达乳母？我父亲本身就是个性格开朗的人。"

"不，亲爱的，别人认为他是这样的。其他的王子甚至指责他这种行为是浪费。但加德曼大公既不是挥霍浪费的人，也不是贪图享乐的人，他是亚美尼亚唯一一位谦虚、温和、勇敢、看重学识的大公。他在公国创办学校、邀请教师，在加德曼的修道院里助力我们的科学得到发展。这一切你都很清楚。"

"当然。"

"同时他也是位好客之人。阿尔察赫、休尼克、瓦斯普拉坎和其他许多杰出的王子甚至王室成员都经常拜访他，加德曼大公总是热情地接待他们。更何况他们很多人都暗自带着目的来加德曼，就是要娶到大公美丽的女儿。你的父母从未告诉过你这些，他们举办这些庆祝活动、骑士比武和赛马就是为了你，想让你在竞争激烈的王子中选择一位心仪的夫婿。你的父亲并不想偏向任何一位求亲者。他们都是英勇的、俊秀的、富有的、勇猛的骑士，如果你接受一个而拒绝另一个，就会引起他们的嫉妒和敌意。他清楚我们国家大多数灾难性的冲突都是由此引发的。这就是为什么他经常对他们说：'我的萨努伊什会亲自挑选夫婿的。'大家都欣然接受。但你没有选择休尼克王国的斯姆巴特王子，没有选择国王的兄弟古根·阿尔茨鲁尼，没有选择勇敢的阿绍特·阿格德兹尼，也没有选择莫格斯的格里戈尔王子，更没有选择阿格万家族的某位谢普赫①。"

"是的，他们都没有走进我的心，因为我的骄傲，我现在受到

---

① 谢普赫，大公的幼子。

了残酷的惩罚……"

"王后,如果你感觉不舒服的话,我就不说了。"

"不,谢达,说吧,就是别提那么久远的事了。"

"这些要说的啊,亲爱的王后,按部就班地讲述总比着急忙慌抓不住重点强吧。"

"你是想让我在听到重点之前就睡着吧?"王后笑着说。

"不,我会……全部说出来的。"谢达强忍着笑意说。

"我都知道,我知道你的小心思。善良的谢达,我知道你心疼我,但我今晚无论如何也是睡不着的,所以请告诉我你知道的一切。我等着呢。"

"那么,亲爱的王后,你拒绝了所有的求婚者,我们很伤心。大公把选择权交给你,这让你的母亲很不高兴。我也赞同夫人的意见,但你的父亲摇了摇头,说:'我的萨卡努伊什会选择一位好丈夫。她丈夫的地位会比王子的头衔还要高。'"

"真不幸!他预见到了我的命运。但是如果当时他也能预见到这位拥有王子以上头衔的女婿会给他,给我可怜的父亲,带来这样的不幸……"

"就说到这儿吧。不管我怎么谨慎地讲述,你都这么激动。你根本无法平静地听我说。你想让我给你讲讲死去的大卫和古根以及格努尼的王子们吗?啊,多么神奇和充满激情的故事啊……故事发生八年前的德温,优素福这个魔鬼下令……"

"说吧,谢达!我不想听杀人的故事!说吧,我不说话。"

"好吧,是这样……大公的预言成真了。我记得那时,就像今天一样,是个快乐的日子……但现在快乐的日子已经消失了。可是这个世界上又有什么东西是不会过去的呢?所罗门说:'虚空的虚空，凡事都是虚空。'"

"你说得太慢了，谢达！"

"马上，马上，我的主人，我不啰唆了。"谢达笑着说，"我从很久之前开始讲，请不要不耐烦。怎么办呢？真是忘不掉这些难忘的事。"

"告诉我，我很感兴趣。"

"是的，当斯姆巴特国王被钉上德温前的十字架上时……我们不得不经历那么艰难的日子，回忆起来令人心惊肉跳……当时，阿绍特王子还在乌季克。"

"又是乌季克？唉，谢达，不要说这个词，我不想听……"

"王后……"

"快让这个乌季克消失，我再也不想听到这个词了！"王后激动地大声说，她的脸色也变了，吓得谢达像犯罪了一样赶紧闭嘴。她默不作声，小心翼翼地看着萨卡努伊什。王后并没看乳母，她那双美丽的、充满希望的眼睛望向窗户，乳白色的月光正透过窗户照进房间。王后的目光似乎是盯着窗上月亮的影子，看着远处依稀可见的黑暗山脉。但其实并不是，她没看任何东西。她的心情很激动，她的灵魂很困惑，她的思想在黑暗、空旷里徘徊。那些悲伤的画面没有在她眼前闪现。她的思想飘到一个黑暗的、无望的远方，那里充满了孤独和寂静。

王后的这种状态持续了很久。最后，她深深地叹了口气，筋疲力尽地看着谢达，点了点头。这个可怜的乳母屏住呼吸，双手交叉放在胸前，抬头看着王后。在她看来，她心爱的萨卡努伊什，无法承受无尽的悲伤，在逐渐失去理智。她悉心呵护的萨卡努伊什，就像是国王花园里一朵美丽的百合花。只有春风才能抚摸和摇曳它，只有晨露才能清洗它的花瓣。而现在这朵花，这朵雪白的百合花被狂风暴雨、被沉重的悲痛摧残了。"她要怎么忍受呢？"谢达想。王后用安详平静的目光注视着她，谢达深吸一口气，放下了手臂。

"继续，谢达。"王后用柔和、平静的声音说。

"继续？但是……我忘了，我忘了刚说到哪儿了……我被你的激动打乱了……"

"你讲到斯姆巴特国王被钉上德温前的十字架上。"

"对，我想起来了，但怎么说起这个来了呢？我的王后，我的天使，你伤心了。你的谢达老了，她的讲述让你伤心。我该怎么做？"

"不，谢达，这样更好，我现在才发现，你的讲述是在帮我。这很好，我可能很快就能和我的命运和解了。继续讲吧！"

听到王后这番话，谢达便有了底气。她从座位上站起来，给王后拿来点儿喝的，说："好的，好的，你不会一直受苦的。上帝造人并不是为了让他受苦的。我的天使，喝点儿果汁平静一下。"王后不想喝，但不想让谢达不高兴，还是勉强喝了下去。喝完把樽递给谢达，往后靠在天鹅绒坐垫上，继续安静地听着故事。

"然后这个可怕的、耻辱的厄运就降临到我们头上了。我们神圣的、英勇的国王被钉在首都前的十字架上。如果亚美尼亚的王公们团结起来，支持他们英雄的国王，就能共同对抗祖国的敌人。如果被野心蒙蔽双眼的叛徒加基克·阿尔茨鲁尼没有投靠敌人优素福，没有增加他的军事实力，就不会发生这种不幸。他帮助优素福入侵我国，亚美尼亚士兵被杀，城堡和宫殿变成了废墟。在卡普伊特要塞英勇的国王目睹了这一切。敌人确实无法攻占要塞，但国王不能看着成千上万的受害者、看着无休止的流血无动于衷。他说：

'敌人只是在追赶我。难道我会让我的王国灭亡吗?既然反叛的王子们把我们的剑弄钝了,我们无法用武力抵抗敌人,那么就用我自己的血来拯救它不是更好吗?'他走出要塞,把自己交给了敌人,就像爱与和平的导师基督把自己交给了野蛮的人群,被钉死在各各他。"

"亚美尼亚的犹大加基克·阿尔茨鲁尼也在现场。不,他甚至不能被称为犹大。犹大至少有一些良知。当犹大意识到他为了三十块银币背叛了他无辜的好老师时,他上吊自杀了。但当加基克·阿尔茨鲁尼看到无私勇敢的国王被敌人杀死时,他骑上马匆匆赶回了自己的领地,用从优素福那里得到的、被人民诅咒的王冠为自己加冕。而这个禽兽仍然活在世上,在瓦斯普拉坎宣布为亚美尼亚国王并举行庆祝活动。据说他在阿克达马尔岛上修建了一座宏伟的教堂。为什么呢?难道他想借此平息上帝的愤怒,使自己免受后世的诅咒吗?为什么,仁慈的上帝啊,你为什么不毁掉教堂的拱顶呢?你能接受在一个叛徒修建的教堂里进行的祷告和礼拜吗?"

回忆起这些,谢达很激动,嘴唇都跟着颤抖。

"阿尔茨鲁尼家族出了很多叛徒。"王后说,"他们不会有好下场的。梅鲁赞·阿尔茨鲁尼与沙普赫合谋破坏亚美尼亚,并从阿尔沙克手中抢走王位。好在当时人民的力量强大,这个叛徒受到了严厉的惩罚。瓦切·阿尔茨鲁尼和他的支持者们投靠了弗拉姆,背叛了亚美尼亚国王阿尔塔什斯,毁掉了阿尔沙克王国。而现在加基克·阿尔茨鲁尼与阿拉伯人结盟,企图摧毁巴格拉图尼,只是因为斯姆巴特国王没给他纳西杰万,那可是休尼克王国斯姆巴特的祖产。别激动,要知道荆棘不能结葡萄,蒺藜也不能结无花果。"

"当你看到他犯了所有这些罪行之后,还要为自己竖立一座纪念碑来欺骗后代，你怎么能不激动呢？"

"他的教堂不会永远屹立不倒。"王后说，"叛徒这个称呼会永生永世刻在他身上。加基克很看重他的声誉。据说他们家族有一位修士，福马·阿尔茨鲁尼，他正在撰写阿尔茨鲁尼家族史，他当然会把自己的亲戚写成英雄。但其他人也会记载历史的，谢达。真相一定会被记录下来的。我们怎么说起这个来了？"

"我是想告诉你，当你的英雄丈夫听说他的父亲斯姆巴特国王殉难，叶雷贾克沦陷，优素福俘获休尼克公爵夫人和其他王公贵族的女士时，他以闪电般的速度赶往巴格列万德。他决心要复仇。当他率领军队途径加德曼时，你本可以见到他的，但那时你和你的母亲正在哈琴。他的军队浩浩荡荡地冲过平原，就像一场春雷。他的军队规模不大，只有六百人，但他们一个可顶一百个阿拉伯人。他们个个高大威武，全副武装，配有铁盾、长矛和重剑。他们的眼睛像火花一样闪闪发光。而王子本人……怎么描述他呢？他就像一个古老的神。号角吹起，王子驾到。他骑着休尼克马带着先头部队来到要塞，那气势让整个加德曼为之颤抖。人们屏住呼吸，注视着他。那一刻，有多少人在为他祝福啊，祝福他凯旋！

"在城堡附近，他下了马。所有人都看到，他是真正的骑士。个子高大，肩膀宽阔，皮肤黝黑，长着一双美丽灵动的眼睛。当他和我们说话时，眼睛里闪烁着慈祥的光芒，而当他向军队发号施令时，眼睛又闪烁着坚定的火光。他还在为父亲的去世悲痛。他身上没有穿金戴银，连头盔也是蓝化钢的，他的神情十分悲伤，但丝毫没影响他的男子气概。

"他在城堡入口处拥抱了萨克大公。他们想起国王的不幸离世，边吻边哭。王子在我们这儿只待了几个小时。大公努力想多留他一

天也没成功。'现在不是做客的时候,大公。'他对你父亲说,'敌人正在践踏我们的国家,我们必须赶快拯救它于水火。'

"'我把我的勇士部队交给你,只要你答应我,等你凯旋后要回到加德曼,至少在我这里待上一星期。'大公对王子说。

"'我保证,等我打了胜仗就回来。'王子回答,'我很感激你的帮助,这是我欠你的。我就仰仗加德曼英勇的部队了。'

"大公派给王子五百名加德曼戍边勇士。

"日落时分,王子带着大公支援的部队离开了。我永远不会忘记那一刻,他亲吻萨克大公,然后策马扬鞭离开。几百名加德曼的姑娘敬畏地目送他离开。他举起钢剑划过天空,高喊:'出发,我的勇士们!'洪亮的喊声响彻加德曼峡谷,仿佛一百个人在喊。'王子万岁!王子万万岁!'部队呼喊着向前冲去。大公把王子送到加德曼桥,回来时他对我说:'谢达,我很高兴萨卡努伊什今天没有来。这一定是上帝所希望的。'

"'为什么?'我问大公。

"'王子比所有求亲者都要英俊。如果萨卡努伊什在这,这样的勇士一定会俘获她的芳心。'

"'那又如何呢?'我对大公说,'你会拒绝亚美尼亚未来的国王吗?'

"'不,谢达,我不会拒绝。但他是否会继承他父亲的王位还不知道。他将面临一场内外夹击的恶战。这需要巨大的力量、万分的努力和丰富的经验。况且谁知道王子是否会成功?'

"'如果王子战败了呢?'我问。

"'那么他将失去王位。如果这样,我女儿就太不幸了,不过现在她就不用担心这个了。如果阿绍特继承了他父亲的王位,我就让

他做我的女婿。'

"'要是他不倾心于加德曼公爵小姐呢?'我问大公。

"'那么,强大的萨克·谢瓦德会做她坚强的后盾。'大公自信地说,'我给了他一支勇士部队,这就是订婚的保证。他说他欠我的。我们彼此都心知肚明,王子会信守承诺的,尤其是他将来也还会需要我的帮助。'

"'所以我的萨卡努伊什会成为王后吗?'我问你父亲。

"'是的,我决定了,只要王子能回到加德曼。'大公坚定地回答。

"就在那一天,我亲爱的萨卡努伊什,你的命运就被决定了。"

5. 萨卡努伊什的命运阻碍

"在他们来到加德曼之前，"谢达继续说，"王子的军队已经在别尔达卓尔与敌军交过锋了，王子击败并驱散了他们。王子有个同伴在交锋里身负重伤，所以王子只好留在我们要塞里等他康复。受伤的正是指挥官格沃尔格·马尔兹佩图尼。他右手手臂受伤，得到了一位经验丰富的医生的治疗，虽然伤势并不严重，但需要长期治疗。谢瓦德命我照料他。为陪他解闷，我坐在他面前和他聊了很久。马尔兹佩图尼大公是个温和善良的人，很快我们就成了朋友，他给我讲了很多打仗的故事，还有很多王子的故事，这让我对我们未来的国王产生了好感。在一次交谈中，我对马尔兹佩图尼大公说：'我觉得，加德曼公爵小姐将会成为未来国王的妻子。'

"'你为什么这样认为？'他问我。

"'谢瓦德大公已经表达了这样的愿望。'我说，'如果不是非常有把握，大公是不会说出来的。'

"'他未必能如愿。'马尔兹佩图尼若有所思地回答。

"'为什么？'我惊讶地问。

"'这是一个不能说的秘密。'他回答。

"坦率地说,我非常难过。马尔兹佩图尼大公是王子的朋友。据我所知,他是一个严肃谦逊的人,他不可能随随便便地说这些话。他的话让我很不安。'到底这桩婚姻有什么阻碍呢?'我想。但我想不出来任何理由,于是决定无论如何要让他说出真相。一天,当我把医生开的药涂在他的伤口上并开始包扎时,大公微笑着对我说:'我能怎么感谢你呢,谢达姐姐?'

"'你不必感谢我,大公。'我说,'为受伤的亚美尼亚士兵疗伤是每个亚美尼亚人的责任。'

"'不,谢达姐姐,我欠你的人情。如果你能告诉我,该怎么感谢你,我会很高兴的。'

"我笑了笑。"

"'你不告诉我吗,谢达姐姐?真的不说吗?'大公又问。

"'我并没有做什么值得你感谢的事。'我回答,'但如果你想让我欠你人情,那么或许我会告诉你我想要什么。'

"'说吧,求求你了。'大公说。

"'那请告诉我那个秘密,是什么会阻碍王子与谢瓦德大公的女儿结婚。'

"大公笑了笑,没有回答。

"'这很难回答吗?'我问。

"'很难,谢达姐姐。收回你的请求吧,万分感激。'

"'不,要不你就告诉我,要不就不用你感谢了!'

"大公摇了摇头。

"'这个秘密连我的妻子戈阿尔公爵夫人都不知道。请原谅我,谢达姐姐,你是位值得尊重的女人,但我从来不敢把秘密告诉女人。'

"'啊,大公,你这是对女人根深蒂固的误解。'我说,'事实上,女人比男人更善于保持沉默。'

"大公笑了起来。

"'你觉得不对吗?'我说。

"'我们是朋友,谢达姐姐,因此我不需要对你隐瞒我的看法。'大公说,'女人只会保守她们的爱情秘密,而对于其他的事,她们的嘴是不严的。'

"我笑了,因为我心里同意他的说法。

"'但在这一点上我和其他女人不一样。'我说。

"'所有的女人都说自己和其他女人不一样。'大公笑着说,'她们都不想和别人一样。但在我的生活中,我还没有遇到过两个不一样的女人。最好的那个刚好是最弱的那个。'

"我对大公说:'你故意把我们说得那么坏,是想让我生气,收回刚刚的请求吧。但我没有生气,你说的都是事实。我想亲自向你证明,有的女人是可以保持沉默的。'

"'我就等你这句话呢,谢达姐姐。好了,现在我可以回答你的问题了。'大公严肃地说,'我要告诉你一个秘密,这个秘密只有我这个王子的朋友和助手才知道。我希望你把这个秘密烂在肚子里。'

"'好的!我保证。'我说。

"'王子不会娶谢瓦德大公的女儿,因为王子已经全心全意爱上了别人。'大公非常小声地说。"

"是谁?谢达,是谁?茨里克·阿姆拉姆的妻子,是不是?快告诉我,大公告诉你她的名字了吗?"王后从座位上跳起来,气喘吁吁地大声说。

"这就说,亲爱的,这就说。别急,你什么也改变不了,别白白折磨自己。"

"啊,谢达,你在考验我的耐性……你为什么要拖延时间?"

"我没有拖延时间。"

"那么,是不是茨里克·阿姆拉姆的妻子?"

"不是。"

"那是谁?"

"茨里克·阿姆拉姆当时还没结婚呢。"

"那他爱的是谁?"

"他爱的是谢沃德奠基者格沃尔格大公的女儿。"

"格沃尔格大公?就是和他的兄弟阿尔韦斯一起在帕塔卡兰被阿普申大公的宦官首领虐杀的那位?"

"是的,王后。"

"那就是她啊,阿斯普拉姆!格沃尔格大公的女儿曾经是王子的未婚妻,现在是茨里克·阿姆拉姆的妻子。"

"是的,就是这样。"

"她也是我国王丈夫的情人。"

"小点儿声,亲爱的王后!隔墙有耳。"

"啊,谢达,为什么要这么小心翼翼?我的悲痛已经尽人皆知了!"

"还没有,王后,还没有……"

"好吧,那就告诉我大公还说了什么。"

"他说王子喜欢这个女孩。"

"这我已经知道了。你没问过这段结局不幸的爱情是如何开始的吗?"

"我当然问了,他是这样说的。在格沃尔格大公死前,阿绍特王子一直是阿普申的人质。杀死格沃尔格大公的宦官首领是斯姆巴特国王的亲信。国王得知格沃尔格大公的死讯后，下了一封诏书，要求审判宦官首领的谋杀行为。宦官首领为了向国王请罪，从阿普申那里秘密释放了阿绍特王子和其他几个亚美尼亚的王公贵族，把他们送到国王面前。斯姆巴特当然表示感谢，他派阿绍特王子去乌季克安慰谢沃德大公的遗孀。就在这里，年轻的阿绍特遇到了美丽的谢沃德公爵小姐。"

"并且爱上了她？"

"是的。为此马尔兹佩图尼大公还讲了一个故事。"

"什么故事？"

"当在优素福的命令下，暴君加基克·阿尔茨鲁尼带着他自己的军队和阿拉伯军队袭击斯姆巴特国王，想把他抓起来杀掉。国王派他的儿子穆舍格和阿绍特率领军队去抗击加基克。兄弟俩与暴君相遇。战斗伊始，他们大败阿拉伯人。但在战斗接近尾声时，阿绍特的军队背叛了他。亚美尼亚军队被打败了，勇猛的穆舍格落入敌人之手。但即使遭到背叛，阿绍特也没有放弃守卫国家。尽管他的兄弟在德温当了俘虏，他还是率队回到了乌季克。"

"我的不幸原来从那么久以前就开始了？"

"我刚才就说了，你不幸的根源隐藏在过去。"

"然后呢？那为什么阿绍特要放弃公爵小姐反而娶了我？"

"政治联姻啊，我的王后！王国的利益需要这样的婚姻。阿绍特发现他要独自面对如此强大的敌人。而萨克·谢瓦德和他的加德曼军队是有力的盟友。"

"所以谢瓦德的女儿就成了牺牲品……"

"这是上帝的旨意……"

"什么上帝的旨意？不是上帝，而是你，谢达，你是我不幸的根源！"

"我？你说什么，王后？你说我是你不幸的根源吗？啊，你别这么说！你的话对我来说是一种诅咒！"谢达激动地大声说。

"是的，谢达，你让我很痛苦！你知道吗？如果当时你马上把一切都告诉我父亲，他就不会为了阿绍特的利益牺牲自己的女儿了。"

谢达意味深长地看了看王后，什么也没说。

"我说得不对吗？"

乳母沉默了。

"你怎么不回答？"

"我的罪孽比你想象的要重得多。"

"你还做了什么？"

"我没有信守对马尔兹佩图尼大公的承诺，就在他离开我们要塞的当天，我向你父亲报告了一切。我无法闭口不言，因为这关系到你的命运。"

"父亲什么反应？"

"他笑了笑。特别是当我说到你嫁给阿绍特不会快乐的时候。"

"他为什么笑？"

"他说：'年轻人在婚前有成千上万的风流韵事，在合法结婚后就会斩断了。王子的爱是个偶然事件，当时谢沃德公爵小姐在悲痛的日子里身着孝服，他心生怜悯。'他还说：'爱情常常因怜悯而起，因为是人就有同情心。等过段时间王子忙于国事，自然就会忘了公爵小姐的。'他继续说：'我会努力按照我的意愿把事情纠正过来。'"

"那他做了什么呢?"

"他立即去了乌季克,说服格沃尔格大公的遗孀把她的女儿嫁给一个有能力管理他们财产的人,因为公爵小姐是格沃尔格大公的唯一继承人。"

"那么,然后呢?"

"夫人欣然接受了他的建议。不仅如此,她还要求谢瓦德大公亲自帮忙安排这桩婚事……谢瓦德大公就借此机会促成了茨里克·阿姆拉姆与公爵小姐的婚姻。"

"这个女孩竟然肯舍弃王子这样的英雄,反而嫁给茨里克·阿姆拉姆?一想到我的丈夫竟然爱上了这样的女人,我真看不起他。"

"别急着下结论,王后!不是每个大公的女儿都能像加德曼公爵小姐那样自由成长,甚至还有权选择自己的丈夫。更何况阿姆拉姆也非平庸之辈。他勇敢、英俊、富有,一点儿也不逊色于其他大公啊。再说就算谢沃德公爵小姐疯狂地爱着王子,谢瓦德大公也能用他那三寸不烂之舌冷却她狂热的感情。"

"真正的爱情是无法冷却的。一个爱上阿绍特的女人是不可能忘记他的。这个女孩可能已经知道与王子结婚无望,于是选择嫁给别人。"

"或许是的。"

"这就是为什么他们的爱情还在继续,尽管他们都已经被捆绑在各自的婚姻里了。"

"或许是的。"

"萨克·谢瓦德亲手毁了自己的房子。先知曾说:'为邻居挖洞的人自己也会掉进洞里。'真是说得很有道理。"

"是的,但谁能预料到结局会变成这样呢?"

"啊，谢达，你若能及时向我透露这个秘密……"

"王后啊，我可是承诺过的，难道可以违背承诺吗？"

"你把这个秘密告诉了我父亲，就已经违背承诺了。"

"那是另外一回事。你父亲是一个男人，一个有远见的男人。"

"他的远见在哪儿呢？你自己看看现在的结果……"

"我们女人是很健忘的。现在的小忧伤就能让我们忘掉过去的快乐。谢瓦德大公给他的女儿准备了那么巨大的荣耀，而你也享受了这种荣耀，我的王后。"

"然而，现在对我来说，一切美好都黯然失色了。"

"正确的做法是，我们要用过去快乐的回忆治疗现在的悲伤。"

"谢达，过去快乐的回忆在哪儿呢？在我的婚姻生活中，我没看到任何幸福。"

谢达若有所思地笑了笑。

"你在笑吗，谢达？你帮我回忆回忆，也许这样就能让我忘掉现在的悲伤。"

"啊，那可要花很长时间！早点儿休息吧。"

"不，说说……你的讲述抚慰了我。今夜我是睡不着了。告诉我吧，我听着呢。"说着，萨卡努伊什躺下了，把赤裸的手臂靠在枕头上。谢达给她盖上了一条薄毯。

"好吧，我亲爱的主人，你难道都忘了吗？那就准许我帮你回忆回忆吧。"

"说吧。"

"你还记得你和夫人从哈琴回来的那天吗？"

"记得。那是在马尔兹佩图尼大公离开要塞后不久。"

"我告诉了你加德曼发生的一切。"

"是的，而且我很遗憾没有遇到王子。"

"你还记得，你对他的事情非常感兴趣吗？"

"记得。"

"正巧那天一位信使从巴格列万德赶来。信使报告说，优素福得知阿绍特战斗胜利，撤退到阿特尔帕塔坎。王子到达巴格列万德后，与优素福的残部展开了激烈的战斗，最终击败了他们。他把旧贵族的皮剥下来，制成标本，挂在要塞的塔楼上。这是他对杀害他父亲凶手的第一次报复。此举让阿拉伯人感到恐惧。"

"我记得这让我们所有人都很兴奋！我还为这个好消息奖励了信使一份厚礼。"

"此后，捷报接二连三地传来。王子攻进希拉克，途经古加尔克。他在各地大败阿拉伯人，打败了他们的军队，占领了城市和城堡，解放了囚犯，恢复了被摧毁的据点。"

"据说优素福听到王子的军功非常惊恐。他担心阿绍特剑锋直指自己。"

"是的，据说如此。但王子要先清除阿拉伯入侵者。因此，在夺取了古加尔克并将其交给瓦萨克和阿绍特·根图尼王子后，他越过格鲁吉亚边界去解放第普希斯①。阿拉伯人在那里集结了大量兵力。格鲁吉亚民族在阿拉伯人的枷锁下苦苦挣扎。阿绍特军队以飓风般的速度一路直抵第普希斯。阿拉伯人无法抵挡日渐壮大的阿绍特军队。亚美尼亚军队大破阿拉伯军队，俘虏了阿拉伯的大公们，用铁链锁住他们。解放第普希斯后，亚美尼亚军队回到了乌季克。正如你所知，此时乌季克正发生叛乱。王子没用多久便镇压了叛

---

① 第普希斯，亚美尼亚语中对第比利斯的一个称呼。

乱。他击溃了几支叛乱部队，特别是任命莫夫谢斯为乌季克总督，终于平定了乌季克的叛乱。你忘了王子在阿格斯捷夫峡谷的辉煌胜利吗？在那里，他率六百名士兵粉碎了最后一支阿拉伯部队。据说，他没有放一个阿拉伯人活着离开，甚至都没人去给优素福送去战败的消息。"

"这些我都知道，谢达。你为什么说这些呢？"王后说。

"为了指出加德曼公爵小姐的不幸之路。"谢达意味深长地回答。

6. 加冕礼和订婚礼的美好回忆

"继续吧。"王后说。

谢达搬动了一下椅子,换了个姿势,继续说:"王子的胜利令你欢欣鼓舞。没见他之前你就很钦佩他的英雄气概。你总是一遍遍地让我讲从马尔兹佩图尼大公那里听到的故事!一股莫名的力量早就把你的心吸引到他身上。王子每打一次胜仗,你都为之欢呼雀跃。你还记得吗,有一次一位加德曼士兵送信回来报告阿格斯捷夫大捷,你高兴得下令赐给他一块土地作为嘉奖。这一切当然都逃不过谢瓦德大公的法眼。他唯一的快乐就是满足你的愿望,他不可能对你的感情视而不见,而且你的感情也正好符合他的心愿。也许这就是为什么他赶紧去消除你前进道路上的所有障碍,撮合茨里克·阿姆拉姆和谢沃德公爵小姐的婚姻。同时,这也证明了他对祖国的爱。王子在摆脱了这个女孩的魅力后,变得更加专注于国事。爱情往往是一个人成就辉煌事业的枷锁。"

"但爱情常常也会赋予人勇气啊。"王后说。

"爱情只赋予弱者勇气。对于那些身上自然之火已经熄灭的人来说,他们只能通过人为的刺激获取动力,就像酒会给懦弱的士兵以勇气。但阿绍特王子并没有被失败击垮。他继续进攻,直至取得最终胜利。他身先士卒,之前那些王子因为害怕阿拉伯人,一直躲在要塞里不敢反抗。然后他们受到了阿绍特王子的鼓舞,加基克国王和休尼克王子们从他们的要塞里出来,奋起反抗。整个亚美尼亚充满热情,和平的太阳在全国升起,人民呼吸着自由的气息。"

"那是一段快乐的日子。"

"是的,尤其是在这些辉煌的胜利之后,阿绍特王子继承了他父亲的王位和权力。"

"啊,别让我想起这些,谢达……我在那里度过的那些难以忘怀的日子!"

"在哪里,在德温?"

"我是多么幸福啊!啊,谢达,为什么上帝给了一个人幸福,然后又要把它收回去?"

"上帝的做法是不可解释的!"

"我记得,当我父亲告诉我,所有的亚美尼亚王子,连同格鲁吉亚国王和阿布哈兹王子古根,会一起为阿绍特王子加冕为国王,而我们作为加德曼的主人也将出席庆祝活动时,我几乎高兴得失去了理智。啊,要是时光可以倒流,让我回到过去几分钟也好啊!你无法想象我为王室加冕仪式做准备时的喜悦和超乎寻常的热情!当我收到父亲为这次庆祝活动订购的珠宝时,我兴奋得像个孩子,我扑过去,搂住他的脖子上,亲吻他的脸。你知道,我不需要珠宝,这些珠宝在我眼里没有任何价值,但我很高兴,因为我知道它们会让我在宴会上看起来更漂亮、更荣耀。所有的亚美尼亚王子都会出席,格鲁吉亚和阿布哈兹的国王也会在宴会上闪着光芒。我多么希望能超越所有贵族女士的美貌,成为所有人关注和钦佩的对象,并被阿绍特看到！我想这是我的梦想！"

"你父亲猜到了你的想法。他想让加德曼家族在财富和权力上超过了德温地区其他的亚美尼亚王室。为此，他把所有的军队都带到了首都，在加德曼只留下了警卫队。"

"对的，谢达，在德温我们受到了王室隆重的接待。我的父母什么都没和我说。但我感觉，国王的亲信们已经知道了我们即将联姻的秘密。在接待王公贵族时，只为我们专门在王宫里准备了接待室，就连格鲁吉亚国王阿特尔奈谢赫都是在卡多利柯斯的房间接待的，阿布哈兹王子古根也是在国王的弟弟阿巴斯王子的宫殿里接待的。"

"这可能是卡多利柯斯与阿特尔奈谢赫国王友谊开始的地方。"

"是的，正如我夫弟阿巴斯与阿布哈兹王子古根的友谊一样。但前者的友谊没有给我们带来任何伤害，而后者却带来了巨大的麻烦。"

"是啊，如果国王的弟弟阿巴斯没有娶古根王子的女儿，许多不幸就不会发生。"

"当然，亚美尼亚人也不会在亲兄弟之间播下不和谐的种子，不讨论这个了……刚说到哪里了？"

"你说你受到了王室隆重的接待。"

"是的！我无法用语言描述出我有多渴望见到年轻的国王，这位英雄如此迅速地击溃了敌人，将人民从奴役中解放出来，赢得所有王子的心。王子们停止内讧，全部团结在他周围，共同拥护他加冕称王。我们第一次见面时，我心中迸发出难以抑制的喜悦和紧张。我太激动了，终于见到了这位受人敬仰的大英雄，而且……我害怕他不理我。谢达，你不知道当时的我有多骄傲！要是他不理我，我真有可能会因为感到羞辱而死！"

"你怎么会这么想呢，王后？难不成王子会对他的贵客不敬吗？"

"我并不希望我只是单纯的客人，我期待的是特殊对待，我也不知道为什么，但我就是确信我会成为他的妻子。真是个虚荣且大胆的想法，是不是？但我的梦想成真了……他在国王议事大厅门口迎接我们。而你知道我发生了什么吗？当我看到王子时，我在离门几步远的地方停下来。他拥抱了我的父亲，亲吻了我母亲的手，但我没有主动靠近他。我等他自己走近我。为什么我会这样做，谢达？你能替我解释一下吗？"

"可能是加德曼王室血脉自带的优越感，仅此而已。"

"你错了。我的心突然感到，我那想要征服的心完全被别的东西占据了。与这位伟岸荣耀的英雄相遇，一点儿也没有让我感到不安。一开始我看他，他的确比我想象的还要英俊，但当他看向我时，我又展现出从前那种生人勿进的样子。他向我走来，露出甜美和善的微笑，用很微妙的敬意向我问好，我彻底被征服了。所爱的男人一个温柔的眼神、一个微笑就能立马让女人沦陷！变成了俘虏，变成了奴隶……对不对，谢达？"

"真可悲啊，亲爱的王后。"谢达深深地叹了口气说。

这个可怜的女人显然想起了自己的过去和自己生活中这样类似的事件。

"王子把我们领到大厅，母后坐在那里。她是位善良可爱的女人。虽然她的丈夫被杀，她为此深受打击，但她依旧像从前一样高贵美丽。'到我这儿来，我骄傲的公爵小姐。我早就想看看坚决拒绝了我们国家所有王子的女孩长什么样子了。'她说完，拥抱了我，热切地亲吻我。她给我金项链作为订婚之物，这可是我最心爱的珠宝。"

"把它拿给我，谢达，我想看看它!"王后说。

谢达起身拿来了项链，这条项链就是女仆们刚刚从王后身上摘下来的。

"我永远永远都不会和它分开。谢达，等我死后，你一定要告诉他们把它和我合葬。"

"亲爱的王后，为什么有这种悲伤的想法？让你的敌人死去，或者让那些负累他人的人死去。"

"唉，它不属于我！我戴着这条项链的时候，那是我一生中最幸福的时刻。我永远不会忘记。"

"你第一次见到王后时，她就把项链送给你了吗？"谢达好奇地问。

"不，我还没说完。两天后举行了国王加冕典礼。圣格里高利大教堂内挤满了人。那里有卡多利柯斯约翰、有威望的主教、整个王室成员、纳哈拉尔①、王公家族成员和所有亚美尼亚的贵族。其中最闪耀的就是万众瞩目的阿绍特王子。从典礼开始到结束，在场所有女士的目光一刻都没离开过他。我不知道为什么，我当时也没有身份和资格吃醋，但我就是吃醋了，他是如此的耀眼。只是那些庄重的礼拜和加冕典礼暂时压制了我的醋意，我与主教们一起为新加冕国王的健康和胜利祈祷。这是多么崇高的祈祷啊！其中蕴含着多么诚挚的祝福啊！"

"王后，这场典礼呈现的视听盛宴让你大饱眼福的同时，更大

---

① 纳哈拉尔，担任国家高级职务的大封建领主。

饱耳福。真希望有一天我也可以……啊,我在说什么……愿上帝保佑我的国王长命百岁。"

"是的,谢达,那真是个神圣难忘的场景。我很惊讶,如此庄严地接受过登基傅油礼的国王离开了真理之路,在场的王子们怎么会背叛他呢……当卡多利柯斯询问了国王后,向人民问道:'你们是否愿意接受这个人的统治,就像他承诺保护你们一样,你们是否愿意用信仰和真理维护他的统治,并服从他的命令?'整个教堂的人异口同声地大声说:'愿意,愿意,他是我们的统治者,是我们的国王!'而现在呢,还有哪个王子对他忠心耿耿,还有谁没反叛他?"

"啊,亲爱的王后,告诉我,我恳求你,加冕典礼是如何进行的?你一点都不记得祈祷文吗?"

"它非常长,谢达,我复述不出来,这得身临其境。国王先是被授予了佩剑,然后被授予国王宝戒,最后是王冠。"

"祈祷文呢?"

"每次都要念一段专门的祈祷文。"

"比如呢,他们在授予佩剑时说什么?这很让人好奇,是赋予他动用武力的权力吗?"

"当然了。但是……我想说什么来着,我忘了……等下。对,他的眼神……他没看任何人。每个人都注视着他的目光,但没人知道他在看谁。当主教们把剑递给他,卡多利柯斯用高亢而清晰的声音念道:'从使徒主教们的手中接过这把剑。你在此为拯救教会和所有受你保护的人民而登基。你要把剑佩戴在腰间,秉持真理精神来统治国家,战胜罪人和不信教的人……拯救你的人民和教会,做寡妇和孤儿的帮助者,做俘虏的拯救者,做苦难者的救赎者……'

然后国王第一次抬起头,把目光锁定在我身上。我觉得他好像在说:'这一切我必须和你一起完成。'在场的每个人都注意到了这一点,许多人都有点儿嫉妒我。好多出身高贵的公爵小姐都会为这唯一的、高尚的、让人骄傲的眼神来跟我拼命。但他只把这种荣誉给了我——加德曼公爵小姐。我无法表达出我在那一刻的感受:是天堂降到我身边,还是我升到了天堂……"

"啊,王后,这一切你都忘了!"

"等等,不要打断我。我当时什么都听不到了,整个人都沉浸在幸福和愉快之中……母亲的话让我回过神来。她站在我身边,用充满母爱的声音对我说:'和我一起跪下,向上帝祈祷,保佑我们的国王长命百岁。'然后我们就一起跪下了。我一生中从未那样热切地祈祷着,我泪如泉涌,不知道那是喜悦的泪水还是预感到未来痛苦的泪。

"庄严的仪式结束后,唱诗班唱起了祈祷文。来到国王面前的先是主教们,然后是母后、格鲁吉亚国王、亚美尼亚王子们,最后是贵族的女士们。我是第一个把手搭在国王手臂上的女孩,我的嘴唇颤抖着,我的脸烧起来了。我和母亲匆匆忙忙地穿过人群,人群向两旁闪开,向我送上祝福。国王在主教和王子们的簇拥下走出教堂,坐在一匹披着金色盔甲的马上,上面高举着一个紫色的华盖。在国王坐骑前面的是斯帕拉佩特①,斯帕拉佩特左右两侧各有一位公爵,一位举着旗帜,一位托着王冠,后面是一支侍卫部队,再之后是王室成员和王公贵族。城市街道上的场景简直无法用语言描述。整个德温都在热切期盼着国王的到来。斯帕拉佩特的旗帜一出

---

① 斯帕拉佩特,古代亚美尼亚军队的最高长官。

现,全城都在欢呼呐喊。街道上、广场上、射孔旁、塔楼上,甚至城外的堡垒里都在欢呼,人们祝福和歌颂着铁人阿绍特。

"回到王宫后,我们立即前去祝贺国王。所有的王子和公爵夫人都在那里。祝贺完毕后,母后让我坐在她身边绣着金丝的沙发上,开始了我们的谈话。她喜欢我什么,我不知道,但可以看出她已经完全中意我了。她违背惯例让我们在她那儿待了很长时间。当我们要离开时,她从脖子上摘下这条项链,给我戴上说:'这是瓦西里皇帝送给阿绍特一世妻子的礼物。我从她那里得到的这条项链,现在我把它送给你,未来的王后。将来你再把这条项链送给你的继任者,阿尔沙克国王的最后一个分支的礼物就会永远留在巴格拉图尼王室。'说完,她拥抱了我,热切地亲吻了我。一切就这样尘埃落定了,我成了国王的未婚妻。在这之后,你可以想象我在德温的王宫里是多么幸福。

"但是,唉,现在只剩下美好的回忆和在我生命中最幸福时刻佩戴的这条项链了……"

7. 王后不知的亚美尼亚人民三年不幸遭遇

王后的话只说了一半就没再继续了。美好的回忆非但没有安抚到她，反而让她更加痛苦。王后把头埋到谢达怀里，沉默了一会儿。然后，她无法克服自己内心的悲痛，哭了起来。

谢达看到她直掉眼泪，惊慌失措。

"亲爱的王后，你在哭吗？这些美好的回忆应该让你快乐啊，你怎么伤心了呢……"

"一切都过去了，谢达。那个目光让我骄傲、笑容让我快乐的勇士不再属于我了，永远都不属于我了……"

"别这么说，王后。如果幸福不会长久，那么不幸也不会永远持续的。幸福和不幸会不断地来回切换。一个开始就会伴随着一个结束，悲伤过后是快乐。你心爱的英雄会回到你身边的……"

"别说了，谢达！"

"你要学会承受。你要以我们的国王、你的丈夫为榜样。你看命运给他带来多少考验啊！他遭遇了多大的不幸啊！但他用耐心和毅力克服了所有困难。"

"啊，谢达，你知道得太少了。他从来都没经历过我这样的悲痛、这样的损失。"

"不，王后，是你知道得太少了，请原谅我的放肆……"

"你说什么？"

"我说他所经受的磨难。你说的是阿绍特作为胜利者在德温加冕的快乐日子，但你知道几个月后他遭遇了什么可怕的不幸吗？"

"之后的事我几乎一无所知。"

"因为很多事情都没让你知道。"

"我记得我刚从德温回到加德曼时，父亲曾说过，我们应该给国王派一些军队去镇压内部省份的叛乱。"

"是的，你就只知道这些了。"

"有时我会问，为什么阿绍特不来加德曼……"

"'我们的婚礼将在什么时候举行？'这也是你曾经问过我的问题，你还为此脸红了。"

"我记得。"

"而谢瓦德大公时而鼓励你，时而又让你失望，只不过是以一种不会让你太伤心的方式。"

"这也是事实。但后来也没告诉我什么，当时我身边的人都在讨论一些重要的事件。"

"所以你不知道可怜的国王在漫长的三年里要与什么样的灾难做斗争，他为了平复敌人带给国家的创伤付出了多大的努力。"

"告诉我加冕典礼后发生了什么？"

"加冕典礼后吗？啊，很多事情！你知道吗？某些纷争正是因为我年轻的女士。"

"我吗？"

"是的，我的王后，就是你。"

"什么情况，谢达？这很有意思。"

"你是亲眼看到亚美尼亚的王子们团结起来，聚集在德温为阿绍特加冕吗？"

"是的，在这场隆重的庆典上每个人都是那么的喜悦。"

"但很快，一些人的喜悦就被悲伤取代了。他们为阿绍特的加冕感到高兴，但是反对你们的婚姻。许多人希望萨克·谢瓦德骄傲的女儿成为一个普通贵族的妻子，而不是亚美尼亚王后。但国王的母亲在众多来到德温的公爵小姐中选择了你。除了被你拒绝的王子之外，反对这门婚姻的还有有女儿的王子们，他们希望把自己的女儿嫁给国王。那条你珍视的项链彻底打碎了他们的希望。王子们带着对国王的怨恨回到了自己的领地。那些公爵夫人，那些有女儿的公爵夫人，利用王子们的自尊心故意煽风点火。最终，亚美尼亚的几个省爆发了叛乱。一些王子不敢反对国王，他们就内讧，希望以这种方式打破王国的和平。于是，阿尔茨鲁尼国王的弟弟古根趁休尼克国王斯姆巴特不在，煽动他的暴君兄弟加基克攻占了纳希杰万。得知这一消息后，斯姆巴特带着大军去进攻阿尔茨鲁尼。双方展开激战，损失惨重，人员伤亡巨大。其他王子并没有协助国王平息叛乱，而是选择置之不理，有些人甚至试图反叛国王。国王被迫攻占城市和据点，发动平叛战争。格鲁吉亚国王阿特尔奈谢赫在与国王敌对的亚美尼亚王子们的煽动下，试图夺取国家北部的一些省份。更准确地说，这些行动是针对阿绍特国王的岳父谢瓦德大公的。国王被迫对阿特尔奈谢赫采取行动，攻占了格鲁吉亚的几个省份，随之而来的是越来越多的动荡。许多王子利用国王的艰难处境，相互争斗，有些是为了夺回原有的祖产，有些是为了攫取别人的土地。

"国家处于动荡之中,国王孤立无援。消息传到了沃斯提坎优素福那里。阿绍特的胜仗使他退居阿特尔帕塔坎,他愤怒得咬牙切齿,对战败一事耿耿于怀。他一直在等待机会向阿绍特报仇。当时国王捷报频传,所有的王子都团结在他周围,优素福无计可施。现在亚美尼亚王子们内讧,他们不再与国王一条心,优素福抓住机会进攻。阿拉伯人对我们国家的所作所为简直无法描述……上帝保佑,这些事永远不会重演。"

"他们都做了些什么,谢达?我告诉过你,我对那时的事知之甚少。"

"啊,太多事情需要回忆,太多事情需要讲……那些悲苦的日子可以写满整本书。我能回忆起来吗?敌人像饥饿的野兽一样入侵亚美尼亚。他们没有遇到任何抵抗就占领了我们的土地。他们摧毁了村庄,蹂躏了城市,烧毁了教堂,生灵涂炭,迫使别人放弃自己的信仰。抵抗的人不是被杀就是被抓,没有一个漂亮的女人能从暴力中幸免,母亲当着女儿的面被杀,父亲当着儿子的面被杀,婴儿从母亲的怀中被抢走,被一头扔到地上。鲜血、火光和侮辱随处可见。这些恶徒的暴行蔓延到亚美尼亚的每个角落。在摧毁了毫无抵抗能力的城市和村庄之后,他们又袭击了城堡和要塞。在一些地方,被围困者英勇自卫,壮烈牺牲,但在许多地方,敌人背信弃义地强行占领了城堡,无情地屠杀了居民。"

"这段时间国王在做什么?"

"他能做什么呢?一些王子选择向敌人投降或索性加入了敌人阵营,而另一些在自相残杀。他们亲手毁掉了这个国家,严重程度并不亚于阿拉伯人。一些有实力的王子守在城堡里,没有加入战争。只有你父亲率领的加德曼军队、西萨基扬王子率领的休尼克军队和马尔兹佩图尼大公率领的王室军队一直支持着国王。然而,与成群结队的阿拉伯人相比,他们的力量微乎其微。你问国王在做什么?在这种情况下,他能做什么?他把一部分军队派给了盟友,像一只受伤的狮子,带着他的小部队在全国东奔西走。他无法正面与敌人对抗,只能采用突袭的方式,在队伍中制造混乱,把军队打散成小队,援助被围困的要塞。他独自在战斗,只希望有一天王子们会清醒过来,与他并肩作战,把敌人从亚美尼亚的土地上赶出去。但最可怕的打击来自与他同名的堂兄弟——暴君阿绍特。他率部下向优素福投降,并作为'屠夫',一起进攻德温。我们的卡多利柯斯并没有号召王子们团结起来,而是让国家陷入混乱,人民陷入绝望,军队陷入徘徊。他只想着自己的安全,去找了格鲁吉亚国王阿特尔奈谢赫。国王还能做什么呢?"

"我的上帝,我对此一无所知!现在我明白了,为什么我父亲一直都不在加德曼!他时而去休尼克,时而去古加尔克,时而去沃斯坦。他有时率领一小支军队,有时是一大支军队……"

"对于你焦虑的问题他总是含糊其词,有时说国王正忙着加固卡尔斯和叶拉兹加沃尔斯要塞,有时说正在德温挖新的要塞壕。你父亲本人带着军队好像在边境巡查……"

"是的,他的回答让我很放心。"

"大公不准所有人告诉你不幸的消息,特别是不准告诉你恐怖的战争。有一天,女仆们不小心说走了嘴,我们赶紧找补掩盖。"

"我记得,她们当时讲到一个年轻人在德温被折磨的故事。但你为什么对我隐瞒一切?"

"你太敏感了,就连听到最小的战争,都得哭上好几个小时,有时甚至还会生病。"

"是的,谢达。好在你一直瞒着我,否则我可能会悲痛欲绝。"

"啊,如果你知道我们对你隐瞒了那件事情……"

"到底是什么,谢达?"王后恐惧地问。

"饥荒,城镇和村庄里狼、鬣狗、野兽出没。"

"饥荒我听说过。"

"你能听说什么,王后?难道可以告诉你全部真相吗?你会惊恐万分。你知道加德曼的饥荒,但那不是饥荒,那只是粮食价格上涨。特尔图河和加德曼的勇士们阻止了饥荒在我们土地上蔓延。然而,在加德曼对面,饥荒却很猖獗,整整两年,亚美尼亚变成一个血腥的战场。那段时间农民们无法耕田、播种和收割。田野上、峡谷里、山脉间和森林里到处是阿拉伯人,这让农民们怎么下地劳作呢,而在那些没有阿拉伯人的地方,亚美尼亚军队互相残杀,亚美尼亚王子们互相仇视。农民们流离失所,果园和田地无人照管,人们最后的存粮也被残暴的军队摧毁了。贫困如同瘟疫一般渗透到每家每户,从穷人简陋矮小的农舍到富人富丽堂皇的府邸。哀鸿遍野,野有饿殍,惨不忍睹。战争摧毁了城市和村庄,人们被迫颠沛流离,散落在田野、峡谷和山涧,用野草和蔬菜来充饥。很多人因误食有毒的植物中毒身亡,但即便如此,田野和山上凡是绿色的植物也都被吃光了。然后人们开始直接吃动物:驴、马、猫、狗,甚至虫子……"

"啊,谢达,你在说什么!别说了,我听不下去了!"

"是的,王后,人们把能看到的东西都吃了。但这还不是最糟糕的……那简直是无法承受的……"

"什么,谢达?"

"会吓坏你的,我不敢说。"

"告诉我,谢达,你刚说的已经让我有心理准备了。"

"衣衫褴褛、破衣烂衫的人们在城市的广场上游荡。很多人在街上饿死了。那些还剩一丝力气的人扑过去,用牙齿啃噬着尸体。每一具尸体上,都聚集着一群人,他们就像来自地狱的幽灵……"

"啊,这太可怕了!"

"还有那些用虚弱的手臂推开母亲干瘪的乳房的婴儿,年纪大点儿的人在乞讨,空气中充斥着可怜的呻吟声。许多人筋疲力尽,倒在地上死去……"

"我听着太心痛了,谢达!够了!"

"我还没有讲到最糟糕的。有的母亲甚至像野兽一样,吃掉了自己的孩子……"

"不要再说了,谢达!不要再说了!"

王后激动得脸色苍白,靠在枕头上。

8. 未婚妻关于未婚夫到来的欢欣回忆

夜晚已接近尾声。公鸡早就打过鸣了。谢达在等王后听故事听累了上床睡觉,她好离开。但并不是这样,似乎是故事的结尾惊扰了王后,交谈陷入了沉默。谢达调整好灯芯,回到长椅上,王后问:"那么,谢达,国王是不是去了君士坦丁堡?"

"是的,王后,就在这些灾难发生的时候。"谢达回答,"我告诉过你,悲伤不是永恒的,黑暗的夜晚会被光明的白天所取代,暴风雨和雷暴会被明亮的阳光所取代。你说你的那些悲伤和痛苦能与国王遭受的痛苦相比吗?说起过去的战争和饥荒,光是听故事都已经让你这么难受。你想想,他作为国王,当时是种什么感受呢?所有受苦的人都向他求助,成千上万的不幸者都向他伸出了双手。他坚强地扛起所有重担,祈求得到上帝的怜悯和帮助。

"希腊皇帝和大主教得知我们的王子们背叛了国王,国家正处于饥荒和战争的恐怖中,他们给国王写了一封慰问信。他们还写信给卡多利柯斯,劝说他去团结亚美尼亚王子们,共同把敌人赶出国境。卡多利柯斯为实现这一目标做了很多工作,但王子们并没有听从他的建议。至圣的卡多利柯斯来到塔龙河谷,试图让几个有权势的王子与国王和解。然而尝试也失败了。于是他只好写信给希腊皇帝和大主教说明王子们的行为,并请求帮助。希腊皇帝邀请国王和卡多利柯斯。卡多利柯斯拒绝了邀请,因为他担心有人会提出将亚美尼亚和希腊的教会合并。国王没有理由拒绝,带着他的公爵亲信和仆人去了君士坦丁堡。剩下的事你都知道了,他在拜占庭受到了隆重的接待,人们为亚美尼亚国王举行了宴会,他被戴上了王冠,国王和大臣们收到了珍贵的礼物。"

"是的,马尔兹佩图尼大公告诉过我这件事。"王后说。

"这件事后,亚美尼亚的王子们受到了振奋和鼓励。加基克·阿尔茨鲁尼、莫格斯和阿格德兹尼王子们将优素福军队赶出了他们的领地。我们的军队将阿拉伯人赶出了北部省份,打得优素福措手不及。当阿绍特国王带着希腊军队返回亚美尼亚的消息传来时,他被吓坏了。优素福赶紧召集其余的部队,从德温逃到阿特尔帕塔坎。国王戴着荣耀的王冠回来了。他轻松地夺回了被阿拉伯人占领的土地。他在一些地方也遇到了抵抗,但在希腊人和亚美尼亚人的联合军队面前,敌人无能为力。和平之光再次照耀着这个国家。人们恢复了活力,田野和花园也恢复了生机,土地上再次结出硕果,人们开始享受和平,举国上下欢腾雀跃开始庆祝。"

"好像最先开始庆祝的是我的夫弟阿巴斯?"

"是的,甚至还没等国王回来,他就与阿布哈兹古根王子的女儿结婚了。他们早就相爱了。"

"对,是从加冕典礼那时开始的。我见证了他们的感情。"

"但人们指责阿巴斯,说他在他的兄长、他的国王结婚之前先结婚了。"

"为什么指责他?也许阿布哈兹公爵小姐比萨克·谢瓦德的女

儿更有魅力呢！"

"不，我的王后，你的婚礼由于不可预见的事件不得不被推迟。优素福在得知国王与希腊人结盟的消息后，急忙设置了一个强大的内部敌人来对付国王。他像撒旦一样狡猾。他给暴君阿绍特加冕称王，并派他到亚美尼亚，想通过自相残杀来削弱亚美尼亚，从而掌控亚美尼亚。"

"他曾经对加基克·阿尔茨鲁尼也使用过这个手段，来削弱国王斯姆巴特的力量。这次，他发现加基克不受他掌控了，他又选中了斯帕拉佩特。我们的敌人想挑起亚美尼亚人的内讧，从而坐收渔翁之利。看看优素福，他给一个人王冠，给另一个人公国。他拿这些头衔当诱饵激起王子们的虚荣心，挑起他们内讧，等达到目的后，他再把王冠和公国统统夺走。所有背信弃义的统治者都是这样做的。而且总会有叛徒为了个人利益宁愿背叛自己的祖国。"

"是的，王后！斯帕拉佩特知道优素福背信弃义，但他为了满足自己的虚荣还是选择背叛祖国。他对自己的堂兄弟国王发动了自相残杀的战争。他进行了大屠杀，蹂躏了城市和村庄，但在瓦加尔沙帕特遭遇了惨败，他在那里败给了国王的军队，随后被迫逃往德温。暴君阿绍特的这些暴行耽搁了你的婚礼。国王想先平息战争，恢复国家安定，然后再好好准备婚礼庆典。"

"谢达，你都记得吗？"

"我记得非常清楚，仿佛昨天发生的一样。"

"其实也才发生不久……刚过去了两年。我的天啊……这么短的时间里竟然发生了这么多事！"

"可怜的王后，你是多么痛苦……"

"是的，谢达，我承受了太多。我感觉一切恍如隔世。我还不到二十五岁呢,现在觉得自己像个老太婆了。"

"你现在像天使一样美丽。"

"美丽……谁需要王后的美貌?"

"你又开始伤心了……"

"我记得清清楚楚,就像今天刚发生的一样……我当时在城堡楼上的房间。年轻的女仆们都和我在一起。在楼下的院子里,我父亲正在向一支加德曼骑兵部队下达命令,这支部队将在夜间启程前往阿格斯捷夫,带领那里的军队去瓦加尔沙帕特援助国王。这时突然在远处,在桥的另一边,我看到一面红旗在空中盘旋。'姑娘们,那是什么?'我问女仆们。她们朝那个方向看去。突然,她们中最敏锐的人大喊:'一位信使!''信使。'我重复,我的心狂跳起来。'是国王派来的。'我想。这让我高兴得喘不过气来。如果你还记得,在那之前不久,古加尔克的统治者,格努尼的王子们,已经发起叛乱了。国王和我的夫弟阿巴斯镇压了那场叛乱。然后两兄弟都去拜访了阿布哈兹的古根王子。趁着国王不在,暴君阿绍特占领了瓦加尔沙帕特。国王和他弟弟阿巴斯立即从阿布哈兹赶去瓦加尔沙帕特。晚上他们途经加德曼。国王与我父亲只谈了几分钟,他下令不要打扰我,你们都不知道国王来过了。"

"国王打算突袭暴君阿绍特,应该没人知道。"

"没错。在他离开之前,国王对我父亲说:'如果上帝助我驱逐了阿绍特,我将派一位信使带着红旗去找你,然后回到加德曼举行婚礼。'我父亲是这样告诉我的。你可以想象,当我看到那面红旗的时候,我有多激动!我激动得说不出话,我对父亲什么也没说出来,直到一个女仆喊了起来:'大公,有信使来了!'父亲疑惑地看着我,我激动死了,高兴地喊道:'是的,是的,带着红旗!'冲下了楼。我的脸热得发烫。你还记得那一天吗，谢达？"

"怎么会忘记呢？整个要塞都欢欣雀跃。大公奖给了那位信使一把好剑、一匹马和一把金子。那是穆舍格，现在的要塞守将。"

"对，就是他。我还想给他更贵重的封赏呢，但我没敢告诉父亲。"

"两天的时间，"谢达继续说，"整个加德曼呈现出一片喜庆的景象。本打算派往阿格斯捷夫的骑兵们改变了行程，他们被派去了古加尔克、休尼克、阿尔扎克和其他城市，去邀请亚美尼亚的王子们来参加婚礼。国王是故意晚到的。当他到达时，所有的王子、谢普赫、纳哈拉尔家族的首领和王公贵族都已经在加德曼了。阿布哈兹王子在一天内到达，而格鲁吉亚国王留在甘扎克，与我们的国王同时到达加德曼。曾经被你拒绝的古根·阿尔茨鲁尼王子不仅带着他的仆人来参加婚礼，而且还骑马到甘扎克，在国王到达前一天把格鲁吉亚国王阿特尔奈谢赫带到加德曼，想证明他对国王的友好感情。阿特尔奈谢赫在晚上到达，我们在第二天早上接待了国王。"

"是的，你们所有人都参与了接待国王！加德曼一片欢腾的景象，就连山脉和丘陵都欢欣鼓舞。人们都震惊于亚美尼亚王子们的奢华，萨克·谢瓦德华丽的长袍和盔甲震惊四座。而我呢？谢达，我不仅接待了亚美尼亚王国骄傲的阿绍特国王，而且……我现在可以很自豪地说！是的，谢达，我接受了他，他是我希望的冠冕，我无限的幸福，我温暖的天堂。我接受了他，他是我火热的心，我渴求的灵魂。他满眼都是我，他的声音如天使的旋律萦绕在我耳边。谢达，这位骑士，这位神，是我的新郎，我未来的丈夫。啊，人真的能承载这么多的幸福吗？所有精心的准备、王子们给予的荣誉、加德曼人和所有亚美尼亚军队的热情，对我来说似乎都不够。我还想为阿绍特准备更多的东西……毕竟，他是精英中的精英，比所有的亚美尼亚王子都要高大伟岸。啊，谢达，当一个女人爱上一个英雄时，她脆弱的心就会变成钻石。如果男人知道我们女人么为他们骄傲的话，他们在崇拜者面前永远都会处在神坛上。"

"可怜的女人……"谢达低声自言自语。

"我父亲和侍卫们一起骑马去见国王之前，命令我，作为国王的未婚妻和强大的加德曼大公的女儿，在国王邀请我去他的城堡之前，不能离开房间，也不能向人们展示自己，他说这是习俗。但我……在千载难逢的幸福时刻……无法抗拒，于是打破了礼节。要知道所有加德曼人都聚集在一起，向王国致敬。这种快乐的场合我怎么能不出现呢？我下令把我的房间锁起来，命令女仆们把门封起来，然后我和其中一个女仆一起沿着暗梯爬到塔顶的最高处。你上去过那里吗，谢达？"

"没有，一个女人怎么能爬到那上面去呢？哨兵们都只能勉强爬上去吧。"

"我们像麂一样爬上去了。从上面望下去，整个加德曼尽收眼底。山谷、河流、山脉……一切都在我们面前。到处都挤满了人。我看到骑兵先遣队像飓风一样从桥那边冲过来，展开了一面白色的旗帜。骑兵身后是国王，身边簇拥着他的侍卫。他的武器在阳光下闪闪发光，向四周散发着光芒……国王骑着一匹白马，马身上披着金色的铠甲。国王身穿金色盔甲，头戴金色头盔，头盔上面有一只带着雪白羽毛的鹰。在国王身后是我父亲率领的加德曼骑兵，再后面是西萨基扬王子、阿格万的谢普赫、古加尔克的布杰什赫[①]、莫

[①] 布杰什赫，亚美尼亚边疆地区有世袭统治权的大公。

格斯和阿尔茨鲁尼的王子们、阿尔扎赫和哈琴的统治者等很多人,再之后是王室和王子的军队以及宫廷、首都和谢普赫的军队,最后是从四周聚集过来的人群。

"骑兵先遣队抵达要塞,吹响号角宣告国王的到来。那时我眼中再也看不见加德曼,看不见所有的王子、部队和人群了,我的眼中只有他。我快速捕捉到他,用贪婪的目光一直盯着他,我的未婚夫,我心爱的国王。一支骑兵部队在要塞大门两边排开。国王骑着马向前走。他的马大步向前,非常庄重,在空气中回荡着巨大的响声。我的兄弟和仆人们在正门口迎接国王,我的母亲在加德曼贵族们的簇拥下,在要塞入口处迎接他。

"如果不是那一刻我确定自己很快就会成为那耀眼的光辉的一部分,如果不是我知道那个万众瞩目的位置即将属于我,这时离他那么远的我真想从塔楼上跳下去。但当我想到,这个庞大的军队和国家的主人就是我未来的丈夫,那些我曾经拒绝的王子在他面前无限地崇敬和服从,我的心就欢呼雀跃起来。如果那一刻我的心攥在我的手中,相信我,我善良的谢达,我一定会把它扔到我英雄的脚下⋯⋯"

9. 不忠的开端

王后讲着讲着停顿了一会儿,想让自己冷静一下,然后继续欢快地讲下去:

"是的,谢达,你是对的。回忆过去的快乐可以忘记现在的忧伤。这段记忆对我来说是多么珍贵……我记得初见国王的幸福时刻。他坐在城堡的大殿里,周围都是朝臣和王子。大家都在等着我。我和父亲刚到门口,国王就向我走来,恭敬地向我问好,我十分激动。当时的场景历历在目。父亲拉起我俩的手说:'国王,这是我的女儿、你的未婚妻……'

"国王高兴地笑着,拉着我的手,温柔地亲吻,他领着我走向宝座,宝座旁边放着一把红紫色椅子。'各位,我给你们介绍一下,这是你们未来的王后。'国王庄严地说,全体欢呼:'国王万岁!国王万岁!王后万岁!'然后所有的王子都走到我面前,依次向我问好。谢达,他们都是曾向我求婚却被拒绝的王子。啊,我当时多么想成为世界上唯一的美女,让所有人都称赞我,让所有人都说亚美尼亚国王挑选的未婚妻和他简直是天作之合!"

"你像天使般美丽。"

"我为自己配得上我的未婚夫感到高兴。"

"是的,他之后还跟马尔兹佩图尼大公说,他感觉自己很幸福,因为你的美貌超越了阿巴斯的妻子。国王说,'阿布哈兹王子再不能吹嘘他的女儿是亚美尼亚宫廷的唯一珍品了。'"

"婚礼上主教拉起我的手,放到国王手里。我抬头看了看他。啊,在那一刻,他对我来说是多么的威严,我自己是多么荣耀……我心想,'我的梦想终于实现了,我太幸福了。'然后一种放肆的想法涌上心头:'国王,铁人阿绍特,现在是我的了,没人能把他从我身边夺走。我们结婚了,我们的结合得到了神的见证……'主教说:'神见证的人是不能分开的。'而现在,谢达,我失去了他。他不再是我的了。承认事实太痛苦了……然而是上帝让我们结合的……谁又可以把我们分开?这一切是怎么发生的?告诉我,谢达,你全都知道……"

"我已经告诉你很多了,亲爱的王后。"

"不,你还没有告诉我,我们的不幸是如何开始的。为什么熄灭的火花会生出新的火焰?"

"又是因为我们的敌人。"

"到底是谁?"

"优素福。"

"他做了什么?"

"你还记得在你的婚礼上,他给国王送了厚礼吗?"

"一顶王冠、一把镶有宝石的剑、身披金甲的阿拉伯马,还有许多珍贵的礼物。"

"他还送给国王一大支阿拉伯骑兵。"

"他为什么要这样做呢?"

"据说，优素福打算反叛哈里发，想要独自统治波斯。当时亚美尼亚国王实力雄厚，希腊皇帝与他结盟，亚美尼亚王子们也都团结在他周围。他甚至与加基克·阿尔茨鲁尼达成和解。他唯一的敌人暴君阿绍特也被他打败，逃到德温。这就是为什么优素福试图拉拢国王。你的婚礼是个绝佳契机，优素福用厚礼拉拢国王，但这一切的背后是个阴谋。阿拉伯沃斯提坎当然不可能真心希望亚美尼亚国王强大，他向国王示好只不过因为国王实力强大。优素福送给国王的骑兵就是灾难的源头。

"婚礼结束后国王决定向德温进发，把暴君阿绍特赶出德温。如果你还记得，萨克大公没有反对。他们集结了国王的军队、加德曼的部队和优素福的骑兵，整编成一大支军队。国王率领军队向德温进发。卡多利柯斯反对这场战争，认为这是自相残杀。他试图阻止灾难的发生，但调和无果。国王依靠自己的力量，据说是在你兄弟格里戈尔的教唆下，发动了战争。在战争最激烈的时候，优素福的骑兵逃离了战场，这突如其来的背叛使国王的军队陷入混乱，军队遭受惨败。优素福的背叛行为使国王必须准备进行一场新的战争。他召集了阿布哈兹王子的军队，与他们会合后，打算和敌人来场大仗。幸运的是，卡多利柯斯用请求和祝祷成功地劝停了敌人。"

"这些我都知道。但这与我的不幸有什么关系呢？"

"关系大了。这场战败是乌季克统治者莫夫谢斯大公反叛国王的直接原因。国王和萨克大公前往乌季克镇压叛乱。"

"他们成功镇压了叛乱，国王一剑砍掉了莫夫谢斯的脑袋。"

"是的，但他任命茨里克·阿姆拉姆为乌季克总督，取代叛乱的莫夫谢斯。"

"茨里克·阿姆拉姆？也就是说，这就是所有事情的起源？"

王后激动地直起身子,坐在床上,盯着乳母。谢达沉默不语。她显然不敢继续说下去,不想再让她的女主人难过。

"你为什么不说话,谢达?"

"我不知道该说什么。"乳母悲伤地笑着,回答。

"你说,国王任命茨里克·阿姆拉姆为乌季克总督?"

"是的。"

"为什么偏偏是他而不是其他人?你知道些什么?"

"国王只听说过大家谈论阿姆拉姆的好话。"

"是的,他是个强而有力的人,叫茨里克①也不是没有道理的,但这有什么关系呢?"

谢达沉默了。

"把你知道的统统告诉我。"王后严厉地吩咐。谢达不敢违抗。

"乌季克的叛乱平息后,你的兄弟格里戈尔王子独自回到了加德曼,没和萨克大公一起。你的母亲问起萨克大公在哪里,格里戈尔回答说,大公和国王去了叶拉兹加沃尔斯看望王后。不久,你父亲就回到了加德曼,愁眉苦脸,垂头丧气。夫人非常担心,以为他得知了一些关于你的不幸消息。她没敢问大公。你知道的,你父亲不喜欢被人询问。整整两天他都没有离开城堡。第三天,他与夫人还有他的兄弟们召开了一次秘密会议。在那之后,整个城堡都陷入了悲痛。这让我非常不安。然而,夫人没有对我保密,我很快就知道了一切。夫人说:'我的萨卡努伊什很不开心。''为什么?'我惊讶地问。'大公先前的预防措施没有起到任何作用,'她悲伤地继续说,'大公以为把谢沃德公爵小姐嫁给茨里克·阿姆拉姆,就能把

---

① 茨里克是小公牛的意思。

过去的爱情记忆从国王的心中抹去,但他大错特错,他们爱情的火花重新燃起变成了火焰。'以什么方式?'我吓得赶紧问。'在制服了叛臣莫夫谢斯之后,国王率军到谢沃德峡谷休整。在那里,茨里克·阿姆拉姆和谢沃德的王子们见到了他,邀请他去塔武什要塞。谢瓦德预感到不幸,他竭力阻止国王接受邀请,却是徒劳。国王在那天之前还在急忙赶路,想要在约定的时间返回叶拉兹加沃尔斯,履行对王后的承诺。他欣然接受了茨里克·阿姆拉姆的邀请,去了塔武什。'接下来呢?'我问。'大公和他一起去了。'夫人说大公是这样说的:'那里住着国王曾经的心上人,茨里克·阿姆拉姆的妻子。她在要塞门口迎接国王。这位公爵夫人如此的年轻貌美,让人很难不对她产生爱慕之情。我看到她一见到国王就退缩和脸红。她在国王面前可能显得很胆怯,但我看得很清楚。国王的兴奋根本逃不过我的眼睛。那一刻阿姆拉姆的妻子如此美丽。即便国王当时拥抱了她,我也不会感到惊讶,我可以看出他们的眼睛里闪烁着曾经爱情的火花。在场的人都没注意到他们的目光,但这目光里饱含了太多太多。但国王克制住了自己,没多看公爵夫人一眼。茨里克·阿姆拉姆显然因为妻子没有引起国王的注意感到不悦。然而,我的预感很快就应验了。国王本来打算任命我的儿子格里戈尔为乌季克总督,但突然决定把这个职位交给茨里克·阿姆拉姆。我没有反对,因为我知道,美丽公爵夫人沉默的目光胜过我的千言万语。第二天早上,国王签署了一份《乌季克公国文书》,任命阿姆拉姆为总督。公爵夫人亲自来感谢国王,带着她所有的魅力和美貌前来。至于茨里克·阿姆拉姆,他已经准备好高兴地亲吻国王的手了。当天晚上,我提醒国王注意他对王后的承诺,要及时返回叶拉兹加沃尔斯。可当他向茨里克·阿姆拉姆说希望在塔武什再待两天时,我感到十分震惊。一想到自己可能在那里见证国王旧情复燃,我真是一秒也待不下去了。我回来了,是因为我没有力量去叶拉兹加沃尔斯。我该怎么来面对我的女儿,我该怎么向她解释国王在塔武什要塞逗留的事呀?'

"两天后,谢瓦德大公把我叫到他那里,对我说:'谢达,我的萨卡努伊什很孤独。她现在比以前更需要你的照顾,你准备一下明天去希拉克。'我欣然答应,因为对我来说,还有什么是比照顾你更幸福的事呢?大公知道,夫人已经全都告诉我了。在我出发前,他当着夫人的面对我说:'谢达,你知道我女儿的幸福面临怎样的威胁。她还年轻,可能会加速结局的到来。你去看好她,你是个经验丰富的女人,你深谙生活之道。你要确保你的王后保持警惕,让她的一举一动、一言一行、一颦一笑都能唤起她丈夫的爱,让国王忘记阿姆拉姆妻子的魅力。任何做法都不能点燃爱情,但它可以熄灭旧爱的火花,防止它们重新点燃。婚姻还不是爱情的保证,但夫妻必须竭尽全力保护它,即便进入了婚姻生活也必须持续付出努力。这一点务必时刻谨记。人就是这样被创造出来的,一旦达到了预期的目标,就会失去兴趣。现在是接受考验的时候了。你的王后不知道这些,如果她永远不知道就好了。她全心全意地爱着国王,毫无保留地信任他,但这种爱常常会导致错误。一句不经意的话语、一个粗鲁的动作或者一次衣着不慎,往往就会像是把毒药滴入爱人的心里,一滴、二滴、三滴……最终感情就会被消耗殆尽。你全都知道,谢达。去保护你的萨卡努伊什免受即将到来的不幸。国王的感情已经今非昔比了,我看得很清楚。去照顾好我的女儿,别让她遭受爱情的打击,我这边也会想办法避免不幸的发生。'

"带着这些指示,大公送我离开。此后,如你所知,我来到了希拉克。国王已经回到叶拉兹加沃尔斯你那里,他继续温柔地疼爱着你。你很满意自己的命运。大公的怀疑好像有些多余,至少我没有注意到国王有任何变化,看到他对你总是很温和,很亲切。然而,就在那年夏天,他和你去休尼克和古加尔山区游览,他让休尼克的公爵夫人们陪着你,然后自己声称有紧急事务去了谢沃德州,我起了疑心。我当时什么也没跟你说,你是那么的快乐幸福,我必须保持镇定,不能用怀疑来毒害你纯洁的心灵,但我已经看出来了,国王的心早就跑到阿姆拉姆的妻子那儿去了。后来他去乌季克很多次。你丝毫没有怀疑,但身在王宫里的我和身在加德曼你的父母感到十分不安。很快国王频繁地往返乌季克,王宫里的女人们,甚至连国王的侍卫都开始说:'看来我们的国王已经爱上了谢沃德那里。'"

"告诉我,他们是否知道国王为什么要去乌季克?"王后问,激动得浑身发抖。

"没有,只有他的两个侍卫知道。"

"唉,谢达,你为什么要骗我?两个人就足以让两百个人都知道了。宫里的女人还有谁知道我的不幸?"

"那时好像没人知道。不久,国王的弟弟阿巴斯和他的岳父、阿布哈兹的古根王子,试图抓住国王并杀死他。国王逃离了他们。叛乱者在希拉克到处搜寻,然后带着部队向叶拉兹加沃尔斯进发。你肯定记得,在他们来之前,国王已经把我们都送到了乌季克,送到了谢沃德峡谷,我们在茨里克·阿姆拉姆的塔武什要塞避难。就在那时,宫中的两个女人发现了国王与阿斯普拉姆公爵夫人的亲密关系,她们责怪国王把我们藏在他爱人的房子里,而不是藏在休尼克的某个要塞里。"

"这两个女人是谁，谢达？告诉我，我想知道。"王后问。

"一个是沙安杜赫特的母亲，另一个是戈阿尔公爵夫人。"

"她们跟你提过这件事吗？"

"是的，但是是暗地里提的，除了我们没人知道，况且我一直在努力打消她们的怀疑。"

"白费力气，你这样是不可能让她们视而不见的。那你怎么不告诉我这个秘密呢？如果我知道除了我以外还有其他人知道这个秘密，我就会把刀子插进那个低贱女人的心脏，然后自杀。铁人阿绍特就会避开现在的危险，萨克·谢瓦德和他的儿子就不会失去双眼。"

"怎么，王后？难道你也是在塔武什要塞发现的吗？"

"是的，谢达，在那个低贱女人的宫里，在我们到达的几天后。"

"怎么发现的？"

"你还记得有一天，阿姆拉姆大公酒后得意忘形，开始向那些公爵夫人们献殷勤。我离开了大厅，心里莫名地不舒服，不知道如何缓解。我不想让任何一位公爵夫人陪我，就独自一人在宫殿里徘徊。我希望能遇到国王，他早早就离开酒宴，说是要单独阅读叶拉兹加沃尔斯来的信。突然从一间房间里传来了他的声音，我高兴地朝着房间走去，那是阿斯普拉姆公爵夫人的房间。在这我听到了公爵夫人的声音。我本以为她在忙着做家务，但令我震惊的是，他俩竟然在一起。一种不好的预感让我心头一紧。我的呼吸变得急促……我怀着一种既期待又忐忑的心情走到门口，推开门，我究竟看到了什么？谢达……啊，那一刻我为什么没窒息而死，为什么没死？阿斯普拉姆公爵夫人……在国王的怀里……"

"我的天！"

"是的,我的阿绍特,我心尖上的人,坐在那里,怀里抱着茨里克·阿姆拉姆的妻子……啊,谢达,你知道我有多震惊吗?那震惊程度比被雷电击中还要严重百倍千倍……"

"那你做了什么?"

"什么也没做。他俩脸色苍白得像死人一样。我没有说话,离开了那个房间,独自走到隔壁的房间。"

"那时你还生病了?"

"是的,因为那场致命的打击给我带来的痛苦……那时我病了整整两个月。"

"你从未对任何人说过?"

"没说过,我不想破坏亚美尼亚国王的家庭,不想萨克·谢瓦德的女儿亲手毁了亚美尼亚王室和王位。唉,为什么要隐瞒呢,谢达?我从未对任何人说过,不想我的对手们和嫉妒我的公爵夫人们幸灾乐祸,也不想我以前的求亲者嘲笑我的骄傲。"

"我可怜的女主人……"谢达低声说。

"我的骄傲终究让我受到了严酷的惩罚……"

"上帝是仁慈的,王后。上帝会让勇敢承担悲痛的女人重获往日幸福的。"

"亲爱的谢达,你真好……但是如今死人还能复活吗?起来吧,谢达乳母!去休息吧。我让你腻烦了,原谅我。"

谢达早就等着这句话呢,她帮王后宽衣,整理好床铺,向她道了晚安,然后去了寝宫旁的房间。

王后躺下了,但悲伤的思绪久久未能散去。直到天亮她才闭上眼睛,老谢达早已安然入睡了。

10. 瞎眼的复仇者

太阳落山了。两名骑手正匆匆穿过甘扎克平原。其中一名年纪偏大些，长相高贵，戴着一顶轻巧的铜头盔，手持一把银鞘剑和一面闪亮的小盾牌。他身后是一位高大的年轻人，身穿铠甲，头戴钢盔，腰间佩剑，一手持重盾，一手持长枪。他们累得满身大汗，可以看出他们是长途跋涉才来到此处。当骑手们穿过宽阔的平原，进入加德曼峡谷时，马尔兹佩图尼大公对他的侍卫说："太阳已经下山了，叶兹尼克，我们必须在天黑前赶到要塞，我不想军队因守卫打开大门引起骚动。"

"你在担心什么，大公？"侍卫问。

"我不想让萨克大公知道我们来了。我希望以一个陌生人的身份出现在他面前。"

"要塞里没人认识你吗？"

"我相信没人认识我。我已经八年多没来过加德曼了。我甚至没能参加国王的婚礼。谁还能记得我？大公的老仆人中只有谢达认识我，她现在在加尔尼。本来公爵夫人也认识我，但她已经不在了。大公的儿子大卫现在在阿姆拉姆的营地里。现在只有大公本人和他的儿子格里戈尔在要塞。他俩现在都看不见了，不会认出我的。"

"这样的话，我就不去要塞了，就在村子里过夜。"

"为什么？"大公问。

"因为谢瓦德大公的仆人和要塞的哨兵都认识我。"

"这太惨了！"

"他们知道，我是马尔兹佩图尼大公的侍卫，通过侍卫他们就能认出主人了。"

"既然这样，你就留在村子里吧。"

"好的，主人。"

"你可以去打听一下，搜集些谢瓦德大公参与叛乱的信息。"

"不弄清楚所有细节，我是不会放弃的。这里的神父特别能说，我尽量一直跟他待在一起。"

"别自己说，要多听。"

"我会保持沉默，但会多给他点儿钱表示感谢。"

"还有这事。你有钱吗？"

"铜板对村里的神父来说可是好东西。"聊着聊着，骑士们便抵达了加德曼河。

"别耽搁了，快过河。"马尔兹佩图尼大公命令。

侍卫鞠了一躬，策马向左，拐去加德曼村，而大公则向要塞走去。当他走到要塞山坡上时，他看到了加德曼的白墙和塔楼。这些塔楼北靠坚不可摧的山峰，南面和东面是高而陡峭的悬崖。这座坚固的要塞在暮色中显得更加庄重，大公的心中充满了深深的忧伤。他想起了八年前阿绍特王子在这座要塞时的场景。那时他心中也没有什么喜悦。亚美尼亚国王被钉在十字架上，王子们陷入了自相残杀的战争，阿绍特王子无能为力，自己也受了伤。但就在那时加德曼给了他们希望。萨克·谢瓦德像一头强大的狮子坐在要塞里，他的名字足以震慑敌人，足以鼓舞弱者。而如今要塞充斥着悲伤和绝望。

天已经黑了，大公骑着马正经过一段上坡路，马儿此时已经筋疲力尽。大公想尽办法驱赶着可怜的马儿，以便尽快到达要塞。终于来到了山脚下，他听到了号角的声音。那是关闭要塞大门的信号。

"该死的！他们要关大门了。"大公喃喃自语，松开了缰绳，马儿仿佛感觉到主人的疲惫，放慢了脚步。当大公来到西面两座塔楼之间的大门时，要塞里已经燃起了火把。他下了马，来到外面的壁龛前，拿起里面放着的木槌，在墙上的木板上敲了三下。

"谁在那里？"哨兵用嘶哑的声音喊道。

大公没说话，不知道该如何称呼自己，他把头探出狭窄的塔楼窗户。

"谁在敲门？"哨兵恼怒地再次问道。

"国王的信使。"大公回答。

"国王的信使在我们的要塞里没有任何事情可做！"哨兵愤怒地喊道，"难道国王不知道加德曼是属于它的老主人的吗？"说完他就进屋了。

马尔兹佩图尼大公大吃一惊。他没有想到加德曼家族会公开宣布自己是乌季克的盟友。他知道萨克·谢瓦德参与了茨里克·阿姆拉姆的叛乱，他的儿子大卫是阿姆拉姆的盟友。不过，他还是希望这位国王任命的加德曼要塞总督不会背叛他的主人，他真心诚意地效忠国王这么多年。从哨兵的话中，大公已经清楚地知道整个地区都已陷入叛乱。

"现在怎么办？"大公想了想，想出了个巧妙的法子。他再次拿起锤子，用力敲打木板。

"朋友！显然，你这个国王的仆人想要在塔楼上被吊死！"哨兵在塔楼上尖锐地大喊，然后补充说，"你想让我用箭射穿你吗？"

"傻瓜！我刚才是故意试探你呢。只有像你这样的畜生才能为一个非法的国王效力。"

"你到底是谁？"哨兵情绪稍微平静些后，再次问道。

"我是阿姆拉姆大公的亲信。我有重要的消息要传达给谢瓦德大公。"

"如果你说的是假的呢？"

"你怕什么呢？就凭我自己难道可以攻下要塞吗？"

"你等等！我们必须得到要塞守将的许可。"说完，哨兵又回去了。

过了一会儿，塔楼上出现了火光。有人放下一个火把检查要塞前面是否有人。当他们确定下面只有一个人时，哨兵们打开了大门。他们看到来者是大公，而不是普通士兵，他们给了他应有的尊重。然后他们要求，大公只需要向要塞守将说明情况就可以了。哨兵把他领到最近的一座塔楼，要塞守将正在楼上等他。他穿过一扇低矮的门，爬上一个狭窄蜿蜒的楼梯。一个走在他前面的哨兵停下来，要求大公交出他的剑。他服从命令，把剑和盾牌交给哨兵，然后走向要塞守将。守将身材高大，有着一双智慧的眼睛，脸上带着善意，站在一个小拱顶的房间中间，等待着这位神秘客人。当他看到大公时，他急忙向他走去，激动地大声说："马尔兹佩图尼大公，是你吗？什么风把你吹来了？"

他们相拥而泣,互相亲吻。这反应让大公很高兴,这意味着守将瓦格拉姆是反对叛军的。瓦格拉姆示意门口的哨兵离开。

"谁在那儿?"守将朝门口大声喊道。

"是我,长官。"哨兵回答。

"把大公的剑和盾牌放在这儿,然后下楼去。"

哨兵遵从了命令。

这下房间里只剩下他俩了,瓦格拉姆说:"我猜到是国王的信使来我们要塞。哨兵跟我说,你先自称是国王的信使,然后又说是阿茨克·阿姆拉姆的亲信。起初我还很迟疑,但后来我明白了,是我们的盟友来了。现在快说说,你从哪儿来,为什么来?怎么是一个人来的?你的侍卫呢?国王有什么消息吗?叶格尔[①]家族指望得上吗?还是我们得在沃斯坦召集军队?"

瓦格拉姆向大公抛出了一连串问题。很明显,在他看来马尔兹佩图尼大公很有权威。大公并没有马上回答,他坐到房间里唯一一把木制长椅上,让瓦格拉姆坐到窗台上。

"你还年轻,瓦格拉姆,而我年纪大了。长途跋涉让我疲惫不堪,容我先喘口气。"马尔兹佩图尼说。

"唉,实在不好意思,大公。看到你我太高兴了,都忘了尽地主之谊,甚至都没请你坐下。请原谅我。那我们别在这儿聊了,走!去我家吧,去我家休息休息,我们好好聊聊。"

瓦格拉姆站起身来,招呼大公出门,但大公没有动。

"瓦格拉姆,"他说,"不能让别人发现我去你家。我希望从你那里知道一些事情,并且把我知道的告诉你。然后我就去找谢瓦德

---

① 叶格尔人是亚美尼亚北部毗邻的叶格里亚的居民。

大公,现在就别讲究什么待客之道了。"

马尔兹佩图尼大公盯着瓦格拉姆,从头到脚仔细地打量着他,问:"瓦格拉姆大公,你现在还是曾经那个谢普赫瓦格拉姆吗?我还可以像从前一样信赖你吗?"

"谢谢你能够这么坦诚,大公。马尔兹佩图尼大公问谢普赫瓦格拉姆是否是叛徒,这种怀疑合情合理,尤其是现在这个时候,我在叛军的军队里当差。但请你相信我,时间和环境都改变不了我,我一直是国王忠实的臣民,一直效忠于他。为了国王我不得不和叛军在一起,我必须这样做。"

"我不明白你的意思。"

"当茨里克·阿姆拉姆叛乱的消息传来后,谢瓦德大公决定利用这个机会,执行他谋划已久的计划。他召集了加德曼的贵族和氏族首领,我也在其中。大公的话让所有人都惊慌失措。"

"他说了什么?"

"我记不清所有细节了,我尽量回忆。加德曼的贵族们聚集在城堡的露台上,氏族首领在院子里。两个仆人扶着谢瓦德大公走出来,另外两个人扶着格里戈尔王子。这对盲人父子的出现给我们留下了深刻的印象。谢瓦德大公刚一开口,人群中就传来了对国王的咒骂声。谢瓦德大公来到栏杆前,拄着手杖,说:'各位大公和人民!你们自己看吧,强大的谢瓦德,加德曼人的骄傲和敌人的震慑,被他狡猾的女婿夺去了双眼,现在只能在仆人的搀扶下才能来到你们身边。我不希望我的臣民再遭受我和儿子一样的伤害。啊,简直悲痛欲绝!你们还能够看见加德曼,看见天空和阳光,看见山脉和河谷,看见春天和花朵。而我再也看不见了……但这不是最痛苦的。最痛苦的是,我不能再关心我的人民,不能再抚慰他们的悲伤,不能再去探望病人,不能再擦干寡妇和孤儿的眼泪,不能再解救俘虏。谢瓦德现在生活起居只能靠仆人的怜悯。如果不是仆人怜悯我,啊,我加德曼的人民啊,我冰冷的身体甚至都无法感受到温暖的阳光了……我的家啊,曾经是我生命的源泉,现在却成了瞎眼猫头鹰的住所。但是你们,加德曼的勇士们,你们拥有明亮的双眼、强壮的臂膀、健康的体魄。你们怎么能忍受铁人阿绍特的欺辱?他弄瞎了你们的领袖,他剥夺了你们的自由!加德曼的人民!我用胜利让加德曼这个名字响彻全国,而你们却用奴颜婢膝的顺从羞辱了这个名字。如果你们无法挣脱这个枷锁,那么请你们勇敢地用剑刺穿我的心,让萨克·谢瓦德的痛苦随他的身躯从这个世界上消失,让你们的孩子不再听到他对你们的怨言和诅咒……'大公话音未落,所有人都惊呼着:'打倒暴君!解放加德曼!萨克·谢瓦德是我们的领袖!'几分钟后,城堡变成了一片汹涌的大海。人们拿着武器冲了出来,好像国王的军队已经围攻了要塞。瓦南德士兵们被赶出堡垒,他们被威胁说如果不服从命令就会杀掉他们。愤怒的人群将国王的旗帜从城堡顶上撕下,挂上了加德曼的维沙普①。"

"啊,这太过分了!"马尔兹佩图尼大声说。

"如果我没有召集我的部下宣誓效忠谢瓦德,情况可能会更糟糕。"

"离开城堡难道不比向叛军宣誓效忠更好吗?"

"离开城堡我就不能监视乌季克了,就失去了对国王尽忠的机会。现在我打入叛军内部,就可以打探内部消息了。"

---

① 维沙普,龙的意思。

瓦格拉姆的这番话让马尔兹佩图尼低头陷入了沉思。

"你真的以为我是叛徒吗？"短暂的沉默后，瓦格拉姆问。

"是的。"大公抬起了头说。

"但我只是屈服于形势。"

"形势归形势。但如果每个要塞守将都屈服于形势，那么国王的所有城堡都会落入敌人手中。"

"我不能用我的这小支部队去对抗一大支部队，来一场自相残杀的战争吧？我不希望发生流血事件！"

最后一句话他说得十分激动。马尔兹佩图尼看着他，摇了摇头。

"你是在生我的气，还是认为我的回答不诚恳？"

"恰恰相反，我觉得你的回答非常诚恳。我很清楚局势的艰难，敌人正在等待合适的时机入侵我们的国家，而我们自己却在为敌人铺路。我的朋友啊，你不希望发生自相残杀的战争，我十分赞同，自相残杀就等同于自杀。"

"谢谢你的理解。如果我向敌人示弱，你就亲手用剑刺穿我的心脏。但实话实说，我无法对我的同胞动手。"

"不会发生这种情况的。也许理智会制止这场冲突。不只有流血牺牲才能维护国家统一，我们可以使用巧妙的手段来解除敌人的武装。民众就像被狼欺骗的羊，为赢得狼的友谊而出卖了它的看门狗。而狼在扼杀了狗之后，就会把魔爪伸向愚蠢的羊。煽动民众去造反的谢瓦德大公死有余辜。每个人都应该全力抵抗叛乱，每个亚美尼亚人都应该把对抗王位合法拥有者的人视为自己的敌人。我们用巨大的牺牲换来了如今强大的国家，如果失去它，我们就会再次沦为奴隶。"

"这点我知道,但我不会使用巧妙的手段,亲爱的大公。"

"我不怪你。事已至此,现在我们需要考虑的是如何停止这场纷争。你想过这个问题吗?毕竟我们现在正濒临毁灭。"

"我已经想了好久了,甚至想好了该如何行动。大公,你现在告诉我,沃斯坦的立场是什么?谁在与国王结盟?要从要塞中集结多少军队?你为什么要独自前来?总之,把你知道的都一五一十告诉我。这里地处偏远,消息很少能传到我这里。你先说,然后我告诉你我的想法。如果你觉得可行,就按照我的想法行动,如果不可行,我就按照你的吩咐去做。"

瓦格拉姆的好奇心和他提出的问题使大公起了疑心。他怀疑瓦格拉姆是想打探国王拥护者们的计划,以便加以阻止。他们根本没办法进行坦诚的交流。瓦格拉姆看穿了大公的疑虑,微笑着说:"别有顾虑,亲爱的大公!别用你现在看到的东西来判断我的忠诚,用你过去对我的了解来判断我。我告诉过你,我是为了国王而假意服从谢瓦德的,我对国王并无二心。就算给我整个加德曼,我都不会背叛国王。"

瓦格拉姆这番真诚的话打动了马尔兹佩图尼。

"是的,瓦格拉姆,我确实对你有疑虑。我不敢毫无保留地相信谁了,时间和人让我一次次的失望。但从现在开始,我完全信任你。不过我的时间不多,长话短说,我急着去见谢瓦德,见完后我尽量回来找你。如果我没有回来,我也知道国王在加德曼有你这样一个忠诚的人。"

"也是最忠诚的仆人。"

"谢谢你,现在听我说。如今首都已经恢复平静了。如你所知,国王与他的弟弟阿巴斯早已和解,这要归功于休尼克的瓦萨克王子。唯一不和谐因素就是国王和暴君阿绍特之间的争斗，但现在也已结束了。我们和卡多利柯斯费尽心力促成了这场和解。国王和暴君阿绍特一起围攻并占领了德温，齐心协力把阿拉伯人驱逐出去。原本以为从此国家会迎来持久和平，我们甚至在德温连续几天举行了庆祝活动，但突然传来茨里克·阿姆拉姆叛乱的消息。国王没想到叛乱会发展到如此大的规模，当时他只带着一支随从便从希拉克出发去镇压叛乱。国王以为他在乌季克将不费吹灰之力就能制服叛军。然而，当他到达时才发现整个乌季克地区都在造反，当时我带着王室成员在加尔尼，收到了国王的消息。国王说不能指望叶拉兹加沃尔斯的防御工事，阿巴斯和阿布哈兹的古根已经把那里摧毁得不成样子了。我没有告诉王后叛乱的严重性，免得她担心。她建议我去乌季克援助国王，如有必要带去一支军队。于是我去了乌季克。到那儿我才发现，不只乌季克，还有阿尔察赫和古加尔克的大部分地区都落入了叛军之手，我在加尔加峡谷见到了国王。他自知胜利无望，正准备返回首都，这本是个错误的判断。如果他没有在希拉克制服茨里克·阿姆拉姆，叛乱的范围就会更大直至彻底推翻自己的统治。

"该怎么做呢？我们没有军队，叛军已经占领了各个据点。我们发现那些我们以为忠于国王的人竟然投靠了阿姆拉姆，但事实上，国王在乌季克并非孤立无援，他必须制服叛军。国王决定不在乌季克停留，将启程去找叶格尔人的国家。我们希望叶格尔人能记得国王曾经帮助他们打退了阿布哈兹的古根王子，作为回报他们这回能向国王派出救兵。

"于是，国王和他的护卫们出发了。我和亲信留在乌季克，巡视了要塞和整个乌季克。我们判断，乌季克已经没有地方可以为我们提供庇护了,甚至连双方停战进行和平谈判的地方都找不到。现在已经毫无退路了,只能与叛军硬碰硬。就在这时,一位来自叶格里亚的信使送信来说,叶格里亚国王派给了我们国王一支军队,国王很快就到了。"

"所以国王要率领叶格尔救兵来?"瓦格拉姆欣喜若狂。

"是的,几天前我已告知了王后,但我只说会很快平定阿姆拉姆的叛乱,没说国王已经得到了叶格尔人的援助。"

"你行事很谨慎,国王还有多久能到?"

"过几天,但我必须在他来之前弄清楚,茨里克·阿姆拉姆为什么反叛了他的恩人?毕竟,正是承蒙国王阿绍特的赏识和恩典,他才当上了乌季克总督和北方军队的总司令。他到底为什么要恩将仇报?"

"是的,阿姆拉姆此举也出乎我的意料。"

"怎么会?你什么都不知道吗?"马尔兹佩图尼大公故作天真地问。

"不知道。"

"我以为,是谢瓦德怂恿他发动叛乱的。"

"恰恰相反,我认为是阿姆拉姆的叛乱怂恿了萨克大公。"

"你没有搞错吧?"

"我认为没有,谢瓦德本没有叛乱的想法。"

"我是来了解这件事的前因后果的。我之前就怀疑过谢瓦德,我在路上收集的一些信息也印证了我的怀疑。不过我还真不知道他已经煽动了整个加德曼。说实话我不相信瓦格拉姆会让他这么做。"

"我已经向你解释了我这样做的原因。"

"不要打断我,我没有指责你什么。情况已经很清楚了:加德曼站在叛军一边，我们唯一的朋友，要塞守将瓦格拉姆，是国王可以信任的人。"

"就是这样。"

"现在你留在这里，派人护送我到谢瓦德的宫中。我会跟他说我是个陌生人，我会努力找到这个谜团的答案。"

"这有什么用？你不关心谁煽动了谁吗？有叛乱，我们必须采取行动。"

"是的，要果断采取行动，但在行动之前必须知己知彼。"

"好吧，我不多问了，你自己看着办吧。你那么聪明，不需要我的建议。"要塞守将回答，叫来一个卫兵护送马尔兹佩图尼大公去谢瓦德宫中。

天色渐晚，要塞里狭窄蜿蜒的街道在黑暗中越发昏暗。人们都回家了。四周一片寂静，荒凉的小巷里只能听到大公的马发出的咔咔声，看门狗冲着马儿狂吠。快到的时候，大公命令卫兵离去，独自骑向宫殿。宫殿的大门没有上锁，它的瞎眼主人显然没有想到深夜会有任何攻击，也没有想到会有这样一个狡猾的敌人在夜间打扰他们休息。

大公从正门进入宫殿。这是一座巨大的两层建筑，宽敞的大厅、众多的房间和各置于两侧的塔楼被黑夜笼罩着。尽管谢瓦德宣布自己是这里的统治者，但宫殿内空无一人，一片寂静，连一点儿沙沙声都没有，只有光线从城堡侧翼的几个狭窄的窗户中射进来，仆人们在楼下的房间里走动。大公看着这座宫殿，内心很不是滋味。他不禁想起了第一次来这里的场景，那是多么快乐的日子。到处生机勃勃、欢歌笑语。可再看看现在，死一般的沉寂！仿佛死亡之手正伸向这个城堡。"这一切根源都是因为一个女人……"大公低声说，深深地叹了口气。

他来到一楼的一个房间，用鞭子的握把敲了敲门。一位仆人拿着一盏灯走了出来。他是这里的老人了，马尔兹佩图尼一眼就认出了他。这次会面最好暗地进行，如果他被认出来了，那他所有的计划都会被破坏，他不希望有人记得这次会面。

看到来者并非普通人，仆人立即召集了宫殿里的其他仆人。仆人们点燃了院子里的迎客火把，开始招待大公。然后他们向主人报告说，有位不寻常的客人来访。谢瓦德让仆人传话："我很欢迎我的老朋友，尊贵的马尔兹佩图尼。"

马尔兹佩图尼很是惊讶，愣在原地。

"谢瓦德大公怎么会知道他的客人是马尔兹佩图尼呢？"他问那位仆人。

"是我跟他说的，我想取悦我的主人。"仆人笑着回答。

"年轻人，难道你认识我吗？"

"这是我的儿子，大公。"老仆人走向马尔兹佩图尼，说，"是我告诉他来的客人正是马尔兹佩图尼大公。你看，大公，我的儿子已经长这么大了。当年你在我们这养伤的时候，他还在襁褓里呢，他是个聪明的孩子……"

"看得出来！愿上帝保佑他。"大公迅速地回应了这个多嘴的仆人，没有表现出不快，便上楼去了。"一次毫无意义的来访……也许还会要了我的命。"他想了想，走进了谢瓦德的房间。

谢瓦德大公穿着黑色衣服，双腿盘坐在角落的丝绒沙发上，手中拿着一串念珠，他把头抬得很高，像所有盲人一样。听到门口有声响，他把脸转向门口，微笑着问："是马尔兹佩图尼大公吗？"

"是的，你恭顺的仆人。"马尔兹佩图尼回答，然后快步走向这儿的主人。

"到我这里来,我亲爱的客人。我无法走近你,上帝剥夺了我的这种快乐,你来拥抱我吧。"说完,他张开双臂,把马尔兹佩图尼抱在胸前,亲吻了他几次,在啜泣中说:"我看不到你的脸,我尊贵的朋友,但我的心感知到了你正为谢瓦德的不幸而痛苦,你的眼睛在流泪……"

的确如此,马尔兹佩图尼大公无法控制泪水,他在谢瓦德的怀里默默地哭泣。坚强隐忍、无坚不摧的马尔兹佩图尼大公拥有一颗敏感的心。

"坐近点儿,亲爱的。"说完,谢瓦德让马尔兹佩图尼坐在自己身边,"要勇于蔑视命运的打击。但是……永远不要蔑视美德。世界上没有什么东西是不受惩罚的。是的,谢瓦德犯了罪,理应受到这种惩罚……"

马尔兹佩图尼想让谢瓦德大公说些别的,于是他说:"你的话让人太难受了,我没想到你会对我说出这样的话。"

"不,朋友,自从我听说了你来了,我的话里就没有任何苦涩了。马尔兹佩图尼大公,你来我这里了,来我的家里了……我们又在一起了。我太高兴了!你家里、你的家人、你的儿子怎么样?戈尔,他肯定已经长大了,已经配剑和盾牌了吗?大家都好吗?"

"是的,大公,托你的福。"

"是上帝的保佑……他们在叶拉兹加沃尔斯吗?"

"不,他们在加尔尼,和王后在一起。"

"王后?我的萨卡努伊什?"谢瓦德大公的脸沉了下来,但他克制住了自己的情绪,平静地继续说,"我的萨卡努伊什也好吗?"

"是的,大公。我把她留在了加尔尼,她很好。"

"很好？嗯，嗯……我没想到……"谢瓦德打断了这段让他不舒服的对话。他难以想象，他的萨卡努伊什过得很好，她的父亲和哥哥却在加德曼受苦。她才是造成这不幸的根源，这都是为了给她扫清幸福路上的阻碍。

一个人如果做了高尚的事情都会期望得到感谢。大多数人甚至期望能够得到回报。但仿佛是为了故意压制这种本能，人们不仅从不感恩，还经常恩将仇报。谢瓦德大公难以相信，自从自己和格里戈尔被弄瞎的那天起，萨卡努伊什怎么可能有片刻的安心？她真的能微笑、能快乐、能欢喜吗？难道每天早晨当她看到初升太阳散发出金色光芒时，不会想起两位瞎眼的可怜人，不会满心悲伤吗？想到这些，再想到马尔兹佩图尼说萨卡努伊什过得很好，谢瓦德大公心里非常不舒服。但马尔兹佩图尼大公并没有注意到他脸上有细微的表情变化。他现在满脑子想的不是心里的不舒服，而是在想如果谢瓦德大公问他此行的目的，他该如何回答。隐瞒真相还是坦诚相告？

就在他犹豫的时候，萨克大公说："我们这有个习俗，大公。当有远方的客人来到时，我们不会马上问他的姓名，也不会问他来自哪里，更不会问他的来意，而是会先给他准备一顿丰盛的饭菜。但这个习俗对我们不适用，我们又不是陌生人。如果我不想尽快了解你的来意，那就太奇怪了。自从出事之后，我就变得暴躁和不耐烦……你别见怪。

"盲人有权这样做，这证明我的精神仍然是矍铄和不可战胜的。行动受限不能让我停止活跃。亲爱的大公，你这么晚来我的要塞，到底发生什么事或者遭遇什么不幸了？我相信，你是带着善意来的。我知道马尔兹佩图尼大公的心里没有私事，只有祖国。只有对国家的忧患才能给你力量或使你陷入绝望。现在告诉我，到底国家发生什么事情如此困扰着你，让你来找我们？"

马尔兹佩图尼大公瞬间心情舒畅。在他看来，谢瓦德向他伸出了手，把他从深渊中拉出来。他决定坦诚相告。

"谢谢你，大公，谢谢你的重视。你已经猜到了我的来意，你说得很对。的确，我来加德曼确实不是为了私事，国家正处于危难之中，大公。我们的同胞在为贪婪的敌人铺路，我来请求你的帮助，阻止这场灾难的发生。"

"请求我的帮助，大公？"

"是的。"

"你的眼睛没瞎，马尔兹佩图尼大公，所以很难相信你会误入歧途。"谢瓦德微笑着说。

这话让马尔兹佩图尼很难堪，但他仍然保持冷静。

"即使我眼睛瞎了，我凭借我内心深处的眼睛，也能够找到通往加德曼大公城堡的路，他那么智慧、那么热切地爱着家园。"

"加德曼大公并没有疯。如果他这样评价自己，你肯定也不会相信，但他不再是个爱国者了，不要再这样评价他了。"

"萨克·谢瓦德不会希望亚美尼亚的王位受到威胁，我很清楚这一点，即使谢瓦德自己矢口否认，我也不会相信他的话。"

"谢瓦德从此是个罪犯，相信我。"

"不，他只是一时冲动，他愤恨一切不公的事，但他不会因为一时的愤恨而背叛祖国，也不会拒绝给他忠实的仆人以明智的建议。"

"建议？你是来问我建议的吗，大公？"谢瓦德惊讶地问。

"是的！乌季克总督茨里克·阿姆拉姆反叛了国王，整个乌季克和阿尔察赫及古加尔克的大部分地区都陷入了战乱。我是来向老军事长官请教的，我们应该采取什么措施来平息叛乱，同时避免自相残杀的战争？"

"你在开我玩笑吗，大公？"谢瓦德严肃地问。

"我哪敢开你玩笑呢？"

"听着，马尔兹佩图尼大公。我没有权利要求你坦诚，你忠于国家，是国王忠诚的下属，谢瓦德必然会尊重你。我甚至很高兴，因为你没有因为我和茨里克·阿姆拉姆结盟而指责。我知道，谦恭是马尔兹佩图尼纳哈兰家族后人固有的品质，但萨克·谢瓦德并未打算隐瞒自己行为，作为加德曼的领导者，我鄙视伪装。是的，我与茨里克·阿姆拉姆结盟了，你现在是在你朋友的家里，也可以说是在国王敌人的家里，请你向对待国王的敌人一样和我说话。为此我将心存感激。"

马尔兹佩图尼大公松了一口气，心里最后的一块石头似乎终于落地了。

"那么，也就是说，加德曼的领导者与叛军结盟了？"大公用平静的声音问。

"不仅如此，他还亲自挑起了这场叛乱。"

"这不可能！愤怒之下谢瓦德可能会屈服于邪恶，但他自己并不会滋生邪恶。"

"不，是我自己滋生出了邪恶。"

"为了什么？"

"为了复仇。"

"但……"

"铁人阿绍特弄瞎谢瓦德的眼睛，他还抱有什么幻想？难道他还指望着谢瓦德失明了，就看不到沾满鲜血的双手，就不会找他复仇了吗？我对他做了什么坏事？为什么他要夺走我的双眼，让我一个活生生的人每天像活在坟墓里？"

"但是你背叛了他，煽动了北方所有地区的叛乱。你的行为威胁了国家的完整，动摇了王位的稳固。遏制你的野心保卫国家完整，难道不是国王的职责吗？请原谅我这么说，是你要求我要坦诚的……"

"是的，是的，坦诚相待。一个出身高贵的人不应该做伪君子，但要适度，过度的坦诚约等于诽谤。"

"诽谤？上帝保佑我！"

"同时你已经诽谤了我！"

"我怎么诽谤了？你告诉我，我向你道歉。"

"你说国王在遏制我的野心，保卫国家完整？"

"是的！你违背了你的誓言，发动了第二次叛变。难道不是野心驱使你犯下这种罪行吗？"

"我佩服你的勇气，我欣赏勇敢的人，但很遗憾，你对真相一无所知。别人这么想我，我并不难过。但是格沃尔格·马尔兹佩图尼大公，你是阿绍特国王的朋友，与王室关系如此密切，你居然也这么想我，我感到很心痛。那么你是认为谢瓦德野心勃勃，反叛了国王吗？亚美尼亚历史的编纂者也会这样污蔑我吗？啊，这是个很严重的指责，大公！"

"如果不是这样，那你为什么两次反叛国王？"

"是的，这个问题问得好。但请你先告诉我，大公，我会不会希望我的女儿——亚美尼亚的王后遭遇不幸，我对她的爱远超我的眼睛。"

"不会。"

"难道我会故意扰乱她平静的生活，造成她家庭不和，危及我国王女婿的王位吗？这难道不等同于自杀吗？"

"所以我们很惊讶，谢瓦德大公竟然会起兵反叛他的女儿和女婿。"

"你们认为是因为我的野心？"

"我们没理由不这么想。"

"可我还想要什么别的荣耀呢？我的女儿是王后，我的女婿是国王，我自己是自由、富有、强大的加德曼领导者，我还需要向命运索求什么呢？"

"似乎不再需要什么了。"

"而且谢瓦德大公对国家的爱难道还不如一个普通的士兵吗？难道他不了解人民的历史？难道他不知道巴格拉图尼的王位和王冠是用多么大的代价换来的？难道他能仅仅因为自己的野心就去撼动王位吗？"

"那你为什么要反叛？"

"现在也没必要隐瞒了，但我想你应该已经知道了一些事情。"

"我什么也不知道。"

"所以听着。我第一次反叛国王是为了警告他不要做错事。第二次反叛是为了维护国王王位的荣誉。我现在对抗他并让茨里克·阿姆拉姆跟随我是为了给自己和儿子报仇。"

"不，不……你先仔细讲讲第一次叛乱的原因。你刚说'我想警告国王不要做错事'，这是什么意思？他做错什么事了？"

"当然，你知道，国王曾经爱上了谢沃德格沃尔格的女儿？"

"是的，但那是很久以前的事了。"

"在他结婚之前,是吗?"

"是的。"

"一个人结婚了,他就有义务尊重他的婚姻,有义务履行在上帝和人们面前许下的誓言。"

"是的。"

"如果一个普通人、一个农民都能做到,那么国王——人民的父亲、人民的领袖就更应该做到。加冕时,卡多利柯斯对国王说:'戴上戒指,这是你正确统治的保证,今天你作为所有人的国王来接受祝福,请做基督教和基督教信仰的坚定推动者,使你作为万王之王而闻名于世。'他不仅被称为忠实的基督徒,而且是基督教信仰的守护者和捍卫者,他应该是他的人民的正义和美德的典范。所以他能违背这种信仰,给人民呈现一个反面教材吗?"

"当然不能。"

"然而国王就是这么做的。他娶了我的女儿,但他并没有忘记前谢沃德公爵小姐。从他任命茨里克·阿姆拉姆为乌季克总督的那天起,他就违背了在上帝和人们面前发过的誓言。他忘记了他的合法妻子,蔑视了她纯洁、温柔的爱,做了茨里克·阿姆拉姆妻子的情人。这事难道你不知道吗?"

"我是知道的,但……"

"但你没在意?"

"我并非置之不理!我只是想说,你不能不了解其中缘由就如此严厉地审判他们!"

"不要急于为你的国王辩护,听我继续说。我不仅是一个亚美尼亚人,还是一个男人和慈爱的父亲,我不会掩饰我的愿望,我就是希望亚美尼亚国王成为我的女婿,特别是当我看到我美丽的女儿是那么喜欢他。我深爱着我的女儿,她的快乐就是我的快乐。我想让铁人阿绍特娶我的女儿。阿绍特本可以拒绝的,没有人强迫他,但他既然与我的女儿携手步入了神圣的婚姻殿堂,他就必须忠于这种被上帝和人们祝福的结合,可事实上他并没有。上帝是否会原谅他,我不知道,但作为一个父亲,我有心,有人类的感情,有出于一个父亲对女儿的怜悯和爱。同时,我是加德曼的大公,我为我的家庭感到骄傲,看到我女儿的不幸,我无法视而不见,即使是对抗世界上最有权势的人也在所不惜。

"我本可以对这个侮辱我的人一次性算个清楚,但我还是决定要谨慎行事。当时我心想,'还没有人知道我女儿的不幸。她自己对此事也一无所知。为什么要把溃烂的伤口暴露给人们?这件事必须暗中解决,我只愿我女儿的心中平静,王位的荣誉不受玷污。'想到这些,我去找了国王。我像父亲一样同他交谈,尝试说服他要克制自己的激情,别做不光彩的事。我恳求他,恳求他珍惜我的女儿,恳求他可怜可怜她那颗稚嫩、脆弱的心。我劝告他要珍爱亚美尼亚王室的荣誉……可他非但不承认自己的所作所为,而且还说是我多疑,并试图用花言巧语蒙混过关。然后我拿出了证据,他哑口无言,无地自容。我想对于一个真诚的人来说,最大的惩罚莫过于此吧。我面前的这个人,这个曾经我以为美好、诚实、忠诚的人,这个我曾经尊重的人,这个寄托了我全部希望的人,这个我认为是英雄和骑士的人,原来他并不是我所期待的那样。作为一个亚美尼亚人,我痛苦不堪,作为一个父亲,我想到我女儿即将面临的打击,我心如刀绞。

"最后,国王向我服软了,并承诺与茨里克·阿姆拉姆的妻子断绝关系。我回到加德曼,欣喜若狂。但后来夏天到了,他把王后送到休尼克河道,和阿斯普拉姆公爵夫人一起住在谢沃德山。我给他写了一封带有责备意味的信,要求他立即离开谢沃德人的国家,否则我就会用武力把他从他心爱的地方驱逐出去。你们的国王不仅不理会我的信,甚至对我的威胁嗤之以鼻。'怎么?加德曼人想和他心爱之人开战吗?'他问我的信使。我根本无法忍受他的嘲讽,于是决定给我这个无礼的女婿一个教训,但在此之前我得让我那不幸的女儿做好准备。这对一个慈爱的父亲来说并非易事。

"当时有消息传来,说国王的弟弟和弟弟的岳父在密谋。你知道,国王因为这件事搬到了乌季克。于是,在一个糟糕的日子里,我收到了女儿乳母的来信,信中说王后在塔武什要塞生了重病,想要见我。我赶到塔武什,看到我的女儿痛苦不堪。我问她病因,她痛哭流涕地告诉我她的悲痛。我该怎么办呢?我的耐心已经消磨殆尽,我让女儿不要因为我和国王之间的冲突担心。我告诉她,'我之所以这么做是为了给你丈夫一个教训,但我不会允许发生流血事件。'为此,我在塔武什就立即向国王发出警告,威胁说要对他发动战争,然后离开了。

"我回到加德曼后,召集了一支军队,前往乌季克,占领了几个州,但为了让你相信我这样做的目的只是为了给国王一个教训。他刚把军队从希拉克撤走,我就秘密地说服了休尼克王国的王子斯姆巴特和巴布肯充当我们之间的调解人。你也加入了他们,还有其他几个王子。我想了一个办法,把冲突拖到你来之前,所以在阿哈扬村没有发生流血事件。你到了之后,事情又发生了变化。休尼克王子们完全没和你们提我们秘密会谈的事,所以你们就都认为,萨克·谢瓦德在野心的驱使下反叛了国王。我觉得这没必要解释,因为我宁愿被误认为是一个有野心的人,也不愿把我女儿的不幸昭告天下。

"你们只知道我公开承诺要维护永久和平,并签署了协议,但你们没有听到阿绍特国王的忏悔,没有听到他的誓言。他对我和休尼克主教发誓说,他会与阿斯普拉姆公爵夫人断绝关系,心甘情愿地回到合法妻子的身边。你们不知道的事有很多。正如不知道我的反叛并不是因为野心,而是希望给国王一个教训,希望国王把他对我和主教发过的誓言当作和平神圣的盟约。"

"现在我完全了解了你们第一次叛乱的原因。那第二次是因为什么?"马尔兹佩图尼大公问。

"第二次的原因甚至更合理。"

"如果不为难的话,请简要地告诉我。"

"啊,不为难。我很愿意和马尔兹佩图尼大公坦诚交流。"谢瓦德回答。然后谢瓦德讲起了他的故事:"我认为罪犯可以被原谅是有前提的。如果一个人起初因为一些困境或自身弱点而犯罪,但只要他有良心,有一颗敏感的心,意识到自己的罪行并真诚地忏悔,那么这样的人是可以被原谅的。但是,如果一个罪犯不仅不承认自己有罪,反而掩盖、美化其罪行,或者为了掩盖罪行而诋毁他人,那这样的罪犯是不可原谅的。照我看来,不仅不能被原谅,而且还必须受到惩罚。否则,一个罪恶可以滋生一百个罪恶……

"我们的国王,啊,也是我的朋友,原来是这样一个罪犯。我有责任教训他,这不仅是作为他父辈的责任,我的荣誉、我作为人类的责任都要求我这样做。我应该把他从世界上清除,这样诱惑就会被消灭。对我来说并不难。你认为我们会遭受巨大损失吗?不会!国王的王位不会一直空着。国王没有子嗣。迟早他的弟弟阿巴斯会继承王位,越早越好。这甚至可能缓解国家紧张的局势,但我犯了一个错误。我当时想,'我们得先保住这个国家,然后再惩罚罪犯。'就这样我暂缓了惩罚这件事,因为我认为'改变雪豹的颜色和埃塞俄比亚人的黑色'并不难。我以为,我的宽容可以感化一颗铁石心肠,唤醒他那死去的良知。那时铁人阿绍特把我的朋友休尼克的瓦萨克王子囚禁在卡扬要塞。我觉得就是他干的,你说呢,大公?你是国王的亲信,你肯定知道。"

"你难道不知道吗?"

"我想听你说说。"

"休尼克的瓦萨克大公卷入了一场阴谋。"

"什么阴谋?"

"就是暴君阿绍特、国王的弟弟阿巴斯和阿巴斯的岳父共同参与的那场阴谋。"

"我的朋友,让我们抛开感情,理智地谈谈这件事。所有人都知道阿巴斯和古根结盟共同反对国王。阿布哈兹古根的女儿,也就是阿巴斯的妻子想当亚美尼亚王后。她是个非常骄傲的人,她不甘心只当一个国王弟弟的妻子,无法接受现在亚美尼亚的王后就是一个亚美尼亚大公的女儿,她想方设法地要当王后。你知道,从亚当开始男人就是女人的奴隶。所以年轻的阿巴斯和他的岳父一起发起叛乱,想要推翻国王的统治并亲手杀死自己的兄弟。阿巴斯非常爱他的妻子,她的什么要求他都会满足,再加上他自己本身又年轻,又有野心。现在你明白这其中缘由了吧。女婿和岳父率领部队前往叶拉兹加沃尔斯去俘虏或杀害国王,但他们没成功。阿绍特事先收到了消息,带着家人一起去了乌季克。阿巴斯和古根扑了空,毁掉了叶拉兹加沃尔斯就离开了。是这样吗?"

"是的,是这样的。"

"铁人阿绍特能忍受这样的侮辱吗?他率军进入了阿布哈兹王子的国家,这场战争持续了很长时间。阿绍特国王最终获胜,但这并不容易。亚美尼亚军队遭受了巨大损失,因为阿巴斯与他岳父结盟,而他岳父的部队也是由亚美尼亚士兵组成的。瓦萨克大公在交战双方之间进行调解,结束了灾难性的流血事件。他努力让国王与他的弟弟和弟弟的岳父和解。是这样吗?"

"是的,是这样的。"

"现在想想,瓦萨克王子为和平事业做了这么多,他说服了双方达成和解,这样的人可能会加入一场新的阴谋吗?"

"我们都认为这不可能的,但事实并非如此。我们在瓦萨克王子那里发现了暴君阿绍特的一封信。他感谢王子的调解,他们的目的是为了保存实力,一起发动更大的叛乱。"

"就当是这样吧。那我现在想问,大公,这封信可信吗?暴君阿绍特叛乱,因为他自己想掌权。阿巴斯和古根的叛乱目的也是这个。但是瓦萨克王子为什么要反叛自己的叔叔们?无论是阿绍特还是阿巴斯当国王,对他来说都一样。所以他更有可能站在哥哥、合法国王这边。"

"倒是这样,但我读过那封信,信是暴君阿绍特写的,在瓦萨克王子的棺材里发现的。"

"你听我说!这都是假的,是邪恶的诋毁。国王想诋毁王后——我的女儿,想玷污加德曼家族。为此他诋毁瓦萨克王子——一个为国家无私奉献的人。"

"怎么诋毁了?王后根本没有卷入这件事。"

"你只知道瓦萨克的阴谋,但对我来说还有另一个阴谋。"

"是什么?"

"国王告诉我，瓦萨克与王后关系密切。"

"关系密切？"

"是的，说他们有私情，马尔兹佩图尼大公，说他们有私情！我的女儿，我神圣的、纯洁的萨卡努伊什……你听听这话，大公！"

"这不可能吗？"

"何止不可能，这简直就是最无耻、最可怕的诽谤！"

"听着就很可怕。"

"这诽谤是国王说的，你明白吗？他昧着自己的良心……你还记得我刚说，和解之后，瓦萨克王子就再也不来王宫了吗？卡多利柯斯问他，他怎么没和国王在一起，瓦萨克回答说：'国王怀疑我的忠诚。'这倒是真的。有一天，王子和王后一起在德温散步，那之后国王对他说：'马里亚姆公爵夫人抱怨说你不喜欢散步，而且从来不和她一起散步。请告诉公爵夫人，这是因为她没有王后漂亮。'"

"这话是国王说的？"

"瓦萨克王子亲口告诉我的。"

"所以卡多利柯斯从国王那里拿了一封给瓦萨克王子的保证书！"

"是的，瓦萨克王子对国王说：'除非国王发誓把我当作忠臣来信任，否则我就再也不会踏入王宫半步。在这之后，瓦萨克王子才又开始来王宫的。但国王突然下令将王子囚禁在卡扬要塞。听到这个消息，我非常愤慨，立即写信给国王，问他为什么要囚禁我的朋友、他的亲戚。'国王是这么回答我的。"说到这儿，大公拍了下手召唤仆人进来。

一个仆人走了进来。

"叫缮写员过来。"大公命令。

两分钟后,缮写员进来了。

"把我的盒子拿来,里面有一封国王的信件,用黑绳装订,用蜡密封的。"

缮写员出去了,很快就带着一封信回来,把它递给了谢瓦德大公。

"你出去吧。"大公说。

大公把信递给马尔兹佩图尼,说:"读读这封信吧,读完你就不会怀疑我所说的了。"

马尔兹佩图尼不想读国王的信,于是他说:"我完全相信你的话,不用再读国王的信了。"

"不,大公,你是国王身边的人,是我真诚的朋友。你需要知道我们产生矛盾的真正原因。这样的话,你或许会采取比去找萨克·谢瓦德征求意见更激烈的措施来处理这件事。"

"如果你想让我看,我就看看吧。"大公边拆信边说。

"你读出来吧,我想再听一遍。"

信中这样写道:

来自亚美尼亚国王阿绍特·沙辛沙赫
致加德曼统治者萨克·谢瓦德大公

你好!

已收到你的来信,信中你让我告知为何要把我的亲戚、你的朋友瓦萨克·西萨基扬关押在卡扬要塞。尽管这个原因有些不幸,但既然我王后的父亲要求了,我就告诉你。我关押瓦萨克王子且必须将他处死,因为他的行为玷污了王室的声誉。他一直以来与你的女儿、我的王后存在不正当关系。我亲眼所见，并下令将他关押起来，他属实罪有应得。我不想玷污王室的声誉和强大的加德曼大公的名声。所以我对外只说瓦萨克王子参与了阿巴斯叛乱。我是为了维护你家族的名声才这样说的，为此你应该感谢我。至于如何处罚你的女儿，就交由你这位公正的父亲了。

亚美尼亚国王 阿绍特二世

读完国王的信，马尔兹佩图尼大公十分沮丧。国王在他心中瞬间失去了所有威严，俨然变成了一个头脑简单、品行卑劣的人。他不敢相信，铁人阿绍特怎么会为了掩盖自己的私情去诽谤一个无辜善良的王后。要知道，马尔兹佩图尼大公可是非常了解王后为人的，而且国王还关押了忠君爱国的瓦萨克王子，强加莫须有的罪名。

"你在想什么，大公？"谢瓦德问。

"没什么。"

"没什么吗？你的回答让我很意外。"

"当一把剑刺入心脏时，头脑就会停止思索。你把剑刺入了我的心脏，大公。"

"你是不是很悲痛？你是国王的朋友，是祖国的战士！试想一下，如果你也是一位爱孩子的父亲，你突然看到你女儿以巨大代价换来的幸福瞬间破灭了，你的全部希望、心灵的宁静和欢乐都随之消散了，你家族的荣誉也被贬低得一文不值，你会怎么做？"

"为祖国受苦不是比这一切更苦吗？"

"如果再加上这种煎熬呢？"

"这将是无法忍受的。"

"作为大公我和你一样热爱我的祖国。正因为热爱祖国,我才克制住了冲动。啊,他竟然这么诽谤我的女儿,我当时恨不得立刻骑上马,飞奔到希拉克,把他的头砍下来。于是我发动第二次叛乱,决心要更严厉地惩罚他和他的国家。希望他就此能够洗心革面,迷途知返。我是想拯救王国于水火。"

"如你所知,我带着八千人,向佐拉波尔出发了。第一步是攻占卡扬要塞。那里和瓦萨克王子在一起的还有反抗的纳哈拉尔家族的妻子们。我释放了他们,在国王从阿布哈兹回来之前,我并没有打算采取别的行动。但是,从卡扬要塞逃出来的士兵和周围村庄的农民一起在附近的城镇筑起了防御工事,然后开始袭击我们。他们来势汹汹,拒不投降,我被迫杀掉了几百人。为了防止他们再次介入我们的纷争,我又被迫烧毁了农民的庄稼。然后带着军队撤到了古加尔山。之后我们的王公们便指责我残忍,明明他们面对这种情况会处理得更残忍。"

"我们指责你,是因为你正好在国家处于危难时发起叛乱。当时国王正忙于在阿布哈兹与古根打仗。我们打败了阿布哈兹国王。格鲁吉亚国王阿特尔奈谢赫前来调停,我们正准备签署停战协议,突然一位信使带来消息说,萨克大公再次发动叛乱,正在蹂躏这片土地。国王和我们所有人都十分震惊,没人愿意相信你会违背自己在大庭广众之下许下的誓言。然后,阿特尔奈谢赫国王建议国王暂且搁置与古根签订和平协议,赶紧前往古加尔克,避免事态进一步恶化。"

"你们真没必要这么着急。我趁国王不在发动叛乱,是不想和他的军队交战。我甚至还希望阿特尔奈谢赫国王或者你们这些大公能劝阻阿绍特国王不要对我动兵,劝他单独见我,与我讲和,就像儿子对父亲一样。

"然后我会和他好好谈谈，也许就会是另一种局面了。但是，国王一怒之下，如飓风般向古加尔克袭来，那就注定无法和平解决这件事了。"

"你错了，大公。首先，我们没有调动所有军队来对付你，我们只带了几个团。"

"这我并不知道。我以为你们把大部分的军队都埋伏起来了。"

"我再说一遍，我们真的只带了几个团来。然后国王派主教来和你谈判，但你拒不和谈，还对主教说：'你留在我的帐篷里，我去用武力解决掉国王。'"

"是的，我是这么跟主教说的。我现在很后悔，但我也是人，我也会失控。主教提醒我说，我曾在山上，在国王的军队前竖起的十字架下发过誓。主教对我说：'你违背了你的誓言。如果你不和解，你就是背信弃义，天下人都会审判你。'我怒火中烧。你的国王揪着我发过誓这点……他想在全世界面前诽谤我。我该怎么办呢？我要是能找休尼克主教，就能证明国王发过的誓。那样的话，我们俩到底是谁违背誓言就一目了然了。国王手中有确凿的证据证明我发过誓，我却没有。我现在能做的只有把他的誓言从心里挖出来，宣告天下。然后我火冒三丈，没有选择调动我的大军攻打国王，而是拔出剑独自跑到山上。你的军队在山顶上把我包围了。我的儿子离开战场，冲到我身后。他看到我孤身犯险，赶忙过来帮我。瓦南德的攻击者打散了加德曼人的队伍。上帝把我送到了敌人的手中。打败谢瓦德的是天意啊，不是阿绍特国王！你自己说，你只带了几个团来，他们能打败八千人的军队吗？但上帝把我和我的儿子交在你手里，我的军队失去了首领，被打散了。是不是这样？"

"是的，的确如此。"

"现在你告诉我，如果国王真的为了避免流血事件想和我讲和，那他为什么要用血弄脏自己的手？我和我儿子已经沦为他的阶下囚了，已经对他构不成威胁了，他为什么还要弄瞎我和格里戈尔的双眼？他的心到底是人心还是兽心？"

"他是害怕历史重演，害怕你的复仇。"

"他为什么害怕？天啊，亚美尼亚国王有众多要塞。他可以把我们关押在其中任何一个看管起来。他为什么要把我们弄瞎？他怎么能如一个刽子手一样，下如此狠心的命令？我倒是无所谓。我已经老了，我经历过很多快乐的日子，也犯过一些错，我或许应该受到惩罚。但是我可怜的儿子，一个还没有体验过荣耀的年轻人，新婚不久，意气风发……为什么，为什么要把他也弄瞎？格里戈尔是无辜的，他不知道我和国王心中承受的地狱般的煎熬。难道国王对他的王后妻子、我可怜的女儿没有一丝怜悯？她那么深深地爱着他啊……你说他害怕历史重演？但一个瞎眼的人就不能复仇了吗？"

"他并没有想到这个。"

"没想到吗？好的，我现在就让他看看一个瞎眼的复仇者能干出什么事。去告诉你的国王，他胜利的消息令我很难受。当我得知他与他的弟弟阿巴斯和暴君阿绍特和解，并与他们一同占领了德温，然后在那里举行庆功宴时，仇恨吞噬了我的内心。我的心中呼喊着：'复仇！'我听从了内心的声音。我把茨里克·阿姆拉姆叫来，告诉他国王与他妻子的私情，我在他心中点燃了嫉妒、仇恨和复仇的熊熊烈火。我鼓动他起来反叛国王，还有许多人即将加入我们。现在姑且让你的国王在王位上坐着，他很快就会看到，一个瞎眼的复仇者能否撼动他的权力。"

"这只会伤害到你的人民,不会伤害国王。"大公悲伤地说。

"不,我们只针对国王。"

"你打不过国王的。他带着一支好战的机甲部队前来,茨里克·阿姆拉姆一定会战败的。他将消灭他的军队,不幸的是,这支军队也由亚美尼亚人组成……也许他还会杀死你的儿子大卫——阿姆拉姆的盟友。"

"不!正义的上帝不会允许发生这样的事!我有预感,你会看到这一次上帝之手会如何惩罚他的……"

11. 瞎眼的人会宽恕，但瞎眼的心绝不会

谢瓦德大公的话让马尔兹佩图尼心情很沉重。虽然他刚刚说叛军注定会失败，但这个盲人的预言也让他很困扰。马尔兹佩图尼大公不只英勇善战，更重要的是，他还虔诚地相信上帝会站在正义的一方……所以到底真相如何，这让他十分困扰。他说不清楚是第六感还是迷信，但他确信国王有罪，现在他相信上帝的惩罚。他认为阿绍特可能会被打败，对于一个召集外国人在自己国家作战的亚美尼亚国王来说，这是不光彩的，而失败之后会有新的战争，新的灾难……

这些想法让大公感到震惊。他默默地等待着谢瓦德说话，不想再激怒这个悲痛的老人，他决定对他轻声细语。他心想："也许我这样做会软化他的心，唤醒他的良知，化解他的愤怒，让祖国免于战火。"

这时一个仆人走了进来，拿来了洗手盆。马尔兹佩图尼示意他先端给谢瓦德大公。长幼有序，年轻人后洗。谢瓦德没拒绝，笑着说："我很惊讶，国王和你一起长大，他怎么没从你那里学到这些礼仪。"

"他有那么多优点,足以忽略这些缺点了。"马尔兹佩图尼轻声反驳。

等他们都洗完手,两个仆人端来了两个雕刻精美的银盘子,里面装着晚饭,仆人把盘子分别放在马尔兹佩图尼和谢瓦德面前。

年轻的仆人跪在萨克大公面前给他盛饭,另一个仆人手里拿着银壶,为主人和客人斟酒。马尔兹佩图尼情绪激动,几乎没吃什么东西。谢瓦德从仆人的话语中意识到这一点,微笑着说:"你看,大公,普通人可比我们更聪明。民间的规矩就是先让客人吃饱,再问他来意。但我没有遵循习俗,现在我发现我做错了。如果我不先问你的来意并回答你的问题,你就会有食欲了。"

"不瞒你说,的确是这样,大公。"马尔兹佩图尼回答,"我们得遵循老祖宗留下的规矩。"

"是啊。没有规矩不成方圆,我们需谨记。"

"但我们恰好忘记了最重要的那些规矩。其中一条是:'团结是善之母,分歧是恶之源。'"

"大公,你这是在责备我,当然你有权这样做,但现在请你再吃点儿,这比从虚假的'团结'中得到的好处更令我高兴,因为虚假的'团结'往往比所有的邪恶更糟糕。"

大公不想再让这位老人情绪激动,所以没有再说什么。

他看到谢瓦德大公现在只能在仆人的帮助下吃饭,十分不忍心。在他的印象里,大公是健康的、骄傲的、雄姿英发的。而现在……现在他弯腰驼背地坐在那里,就是一位衰弱、消瘦、苍老的老人,全靠心里一口气倔强地撑着。

晚饭后,马尔兹佩图尼问为什么格里戈尔王子不愿出来见他。

"格里戈尔在阿姆拉姆那里呢。"谢瓦德回答,"我的儿子大卫在那儿统帅阿格万军队,格里戈尔统帅加德曼军队。"

"他统帅加德曼军队?"马尔兹佩图尼惊讶地问。

"是的,你或许很惊讶,他一个瞎眼的人怎么统帅呢,但我的军队还有另一位指挥官。格里戈尔的存在是必要的,这样加德曼人就能一直看到他们的瞎眼王子,他们心中就能保持着永不熄灭的复仇之火。"

马尔兹佩图尼很惊讶,谢瓦德竟然如此坦率地向他透露内心的真实想法。他丝毫不担心,他这位国王的战友马尔兹佩图尼大公会干扰他的计划。谢瓦德的这种行为让他更加忧虑。

"这么说来,你已经准备好了,全力让加德曼人复仇之心不死,叛乱之心不灭?"大公无望地问。

"马尔兹佩图尼大公!我别无选择。你想诅咒我就诅咒吧,但你要知道水满则溢的道理……"

马尔兹佩图尼大公觉得现在只能换一种方法来感化谢瓦德。他想乞求他试试看。就算为了拯救国家,他也绝不会对任何一个陌生人卑躬屈膝,但他会毫不犹豫地乞求自己的同胞,因为他知道,就算他这样做,谢瓦德也不会羞辱他。

"谢瓦德大公,如果我现在跪在你面前,亲吻你的双脚,恳求你珍惜你兄弟们和儿子们的生命,停止这场杀戮,因为这场战争会毁掉无数的家庭,使成千上万的孩子成为孤儿,使妻子成为寡妇,使新娘失去新郎;如果我提醒你,一个基督徒的神圣职责是'不以恶报恶',不以破坏祖国为代价来满足个人复仇之心,那么你会怎么做,谢瓦德大公?如果这样,你还会对我的乞求和眼泪充耳不闻吗?"

"什么都别说了,马尔兹佩图尼大公!大自然对人的创造与我们的想法不同。一颗愤怒的心不会服从理性。我们别自称是基督徒，我们是激情的奴隶，不是基督的门徒。世界上没有基督徒，只有那些没有遭受朋友的背叛，或者遭受之后没有以眼还眼、以牙还牙的人，才会执行基督的规训。这比基督徒的宽恕更符合人之常情。"

"而那些明明有能力复仇，却最终选择原谅的人呢？"

"如果有这样的人，他们是至高无上的存在，是基督真正的门徒。但我不认识这样的人。"

"你就是这样的人，谢瓦德大公！你想想，你明明有能力复仇，但选择了原谅，这不比生灵涂炭的复仇更让人骄傲吗？那个知道什么是最高的善，却违背它的人才是罪犯。加德曼之主不会希望我们中的任何人称你为罪犯吧。"

"遗憾的是，加德曼之主是一个普通的凡人。大自然赋予他与其他人类一样的心，他和其他人有一样的感受。"

"不！加德曼大公知道什么是美德。他知道原谅是件快乐的事，他当然会原谅。复仇会造成巨大的牺牲，那些士兵是母亲的孩子，是妻子的丈夫，我替他们的母亲和妻子请求你的仁慈。"

"马尔兹佩图尼大公，你的话确实让我动容，我无法反驳，那是因为你现在就坐在我面前跟我说话。但等你走后，在这个巨大的房间里，只有蝙蝠见证我的悲痛，清晨的阳光带给我和夜晚一样的黑暗，我不得不求助于仆人才能走动，那时我将如何？当我想从我心爱的妻子那里听到至少一句深情的话语，我却什么也听不到，你还记得吧，是你们国王一个无情的命令把她推进了坟墓；当我那个不幸儿媳的悲歌传到我耳中，哀叹她失明丈夫的悲惨命运，当格里戈尔的儿子小谢瓦德第一百次问我：'祖父，上帝使你失明是因为你老了,但他为什么使我父亲失明……'告诉我,大公,当所有这些想法和感觉笼罩着我,折磨着我的心时,我的心不停地呼喊:'复仇,向恶棍复仇!'时,我该怎么做?"

"你想知道该怎么做吗?"

"是的,告诉我,我想战胜自己。"

"当斯姆巴特国王看到他的国家遭到破坏时,他做了什么?他走出卡普伊特要塞,向敌人投降了。当刽子手们用手帕堵住他的嘴,用钳子夹住他的下巴,用绳子勒住他的脖子,用力压他,然后开始折磨他,最后把他钉在十字架上的时候,这位国王殉道者说:'上帝啊,请接受我为我的人民献上的这一祭品,拯救他们远离灾祸……'而你呢,大公,你可以开导自己说,是被一个邪恶的阿拉伯人弄瞎眼睛的,然后当你陷入孤独的悲伤、永恒的黑暗、对你心爱的配偶的回忆、媳妇的啜泣和小谢瓦德的咿呀声中时,你可以心平气和地重复上面的那些话……阿拉伯人的野兽之心是无法恳求的,只有血才能平息他们的怒火。但上帝给了亚美尼亚大公一个不同的灵魂,他能听从自己内心的声音,能听进去我的恳求,相信我对他说的就是长期受苦的亚美尼亚人民想对他说的。"

谢瓦德沉默了一会儿,突然抬起头问:"你想让我做什么呢,马尔兹佩图尼大公?"

"我想让你把你的儿子们从阿姆拉姆的军营召回来,把阿格万和加德曼的军队从乌季克撤回来。"

谢瓦德又低下了头,陷入沉思。房间里一片寂静。马尔兹佩图尼大公觉得他的话对谢瓦德有效果,焦急地等待着回答。

最后,谢瓦德开口了:"你成功地说服我了,马尔兹佩图尼大公。我不希望你的爱国之情胜于我。就照你说的做吧。我放弃复仇！但现在还有个阻碍。"

"什么阻碍？"

"我会劝我的儿子们带着军队回来，但我没办法劝茨里克·阿姆拉姆，我已经在他心中点燃了复仇之火。"

"这个任务就交给我吧。"马尔兹佩图尼说。

"但要知道，在阿姆拉姆放弃复仇之前，我不会撤兵。我已经答应他要鼎力相助，我不能违背承诺。你去找阿姆拉姆，设法说服他归顺国王。如果你成功了，就派人给我送信，我立即下令让我的儿子们从乌季克撤兵。但如果你失败了，你要知道，这就是上帝并不希望我们摆脱这个考验，必须有人要面对它……"

马尔兹佩图尼大公高兴得无以言表，他拉着谢瓦德的手用亲吻表示感激。他似乎已经克服了最困难的障碍。他坚信，他可以轻而易举地说服阿姆拉姆，那是个心地善良、性格随和的人。

带着这些想法，大公告别了谢瓦德。在仆人的陪同下，他来到了城堡里最好的一个房间。柔软的床和安静的环境让他身心愉悦，他很快就陷入了沉睡。

天还没亮，马尔兹佩图尼大公就穿好衣服，走到院子里，叫醒了一个仆人，命他给马上好鞍。天气很冷，阴云密布。秋天的早上，大地覆盖着一层厚厚的白霜，提醒人们冬天即将来临。仆人刚从温暖的床上爬起来，冻得直打哆嗦，手臂不听使唤。大公难以忍受，每一分钟对他来说都很宝贵。"你们都是这样干活的吗？"他责备了仆人，自己把马牵了出来，迅速系上缰绳。

然后，他上楼叫醒守门人，看是否能见到谢瓦德大公。仆人领班听到了他们的谈话，他来到大厅，惊讶于马尔兹佩图尼大公这么早就起了。

"大公有什么吩咐?"领班问马尔兹佩图尼。

"如果可以的话,叫醒大公,告诉他我要走了,想再见见他。"马尔兹佩图尼大公说。

仆人领班出去了。几分钟后,回来说谢瓦德在等他。

马尔兹佩图尼跟着他,经过两个小房间,来到谢瓦德大公的寝宫。他手里拿着头盔,走到床边。房间里的一盏银灯还在燃烧。大公穿着睡袍坐在床上。

"怎么这么早,亲爱的大公?"谢瓦德问。

"我今天想去阿姆拉姆军营。时间紧迫,得抓紧时间。"

"你知道军营在哪里吗?"

"我经过乌季克的时候,有人告诉我,阿姆拉姆已经过了阿格斯捷夫,在塔武什要塞附近。但他现在在哪里,我不知道,我想问问你。"马尔兹佩图尼回答说。

"两天前,加德曼军队还在萨加姆河畔,而阿姆拉姆本人在塔武什。如果他们听说国王快到了,他们可能已经遇到了。去那儿吧,在那儿能找到他们。"

"你能告诉我他们会在哪儿遇到吗?"大公微笑着问。

"不,我没这种权力。而你,大公,不要要求我这样做。你已经说服我了,我也同意与国王和解。这是我个人的意愿。现在你去劝说茨里克·阿姆拉姆,如果成功了,很好。如果没有,战争不可避免,我无权向你透露军事机密。"

"那就这样吧。谢谢你的决定。祝福我吧,我这就出发了。这将给我的旅程带来好运。"

"愿上帝保佑你一切顺利。你是和平的使者,上帝会保佑你的,但如果它选择惩罚罪犯……"

"我会履行国家赋予我的职责使命,我们只能赞美上帝的意志。"说完,大公走到谢瓦德面前,拥抱他,亲吻他,然后离开。一刻钟后,他到了要塞守将那里。

瓦格拉姆裹着厚厚的长斗篷,戴着钢盔,在瞭望塔前来回踱步。

"我知道你早早地就会和谢瓦德大公告别,所以我黎明时分就从屋里出来,等着给你开门。"瓦格拉姆说。

马尔兹佩图尼大公向他简要地转述了自己与谢瓦德的谈话,当然没有提到引起叛乱的家丑和私情。他认为这些就没有必要跟外人讲了。

善良的瓦格拉姆很惊讶,他离谢瓦德这么近,却不知道是老大公亲自鼓动茨里克·阿姆拉姆发动叛乱的。

大公决定利用这一点来赢得瓦格拉姆的充分信任。

"你怎么看,我的朋友?"他笑着说,"如果谢瓦德不认识你,他会允许你担任这个职务吗?"

"怎么会呢?难道他知道我一直对国王保持忠诚吗?"

"他什么都知道。他了解你。"

"什么意思?"

"他知道你不会伤害他。"

"为什么不会?是不敢还是我已经老到没有力气了?"守将有些生气。

"谢瓦德确信你不会保护国王。"马尔兹佩图尼补充道。

"他是这样告诉你的吗?"瓦格拉姆担心地问。

"不,他没有特意这样说……"

"我明白了。你从他的暗示中了解到的。好吧!我会让这个人尊重自己。大公，你可以命令我。"他语气坚决地对马尔兹佩图尼说，"去促成和解吧。如果失败了，马上给我派个信使。第二天我就会和你在一起。我的剑不仅会指向乌季克，而且会打开通往加德曼的道路！"说着，他掀开了他的宽边斗篷，把强壮的手放在了剑柄上。

马尔兹佩图尼很高兴，他成功地让瓦格拉姆向他做出承诺。国王需要这些忠臣的帮助。瓦格拉姆是勇敢的人，他不会鲁莽行事，但一旦下定决心就不会退缩。

"把你的手给我，发誓，无论我在哪里，只要我发出号令你就会第一时间出现，即使可能面临死亡。"马尔兹佩图尼盯着瓦格拉姆说。

"我向启蒙者格里戈里[①]发誓。"瓦格拉姆回答，并向马尔兹佩图尼伸出了手。

马尔兹佩图尼大公热切地握住了他的手。

"谢谢你，瓦格拉姆守将。现在我就可以仰仗你了。"

"是的，谢普赫瓦格拉姆是属于你的。如果有必要的话，请把他牺牲在祖国的祭坛上。"

"所以从这一刻起，我仰仗于你。"

说完这句话，大公拥抱了守将，热情地吻了他，又下了几道命令后，策马出了要塞。

大公的侍卫在加德曼村得知了一些坏消息，整夜都很不安。天一亮，他便立即赶往要塞。他快马加鞭，担心主人在叛乱者那会有

[①] 启蒙者格里戈里是基督教在亚美尼亚的传播者。亚美尼亚在4世纪初皈依了基督教。

危险。当看到大公从山上下来时,他又惊又喜。

"去哪里?怎么这么早,叶兹尼克?"他们彼此走近时,大公问。

"我的天啊,要是晚上能进要塞,我晚上就进去找你了。"叶兹尼克回答,"但我知道,加德曼的要塞没有缺口。"

"为什么这么着急?"

"我听到了一个消息,马上赶来找你,担心你会遇到危险。"

"谢天谢地,我还活着,还好好地坐在马上,你听说了什么消息?"

"坏消息。起初,我那好客的神父缄口不言。"

"然后呢?"

"钱让他开口了。一些给了他算作消息费,一些给了他妻子,剩下的给了他女儿,算是给我洗脚的费用吧。"

"他的女儿好吗?"

"大人,你还能跟我开玩笑,证明你心情很好啊。他的女儿确实不错,黑眼睛、红脸蛋,留着长辫子……"

"那你怎么不娶她呢?"

"我还贿赂了另外一个神父,答应他说大公能把他调到德温去。真可笑!他还想到首都工作呢。"

"你难道不想被任命为百人长吗?"

"怎么不想?我可以像狮子一样战斗。"

"那一个神父想在首都举行洗礼、婚礼、葬礼……首都也和农村一样,会有出生、有死亡。"

"是的,大人。"

"你从神父那里知道了什么?"

"阿格万家族和加德曼家族已经一起反对国王了,是谢瓦德鼓动的。神父说,有一天,村长奉谢瓦德大公之命把所有的农民都召集到教堂的院子里,让他们发誓,如有需要他们会拿起武器反对国王,所有人都发誓会效忠于谢瓦德大公。在其他村庄里,也发生了同样的事情。神父说,三天后,会有四千人聚集在大卫王子的旗帜下。那时,他会带着这支军队向乌季克进发。留在村里的人发誓不给国王的军队提供任何东西,哪怕是一块干面包皮。"

"这些我都知道了。你这钱算是白花了。"大公说。

然后,说了一些必要信息后,马尔兹佩图尼问:"也许你已经掌握了一些军队行军的情况?加德曼人会在哪里与乌季克人会合?他们会在什么地方与国王的军队相遇?"

"这我还没弄清楚呢。在一个小酒馆里,我遇到了一个从塔武什峡谷逃出来的士兵。他说,阿姆拉姆的一些分队正在库拉河的芦苇丛中搜寻,他们打算在渡河时杀死国王,因为阿姆拉姆害怕叶格尔人,不愿意在空地上与他们作战。"

大公平静地说:"好吧,他们不会成功的。国王的守卫是瓦南德人,别说乌季克的箭了,就算是闪电都拿他们的盾牌没办法。"

"那个士兵说,如果阿布哈兹的军队来了,阿姆拉姆将与国王作战。"

"阿布哈兹的军队?"大公不相信自己的耳朵,又问了一遍。

"是的,阿布哈兹的军队!茨里克·阿姆拉姆把乌季克许给了古根,作为他帮忙对抗国王的回报。"

"那个士兵是怎么知道的?"

"他和侦察兵在芦苇丛中徘徊了好几天。乌季克人向他承诺,阿姆拉姆大公会带他一起去阿布哈兹,在他把乌季克交给古根并得到阿布哈兹的另一个地区后,茨里克自己将搬到那里。正因如此,这位士兵不想和乌季克人待在一起,他是一个忠实的亚美尼亚人!'如果阿姆拉姆要去阿布哈兹,我们为什么要为他和我们的国王作战?'他这样跟我说。"

大公的脸色变得阴沉,侍卫的话让他震惊。他之前安抚自己,希望国王的大军会迫使阿姆拉姆退回自己的领地,结束战争。可在得知阿布哈兹国王也参与了这一事件后,他感到非常沮丧。阿姆拉姆对外国人的援助充满信心,这有可能给国家带来巨大的灾难。

马尔兹佩图尼唯一的依仗就是他的口才,也许他还能设法说服叛军?他不知道还有什么办法可以阻止这场即将到来的危险。

"主人!那个阿布哈兹老狼给我们造成了这么多伤害,我们什么时候才能跟他算账?"叶兹尼克问。

"当上帝愿意的时候。"大公简短地回答,然后骑马出发。

"我们要去哪里?"侍卫在后面跟着他问。

"我们今天必须到达阿姆拉姆营地,多耽误一分钟,就多一分危险。"

"马在一天内也跑不到营地啊。"

"到塔武什有多少里路?"

"一百多里。我们今天勉强能在黄昏前赶到萨加姆峡谷。"

"那明天早上呢?"

"黎明时能到塔武什。"

"我们得抓紧时间!"大公挥动着鞭子说。马开始旋风般狂奔,侍卫跟着他。

傍晚时分,他们到达萨加姆峡谷。在河岸边休息的村民告诉他们,大卫和格里戈尔的军队已经离开营地开拔了,阿姆拉姆的军队在阿格斯捷夫河和库拉河的交汇处。

他们渡过河，开始穿越平原。叶兹尼克问大公："我想知道为什么阿姆拉姆驻扎地离他的要塞这么远？"

"这是阿布哈兹人正在接近的迹象。加德曼人从这里撤走了。他们可能想把兵力集结在一起。"

"这么说，他们已经收到消息了？"

"当然，否则他们没理由集结起来。毕竟，这样一支军队会在几天内消灭附近所有的食物供应。"

"大公，我觉得我们将参与战争而不是和解。你怎么看？"叶兹尼克焦急地问。

"只有上帝知道。看看明天早上会发生什么。"大公假装不慌不忙地回答。但他心里有种不祥的预感，这种预感让他心情沉重，他不想继续想了，于是把马赶得越来越快。

大公和他的侍卫在谢沃德峡谷的村庄里过了一夜。在那他们得知，茨里克·阿姆拉姆把他的家人和反叛大公的家人都藏在塔武什要塞里，他本人则去了阿格斯捷夫。如果战败，阿姆拉姆可以撤到山上，准备在那里进行新的战斗。如果国王围攻他的要塞，他可以从后面反击。当马尔兹佩图尼得知阿姆拉姆从塔武什撤退时，这些计划都变得一目了然了。

"所以我们在要塞里没什么可做的。"大公对他的侍卫说，"我们必须在早上之前赶到阿格斯捷夫。"

"我们将在日出前渡过阿桑河。"叶兹尼克回答。

他们躺下休息了一会儿。

清晨，太阳才出地平线上几阿斯帕列兹[①]，大公和他的侍卫就

[①] 阿斯帕列兹是亚美尼亚的一种长度单位，相当于1598米。

已经到阿格斯捷夫的山谷里了。

从阿格斯捷夫河岸到最近的山脚,整个山谷布满了叛军盟友的帐篷。向阳的一面是乌季克人和谢沃德人的帐篷,稍远的地方是加德曼人和阿格万人的帐篷。所有的帐篷都排成了直线,围成了几个大的正方形,每个帐篷中间有一个指挥官或王子的帐篷。四周都没有栅栏,所以很明显,军队并不打算在此久留。阿布哈兹人显然是最近才到的,他们在通往库拉河的平原上随意地搭起帐篷。看到叛军军队如此规模,马尔兹佩图尼大公痛苦地大声说:"他们就是这样集结起来消灭自己的同胞的!"

"你没想到吗,我的主人?"

"绝没想到!卑鄙之徒!他们只对攻击自己的同胞有能耐!"

"我们现在去营地吗?"侍卫问。

大公没有回答,拉紧了缰绳,停在一棵大树的树荫下,看着叛军的营地。士兵们在帐篷周围忙碌着,进行着骑兵演习和军事操练。

经过一番观察,他对叶兹尼克说:"你看到远处围起来的四边形了吗,它的中间是阿姆拉姆大公的帐篷?"

"上面飘着双色旗帜的那个?"

"是的,那是谢普赫阿姆拉姆的旗帜。你骑马去那儿,直接穿过营地。"

"从山谷的边缘骑上去不是更好吗?"

"不,谢瓦德人比较野蛮,他们可能会向你射箭。骑马飞速穿过营地,不要东张西望,直奔大公的帐篷。你见过大公吗?"

"当然,我见过他很多次。"

"进去告诉他,我有要事找他。"

"如果他问起，我要告诉他原因吗？"

"不，这不是你的事。"

"好的，主人。"叶兹尼克说，然后策马奔向营地。

马尔兹佩图尼大公所说的帐篷呈四边形排成两行。营地中间是阿姆拉姆宽敞的帐篷，司令官的旗帜在上方飘扬，大公的纹章挂在入口处，帐篷里面铺着红布，在支撑帐篷的杆子上，装饰着明亮的铜环，挂着银色的剑、雕刻精美的盾牌和箭筒，还有银色的弓。帐篷的一个角落里放着棍子和长矛。

入口处有武装卫兵把守。他们头戴铁盔，手中拿着长矛和盾牌。帐篷里，谢普赫笔直地来回踱步。

他高大魁梧，身材结实，精力充沛。高高的额头上皱纹密布，紧锁的眉毛下有一双敏锐而富有穿透力的眼睛，一个大大的鹰钩鼻，细长浓密的小胡子，还有蓬松白色的大胡子，胡子覆盖在铜制盔甲上，遮住了半个胸部，这令他看起来很威严，甚至很有气势。他从头到脚装备齐全，身穿钢制铠甲，戴着护肘和护胫，胯上有一把装在银色剑鞘里的剑。一张小桌子上放有一顶钢制头盔，头盔上面装饰着一只闪闪发光的铜鹰，上面还有一根茂密的黑色羽毛。

突然，谢普赫仔细一听，有人在帐篷附近小声地争执着。

"谁在那里？"他喊道。

"来自沃斯坦的士兵想见你，大人，但他不愿意卸下武器。"卫兵边回答，边走向门口。

"谁这么固执？让他进来。"他命令。

叶兹尼克进来了。他把长矛递给卫兵，进入帐篷，向大公低头行礼。

"你是谁？"阿姆拉姆严厉地问。

"格沃尔格·马尔兹佩图尼大人的侍卫。"叶兹尼克回答。

"你难道不知道,任何人都不能带着武器进入大公的帐篷吗?"

"我从来没有离开过我的武器,我的大公。"

"那么你从来没有当过信使?"

"如果需要卸下武器,可以,这是第一次也是最后一次。"叶兹尼克局促地回答。

谢普赫笑了笑。

"你有什么要告诉我的?"他问。

"大公命我通传,他有要事要见你,希望和谢普赫大人谈谈。"

"马尔兹佩图尼大公在我们营地吗?"

"在这里,在营地后面等你答复……"

"恭候光临。"谢普赫回答,然后派士兵去迎接大公。一些全副武装的谢瓦德士兵立即跳上马背,赶去迎接马尔兹佩图尼大公,把他请到了谢普赫的帐篷里。

"我没想到会在这看到马尔兹佩图尼大公。"谢普赫请他坐下,热情地迎接了大公。

"幸运的是,我总出现在不被期待的地方。"大公笑着回答。

"幸运的是?这是什么意思?"

"意思是我从来不带着恶意拜访朋友。"

"朋友,是的,但你现在是在敌人的帐篷里。"

"在亚美尼亚人中马尔兹佩图尼没有敌人!"

"那国王的敌人呢?"

"你曾是国王的朋友,以后也会是。"

"朋友?愿地狱带走他!我宁可与撒旦讲和,也不愿与他讲和!"谢普赫愤怒地喊道。

123

马尔兹佩图尼没说话，迟疑地看着他。谢普赫激动得脸色苍白。

"我要是知道你这么激动，我就不会走这么远的路来了。"他用柔和而平静的声音说。

"国王离我们不远了，"谢普赫的情绪稍微平静些，继续说，"也许明天，我们就会交锋了。如果你是来跟我们讲和的，很抱歉，你是白来一趟了。"

"在沃斯坦没有人相信谢普赫阿姆拉姆会反抗他的君主。"

"我没有反抗我的君主，"谢普赫打断了大公的话，"我一直全心全意地效忠他！我曾多少次为了他去对抗叛军的盟友，多少次为了他去涉险……你还记得我是如何在沙姆舒尔特竖起旗帜的吗？这些事简直不胜枚举……"

"国王也不亏欠你的。他让你成为乌季克和谢沃德所有地区的领导者，让你掌管北方军队，现在你却利用所得到的权力和军队发起叛乱，拔剑对抗你的恩人、你的君主。"

"对抗我的恩人？你可别再这么说了！我对抗的是我的敌人！"

"敌人？一个国王能与他的仆人为敌吗？"马尔兹佩图尼说，他好像不明白谢普赫的话。

"大公！如果你对我的敌意一无所知，那就这样吧，没什么可说的了。"

"不是的。我知道大公们与国王为敌和反叛的原因。"

"虚荣心、贪婪、贪心……"谢普赫打断了他的话，"你认为是这些原因中的哪个驱使我反叛我的君主？"

"我不知道，也不想知道，但我希望你能收起反叛的旗帜，收回你出鞘的剑。"

"这是威胁吗?"

"不,只是请求,是恳求……"

"我很惊讶,马尔兹佩图尼大公竟然肯向谢普赫阿姆拉姆请求,甚至恳求?马尔兹佩图尼纳哈拉尔家族从未做过这种事。这里没有什么隐情或玄机吗?"

"能够无私地服务于祖国的人是幸福的。只有祖国的利益才能让我在你面前低下骄傲的头。你能鄙视这样的低头,或者在其中寻找隐情吗?"

"不能。"

"所以听我说完。放下仇恨,停止这一触即发的流血事件。"

"我做不到。"

"那么,成千上万的亚美尼亚女人在痛苦中生下儿子,多年来含辛茹苦地将他们养大成人,难道你们这些大公忍心为了一己私欲牺牲他们吗?"

"那当你们带领人民对抗阿拉伯人,把他们送到穆罕默德剑下时,难道你们就不记得亚美尼亚母亲的痛苦和折磨了吗?"

"与祖国的敌人作战,为祖国的自由牺牲,是每个人神圣的职责。任何人都无权推卸,但自相残杀是一种被上帝和人类诅咒的罪行。"

阿姆拉姆站起来,又再次坐下,若有所思地看着靠在帐篷角落里的长矛。然后,他捋着茂密光滑的胡须,轻声说:"马尔兹佩图尼大公,好话说起来容易,但好事做起来很难。我本不愿做个罪犯,但形势所迫。从现在开始,我不在乎别人怎么说我,在我头上只有一个法官,那就是我的良知。"

"良知不允许你残害你兄弟们的命……"

"别打断我！我的良知就是我的法官，但这不是问题的关键。即使我平息了愤怒，让我的良知得到安宁，我还是不能听从你的命令。现在反叛国王的不只我一个人，还有加德曼和阿布哈兹的王公们，还有他们的盟友。你已经看到了，平原上有这么多帐篷，所有想和国王算旧账的王公们都聚集在这儿。就算我把乌季克军队从这里撤走，其余的谢沃德人、加德曼人、阿格万人、泰克王子、阿布哈兹王子，他们也不会这样做的。"

"别尔王子？他也在这里？"

"是的，他与国王的仇不共戴天。"

"你加入了他？"

"是的，我已经向他和其他盟友发誓要与国王战斗到最后一刻。"

"如果你与国王和解呢？"

"那么所有人都会向我拔剑。这就是我们的盟约。"

"亲爱的阿姆拉姆，在你提到的盟友中，只有那个年轻的阿布哈兹王子不会接受和解，因为他是来杀戮和掠夺的。你自己也说过，他与国王之仇不共戴天，自然不会想空手回到他父亲身边。但如果你与国王和解，防止流血事件发生，其他王公是不会反对的。"

"那么谢瓦德大公和他的两个儿子，以及那些愤怒的加德曼人呢？他们是来报瞎眼之仇的。"

"谢瓦德大公已经原谅国王了。"

"怎么会？谢瓦德已经原谅他了？"阿姆拉姆从座位上跳了起来，惊呼。

"是的，我已经找过他了。他已经原谅了国王，如果你愿意收起你的剑，他将撤走他的军队。"

阿姆拉姆火冒三丈，怒发冲冠，呼吸急促。他走了几步，又走了回来，在大公面前定住，再次问道："那么，谢瓦德已经原谅了国王。如果我与国王和解，他就会撤走军队？"

"是的，他接受了我的请求，想再次证明对国家的热忱。"

阿姆拉姆握着马尔兹佩图尼大公的手，轻声说："小心隔墙有耳，我们到里面说。"他掀开帘子，走进了帐篷的内室。大公跟在他身后。

"谢瓦德，这个发誓要惩罚凶手的骄傲的加德曼人，是为了什么好处才同意和解的？"阿姆拉姆问马尔兹佩图尼。

"他这样做不是出于个人利益，只是不想让他的兄弟们流血牺牲。"

"他有没有告诉你我为什么反叛？"

"他说了。所有的事我都知道。"

"他说了？所有的事你都知道吗？"阿姆拉姆气喘吁吁地问。

"是的，但请不要绝望。"

"这难道不是我的权利吗？当一把狡诈的剑刺入狮子的肋骨时，我怎么能命令它不咆哮？"

"忍耐是最有力的武器。"

"现在不是谈忍耐的时候，大公。你说谢瓦德已经原谅了国王……为什么，为什么这个老家伙在我心里燃起了无尽的怒火，为什么他扰乱了我平静的内心，为什么他毁了我的生活之后……他自己却选择原谅？"

"当一个人的心被复仇之火笼罩……"

"别再说了，马尔兹佩图尼大公！就让谢瓦德原谅吧，让他的儿子们原谅吧，让整个世界都原谅吧……但谢普赫阿姆拉姆不会原谅。和解？和阿绍特？绝不！如果可以，我会与撒旦结盟，推翻并摧毁这个可耻的国王。如果你能看到我的心，就知道我有多痛苦，你会吓到发抖……"

"现在爱国的英雄可以证明，他母亲生下的并不是一个普通人。"

"只有卑微的人才能接受耻辱，而高尚的灵魂不会忍受这种耻辱……"

"谢瓦德不是小人物。阿绍特弄瞎了他，也弄瞎了他的儿子，但失去的东西已经无法挽回了，他可以不计前嫌，选择原谅他无情的女婿，这是出于对祖国的爱。"

"阿绍特夺走了他的双眼，也剥夺了我的心。瞎眼的人会宽恕，但瞎眼的心绝不会。"

"但是……"

"大公！一个明知国王对我不敬却劝我与他和解的人，是我的敌人……如果你不在我的帐篷里，我会向你挑战，和你打一场。"

"我觉得我也没有别的事了。"大公说。他站起来，鞠了一躬，离开了帐篷。

他刚走了几步，谢普赫就掀开了帐篷的帘子，大声说："马尔兹佩图尼大公！"

大公转过身来。

"你还想说什么？"

"暂时没什么想说的。"谢普赫回答。

马尔兹佩图尼大公心中燃起了希望，心里闪过一个念头。"也许他后悔了，也许他会答应我的请求。"于是又急匆匆地返回帐篷的内室。

"你想说什么?"

"坐下说吧。"谢普赫说,指了指他的床。

大公坐了下来。

"大公,如果你是来做说客的,你得给派你来的人一个完整的答复。"谢普赫说。

"没人派我来。你知道,国王刚从叶格里亚回来,我在乌季克没见到他。"

"我以为王后……"

"既不是王后,也不是卡多利柯斯。我亲眼看到了我们国家正遭受的威胁。我走遍了所有的地方,看到了所有的东西,决定来找你和谢瓦德,请求你们放过长期遭受苦难的祖国。谢瓦德大公答应了我的请求,我对他的感激之情溢于言表,他忘记了他的不幸,忘记了他的复仇……而你,我相信……"

"不,马尔兹佩图尼大公。"谢普赫打断了他的话,"你的话不会打动我的。谢普赫阿姆拉姆现在没能力考虑祖国的利益。"

"那你为什么把我叫回来?"

"我叫你回来是想向你敞开心扉,给你看看溃烂的伤口。这样当你见到国王时,你就可以告诉他,为什么阿姆拉姆会向他亮出毁灭之剑。"

"这不是你反叛的借口。"

"我不是在找借口。"

"那么为什么要告诉他你叛乱的原因呢?"

"如果上帝帮助我推翻国王的统治,蹂躏他的国家,烧毁他的城市,用污泥浊水和灰烬覆盖他的王座和王冠,那么我就是要让他知道,阿姆拉姆为他的耻辱报了仇……"

"他知道的,但你也要知道,天下人都会为这种残酷的行为诅咒你。"

"这些诅咒给我带来的折磨,根本不及卑鄙的国王所带给我的耻辱,让我所受的折磨。任何东西都无法医治我心灵的创伤……"

"但是,如果你冷静地想一想,抑制住冲动,谨慎智慧地思考一下,忘记复仇这件事,想想自己的爱国之心,那么我相信,你不会因为一个女人而背叛祖国。"

谢普赫走到大公面前,用灼热的目光盯着他,用激动得颤抖的声音说:"因为一个女人?啊,我多么希望我是在别的地方听到你的这些话,而不是在自己的帐篷里!相信我,马尔兹佩图尼大公,无论你多么强大和勇敢,我都会用剑刺穿你的胸膛,即使你穿着钢制盔甲。你怎么敢诋毁我家中的女王,我心中的女神?"

"亲爱的阿姆拉姆,如果冒犯了你,请原谅我,我无意羞辱阿斯普拉姆公爵夫人。"

"别说了,求求你。不要这样叫她,至少不要在我面前这样叫她。别说羞辱,我可能会疯掉……"阿姆拉姆大公打断了他的话。

"我必须再三请求你的原谅,原谅我进入了你的帐篷。"马尔兹佩图尼轻声说。

谢普赫并没有说话,激动地来回踱步,时不时地揉揉额头,似乎在驱散怒火。几分钟过去了。两人都没再开口。帐篷里响起阿姆拉姆雷鸣般的脚步声。马尔兹佩图尼看着他,想知道该怎么做才能不虚此行,感觉他的劝说对谢普赫没起丝毫作用。但连谢瓦德这样的顽固分子都能被他成功说服,要是说服不了谢普赫就这样离开了,他不甘心。他无法接受一个聪明而亲切的人只为了个人感情、为了复仇而牺牲祖国的利益,所以他打算等阿姆拉姆消气后,再和他谈谈。

最后,激动的情绪让谢普赫很疲惫,他坐在床边,直勾勾地盯着门。

"谢普赫阿姆拉姆!你怎么看一个为了取暖而放火烧掉自己房子的人呢?"马尔兹佩图尼大公问。

"我会说他是个疯子……"谢普赫回答,他的眼睛一直盯着门。

"在我看来,对我们所有人来说,祖国都是我们的故乡,如果我们因为个人利益而把它暴露在危险之中,我们就像点了自己屋子的火,没有想到当火熄灭,屋顶的木头变成灰烬的时候,将没有家,将没有住所,将暴露在狂风下,暴露在太阳的炙烤下……"

"是的,"谢普赫回答,"但有一种寒冷,只有通过自己家的火才能摆脱。我们都是有血有肉的人,让我把剑刺进你的身体,你会看到死亡的恐怖笼罩着你。"

"但如果我为国家而死,我的灵魂会很乐意与我的身体分开。"

"当刀子插进灵魂,灵魂会遭受痛苦吗?"

"如果你有心和感情,如果你的血管里流着高贵的血液,当你看到给祖国带来耻辱,让兄弟们流血,让王位受到威胁,为敌人开辟道路,让敌人蹂躏国家,你的灵魂不可能不痛苦。"

"马尔兹佩图尼大公!"

"说吧,我在听。"

"你比我更了解希腊科学。他们说,你和国王一起在拜占庭时,拜占庭宫殿里的人都惊讶于你渊博的希腊文学知识。是不是?"

"是的,但你怎么想起我的希腊知识?"

"你肯定读过荷马史诗。"

"许多诗句我都能倒背如流。"

"那你知道为什么特洛伊城会被摧毁,为什么许多希腊将军和他们的军队会死在城墙下?"

"我知道,因为一个女人,因为海伦的不忠。"

"不,你错了,是因为背叛者帕里斯。"

"我不是这样理解的。"

"而古希腊人是这样理解的。他们说,海伦是一个女人,而女人是一个软弱的生物,会被美德和恶习所吸引。一个真正的男人有责任照顾一个女人,保护她,而不是利用她的弱点。帕里斯的做法恰恰相反。他背叛了好客的墨涅拉俄斯,借助阿佛洛狄忒给他的妻子施了魔法,绑架了她并把她带到特洛伊。这就是为什么所有的希腊英雄都联合起来,带着无数的军队向特洛伊进发,在普利阿姆拉开了一场长达十年的旷世之战。最后,它被摧毁了,因为背叛者帕里斯破坏了神圣的习俗,给希腊国王的家族带来了耻辱。两千年前,人们对侵犯家庭荣誉的行为进行了报复。两千年后的今天,他们也会这样做。你怎么看?"

"我不会因为海伦一个人而让希腊人流血,更不用说众多的将士和国王了……"

"是吗?那你是个伟大的人。但希腊人的评判不是这样,他们说:'如果今天我们不让帕里斯受到惩罚,那么明天赫克托耳就会来……最好先教训初犯者。'"

"所以这就是为了一个人杀掉无数人的理由?"

"为了他的荣誉,是的!"

"你也能这样做吗?"

"我必须这样做,我也会这样做。"

"你能平静地看着战场上叶格尔人的长矛刺穿亚美尼亚士兵的

胸膛，看着他们用闪亮的剑砍下亚美尼亚士兵的头颅，看着亚美尼亚军队为拯救旗帜的荣誉而奋不顾身、宁死不屈吗？那些流淌的鲜血、死者的尸体、垂死的诅咒、伤者的呻吟，难道不会撕裂你的心吗？特别是当你想到这一切都只是为了一个女人。"

"大公，你这话说得像个修士，而我是个战士……"

"谢普赫阿姆拉姆，别犯糊涂！"马尔兹佩图尼从座位上跳起来，大声说，"你要好好区分献身祖国的战士和修士的区别。"

"对不起。我用修士这个词指的是'和平使者'。我知道马尔兹佩图尼家族后代的英勇。"

大公坐了下来。

"你说，当我想到这一切都是因为一个女人，战争的恐怖肯定会折磨我的心。"他继续说，"这倒是真的，大公，可那是因为我对祖国还有一丝爱……但如果现在我最后的那一丝爱也已经消失了呢，我的心只为复仇而跳动！"

"那你就不配被称为战士了！"马尔兹佩图尼激动地大声说。

"你说这些话，我不生气。我得尊重马尔兹佩图尼大公的地位和年龄。但我们再次回到荷马的话题。阿喀琉斯不仅是个勇敢的人，而且是个英雄，不是吗，大公？"

"是的。"

"哪个希腊英雄能与他相提并论？"

"没有。"

"然而，他坐在船上，平静地看着赫克托耳的胜利，看着特洛伊人屠杀希腊人，烧毁希腊船只，虐待尸体。他看着骄傲的希腊人退到岸边，看着特洛伊人赢得胜利。他知道，他只要出现在战场上，就会唤起希腊人的精神和活力，使战争得以结束。但他没有动,也没有听从将军们的劝告。原因是什么呢?为什么杀戮没有打动他?"

大公没有说话。

"原因是他所遭受的侮辱……"阿姆拉姆继续说,"希腊盟军的首领阿伽门农国王掠走阿喀琉斯心爱的布里塞斯。阿喀琉斯无法忍受这种耻辱,把剑收进了剑鞘……他离开了战场,而仅仅因为布里塞斯,成千上万的希腊人丧生。而你要求谢普赫阿姆拉姆比忒提斯的儿子、英雄阿喀琉斯更高尚更英勇吗?"

"难道你不想和他一样荣耀吗?"

"是想的……"

"为了对祖国的爱,忘记你所受的屈辱,你的荣耀将胜过阿喀琉斯。"

"你打断了我。我希望我可以,但我不能,我的心死了……这不是我的错。"

"你决定做什么?"

"战斗吧,没有其他方法来惩罚一个不称职的国王了。铁人阿绍特不会活着回到首都。我已经决定了,就这样吧。"

"你不害怕成为第一个牺牲者吗?"

"我无所谓。我们中必须死一个,不是我,就是他。我们俩不能同时活在这世上。"

"你想过没有,如果你活了下来,你还可以享受这世间的美好吗?"

"不!对我来说快乐已经消失了。即使是敌人,我也不希望他像我这样受苦。这是一种难以忍受的煎熬。你认识我!所有亚美尼亚人都认识我。我得到的荣誉不是因为我的残忍和恶毒,而是因为我的力量和勇气。你曾和我一起并肩战斗。你看到了,我在敌人面前是多么的无畏和威武。对待亚美尼亚人民、对待我的兄弟们,有谁比我更温柔、更善良、更无私呢?"

"曾经你发现我对任何亚美尼亚人有过丝毫的愤恨吗?但现在我变成了一头野兽,整个人被地狱笼罩,我不再区分亚美尼亚人和外国人了。我只盯着一个人,就是铁人阿绍特。我的灵魂只追逐一个目标,就是复仇,无情的、致命的复仇!我会用火和剑清除复仇路上的一切阻碍,而你提出要和解……你要求我像谢瓦德一样原谅他。一个盲人可以忘记仇恨,原谅罪犯,我却不能,你觉得奇怪吗?"

"啊,我该怎么做,该怎么向你解释我的悲伤远比谢瓦德要重得多?请挖去我的眼睛、夺走我的公爵封号、我的财产、我的领地、我所有的生活财富,但要把阿绍特从我这里夺走的东西还给我!把我的荣誉,我的阿斯普拉姆还给我……你能做到吗?啊,多么悲痛,多么令人难以忍受!"

阿姆拉姆说着说着,激动地站起来,接着又疲惫地倒在床上,用手捂住脸。几分钟过去了。

帐篷后面传来了马的嘶鸣声。

一位士兵进来报告,别尔王子马上要来找谢普赫。

两个人立刻抬起头来。士兵出去后,马尔兹佩图尼站起来,向阿姆拉姆伸出手,悲伤地说:"永别了,朋友!当然,这次上帝没有怜悯我们的人民,所以他让你的心如此坚硬。现在我别无选择,只能履行我对国家和国王的责任,我一定会这样做。"

"平静地走吧!从这一刻起,我们就是敌人了。你有职责保护你的国王。即使你把剑刺进我的心脏,我也会尊重你。但我希望一个马尔兹佩图尼贵族的后裔能成为一个更高贵的国王的卫士……"

"该怎么办？现在铁人阿绍特在王位上，而我是王位和祖国的仆人……永别了！"

马尔兹佩图尼大公握着阿姆拉姆的手，怀着沉重的心情离开了帐篷。阿姆拉姆送他到门口。在门口，马尔兹佩图尼见到了阿布哈兹的别尔王子。他是一个身段挺拔、长相英俊的年轻人。他从马背上下来，正准备进入帐篷。

大公看了他一眼，从他身边经过，没有跟他打招呼。

"卑鄙！这个卑鄙的家伙像只老鹰一样扑过来。等着吧，我们还会再见的……"马尔兹佩图尼大公苦笑着低声说，然后策马出了营地。叶兹尼克跟在他后面。

12. 出乎意料的结局

阿绍特国王的军队几乎全部由叶格尔骑兵组成，正向亚美尼亚边境推进。先遣部队已经到达平原，那里是谢沃德森林与佐拉格特河交汇处，湍急的赫拉姆河流入库拉河。他们在岸边安营扎寨，为进攻做准备。

几天来，佐拉格特的原始森林已经被砍得很稀疏了。老雪松和山毛榉树被巨大的斧头砍倒，发出可怕的噼啪声，沉重的树干压倒了年轻的树木和灌木丛。从邻村拖来的牛排成一排，载着巨大的原木来到库拉河岸。在这里，叶格尔摆渡人将原木与柳枝绑成几大捆，把它们放到水里。几十捆为一组，摆渡人用绳索将各组连接起来，绑在岸边的木桩上，形成一座安全的桥梁，骑兵们通过这座桥梁，越过亚美尼亚边境。

不久，阿绍特国王带着叶格尔的后方部队来到了这里。休整了一天之后，他对部队进行了视察。由几千名骑兵组成的骑兵队沿河列队。每支部队都有王子担任指挥官。这里有叶格尔人、哈尔德人、库里亚尔人、梅格列尔人、阿巴斯克人和乔鲁赫河谷的勇士，此外，还有来自泰克省的亚美尼亚骑兵。就这样国王组建了一支强大的骑兵队伍,叛军根本无法抵挡他们。

他们都是强壮而勇敢的战士,穿着铁甲,头戴防护面罩头盔。他们的武器是飞镖、木桩和长戟。每个人都有小盾牌和重型四角盾牌、马刀和剑。有一队弓箭手拿着大弓和毒箭。国王想确定骑兵的威严外表之下是否也有相当的作战能力,以及他们是否能抵御乌季克人和谢沃德人。他的视察让他确信,他们是当之无愧的优秀战士。他很高兴,这下可以给老对手——那个从阿布哈兹来到乌季克帮助反叛大公的别尔王子一个教训。

尽管国王的叶格尔人国家之行是成功的,但阿绍特的心里还是很沉重。他知道自己是带着外国军队进入自己的国家,向自己的人民发动战争,这让他备受煎熬。还有一点也很让他困扰,现在竟然没有任何一个亚美尼亚王子可以和瓦南德的侍卫一起做他的随从,而且马尔兹佩图尼也不在他身边。其他地区的情况如何?是否发生了叛乱?他的要塞是否受到了攻击?他也一无所知。

视察结束后,国王回到帐篷。正当他再次思考这些问题时,一位忠诚的瓦南德侍卫来报告,格沃尔格·马尔兹佩图尼来了。国王兴奋地从座位上站起来,就像一个在危险时刻得到意外帮助的人一样。

"他在哪里?快叫他进来!"他命令,兴奋地在帐篷里走动。

马尔兹佩图尼走进来,恭敬地鞠了一躬。国王拥抱了他,就像久别重逢的老友。

"没人像我这样急切地等着你。"国王微笑着说,"你从哪里来?你是怎么来的?独自一人还是带着军队?叛军在做什么?我们国家现在情况如何?"国王接连问了大公很多问题,然后,他坐下来,请大公也坐下来。"你一定很累吧。休息一下,喘口气,然后再告诉我。"他用疑惑的眼神盯着大公，补充说。

"我是一个人来的，国王。"马尔兹佩图尼回答，并在长椅上坐下来，"我已经派我唯一的侍卫去加德曼召集要塞守将瓦格拉姆和一支忠诚的瓦南德分队。"

"要塞守将瓦格拉姆？"国王兴奋地打断了他的话。"他要到这里来吗？他要把加德曼留给谁？谢瓦德会在那里搞阴谋诡计的……"

马尔兹佩图尼开始向国王讲述他的旅程，从他们在加德曼峡谷分开后开始讲。他讲了自己去找了谢瓦德和茨里克·阿姆拉姆的事情，讲了叛乱的规模，讲了叛军的实力和军事部署。然而，他对叛乱的真正原因只字未提。国王认真地听着，心里总是有些不安，他觉得马尔兹佩图尼对他有所隐瞒。当大公讲完故事后，国王默默地在帐篷里走了一圈。他当然清楚阿姆拉姆叛乱的真正原因，但他不知道马尔兹佩图尼对此事了解多少，所以他很犹豫，不知道是该说实话，请求大公友好的帮助，还是该保持沉默，维护国王的尊严。如果跟他说实话，他将收获一个忠实的朋友，在危险的时候用行动和建议帮助他。如果不说，他就可以避免受辱。他经过深思熟虑，决定维持骄傲，保持沉默。

"那么明天我们出发去阿格斯捷夫。"国王说，"如果叛军不行动，那我们就自己去，我的骑兵比较能吃苦。"

"但我们仍然要避免突袭，得派侦察兵去看看敌人在做什么。"马尔兹佩图尼说。

"我的侦察兵早就在叛军营地了。三天前，有两个人回来告诉我，阿姆拉姆的军队在库拉河的芦苇丛中，在科赫布河边等我。所以我从这边率领军队。在到达阿格斯捷夫前，我还会得知敌人的进一步意图。"

"国王的军事计划是什么?"大公问道。

"我们要进攻,但我们现在不能上战场。"国王回答,"因此,我们必须避免在山地与敌人交锋,如果我们在空地上作战,我们的骑兵必胜无疑。"

当天,国王邀请叶格尔的大公们和马尔兹佩图尼一起召开会议。他决定在第二天早上将军队开往阿格斯捷夫。中午国王的军队已经渡过了科赫布河,在附近的山脚下扎营。在国王这里遇到了谢普赫瓦格拉姆和他的瓦南德部下。来人报告说,敌人离这里有两个小时的路程,兵力部署在三个据点。敌人的一支部队占领了西部山谷,用以对抗国王军队的进攻;一支部队隐蔽在沿河的芦苇丛中;另一部分在最近的山林中。当与一支部队交锋时,另两支部队可以从后方进攻,包围国王的军队。

谢普赫带回的信息与国王侦察兵的消息一致,国王召开了军事会议。国王向指挥官们提出了一个绝妙的计划:把部队后退几阿斯帕列兹,从对面进攻乌季克。这样就可以逼叛军走出埋伏,从后方进攻国王军队。然后,国王的部队掉头攻击。这种出其不意的攻击会让敌人措手不及,迫使他们逃跑。大家都赞同国王的提议,但最好把撤退的时间推迟一天,让军队休息一下。由于他们现在驻扎的地形不适合防御,国王和他的军队决定在山边的一个大的废弃要塞里过一夜。

这个要塞由于战略位置极为不便,当地的王子们没有重建它。它位于科赫布山的一条支脉上,占地面积很大。城墙和塔楼破旧不堪,但里面仍有许多住宅和堡垒可以做军队的庇护所。敌人无情的剑曾经屠杀了所有的居民,从那时起,为躲避危险没人再愿意居住在要塞里了。要塞的台阶外是岩石山,这里根本无法通行,也就阻隔了想从后方进攻要塞的敌人和想从要塞逃走的人,前面有一个干涸的峡谷,上面布满了野生灌木和巨大的岩石。

在大公们的陪同下,国王骑马穿过狭窄的通道,这是通往峡谷和城堡唯一的道路,以寻找一个休息的地方。在视察了废弃的要塞后,叶格尔大公们发现这里是最安全的地方。他们很满意这些建筑,军队可以在这里御寒。马尔兹佩图尼和谢普赫瓦格拉姆担心夜间不安全,敌人可能在夜间占领峡谷,把他们困在峡谷里。国王也这么想,但最终他还是同意叶格尔大公们的想法,决定在峡谷里过夜。他觉得敌人不可能在夜间发动攻势。马尔兹佩图尼对此表示担忧,对国王的决定感到不满。

傍晚时分,骑兵们进入了峡谷,向废弃要塞的方向行进。国王也带着部下和叶格尔大公们来到这里。在峡谷的入口处留下了一支警卫队,观察敌军动向。

过了一会儿,要塞热闹了起来。到处灯光闪烁。士兵们点起了火,喂饱了马匹,宰杀了国王给的公羊。国王下令用豪华的晚餐来鼓舞士气。他邀请大公们来到他的餐桌。国王兴致很高,认为这是胜利的预兆。

席间大家相谈甚欢,几个小时过去了。灯光熄灭,除了卫兵和国王帐前值守的士兵,要塞里的人都睡了。要塞里一片寂静,只是偶尔能听到马匹吃完草料后的嘶鸣声。

马尔兹佩图尼大公却无法入睡。刚才他打起了瞌睡,但被马匹的嘶鸣声惊醒,就再也睡不着了。他还是担心这里的安全,有理由怀疑叛军会突然袭击,因为在空地上他们根本不是国王的对手,但在这些沟壑中,在陡峭的悬崖峭壁中,敌人可以包围国王的军队并迅速予以击溃。大公辗转反侧，起身披上斗篷，走出了低矮的小屋。叶兹尼克也赶紧起身。

"去哪里，我的主人？"他揉着眼睛问。

"我不放心，叶兹尼克。我不能睡，想去峡谷看看。"大公说。

"那我跟你一起去。"

"你累了，躺下休息吧。明早还有很多事需要你去做呢。"

"不，我的主人，我已经休息好了，让我和你一起去吧。"

他们一起出去了。

这是一个寒冷的秋夜。银色的月光透过晴朗无云的天空，照射在周围的山峰、悬崖和要塞破旧的建筑上。士兵们裹着斗篷，枕着行李和马鞍。拴着的马匹啃着草。巡逻的卫兵们拿着长矛，在要塞前和峡谷的斜坡上来回踱步。从远处的某个地方传来了猫头鹰的叫声，不安地回荡在所有醒着的人的心上。

大公和叶兹尼克轻轻地经过那些熟睡的人，没有人被吵醒。几个卫兵叫住了他们，随即认出了马尔兹佩图尼，恭敬地向他行礼。经过营地后，他们开始沿着峡谷前进。

"我们要离开营地很远吗，大人？"叶兹尼克问。

"不远，就到峡谷的出口处，然后我们就回来。"大公回答，"我想看看我们的哨兵是不是醒着的。"

话音未落，峡谷里就传来了马蹄声。

"这是什么声音？哨兵们在打架吗？"大公问。

"有骑兵朝我们过来了，我的主人，会是谁呢？"叶兹尼克紧张地说。

这时，一队骑兵迅速地进入了峡谷。

"是我们的哨兵。"大公焦急地说。

"所以敌人就在附近。"叶兹尼克说。

大公冲向骑兵,高声喊道:"你们要去哪里?"

"敌人就在面前,大公大人。"分队的队长认出了马尔兹佩图尼,然后回答。

"敌人?"大公不敢相信自己的耳朵,再次问道。

"是的。"骑兵说,"敌军已经进入峡谷了。"

马尔兹佩图尼愣在原地,他的预感果然没有错。

"怎么会?你怎么不早点儿来报告?"他沉默了一会儿问道。

"大人,我们没在平原上看到他们。"

"怎么,他们是从天上掉下来的吗?"

"没错,从天而降。他们是从峡谷入口处的山顶上下来的。"

"必须组织一支部队,我的大人。"叶兹尼克迅速说道。

"没有必要。叛军不会来这里,他们比我们更谨慎。"马尔兹佩图尼说,转身向要塞走去,步伐平静。

的确,敌人并没有追着哨兵而来。阿姆拉姆的其他部队很可能正在前往援助先头部队的路上。现在阿姆拉姆可以平静地等待敌人投降了。

格沃尔格大公来到国王的帐篷,在门口停了下来。他犹豫该不该叫醒国王。

"谢瓦德的预言成真了。"他想,"这一次,上帝惩罚了有罪的人。我们曾希望能平息他的愤怒,却是徒劳。"

护卫队的马蹄声惊醒了部分部队。敌军临近的消息像闪电一样传遍了整个要塞,几分钟后,所有人都起来了。

吵闹声惊醒了国王。然后马尔兹佩图尼大公进去,告诉了他这个坏消息。

"准备战斗！"国王起身喊道。他迅速戴上头盔，束上剑，准备冲出帐篷。

"不用着急，我的国王。敌人就在峡谷入口。"大公平静地说。

"你说什么，大公？你是不是还没睡醒啊。"国王看着这个迟钝的同伴说道。

"我根本就没睡。我每分每秒都在担心这个不幸。"

"什么不幸？这不是我们第一次进攻了。"

"不，国王，但我们现在所处的位置……"

"这没什么！"国王打断了他的话，"去告诉大公们，准备立即战斗。"

马尔兹佩图尼大公从帐篷里出来，向大公们宣布了国王的命令。

几分钟后，军队整装待发。

但是，在这些峡谷和悬崖中，骑兵该如何进攻？

大公们和军事指挥官们来到国王这里开会。

"我们必须现在就进攻，不能给敌人喘息的时间。"国王对大公们说，"如果我们等到早上，叛军就会占领高地，从两边围攻我们，那样的话，战斗就更难了。"

"我们不熟悉峡谷的位置和周围的情况。"叶格尔大公们说，"我们不能在晚上向敌人发起进攻。得等到天亮，再按你的意思去做，现在我们只能侦察附近的环境，以便在天亮时进攻。"

马尔兹佩图尼大公和谢普赫瓦格拉姆也是这个意见，国王只好同意了并最终决定让谢普赫瓦格拉姆和一位叶格尔大公即刻带着侍卫去侦察附近的环境。如果他们找到任何出去的路，军队就离开峡谷，如果找不到，他们就在早晨主动发起进攻，以免被敌人截断。

天刚微微亮,侦察人员回来向国王报告侦察结果。

"我们四面受敌。"叶格尔大公说,"我们前面是山,没有通道。即使从灌木丛中开路,骑兵仍然无法通过,因为山的另一边是坚固的岩石,我们身后是丘陵和山脉,也无法通过,出峡谷的唯一通道也被敌人占领了。现在只能在山顶组建弓箭队,尝试用箭雨击退敌人。这样或许可以打乱敌人的队伍,突围到平原上。"

"但这需要几天时间。"谢普赫打断了和他一起侦察的叶格尔大公的话。

"我们的弓箭手可以在高地上坚持一个星期。"国王说,"我们有大量的箭矢储备。"

"是的,国王,我们是有大量的箭矢,但我们没有水。"大公说。

"什么叫没有水?"

"是的,"谢普赫肯定地说,"附近没有河流或泉水。昨天军队取水的地方是唯一的一条河流,它的源头是峡谷。现在敌人已经把那里的水引到平原上了。"

"我们不可能在山里找不到别的水源。"国王说。

"我们到处都找过了,连雨水都没找到。"叶格尔大公回答。

"这么说,我们完蛋了!"叶格尔部队的其他大公异口同声地大声说。

国王困惑地环看四周。

"我们该怎么办,国王?"一位年轻的大公问。

"做我们该做的。"国王平静地回答。

"什么是该做的?"年轻人又问。

"亚美尼亚人在这种情况下会战斗。我不知道叶格尔人会做什么。"国王真想侮辱这个笨拙的年轻人。

"国王啊,没有一个骑兵能在山坡上和峡谷里作战。"为了维护叶格尔人的面子,叶格尔人的首领说。

国王没理他,转身对马尔兹佩图尼大公和谢普赫瓦格拉姆说:"现在去召集瓦南德和泰克的骑兵。告诉他们,国王将亲自率领他们,几分钟后我们必须开始进攻。"

大公和谢普赫出去了。

国王在帐篷里来回踱步,一言不发。几分钟过去了,他对叶格尔大公首领说:"康斯坦丁皇帝在向我告别时说,他要把最好的、最勇敢的叶格尔大公以及最无畏的军团作为盟友送给我。我并不要求你们在这个困难的时候帮助我。生命很宝贵,不能轻易地丢掉……但我要求,当你回到你的国家时,告诉你光荣的皇帝,他的大公们没有决心与亚美尼亚叛军作战……让康斯坦丁皇帝自己判断他的大公们是否勇敢。"

说完,国王离开了帐篷。他的话让叶格尔大公们心情很沉重。他们默不作声,惊慌失措,互相看着对方。

"我们要承受这种侮辱吗?"其中一位年轻的大公问他的首领。

"谁感觉受到侮辱,那他就应该带着他的部队追随亚美尼亚国王。"首领缓缓地说。

没有人回答,没有人愿意参与执行国王的大胆计划。

与此同时,阿绍特国王从帐篷里走出来,找到马尔兹佩图尼大公和谢普赫瓦格拉姆率领的瓦南德人和泰克人。

他策马向前骑去,高声呼喊:"勇敢的人们!你们谁想和你们的君主一同血战沙场?"

"所有人!"亚美尼亚士兵们异口同声地回答,回声在远处的山上回荡。

"那就出发！"国王大喊一声，拔出了剑，骑着马向峡谷进发。

骑兵们跟在他后面。

叛军队伍进入峡谷，观察国王军队的动向。当他们看到骑兵冲过来时，叛军开始撤退。国王以飓风之势冲向他们，在峡谷的后面迎击敌人。他想迅速把先头部队击退，打开通往平原的通道。

瓦南德人和泰克人激烈地与敌人战斗。他们践踏着马匹，用长矛刺向无能的敌人，而敌人只用短矛作战。战斗十分激烈，叛军招架不住，战斗只持续了不到半小时。最终叛军留下几十名伤员后，仓皇逃走了。国王的骑兵在后面追击他们。

命运似乎眷顾着国王。敌人逃散至山坡上。听见撤退人的喊叫声，敌军又新增了兵力，骑兵们再次与敌人厮杀。最后这些部队也不得不逃离，国王的骑兵扫清了道路，这时茨里克·阿姆拉姆和加德曼王子大卫突然骑马出现。他们一个身边是凶残的谢沃德人，一个身边是残酷的加德曼人。战况瞬间发生了变化。谢普赫阿姆拉姆大声呼喊鼓励着他的士兵们，拔出剑迅速挥向国王的部队，他的声音响彻峡谷，如同春天的倾盆大雨。士兵们和他一起呼喊起来。效仿敌人的做法，国王和马尔兹佩图尼大公也开始鼓舞士气。

双方的士兵们都表现出了异常的勇气，互不相让。国王的军队要把敌人赶出峡谷，而敌人则要把他们赶回去。就这样，经过几番武装冲突，阿姆拉姆的军队逐渐封锁了出峡谷的路。国王军队的处境变得越来越艰难。士兵们无法进攻，为了对抗敌人的步兵，他们被迫扔掉长矛，改用剑作战。即便如此，国王的军队仍然坚持抗击，没有退却。尽管敌军的数量逐渐增加，国王支持者的队伍在逐渐减少，但国王的骑兵面对强敌英勇顽强，誓死不屈。

突然间,一阵箭雨从右边的山坡上向他们射来。这是阿布哈兹人的杰作。别尔王子看到国王士兵的顽强抵抗和他们对长矛手的屠杀,在山坡上组织弓箭手,用箭发起攻击。国王的士兵无法用盾牌自卫,因为他们左手拿着盾牌,而箭却从右边射过来。他们现在腹背受敌。国王看到他忠诚的士兵处于绝望的境地,考虑到双方兵力悬殊,认为进一步抵抗是无用的,于是叫来马尔兹佩图尼大公,命令他发出撤退的信号。

这个命令像一道闪电击中了这位勇敢的大公。他一直反对自相残杀,但现在却不想听到撤退的消息。战争的血腥味让他沉迷了。此时此刻他满脑子考虑的不再是与兄弟们作战,而是惩罚叛军,惩罚王位和祖国的敌人。他在保卫他的君主,保卫亚美尼亚王位的伟大继承人。这种想法足以唤醒他心中的雄狮,但是,当国王命令他撤退时,他的身体一阵颤抖,强壮的手臂也跟着颤抖,他那带着血的剑无力地悬在空中。他深深地叹了口气,这口气听起来更像是一声低沉的吼叫。他来到骑兵队的后面,下令发出撤退的信号。

国王的士兵们一步步地倒着撤退。退至峡谷深处时,他们遇到了来增援的叶格尔部队。这些大公刚开始看到国王骑兵的胜利,决定一同进攻,但后来看到部队撤退,便在山坡上停了下来。

叛乱者看到叶格尔人的援兵便停止了追击。国王残余部队顺利地回到了营地。

当国王到达山坡时,叶格尔人的首领说:"我们来增援你了,国王。"

国王痛苦地说:"你白费心了,大公,因为叶格尔人不习惯在峡谷中作战。"

"但我们必须履行职责。我们刚整顿好部队,所以来得有些迟。"

"你们还是做对了件事的。你们挽救了部队的荣誉,使他们没有参与到我们可耻的失败。"

说完,国王嘲讽地笑了笑,离开了大公。

叶格尔首领愤怒地看了他一眼,气冲冲地回到了自己的帐篷。

战败后不和的情绪瓦解了国王和叶格尔人的联盟。

叶格尔人心甘情愿地奉康斯坦丁皇帝的命令来援助阿绍特国王,希望能够获得胜利和丰富的战利品。现在,他们失望了,垂头丧气地聚集在他们首领的帐篷里,商量着破坏联盟或是逃跑。这些外国人现在还能想什么呢?他们本就不是想捍卫亚美尼亚王位,而是为了好处来的。现在非但没得到好处,反而不是要战死就是要饿死。叶格尔部队开始抱怨。他们有一个星期的食物储备,但没有水。人和马都很渴。于是,一队又一队的士兵向大公们的帐篷走去,抑或要水,抑或是要解散联盟,离开营地。经慎重考虑,年长的叶格尔大公决定向国王请示。

他和他的大公们进入了国王的帐篷,当时国王正在与格沃尔格·马尔兹佩图尼和谢普赫瓦格拉姆开会。

"伟大的国王,现在部队中怨声四起。你想怎么做?"他问国王。

"我明白了。你们的士兵们有怨言吗?"国王问。

"是的,伟大的国王。"

"他们的诉求是什么?"

"最简单最正常的诉求。"

"什么诉求?"

"他们要水,国王,水或者……"

"或者?"

"或者下令向敌人缴械投降,走出这里的围困。"

国王沉默了一会儿,低声说:"这个诉求既不实际也不正确。"

"怎么会呢?伟大的国王,难道人民在口渴的时候没有权利喝一口水吗?"大公惊讶地嘲讽。

"不。"国王严厉地回答。

"你可能对我的回答感到惊讶,"他继续说,"但我并没有说什么令人惊讶的话。在没有水的地方要水,士兵们提出了一个不切实际的要求,用缴械投降来换取自由是一种低劣的行为。"

"我们该怎么做?等死吗?受屈辱总比死亡强!"

"不!死亡比屈辱强。"国王慢慢地说。

帐篷里沉默了一会儿。国王的回答让首领很为难,他说不下去了,但一位年轻的大公从一帮人中站了出来说:

"国王陛下!一个士兵的荣誉不仅在于他的勇敢,还在于他的真诚。因此,如果我敢于说出真相,我请求你不要感到悲伤,在我看来,隐瞒真相就等于叛国。"

"说吧!"国王说。

"我们是奉我们皇帝之命来帮助你的,如果有机会,我们会履行职责。或许是我们见识短浅,但现在命运让我们陷入了这个陷阱。饥渴折磨着一支大军,敌人的剑将我们击倒,我们无法突围,因为没有路。我们当然不想死。我们现在能做的,就是缴械投降,为我们的家庭拯救自己……"

"以耻辱为代价来拯救自己?"国王打断了他的话。

"这耻辱与我们无关。我们是你们国家的客人,却在为别人的荣耀而战。因此,无论是胜利的荣耀还是失败的耻辱都与我们无关。"

"所以呢?"

"你现在必须给我们指明方向,告诉我们该如何履行职责,或者接受我们的提议——向敌人缴械投降。"

国王看了这位年轻的大公很久,然后环视了一下在场的人。所有人都默不作声,等待着他的回答。

"你们是奉你们皇帝的命令来这儿的,你们是打着叶格尔人的旗号来的。"国王平静地开始说,"你们是来帮助亚美尼亚国王的,这是你们的皇帝和我已故的父亲之间缔结的条约。你们如果履行职责,这可以证明你们是尊重自己的,但如果逃跑,你们就会侮辱你们的皇帝,玷污你们的旗帜。至于缴械投降,我做不到。阿绍特国王经历过很多失败,多少次被敌人和叛徒围困,但从未有过向敌人投降的想法。我可以拿着手中的剑和胸前的长矛倒下或死去,但向敌人投降,决不会!你们关心的是拯救自己的生命,而我关心的是维护我的荣誉。你们看到了,我们的目标不同,所以我们不该互相妨碍。如果一个人倒下了,不可能再被扶起来。从现在开始,你们可以自行决定去留。亚美尼亚国王还会有其他的勇士准备和他一起赴死。但是,当你们安然无恙地回到自己的国家时,请告诉你们的妻子和孩子,你们没有为拯救生命付出代价。这个消息可能会让叶格尔的女人们高兴吗?"

"国王,你在侮辱你的盟友!"叶格尔的首领激动地大声说。

"那些想投降的人不可能是我的盟友。"

"所以,我们不再是你的盟友了!"首领愤怒地回答,转身对他的战友们说,"大公们!绝望的士兵们在等着我们,履行我们最后的职责。"

说完这句话,他向国王冷冷地鞠了一躬,然后走了出去。其他人跟着他。

国王没有注意到叶格尔首领的最后一句话和大公们的鞠躬,他看向帐篷的角落,陷入了沉思。当他回过神来,转身对他的大公们说:"是的,叶格尔人将会拯救自己。每个懦夫都配得上他所喜欢的荣誉。但你们怎么看亚美尼亚的士兵?"

"他们准备战斗到最后一口气。"谢普赫瓦格拉姆说。

"但也于事无补啊?"马尔兹佩图尼大公说,"我们的人数太少了,敌人可以瞬间消灭我们。"

"你说,他们准备好战斗到最后一口气了吗?"国王再次问。

"是的,国王。"谢普赫回答。

"我们必须抓住这个机会。晚上我们发起强大攻势。"

"为了击退敌人?"谢普赫惊讶地问。

"不,是为了穿过营地。"

瓦格拉姆的脸色一亮。这种逃亡方法是最简单、最体面的。马尔兹佩图尼也同意这个决定。只是需要巧妙部署,防止叶格尔人干扰计划。

按照国王的命令,大公们出去做必要的准备工作。

傍晚时分,几支叶格尔人部队离开了要塞,下到了峡谷中。这一动向引起了马尔兹佩图尼大公的注意。"显然,敌人和叶格尔人已经达成了协议。"他想,这说明叶格尔人正在向阿姆拉姆的营地进发。这时,叶兹尼克走到他面前,低声说:"大人!叶格尔的大公们正在策划一场阴谋。我们必须拯救国王。"

"什么阴谋,叶兹尼克?"大公很是震惊。

"他们向叛军承诺,他们要出卖国王。作为回报,叛军同意不收缴他们的武器。"

"你从哪得到这个消息的?"

"从叶格尔士兵那里。叶格尔的大公们命令他们监视通往峡谷的每一条道路,并监视国王,威胁他们,如果不照做就不让他们活着离开这里。士兵们现在为获得自由恪尽职守,密切监视封锁的道路。"

这个消息让马尔兹佩图尼陷入沉思。他感到现在连一线生机都没有了,他想起了谢瓦德的话,这次上帝会惩罚有罪的人。现在他一语成谶。一个凡人怎么能逃脱上帝的愤怒呢?

带着这些想法,他去找谢普赫瓦格拉姆,并和他一起赶往国王的帐篷,告诉国王这个不幸的消息。

但让他们出乎意料的是,国王听到这个消息后轻松地笑了起来。

"这个倒霉的家伙想要我的命。"他平静地说,"我认识茨里克·阿姆拉姆很久了。他不是因为虚荣心而反对他的君主,他要找的只是我本人。这个死扣其实很好解。"

"国王,为什么茨里克·阿姆拉姆要与你本人为敌?"谢普赫瓦格拉姆惊讶地问。

国王感到很尴尬。他觉得自己这话说得有些草率,然后试着转移话题。

"那么,我们的小部队也得救了。我走之后,敌人会放过亚美尼亚人和叶格尔人。"他说,好像没有听到瓦格拉姆的话一样。

马尔兹佩图尼大公不明白国王的意思,请他解释意图。

"今晚我将离开。"国王说。

"你,一个人?"大公问。

"是的。"

"走哪条路？"

"穿过卫队分队和敌军营地。"

谢普赫和马尔兹佩图尼大公惊奇地盯着他。

"我将向叶格尔人和谢沃德大公们证明，他们不可能抓住铁人阿绍特。"

大公心里泛起不安，而谢普赫的脸上闪过一丝满意的笑容。

"直到现在，我还在考虑我亲近的人的安全，但现在我发现，我的离开可以救他们。"

"离开吧，但只是为了挽救你的生命，这对你所有亲爱的仆人来说至关重要。国家在等待它的君主，虽然我们可能会死，亚美尼亚的土地也会损失一些。"谢普赫激动地说。

"但亚美尼亚国王会失去很多。"阿绍特补充道。

夜幕临临。只有马尔兹佩图尼大公和谢普赫瓦格拉姆知道国王的计划。

他们从国王的侍卫中挑选了两名最英勇的，命他们负责护驾。

深夜，国王从帐篷里出来，全身佩戴着钢铁盔甲。两个高大的侍卫牵着他那匹强壮的马。

国王轻松地跳上马，就像一个二十岁的男孩。

"我们必须像飓风一样冲过敌人的营地。我们要穿过军团，清除道路上的一切阻碍。我们需在一刻钟内进入库拉河谷。"国王命令，他拔出剑大声喊道，"前进，我的勇士们！"然后策马向山坡飞奔而去。

侍卫们跟着他狂奔。

过了一会儿，三位骑马者都消失在黑暗中。

幸运的是，今夜月黑风高。一片漆黑中没人能从远处看到他们。然而，峡谷的马蹄声惊醒了叶格尔哨兵们，他们聚成一堆挡住了道路。但国王的马和锋利的剑将他们驱散，侍卫的呼喊和长矛的攻击打散了他们的队伍。叶格尔人发现是铁人阿绍特，于是狂叫着冲过去追击。国王和侍卫到达叛变部队后也开始大叫。营地的人听到混乱的叫声，以为是受到了叶格尔人的攻击，迅速冲向营地，两方混在一起，互相攻击。

国王利用了这场骚乱，左右挥舞着剑，消灭了所有的攻击，和他的侍卫一起越过峡谷，冲破最后一道防线，飞奔到平原上。闪电般地冲过了阿姆拉姆营地，消失在黑暗中。

直到一个小时后，叛军才得知国王逃跑的消息。谢沃德和叶格尔大公感到羞愧，茨里克·阿姆拉姆和阿布哈兹王子别尔愤怒到发狂。

第二天早上，叛军冲进要塞。亚美尼亚骑兵们所有的武器都被叶格尔人夺走了，只留下了马，叛军没对这些亚美尼亚骑兵动手。格沃尔格·马尔兹佩图尼和谢普赫瓦格拉姆恳求阿姆拉姆放过他们的弟兄们。阿姆拉姆尽管很生气，但还是答应了他们的要求，放过了其他人。

중 편

1. 在艾里万克

艾里万克修道院，这座神奇的古迹先是作为被亚美尼亚人膜拜的多神教神庙，后来又作为基督教信仰的圣地，位于加尔尼要塞东北的格加尔达萨尔的岩石坡上。它的前面流淌着阿扎特河的一条支流，河水从高处落下，轰隆隆作响，响声欢快地荡漾在峡谷和周围地区。这里有古代火山熔岩所形成的石山、险峻的悬崖峭壁和坚硬的玄武岩块，它们高耸入云，环绕着艾里万克，阻挡着不速之客。大自然的双手是多么奇妙啊！这里各种巨型山体竞相争奇，大自然用它的鬼斧神工向普通人展示着它不可战胜的力量。

自古以来，这些坚硬的石块上被开凿出许多洞穴、小教堂和修士的单间居室。其中一些曾是亚美尼亚国王保存珍宝的地方，另一些则作为礼拜场所和多神教神庙。启蒙者格里戈里就是在这里首次竖起了基督教的旗帜。许多隐居修道士集结聚拢在这面旗帜下，把艾里万克变成了一个安宁和忏悔之地。亚美尼亚恩人涅尔谢斯一世在为祖国辛勤劳碌多年后隐居至此。他备受尊重的儿子圣萨克带着六十名弟子也隐居至此，在这里潜心于国家启蒙事业。

在我们描述这里的时候，还有一大批教士把艾里万克带入了一个繁荣的状态。亚美尼亚教会首脑卡多利柯斯约翰也居住在这里。因害怕阿拉伯人沃斯提坎的迫害，他离开了德温，带着他忠实的仆人和财物一起居住在艾里万克。

两天前，卡多利柯斯得知，在优素福之后沃斯提坎恩瑟尔被任命为总督，他住在阿特尔帕塔坎，现在已经到达纳西杰万，并向德温推进。沃斯提坎知道亚美尼亚国王的战败、王公之间的纷争和国家的无助状态。因此他必须抓住这个机会。

卡多利柯斯知道恩瑟尔的目的是要占领主教教堂并抢夺教会财产。为此，恩瑟尔决定先抓住卡多利柯斯，掠夺他的财物，然后强加给卡多利柯斯莫须有的罪名，并侵吞其财产。

卡多利柯斯一开始住在艾里万克的洞穴内，那里有小教堂，也有教会首脑和教士的共同住所。得知恩瑟尔的目的后，卡多利柯斯与他的随行人员一起转移到上面的洞穴里，那里之前是喂养牲口的地方。他们隐藏在荒芜和黑暗的洞穴中，卡多利柯斯希望能逃避恩瑟尔的迫害，保住他随身携带的财物，包括圣遗物和从祖先那里继承的遗产。卡多利柯斯认为，敌人不会注意到喂养牲口和无家可归的乞丐所居住的阴暗洞穴。但他收到的消息让他倍感惶恐，随从建议他离开艾里万克，躲到王后居住的加尔尼要塞。卡多利柯斯觉得这个提议不错。然而，他的宫廷主教萨克——一个谨慎又聪明的人，反对这个提议。

"神圣的大主教，你离开德温的主教教堂来艾里万克避难，人民本就为此指责你了。你要是现在搬到加尔尼，惹怒的不只是人民，还有所有的神职人员。"

"既然我已经离开了主教教堂，为什么不能搬到加尔尼？怎么会惹怒神职人员？"卡多利柯斯问。

"来艾里万克你还有个借口,说你是来守护众所周知、人数众多的教士们的,而加尔尼那里只有王后和王公贵女们,她们不需要你的守护。"

卡多利柯斯低头想了想。主教的反对意见是有道理的。他有责任保护他的教士们。但危险迫在眉睫,恐惧剥夺了他的意志。一颗胆怯的心和一个懦弱的灵魂住在他高大强壮的身体里。他爱他的教民,十分关心他们,但同时他也爱自己,不愿牺牲自己的利益。他是人民的亲儿子,他希望他们过得好。但如果这种好生活要靠牺牲王室成员或有权势的大公的友谊,他就动摇了,最后他牺牲了人民的利益。他做善事与其说是为了获得声望,不如说是为了避免玷污这种声望,防止国家遭遇灾祸。他既没有坚强的意志,也没有坚强的性格;既受到大人物的影响,也受到小人物的影响;既受到强者的影响,也受到弱者的影响;既受到明智的劝告者的影响,也受到阴险的诽谤者的影响。一个影响被另一个更强大的影响破坏。在这些影响的交织下,他左右摇摆,就看哪种影响更为强烈了。

卡多利柯斯非常重视萨克主教。他尊重主教,认为他是一个有德行、有智慧的人。因此,尽管阿拉伯人暴行的传闻让他感到不安,但他还是决定听从主教的建议,和他的教民们一起留在艾里万克。但这时,执事格沃尔格从德温赶来,带来了一些悲惨的消息。

"恩瑟尔在德温,他关押了休尼克王子萨克和巴布肯,甚至还关押了四十个在德温的阿拉伯王子……"

卡多利柯斯惊慌失色。休尼克王子们是具有世袭统治权的领导者。恩瑟尔怎么能关押他们?有些阿拉伯王子还是哈里发的红人。这意味着沃斯提坎被赋予了巨大的权力。

"他在哪里?为什么关押休尼克王子?"卡多利柯斯问执事。

"当沃斯提坎在纳西杰万时，"执事回答，"巴布肯王子带着礼物去见他，抱怨他的兄弟萨克夺走了他的继承权，请求恩瑟尔帮他。沃斯提坎听取了巴布肯的话，邀请萨克王子到他那去。萨克王子毫无防备，带着礼物去找他。沃斯提坎让王子们在他那儿待了几天，然后提出让他们陪他去德温交接继承权事宜。王子们同意了，但一到德温，沃斯提坎就把他们关了起来。"

"大主教，你认为他这样做是为了夺取休尼克王子的财产吗？"卡多利柯斯问萨克主教。

"是的，是这样的，至圣的大主教。如果休尼克的统治者不被消灭，沃斯提坎就占领不了休尼克。"

"休尼克的王子们被俘虏了，这不论对国家还是对国王和我来说都是巨大的不幸。"

"而你也处于危险之中，至圣的大主教……"执事说。

"危险？你怎么知道？"卡多利柯斯不安地问。

"沃斯提坎已经叫去了主教教堂监督，命他派信使过来。"

"过来干什么？"

"请你去德温。"

"沃斯提坎想从我这里得到什么？"卡多利柯斯问主教。

"这只有上帝知道。"主教回答。

执事补充说："恩瑟尔跟监督说，卡多利柯斯应该在主教教堂，而不是在山上避难。"

"所以他知道我的行踪？"

"是的，至圣的大主教。"

卡多利柯斯惊恐地愣住了。

"如果我不离开这里，他在一两天内就会派士兵来抓我。"卡多利柯斯问主教。

主教没有说话。

"你有什么看法，神圣的兄弟？"卡多利柯斯问。

"即使你离开了，他也会派部队来的。"

"是的，但他就不能扣押我了。"

"然后，他会消灭艾里万克的所有神职人员。"主教缓缓地说。

卡多利柯斯明白这些话的意思，于是沉默了。

"但是，主教，刚才你说过，沃斯提坎不可能攻下休尼克的，除非他抓住了休尼克大公。"卡多利柯斯沉默了一会儿，然后说。

"是的，至圣的大主教，我是这么说的。"

"那么，他只有把我除掉才能拿下主教教堂？"

"当然。"

"那么，我留在这里岂不是意味着把自己拱手交给恩瑟尔的刽子手了？"

主教什么也没说。

不久从德温来了位信使，他代表恩瑟尔邀请大主教返回首都。大主教没有再犹豫，决定去加尔尼，并派执事格沃尔格去加尔尼要塞通知王后他的计划。

执事立即照办。

这个消息让艾里万克的神职人员情绪很激动。很多人开始抱怨，但不敢公开表达他们的不满，尤其是萨克主教也保持沉默，这意味着他对改变大主教的想法已经不抱希望了。只有卡多利柯斯的随行人员支持他的决定，因为他们主要关心自己的安全。

傍晚时分，卡多利柯斯和他的随行人员来到下面修道院的教堂，向教友们祈祷和告别。当地修道院院长请卡多利柯斯至少再留一个小时，和修道士们吃最后一顿饭。

用餐期间，一位名叫莫夫谢斯的年轻修士照例阅读圣书。用餐快结束时，他翻开了《约翰福音》，大声朗读了以下内容：

"我是好牧人，好牧人为羊舍命。如果是雇工，不是牧人，羊也不是他的，狼一来，他必撇下羊逃命。狼就会抓住羊，把羊群驱散。他逃走，因为他是雇工，并不在乎羊……"

还没等修士念完最后一句话，卡多利柯斯脸色大变，扔掉毛巾，从座位上站起来，大声说："艾里万克的父老啊，千万别认为我是'雇工'！我确实要逃离狼的魔爪，但不是为了把你们交给他，而是为了拯救圣物。如果我被冠以'雇工'之名，那么从这一刻起，我就把这些圣物全都托付给你们，然后听天由命。我不离开这里了！"

修道院院长没想到这位年轻的修道士会做出如此胆大妄为的事，他大为震惊。大主教的话使他更加难堪，这个可怜人跑向卡多利柯斯，跪倒在他面前。

"至圣的大主教！"他激动地说，"这位修士谦虚谨慎、品德高尚，他一定被魔鬼诱惑了才斗胆冒犯你。请立即下令解除他教职人员的身份，把他从这里赶出去。"

"不，亲爱的兄弟，"卡多利柯斯回答，"这位修士没有说任何冒犯的话。他重复了福音书中的真理，是在提醒我牢记我的职责，谨记神圣无畏的牧羊的规训……上帝通过先知的口呼唤有罪的以色列首领走上真理的道路，也许他也希望在我们中间出现一位先知。让我们不要谴责这个有勇气宣扬真理的人。"

莫夫谢斯修士站在读经台前默不作声，一动不动，神态自若。所有的修士都站了起来，看着他，但这并没有让这位年轻的修士感到不安。他知道自己为什么要读《约翰福音》,并且确信自己已经完成了自己的职责。未来等待他的是什么,他并不关心。

但是修道院院长并没有因为卡多利柯斯的话而感到安心(他担心卡多利柯斯会把这件事归咎于他),他大声地问修士:"是谁让你读福音书中的这段话?"

"坐在我们中间的那位看不见的人,他引导着我们的心和灵魂。"修士平静地回答。

"这当然是他的意愿,"萨克主教补充道,"的确,如果不是他的意志,连树上的叶子都不会动,那么这个神圣集会的发言者也是受他启发。上帝希望他的至圣的大主教和他的兄弟们待在一起,与他们分享他的悲哀和欢乐。谁能反对他的意愿呢?"

"我不反对,"卡多利柯斯说,"我确实希望晚上在敌人毫无察觉时离开,但因为此事我决定不离开了,我留下来。我想拯救圣物不被亵渎和掠夺,我相信它们自己会保护自己的。如果上帝同意我离开,他将在明亮的阳光下为我创造一个黑夜。"

说完这番话,卡多利柯斯回到了他的住所。萨克主教又派了名信使去加尔尼,通知要塞主人不必等卡多利柯斯了。

第二天一大早,主教就把德高望重的年长修士们叫来,商讨如何拯救修道院和大主教的财物。他们决定先将所有的贵重物品——教堂用具和圣物,特别是圣书和古代手稿——藏在远处隐蔽的洞穴里。然后举行祈祷仪式,祈愿这样上帝就会放过无防御能力的神职人员,不会把他们交到敌人手中。事实上,除了对上帝的信任和在山洞里避难,修士们没有其他的保护措施。国王一心想着与反叛的王子们开战,而其余的王子们则重兵守卫自己的要塞。普通民众没有得到国王军队或任何王子的保护,他们不得不到修道院里避难，修士们不仅要保护这些人，还要给他们提供食物，这使神职人员的处境更加艰难。

那是一个秋高气爽的早晨。晴朗的天空中闪耀着明亮的太阳，似乎比以往任何时候都更加明亮，更有光芒。格赫山的山坡和高处，牧场和树林已经变黄，呈现出明亮的色彩。艾里万克的悬崖、峭壁、塔楼，和悲伤的居所一起依偎在石头的怀抱中，逐渐从岩石山的阴影中释放出来。清晨温柔的凉意伴随阿扎特河的波浪从格赫的山坡上蔓延到艾里万克的峡谷里，修道院周围的树木和沿岸的灌木丛中可以听到鸟叫，与淙淙的流水声融为一体。

从山洞的教堂里走出来一个唱诗班，紧随其后的是唱诗班成员、执事、修士，最后面是被主教们簇拥着的至圣的大主教。两名执事背对着队伍，他们拿着银色罐子，不停地在卡多利柯斯面前行礼。从修士到主教都穿着黑袍，因为金色的法衣和昂贵的器具都藏在山洞里了，只有卡多利柯斯穿着白色的袍子，英俊的脸上蓄着华丽的灰色胡须，这让他的姿态和面容更加庄重。

神职人员来到院子中央，围成一个半圆，开始礼拜。还没等他们做完开场祈祷宣读圣书，天空中就出现了一个神奇的景象。晴朗的天空覆盖上一层灰绿色的阴影，星星在空中闪烁。空气突然变得阴冷，风声隆隆。受惊的鸟不再鸣叫，从一边飞到另一边。所有人都陷入了恐惧，正在看书的修士感觉眼睛突然看不清了。

于是卡多利柯斯举起手来，对着天空大喊："啊，万能的上帝！你在为我们展示什么奇迹？你在向你弱小的生灵展示什么奇迹？"

在场所有的人都被他的声音震惊了，抬起头来惊恐地望向天空。发光的太阳笼罩着阴影，太阳周围的光圈逐渐开始消退。几分钟后光芒完全消失了，所有人都僵住了，只能偶尔听到恐惧和惊讶的叫声。萨克主教走上前去,大声说:"至圣的大主教!上帝向艾里万克修道院明确宣布了他的意愿,他想把你留在它的怀抱中,守护亚美尼亚教会的神圣财富。你没有反对并且说:'如果上帝同意我离开,他将在明亮的阳光下为我创造一个黑夜。'上帝听到了你的话。他万能的手创造了黑夜,遮住了白天的光亮。他想让你离开这里,拯救你自己和教会的财产。"

"走吧,至圣的大主教,离开这里吧,因为这是上帝不可解释的旨意!走吧!"

"走吧,走吧,我们祝你一路顺风!"修士们在四面八方呼喊着。

"我服从上帝的旨意。"卡多利柯斯说,并跪下,开始祈祷。

所有的神职人员都跟他一起祈祷。

日食结束后,修士们继续虔诚地进行祈祷仪式。回到教堂后,他们看到晚餐时读《约翰福音》的修士正跪倒在主教的脚下,乞求宽恕。

"我在你面前犯了罪,至圣的大主教。"他哭泣着说,"在我看来,是上帝启发我阻止你离开。现在我明白了,那是魔鬼的唆使。请原谅我,并祈祷你卑微的奴仆能从诱惑者的力量中解脱出来。"

"我亲爱的孩子,你受到了上帝的指引。"卡多利柯斯温柔地回答,"上帝亲自启发你做那件事,向我们展示他伟大的力量。去吧,向那使你配得上这恩典的人背诵感恩的祷告。"

这些话安抚了修士,他低着头离开了。不久,卡多利柯斯和他的随行人员离开艾里万克前往加尔尼。

大主教离开后,修道院里不安的气氛变得更加凝重。修士们相信,上帝创造了一个奇迹,让他们知道敌人的攻击即将到来。因此，他们中那些特别害怕阿拉伯人的残酷行为的人撤到了山里，在遥远的山洞里避难。住在艾里万克的穷人也跟着他们。

修道院老院长和一些勇敢的、无畏的修士留在了教堂里，他们认为与其为了保住自己的生命，把教堂交给敌人，不如死在修道院的围墙内，死在圣殿的门槛上。虽然他们根本无法抵御阿拉伯人，但他们知道，要是这些野蛮人发现修道院空无一人，就会粗暴地亵渎和掠夺。所以他们决定留下来誓死捍卫教堂。年轻的修士莫夫谢斯也在留下来的人中，他护送其他人躲到山洞后，又折返回到了修道院。

傍晚时分，一位信使报告敌人临近。

他告诉修道院院长："沃斯提坎已经派出了几个分队，要扣留卡多利柯斯并消灭所有的修士。主教教堂监督派我来告诉你这个不幸的消息。"

"上帝已经通知我们了，我的孩子。"院长回答，"卡多利柯斯和大多数教友已经获救。我们留在这里，死守教堂。"

信使离开后，院长召集了剩下的修士，前往教堂守夜和祈祷。

他们跪着祷告，可怕的哭声让石质教堂的拱顶也跟着颤抖。

院长站起来，平静地说出了基督的话："起来，我们走吧！看，时间到了！"

他无法继续说下去了，迈着坚定的步伐向前走去，修士们跟着他。当他们到教堂门廊时，院长深情地对修士们说："我们作为修士，是为我们的人民和神圣的教会服务的。我们在上帝和人类面前发过誓，不能违背誓言。让我们毫无怨言地走向牺牲的祭坛，因为我们坚信，在这个短暂的世界上放弃了生命，我们将在永恒的世界里重获新生。"

"让我们去履行神圣的职责吧！"莫夫谢斯修士大声说，"我们没有牺牲什么，也没有失去什么。我们迟早都会死去，生命不是永恒的。让我们感谢上帝，他已经为我们准备了一个合适的结局。如果这座被我们鲜血染红的教堂的墙壁能变得更加坚固，如果这些拱顶能完好无损，后代还可以在这里祈祷，将永恒者的祝福送到亚美尼亚的土地上，我们应该感到高兴，因为我们是'天选之子'。在这个凡尘中智慧地生活，选择永恒的而非短暂的幸福！"

"来吧，来吧，敌人不会吓倒我们的！让我们履行我们的职责！"修士们大声喊着，向院子走去。

阿拉伯人重重包围了教堂。大门紧闭让他们非常愤怒。他们没想到一群修士会有如此胆大的行为。他们判定，修道院里可能有一支军队。

他们喊叫着，威胁着，咒骂着。把巨大的石头砸向大门。扔石头的人爬到岩石上，把石头从上面滚下来。一些士兵搬来梯子，顺着梯子爬上墙，进入修道院的院里。几个手无寸铁的修士站在院子里，像一群等待被猎杀的猎物。敌人的叫喊声和铁门的咔嗒声让他们心生恐惧。在准备牺牲自己的同时，每个人都向上帝祈祷，希望能免于受苦。只有修士莫夫谢斯站在原地不动。阿拉伯人的喊叫声、大门的响声、石头撞击墙壁的声音——都没有让他害怕。他仿佛在希望自己的最后时刻能早点儿到来。

"我们不必招惹他们。"他对院长说，"最好是把门打开，反正他们迟早会闯进来的。"

"不，不！也许上帝还想拯救我们。也许考验的时刻会过去的。"院长回答，吓得脸色苍白。

爬上院墙和塔楼的阿拉伯人惊讶地发现院子里只有几个修士。

没有军队,也没有军事防御。这个意外的发现让他们冷静了下来。一些士兵向修士们投掷长矛,但更多的是为了吓唬他们,而不是杀死他们。大门被石头砸碎撞开,阿拉伯人尖叫着冲进院子,修士们跑到门廊。士兵们冲到他们身后,瞬间就把他们包围了。剑和长矛闪闪发光。下一秒修士们就会全部被杀掉。就在这时,一名士兵走上前去,大声地喊:"不要杀掉任何人!这是别希尔的命令!"

猎物突然从愤怒的狼口中被拽了出来。

"为什么不准杀掉他们?"阿拉伯人带着诅咒和威胁愤怒地咆哮着。

很快,军事长官别希尔来了。他个子高大、面色黝黑、脸庞宽大、眼睛炯炯有神,蓬松的灰色胡须一直垂到腰部,头上戴着白色的包头,上面有一缕金色的缨子,身穿昂贵的羊毛衣服,外面套有铜制的盔甲,一把嵌金弯刀挂在身边,手持一面闪亮小盾牌。

"这里谁主事?"他边问边走近修士们。

"我,你卑微的仆人。"院长走到前面说。

"你们的卡多利柯斯在哪里?"别希尔问。

"至圣的大主教已经去加尔尼了。"

"他怎么敢?难道他没有接到命令,要臣服于伟大的沃斯提坎?"

院长犹豫了一下,没有回答。

"是的,收到了命令。"莫夫谢斯修士走上前说。

"那他为什么不服从命令?"

"卡多利柯斯可以被请求,但不能被命令。"

"你怎么敢这样对我说话?"

"每个人都有权利说真话。"

"你不怕我割掉你说真话的舌头吗？"

"我们都准备好赴死了。"

"卑鄙！显然，你是活够了！"

"如果要屈服于敌人，生活不仅会变得无趣，而且会很耻辱。我们宁愿死也不愿过这种生活。"

"天啊，放肆！让我打碎他的头！"一个士兵大喊，拔出剑放到年轻修士的头上。

"让他活着吧！"别希尔说，说完，转身问院长，"修道院和教会的宝物在哪儿？"

"我们没有财宝。"院长回答。

"不要撒谎！"

"我说的是实话，但不是因为害怕你，而是因为我们的宗教禁止撒谎。我们没有财宝，因为我们是修士，修士不能拥有任何东西。我们只守护我们的人民遗留给我们的遗产。"

"那就告诉我们那份遗产藏在哪里！"长官命令。

"我没有权利。"院长回答。

"我命令你！"

"我无法服从你的命令。"

"把他们都绑起来，把他们赶到一边去！"长官下令，"你们要搜查他们的住所，他们的礼拜堂，每个角落都要搜查，把他们藏起来的东西都搜出来，把所有藏起来的人都找出来！"

士兵们行动起来，冲向教堂。但别希尔阻止了他们。他知道他的士兵们会掠夺教堂的财物，所以挑选了几个最可靠的人，派他们去寻找。阿拉伯人闯入教堂，搜查了小教堂、修士的单间居室，爬进山洞，所有缝隙都仔仔细细搜寻个遍，掀开了地面，撬起了砖块,但没有发现任何有价值的东西。在肃杀的气氛中,他们只搜到了几件朴素的圣衣、法衣、旧抹布和破烂的地毯,把它们堆到院子里。

别希尔看到这些大发雷霆。士兵们甚至没有找到修道院的日常用品,而据他所知,修道院里应该有大量的这些用品。

在富裕的艾里万克,几百名修士居住的地方,也是卡多利柯斯居住的地方,竟然没有一个铜碗,没有一个盘子。院子里只有几个木碗、盘子和陶杯。

"所以你把所有东西都藏起来了?"别希尔愤怒地问。

"我们把属于教堂的东西藏起来了。"

"你赶紧说,宝物藏在哪里?"别希尔大喊,把一条重重的鞭子甩到了老人头上。

牛筋制成的鞭子抽打着老人憔悴的脸,留下一道道紫红色的印记。院长一个踉跄,后退靠在教堂的墙上。愤慨的年轻修士冲上前去,勇敢地大喊:"如果你只有本事打一个衰弱的老人,你就不配叫军事长官!上帝会惩罚你的!小心他的怒火!"

别希尔还没来得及回答,一只剑就狠狠地刺进了修士的身体里,修士倒在地上,血流不止。凶猛的阿拉伯人刺出了这一剑,并得到了长官的认可。

"你们要是再不说出财宝藏在哪里,就会跟他下场一样。"别希尔威胁说,"告诉我财宝在哪儿,你们就可以免于一死。"

"我们不会向你出卖我们的兄弟和圣物。你想怎么处置就怎么处置吧。"莫夫谢斯回答。

"你说什么,年轻的修士?"别希尔对莫夫谢斯说。

"大人,背叛是一种卑劣的行为,我们这里谁也不会这么做的。

藏起来的宝物是我们的遗物,是人民的财产。我们没有权利把它们交给你。只有我们的身体属于我们,你可以杀死我们的身体,但永远不能贬低我们的精神!"

"把这些人带走!往死里折磨他们,直到他们说出宝物藏在哪里。"长官命令道,然后走到一旁。

他知道艾里万克是一个非常富有的修道院,他想不惜一切代价得到这里的财宝,可修士们的顽固更是激怒了他。然而修士们进行了抵抗,主要是因为他们的许多教友都躲在教堂和主教财物的藏匿处。如果说出来,这些人就会暴露在敌人的剑下。

无情的士兵们把修士们拖到不同的地方。一个被热铁烫伤,一个被长矛刺伤,一个被钳子扯出肉来,一个被绑到马尾在地面拖拽着。但他们中没有一个人说过一句话。别希尔骑马过来,看到这些不幸者残缺不全、鲜血淋漓的身体,下令把他们即刻处死。长官的命令立刻被执行,所有的修士们都被斩首了……只有莫夫谢斯幸存下来,别希尔放过了他。别希尔命令他立即去加尔尼,给卡多利柯斯展示他被钳子和热铁折磨过的身体,并且转告卡多利柯斯,要是不去德温并宣誓效忠,也将面临同样的下场。

别希尔的士兵们洗劫了修道院,抢走了搜刮到的一切:家禽、装有蜜蜂的蜂箱,甚至牛饲料。他们折磨了修士们,平息了怒火,他们并没有摧毁教堂和小教堂。修士们以自己的生命为代价,挽救了艾里万克的古老建筑遗迹。

2. 新的建议

日食让加尔尼的居民十分沮丧。公爵夫人们纷纷聚集到王后那里，猜测这个神秘的自然现象。她们确信，日食预示着某种巨大的不幸。

"国王可能会战败，这将带来新的灾难，这是日食的征兆。"王后断定。

公爵夫人们没有应和她，怕惹她伤心。

"太阳在许多国家上空升起，但并非所有国家都会受到日食的影响。"休尼克公爵夫人马里亚姆说，"如果国王被打败，茨里克·阿姆拉姆获胜，这意味着日食给一个人带来了不幸，给另一个人带来了幸福。"

"并且很可能，这次的幸福是属于我们的。"马尔兹佩图尼公爵夫人补充道。

"或许吧。"王后回答。但她对这一点儿不抱希望，她相信，上帝会惩罚有罪的人。她的国王丈夫在阿姆拉姆面前是有罪的，必须被打倒。她不再开口说话。

几小时后，卡多利柯斯到达加尔尼。整个要塞在神职人员的带领下,都出来迎接大主教。要塞守将穆舍格率领要塞所有部队整装迎接卡多利柯斯。王后与她身边的女士们一起在要塞门口迎接卡多利柯斯,请他一起进入教堂。祈祷仪式结束后,王后邀请至圣的大主教到她的城堡。在那儿已经为大主教和他的同伴们准备好了房间。

卡多利柯斯的到来让加尔尼的居民非常高兴,但当卡多利柯斯告知王后到来的原因时,城堡里的人惊慌失措。戈尔王子鼓励并安抚着公爵夫人们。

"加尔尼不仅不会被恩瑟尔占领,而且也不会被哈里发的军队占领。"他说,"即使我们的守卫部队袖手旁观,加尔尼也不会受到影响。特尔达特建立的城墙和塔楼可以抵御弩箭和弩炮。"

要塞守将穆舍格没有参与谈话。他甚至没去见卡多利柯斯,尽管他准备听他几个小时的智慧演讲。他是一个有责任感的人,时刻准备牺牲快乐以履行责任,所以当他听到卡多利柯斯带来的消息时,他抓紧一切时间来加固城堡。他经验丰富,知道敌人的攻击往往会出其不意。因此他想提前做好防御准备,这样即使敌人突然出击,也不会危及王后和卡多利柯斯。

他把所有的士兵都武装起来,分成若干分队。一些安排在堡垒上,另一些安排在塔楼和城墙上,命他们密切监视敌人的动向。他准备了油、焦油和其他易燃物,以备敌人来犯时浇下去点火。士兵们还准备了大石块,以备在敌人爬墙时攻击他们。总之他们正在做着一切必要的防御准备。

两天过去了,敌人并没有出现,但要塞守将没有因此放松警惕,仍然日复一日地继续做着防御准备。

一天晚上,他发现一小队骑兵从格赫山下来。

"他们要从各个方向攻击城堡。"他心想,于是他派了一队人去侦察。在此期间，骑兵们下到阿扎特峡谷，转向加尔尼。守将认出他们中间一个是马尔兹佩图尼大公，他简直太高兴了！在这个艰难的时刻，大公的出现犹如神兵天降。

王后立即被告知大公的到来。

马尔兹佩图尼大公和谢普赫瓦格拉姆率领几十名瓦南德人组成分队，前往阿格斯捷夫帮助国王。马尔兹佩图尼大公把瓦南德人留在了要塞守将那里，自己和谢普赫一起去找王后。

大公的到来并没有让王后很激动，反而让她很紧张。几天前，王后的确焦急地等待着他，在特尔达特宫殿的露台上一坐就是好几个小时，盯着大公来的方向。

那时王后渴望见到他，向他敞开心扉，征求他的意见，因为在王后眼中，马尔兹佩图尼大公是个对王室忠诚的人。但现在，谢达把一切都告诉了她，她发现马尔兹佩图尼早就知道她的悲痛，她不再相信他了。王后认为，马尔兹佩图尼大公可能跟宫中所有卫士和女仆一样，也在嘲笑她的天真。这个想法让她很沮丧，在她看来，这是对她的羞辱。

"他现在来见的是王后吗？是他国王的妻子吗？难道他不知道，自从国王侮辱和鄙视了我之后，我再也没有权利使用这个身份了吗？"王后心想。或许她最好是不见他。

但这有可能吗？她不是掐指数着日子等着乌季克的消息吗？她不是想知道国王的行踪吗？

当女仆报告说马尔兹佩图尼大公和谢普赫瓦格拉姆请见时，她焦虑不安，不知所措。

"让他们进来吧。"她对女仆说。但当女仆走到门口时，她又下令："不，不，只让大公进来。"

她的心怦怦直跳。

她看着抛光银镜中的自己,她的脸已经面目全非。

有两种感情在她心中交织,一是王后的尊严,一是妻子的自尊。两者同等分量,同样强大。其中一个必须胜出,但到底多少风浪在等着她!"大公要给我带来什么消息?"她越想,心跳得越快。她想听到的是,国王大获全胜,阿姆拉姆的叛乱已经平定,国王的军队重新占领了乌季克和谢沃德的土地。这会满足她的王室尊严。胜利会使泄气的王子们聚集在国王身边,给他们注入活力和热情。然后一支大军将向沃斯提坎发起进攻,他们将收回德温,解放主教教堂。

事情本该如此。

但当她想起阿姆拉姆叛乱的原因,想到战胜他只会更加助长国王的妄想。在征服了谢沃德人的国家后,他会更加频繁地去见阿斯普拉姆公爵夫人,彻底忘记她这个妻子……于是她又发自内心地希望马尔兹佩图尼带来的是国王战败的消息。如果这样的话,乌季克和谢沃德峡谷将成为铁人阿绍特永远无法进入的地方。

"也许,以这一牺牲为代价,我将重新获得我失去的幸福……也许他将感到上帝对他罪恶爱情的惩罚,然后回到我身边,回到他的妻子,也是他的王后的身边,回到那个如此热切地爱着他、活着的唯一希望就是与他再次结合的人身边!"

王后正思考这些的时候,女仆报告说大公在等她。王后单独出去见他。

站在门口的马尔兹佩图尼大公低头鞠了一躬,走到王后面前,吻了吻她的手。

大公脸上严肃而平静的表情稍微缓解了她的焦虑。

"我们已经等你很久了,大公。你肯定给我们带来了好消息。"她坐到椅子强颜欢笑地说。

"好消息?是的,我多么希望我不是一个不幸的信使,但上帝……"

"你带来了什么消息?"王后盯着大公,焦急地问。

"国王是安全的。我们必须向上帝表示感谢。"

"这是什么意思,大公?国王的军队被打败了?阿姆拉姆赢了吗?"

"他没有赢,但我们遭受了屈辱的失败。"

"我不明白你的意思。"

"阿姆拉姆把我们围困在峡谷里。国王逃走了,军队之间没有发生战斗。"

"详细地告诉我。"王后命令。

大公把事情的来龙去脉仔细地讲给了王后:包括他向王子们的呼吁、国王召集军队以及战败的事,当然那些能引起她作为王后和妻子悲伤的事,他并没有说。

当他说完后,萨卡努伊什松了一口气。

"所以没有流血,但国王屈辱地逃走了。感恩万能的上帝!他的判决是公正的!"她脸上露出了苦涩的微笑。

"你让我很意外,我美丽的王后。你是在为国王的战败高兴吗?"马尔兹佩图尼问,王后的这番话弄得他很疑惑。

"是的,大公。"

"但这一失败的耻辱落在国王的宝座上和……"

"和我身上?你是想说这个吗?"

"是的,光荣的王后。"

"王后不再寻求荣耀和内心的平静……我把阿绍特的胜利当作最高荣耀,把我的灵魂置于他旗帜之下的日子已经过去了……是的,我曾经以为我的幸福在他的荣耀里,只怪我当时太年轻,没有经验。现在我恨那荣耀,因为它夺走了我的幸福。"

"我的王后遭遇了什么痛苦?"大公疑惑地问。

"不,我非常幸福。这你是知道的,马尔兹佩图尼公爵夫人也知道,我所有的仆人,我的女仆都知道……你们都知道,但你们全都瞒着我。难道不是这样吗,大公?"萨卡努伊什带着嘲弄的微笑问。

"我不明白你在说什么,王后。"

萨卡努伊什看着他,沉默了一会儿,平静地说:"太晚了,大公。如果没人了解我的悲痛,那我就独自忍受吧。但全世界都已经知道了,甚至知道得比我还早,没必要再隐瞒了。不要惊讶,你带来的消息确实让我快乐。它是给我即将消失的希望带来了最后一丝光亮。"

"希望?你对我们的失败能有什么希望,光荣的王后?"大公好奇地问。

"曾经我把我的丈夫当作一个国王,为他的胜利欢欣鼓舞,为他的荣耀骄傲自豪。我以为那是我的幸福。可现在呢……现在我发现我被骗了,胜利的喧嚣、桂冠的辉煌、王位的华丽、宫殿的奢靡,这一切都耗尽了我幸福的源泉。就为了这些我失去了我的丈夫,全世界上我唯一的爱人,我的阿绍特。而现在当幸福离他远去,当上帝在惩罚他的时候,我却欣喜若狂。我希望能在战败的国王和受辱的王位继承人身上找回我失去的丈夫,唤醒他的良知,唤醒他死去的感情……"

"亲爱的王后,我从没想到,在我们大家遭遇不幸的时候,你会只想到自己个人的悲痛。"马尔兹佩图尼说,试图打断王后悲痛的讲述。

"不要惊讶,亲爱的大公,现在我顾不上别的了,只为自己的悲痛哀伤。你千万不要惊讶,我没有为国王的失败和国家的危难悲伤,没有为人民的苦难泪丧……这没什么不对。我的心是属于铁人阿绍特的。他伤透了我的心,我的心已经麻木了,现在我胸口的是一块石头,不是一颗心。我爱我的人民,我热切无私地爱着我的祖国。我愿意为之付出我的全部,甚至付出生命。但那是因为那时阿绍特和我在一起,是他点燃了我的爱国之心,唤起了我心中的美好。现在阿绍特对我来说已经死了,一切也都随他而去了……啊,请不要责怪我这个不幸的人,怜悯怜悯我吧!不要,不要对一个可怜的、被抛弃的、被羞辱的女人有任何要求了……"

王后突然哭了起来。

大公悲伤地看着她,默不作声。他深知她内心的痛苦,却无能为力,无法让她释怀。

他沉默了许久,终于想起谢普赫瓦格拉姆还在等他,他们还有正事要和王后商量。于是他走到王后面前,诚恳地说:"尊敬的王后,你的悲伤我早就知道了,但我不敢对你说,尤其是我无法用语言帮助你。如果你觉得我错了,请下令责罚我,如果觉得我没错,就请听我说。"

"你有什么话要说?"萨卡努伊什泪眼汪汪地看着他问。

"不要悲伤,不要难过,光荣的王后。能承受悲痛的人就能战胜命运。过去的事情无法挽回,这你是知道的,现在我们要向前看……"

"怎么向前看？你认为你能让国王回归家庭吗？"萨卡努伊什突然打断了他的话。

"是的。"

"你要怎么做？要知道，他不爱我……"

大公沉默了，疑惑地看着王后。

"也许你知道些什么？也许他已经向你忏悔了……告诉我，大公，别瞒着我。"

"我们都没懂对方，光荣的王后。"

"什么，你不是在说国王吗？"

"是说他。我说我们应该向前看。你打断了我。我想说的是，我们有很多当务之急……"

"你说你可以让国王回归家庭……"

"是的，王后，但上帝已经扩大了他家庭的边界，他的家庭是整个亚美尼亚，国王必须回到人民的怀抱中去。"

王后不安地直起身来，不太高兴地问："难道国王不在他家人的怀抱里吗？"

"不在。"

"怎么会？你报告说，他已经突破了阿姆拉姆营地，去了卡卡瓦别尔德，现在应该在那里。"

"是的。"

"卡卡瓦别尔德不是在休尼克吗？休尼克不是亚美尼亚的一个省吗？"

"你说得都对，光荣的王后，但国王不想回首都了。他已经搬到了卡卡瓦别尔德，决定永远留在那里。"

"你这么说是什么意思？我不明白。"

"国王陷入了深深的绝望。他遭受了失败,十分沮丧。国王说,'我将不再拔剑,也不再登上王位。我的王子们让我在天下人面前蒙羞,让他们为这个国家的毁灭负责吧。'"

"王子们?王子们让他蒙羞了吗?"王后痛苦地问。

"还能有谁?如果他们与国王站在一起,茨里克·阿姆拉姆就不敢发动叛乱,阿布哈兹人就不会加入他。"

"你非常健忘,大公,"王后打断了他的话,"你不记得最近的事情了吗?两个月前,我的夫弟阿巴斯和斯帕拉佩特阿绍特和解,纳哈拉尔家族是国王的朋友,国王也因此再次占领德温,赶走阿拉伯人。你们甚至在德温举行庆祝活动,但阿姆拉姆还是发动叛乱了……原因是什么?"

马尔兹佩图尼垂下眼帘,默不作声。

"你不想回答吗?那我来回答。原因是国王背信弃义,他狠心破坏了他的家庭和他战友的家庭。就在他以为自己无所不能,以为就算犯下任何罪恶都不会受到惩罚的时候,上帝惩罚了他。就连命运帮助他把外国人赶出首都,他都没有向上帝祈祷,也没有回到叶拉兹加沃尔斯与家人团聚,而是去了乌季克,与茨里克·阿姆拉姆的妻子庆祝德温大捷。上帝之手惩罚了他。还没等到乌季克,他就听说了阿姆拉姆发动叛乱了。可这个消息并没有吓住他,他高傲的灵魂甚至在上帝面前也没有屈服。他去找了叶格尔人,决心用武力解决这场报复性叛乱。可是他错了:上帝是万能的。你说他现在隐居在卡卡瓦别尔德,还在那里指责王子们。真是徒劳!他没权利这样做,因为他才是他自己和我们不幸的根源。他自己也意识到了这一点,知道上帝不会再帮助他了。这就是他决定隐居的原因。"

"这都是真的,光荣的王后,但我们现在该怎么做呢?坐视不管吗？要知道国家正处于危难之中。"

"做你们能做的。"

"你要帮助我们。"

"我？"

"是的，女主人。"

"我能做什么？我已经告诉你了，我是个不快乐的女人，不要对我有任何要求。"

"难道只有我一个人能采取行动吗？国王在卡卡瓦别尔德，斯帕拉佩特阿绍特盘踞在巴加兰，国王的弟弟阿巴斯在叶拉兹加沃尔斯，莫格斯和阿格德兹尼的统治者只保卫自己的领地，加基克·阿尔茨鲁尼不承认瓦斯普拉坎以外的亚美尼亚人。卡多利柯斯非但不做和平调解人去团结各位王子，反而在加尔尼避难，而你却拒绝介入国事。同时恩瑟尔利用王子们的坐视不管，占领了德温，并向各地派出了军队。我们还犹豫什么？那让我们粉碎国王的宝座，向阿拉伯人的旗帜低头吧！"

马尔兹佩图尼最后一句话说得如此有力，王后禁不住一颤。

"那我应该怎么做，大公？"她低声问。

"给那些坐视不管的人树立一个榜样。"

"我现在情绪太激动了，思绪过于混乱，脑子想不清楚。你明确地告诉我，我该怎么做？"

"我和加德曼要塞守将谢普赫瓦格拉姆一起来到这里。在忠于我们的大公中，他是最忠诚的。我们决定一起号召所有王子，也就是所有要塞的主人，支援我们士兵。我们组编成军队，从山上下到平原。你知道，要塞不会受到敌人的攻击，但那些没有设防的村庄、村落和城市却毫无抵抗能力。一把剑已经悬在人民头上了。我们必须赶去援助他们。"

"我不会阻止你的,去吧,上帝保佑你一切顺利。"

"上帝保佑我们。但你必须放弃你的军队。"

"怎么放弃?你想撤走加尔尼的军队?"

"如果我们吸引了敌人的注意,加尔尼和其他要塞就不需要军队保护了。"

"敌人的实力很强。他们可以一边与你们作战,一边围攻要塞。"

"敌人不会这样做的,我们不会允许。"大公自信地回答。

王后陷入沉思。

过了一会儿,她问:"你希望从谁那里得到士兵?"

"从阿巴斯,从休尼克统治者,从阿格德兹尼那里……"

"如果他们拒绝呢?"

"如果王后先给他们树立榜样,就没人敢拒绝。"

"我同意。你把整个加尔尼的军队都带走吧!"萨卡努伊什坚定地说。

大公深深地鞠了一躬,向王后表示感谢,然后请王后准许让谢普赫瓦格拉姆进来,王后亲切和蔼地接待了瓦格拉姆。他们三人开始商议,部署未来的行动计划。

商议还没结束,女仆进来报告说,卡多利柯斯想要见王后。

"请他进来,"萨卡努伊什说,然后她对大公们说:"至圣的大主教的建议会对我们有所帮助。"

"当然。"瓦格拉姆说。

马尔兹佩图尼没有说话。他注意到,进来那个女仆情绪有点儿激动。想必,卡多利柯斯是来送一些在城堡里已经知道的消息。他担心卡多利柯斯会带给王后某些消息,而这消息最好应该瞒着王后。

"王后,请准许我们去接一下大主教吧。"马尔兹佩图尼大公站起来说。

王后点头准许。可大公和谢普赫刚走到门口,一个拿着卡多利柯斯权杖的仆人、执事长、卡多利柯斯本人、萨克主教和其他几个修士一起走进来,和他们一起进来的还有一个脸上沾满血迹、双手被撕下的衣服碎片绑着的修士。

"这是谁?"马尔兹佩图尼大声说,大步向前,似乎想要阻止他进入。

"别拦着他,大公,王后应该知道我们所有的不幸。"卡多利柯斯痛苦地说。

"怎么了?"王后从座位上站起来问。

"敌人彻底摧毁了艾里万克,掠夺了修道院,把修士们折磨致死。就剩这个受难者还活着,给我们带来了痛苦的消息。"卡多利柯斯叹了口气说。然后,他为王后和大公们祝福,坐到荣誉席上。

"怎么会发生这种事?为什么沃斯提坎不进攻要塞,反而进攻了艾里万克?"马尔兹佩图尼惊慌地问。

卡多利柯斯没有回答。他看着王后,希望王后对他的态度能更柔和些。

"告诉我们到底发生了什么?"王后对受伤的修士说。

"说吧,莫夫谢斯神父,告诉王后那些禽兽的所作所为。"卡多利柯斯命令道。

修士上前开始讲述阿拉伯人的袭击和修士们殉难的悲惨故事,还不忘提到他们的遗言。在场所有的人听到这件事都焦虑不安。然后马尔兹佩图尼大公走到卡多利柯斯面前,说想要和他谈谈,让他叫所有人都出去，只留下萨克主教和莫夫谢斯。

卡多利柯斯答应了大公的请求。大公从座位上站起来，征得王后和卡多利柯斯的同意后，他说："神父们完成了一项我们任何人都无权要求他们完成的壮举。他们献出了自己的生命，为了拯救其他教友的生命和艾里万克的圣物。手无寸铁的修士们为世人树立了自我牺牲的榜样，再次证明了他们是可以为羊群舍弃生命的坚定的牧人。沿着格翁德①之路，他们用壮举为亚美尼亚教会的荣誉增光添彩，这非常好。那我们呢？我们是人民的领导者。上帝把剑放到我们手中，赋予我们统治和保护的权力。我们又在做什么？"

大公看了看卡多利柯斯，然后看了看王后，王后的目光一直没从他身上移开。

"我们什么都没做，"他激昂地继续说，"或者可以说，我们的行为让亚美尼亚人蒙羞。我们躲在城堡里，被侍卫队伍保护着……而我们的人民和教堂却无依无靠。更准确地说，是我们把他们置于敌人的刀剑之下……这就是一个领导者的职责吗？"

说完，大公盯着卡多利柯斯。

卡多利柯斯急忙问："我们的国王在哪里？他应该统帅部队。"

"国王在哪里？"马尔兹佩图尼激动地大喊，"我告诉你他在哪里。国王被他的王子们抛弃，被叛军追赶，已经撤到了卡卡瓦别尔德。他不会再离开那里，不会再拔剑，不会再举起旗帜。绝望击垮了他……但是，卡多利柯斯，亚美尼亚的大主教，我们精神武装的神圣支柱和领袖在哪里？"

"大公……你看，他就在你面前。"卡多利柯斯缓慢地低声

---

① 神父格翁德，公元451年对波斯人作战的参加者。

回答。

"在我面前？在这里，在加尔尼。但为什么在这里呢？"

"你想让他在哪里呢？"

"在德温，在主教教堂里。"

"沃斯提坎想要我的命，他想杀了我。"

"他追杀你只是因为你逃跑了。如果你能庄重地坐在大主教的宝座上，甚至在他和亚美尼亚人民之间进行调解，他就不会伤害你。你的逃跑激怒了他，让他把愤怒的毒液洒向了手无寸铁的修士们。"

"我并不想离开艾里万克，但上帝命令我这样做。"

"上帝？"大公惊讶地问。

"是的，上帝。萨克也知道此事。"

"是的，大公，这是上帝的命令。"萨克主教说，并讲述了日食和卡多利柯斯离开艾里万克的故事。

"我相信这个奇迹，并向上帝致敬。"大公说，"但你应该知道，如果上帝饶恕了一个牧人的生命，那只是想让他为人民的利益付出生命。在以色列婴儿被屠杀期间，上帝奇迹般地将摩西从尼罗河中救起，并在法老的宫中为他提供庇护，只是为了让他未来能将他的人民从奴役中解放出来。是不是这样？"

"是的，"卡多利柯斯回答，"但上帝给了摩西神奇的力量。我没有这种能力，我不能创造奇迹。"

"你可以，至圣的大主教。摩西把杖变成蛇，你也会这样做。在武力不能取胜的地方，智慧的言语和和平的劝告可以。回到叶拉兹加沃尔斯，访问巴加兰，穿过阿格德兹尼和莫格斯的土地，进入瓦斯普拉坎，与阿绍特、阿巴斯、阿尔茨鲁尼兄弟和其他王子好好谈谈。说服他们把军队集结在国王麾下。让他们团结一致同仇敌忾，让他们把人民从迫在眉睫的危险中拯救出来。这样他们就能加强国王和自己的武装力量，消除不和谐因素，保卫共同的家园，保护自己的土地、世袭领地、祖产和家庭……"

"大公的建议非常好，至圣的大主教！"萨克主教说。

"而且需要马上行动。"王后补充说。

卡多利柯斯凝视着远方，没有说话。

"没人会听我的。"最后卡多利柯斯对大公说，"没有王子会率领军队离开自己的要塞。"

"让卡多利柯斯履行他的职责。如果没人听的话，你就说：'你们会自食其果的。'说完就离开。"马尔兹佩图尼回答。

"沃斯提坎手下的强盗们已经占领了希拉克的道路，我怎么去叶拉兹加沃尔斯或者巴加兰，或者去阿格德兹尼那里呢？"卡多利柯斯反驳说。

一直没有说话的谢普赫瓦格拉姆从座位上跳起来，激动地大声说："我陪你一起去，至圣的大主教，我带着瓦南德的年轻人陪你一起去。没有一个阿拉伯人敢对你动手。"

卡多利柯斯看了看谢普赫，不知该反驳什么，于是说："让光荣的王后和大公们的意愿得到实现。但请给我时间考虑。调解是一项艰难的工作，不能贸然进行。"

"考虑考虑吧，至圣的大主教，但不要忘记我们的请求。"马尔兹佩图尼说，"只有王子们团结起来才能拯救国家，要不惜一切代价来实现它。"

"我会尽力而为的。"卡多利柯斯回答。

他答应会尽快考虑好，然后与他的同伴们离开了。

谢普赫瓦格拉姆出去送他。

"唉,我不指望卡多利柯斯能帮我们。"马尔兹佩图尼大公对王后说。

"让我们指望这一次。"王后回答,"他觉得他离开德温给我们大家带来了痛苦,他会努力补偿的。"

"卡多利柯斯带受伤的修士来见王后,是想为他逃离艾里万克找到合适的理由,好让他自己留在加尔尼,但现在事情有变,我们要让他去见敌人,他非常担心……他确信阿拉伯人一定会抓住他,即便谢普赫率一队瓦南德人陪他一起去,也不能阻挡。阿拉伯人抓住他之后,就会夺取主教教堂,然后杀掉所有人。"

这就是卡多利柯斯的想法,这些想法让他十分不安。他叫他的亲信们来商议,并告诉他们,他会拒绝王后和大公们的请求,认为这是对主教地位的一种威胁。没有人反对他的想法。在日食奇迹发生后,修士们认为他的想法是上天赐予的。发现自己不可能再留在加尔尼,卡多利柯斯决定前往塞凡岛,那里有许多教友。在那里,他将与他的精神部队在一起,没有人会指责他,而且塞凡修道院是一个坚不可摧的要塞,它地处一个岛,敌人无法进入。

王后得知卡多利柯斯要去塞凡,非常惊讶。愤怒的谢普赫瓦格拉姆甚至没去跟他告别。马尔兹佩图尼大公和要塞守将穆舍格把卡多利柯斯送到阿扎特桥,全程也只说了一句话。

"你只担心自己的安全,你救的只有你自己。"他对卡多利柯斯说,"大主教的宝座将归于能够保护它的人。"

"我离开就是为了保护宝座。"大主教回答。

"不,至圣的大主教,你是在保护卡多利柯斯约翰的宝座,而不是启蒙者格里戈里的宝座。你离开德温的那天,就已经失去它了。"

卡多利柯斯没理会大公的话，继续上路。

在塞凡他受到了最热烈的欢迎。

马尔兹佩图尼大公回到加尔尼，再次与王后召开会议。他知道拯救国家的唯一途径就是把四分五裂的公国统一起来。卡多利柯斯的退缩不仅没有让他绝望，反而让他更坚信自己的决定。

"从现在起我们只能依靠自己。"他在会上说。

会议决定，王后留在加尔尼守护沃斯坦的王室宫邸。否则，如果连沃斯坦这个国家的心脏都落入阿拉伯人手中，那王子们就很难同意向敌人发起进攻了。至于马尔兹佩图尼大公和谢普赫瓦格拉姆，会议决定，让大公去找国王的弟弟阿巴斯和斯帕拉佩特阿绍特，谢普赫则去找阿格德兹尼和莫格斯王子。如果他们都同意，马尔兹佩图尼大公和谢普赫瓦格拉姆再去向瓦斯普拉坎的统治者寻求帮助。

卡多利柯斯离开后的第二天，马尔兹佩图尼大公和谢普赫瓦格拉姆离开了加尔尼，各自带着一小队侍卫分头行动，去执行他们崇高的使命。

3. 干涸树干上的绿芽

马尔兹佩图尼大公离开后，王后展现出一种漠不关心的样子，这令人很奇怪。王后的心腹公爵夫人们不清楚她发生了什么事。她曾经毫不松懈地保卫要塞的安全，视察防御工事，检查岗哨，参加军事演习。即使在没有任何威胁的时候，她也密切关注着要塞的安全。现在沃斯提坎已经占领了德温，随时有可能进攻加尔尼。她却放弃了自己，完全不采取行动。绝望已经击垮了王后。她曾经等待着国王的归来，希望阿姆拉姆的叛乱会给国家带来什么对她有利的变化。但马尔兹佩图尼带来的消息打破了这些希望，如果铁人阿绍特的精神崩溃了，放弃了他的人民，她还能继续坚持下去吗？她就像个溺水的人，在长期与海浪搏斗后身心俱疲，最终只能随波逐流了。

马尔兹佩图尼在加尔尼期间，王后批准了他的决定，但她处理得非常冷漠，内心毫无波澜。生活对她来说毫无意义。她为什么还要承受新的忧虑和悲痛？让该发生的发生吧：人的手不能改变上帝之手安排的命运。

这些想法一直萦绕着王后，不管是待在寝宫里，还在独自在特尔达特夏宫的露台上散步的时候。

与此同时，要塞守将穆舍格和戈尔王子正在做要塞的防御准备。他们一刻不停地忙碌着，丝毫不懈怠。

王后冷冷地看着这一切，时常问自己："人们为什么要这样执着于生活？他们一生中能有多少天是快乐的？死亡不就是一切的终点吗？"

一个月光如洗的晚上，她笔直地坐在露台上，突然楼梯边的一阵沙沙声引起了她的注意。她从长椅上站起来，往下看。岩石中有一条狭窄的小路，一直通到一小块几乎四季常青的地方。周围生长着老柳树，阳光明媚时她经常在树下乘凉。远处一股清澈的泉水浇灌着柳树，从岩石高处潺潺流入流经峡谷的阿扎特河。谁知道呢，宫殿的第一任主人——亚美尼亚公主霍斯罗夫杜赫特，下令把这个地方变成散步的地方。也许公主就是在这里，在她的少女般的遐想中，度过了她的寂寞时光。她会不会就是在这里遇到了一场宿命般的爱情，而那场爱情导致了她终身未嫁？萨卡努伊什王后喜欢坐在这个地方，和她的心腹们交谈，有时还在这儿吃露天早餐。

一个影子从露台上闪过，然后一个人从小路上转过来。王后惊讶地发现，那是个年轻的女孩，可能是城堡的居民。她身着丝绸无袖外衣和刺绣披肩，头上的金发箍在月光下闪闪发光，王后由此判断她是一个公主。但她到底是谁？为什么要匆匆忙忙地走到岩石上？

这个女孩像岩羚羊一样飞快闪过，王后没看清她的脸。"会不会是一个被悲伤暗暗折磨的年轻女子想跳崖自尽？我不是世界上唯一不快乐的人。"王后心想，然后急忙向楼梯走去。

她想叫来女仆，让她们去找那个陌生女子。然后，想到这可能会惊扰到这个女孩，她决定自己跟着。她迅速走下台阶，小心翼翼地走向楼梯。

虽然是深秋,但天气很温和,夜晚很舒服。天空晴朗,繁星点点。月亮明亮地照耀着格赫山坡和加尔尼峡谷,可以清楚地看到岩石、悬崖和它们下面的阿扎特河水。这个夜晚美得出奇,但王后的注意力完全被那个神秘的女孩吸引了,她消失在黑暗里。王后刚走到小路中间,就听到一阵窃窃私语。

"所以那个陌生人并不打算跳崖……"王后放慢了脚步,她发现她撞见了一场私会。"我应该往前走还是回去?"她想了想,停了下来。"让我看看是谁,他们在谈论什么。"好奇心让她这样想。王后向前走去,走到一棵柳树下,茂密的枝条隔开了她和谈话者,她蹲在一块岩石上。

她认出是年轻的戈尔王子和沙安杜赫特公主的声音,她太惊讶了。他们相爱的事,王后是知道的,城堡的其他居民也知道。但王后怎么也没想到,他们竟然在私会!这引起了萨卡努伊什强烈的好奇心,于是她决定偷听这对恋人的谈话。她心想,"也许他们有什么重要的秘密要告诉对方。"

王后姑且说到这儿,我们先来认识一下这位沙安杜赫特公主。故事的开头我们就提到过这个女孩,那她到底是谁呢?

沙安杜赫特——国王的堂表孙女,休尼克大公瓦萨克的女儿。父亲去世后,她和母亲一起住在铁人阿绍特的王宫里。几年前,哈里发召回了沃斯提坎优素福,任命了他手下的恩斯布克当亚美尼亚总督,他比前任要懦弱随和些。沃斯提坎优素福在处决斯姆巴特国王后,夺取了叶伦贾克要塞,并将其与戈赫坦地区一起交给了阿拉伯埃米尔。看到恩斯布克替代优素福,休尼克的王子们觉得是时候夺回他们的领地了。于是瓦萨克、萨克、斯姆巴特和巴布肯四位兄弟联手向埃米尔发起进攻。战争中休尼克的军队打败了阿拉伯人，但埃米尔贿赂了前来帮助亚美尼亚人的西徐亚士兵，他们杀死了瓦萨克王子。其余三位王子带着心爱兄弟的尸体立即撤离了战场。他们回到了盖加尔库尼克，在那哀悼瓦萨克王子。

国王阿绍特和王后萨卡努伊什听到这个消息后悲痛万分。国王想到他曾经把瓦萨克王子扣押在卡扬要塞，感到十分愧疚。他不禁想起了瓦萨克王子的好，想起正是王子的斡旋他才能和暴君阿绍特和解。他还想到王子为守护王位所做的努力，又想到了自己的忘恩负义。于是国王决定赎罪，他认瓦萨克的女儿沙安杜赫特为养女，把她和她的母亲马里亚姆公爵夫人留在身边。从此沙安杜赫特便以公主的身份生活在王宫里，国王和王后把她当作亲生孩子一样爱护。宫中的其他女士也都很喜爱这位小公主。此外还有一个人也深深爱着她，就是格沃尔格·马尔兹佩图尼的儿子，戈尔王子。他们的爱情是怎么开始的，没有人知道，甚至连他们自己也不知道。

公主刚从休尼克被带到叶拉兹加沃尔斯宫里，戈尔就见到了她。那是他们第一次见面。戈尔第一眼就喜欢上了这个黑眼睛、卷发、美丽活泼的女孩。他把她当妹妹，也一直这样叫她。沙安杜赫特没有哥哥，所以听到有人叫她妹妹，她便欣然接受了这个深情的称呼，也认了马尔兹佩图尼唯一继承人、身材挺拔的英俊少年戈尔做哥哥。这兄妹俩可是整个王宫的宝贝。尽管他们的兄妹感情很纯洁，但王宫里曾有人预言，总有一天他俩会更亲密地称呼对方。他俩的母亲听到这种说法很是高兴，因为戈阿尔公爵夫人给儿子选不出比沙安杜赫特更好的未婚妻了，同样，休尼克公爵夫人给女儿也选不出比戈尔更好的未婚夫了。不过，她们都不希望这种情愫发展得过快。

马尔兹佩图尼大公是位十分严厉的父亲。他要求戈尔在结婚前要先成为一名士兵，成为祖国的仆人，成为一个受人尊敬的人。因此，除了对儿子严格管教之外，他还让儿子履行普通士兵的职责。戈尔非常听父亲的话，父亲的命令对他来说就像是上帝的指令，所以他严于律己。但这也没有阻止两颗年轻的心彼此靠近，没有阻止两位年轻人互生情愫。

他们的感情早就已经发生了变化，不再是之前纯粹的兄妹之情了。他们的眼神中充满了爱意和温柔，他们的爱火燃烧着，照亮着彼此的心灵。而且王宫里的人都还没有注意到他们的变化，但是如今王室搬到加尔尼避难，马尔兹佩图尼大公去了乌季克，这对恋人终于迎来了属于自己的幸福时刻。他们现在都住在城堡里。虽然戈尔每天大部分时间都待在要塞外，但他还是会抽出时间来宫里。他经常没有什么特别理由就去拜访王后或休尼克公爵夫人，就是希望能在那见到沙安杜赫特。如果见不到，他会很失落。王后发现了这个秘密，心中暗自偷笑。有时她还会故意打趣这个年轻人，让他多关心关心沙安杜赫特。戈尔像一个脸红的小女孩，害羞地低下了头。他不敢公开袒露自己的感情。

所以当王后在露台认出戈尔和沙安杜赫特的声音时，她非常惊讶。

这对恋人在谈论什么呢？

"我往这儿走时，我的腿都在抖。"沙安杜赫特说，"我从来没这么害怕过。"

"为什么？难不成你犯罪了吗？"

"当然。任何秘密的行为都是犯罪。我路过露台时小心翼翼，就怕被王后看到。"

"王后？她在夏宫吗？"

"是的，她就坐在长椅上，忧心忡忡。她为什么如此悲伤，戈尔？每次看到她，我心里都很难受。"

"我也不知道。听说她承受着某种悲伤，但他们都瞒着我们。"

"没人瞒着我们。还有什么能比父亲和兄弟失明、一个不幸的母亲的去世更可怕的事呢？"

"当然，没什么比这更难过的了。"

"也许这才是最可怕的……"

"啊，亲爱的孩子，你们是多么纯真，多么幸福啊！只希望你们永远都不会了解这种痛苦……"王后把手按在胸口低声说。

"一见到你，我就心花怒放。"戈尔继续说，"最大的荣耀都比不上我此刻的喜悦。但如果你这么担心，那我们今天就先到这儿吧。"

"先到这儿吗？但我能做到吗？我能忍得住吗？从你去峡谷工作起，我就很少见到你。你每天早出晚归，我到底什么时候要去哪里才能见到你呀？我每天都会爬上城堡的塔楼，在那里站上几个小时，向你和士兵们工作的峡谷望去。我那么努力地望向你，也就只能勉强看到你头盔上的羽毛和银色的珠宝，它们在阳光下闪闪发光。啊，那一刻我多想变成一只鸟，飞到你身边，看你一眼……摸摸你滚烫的额头……但只有我的心飞向了你，而我的人被困在塔楼里，像笼中的鸟儿一样……太难过了，戈尔……说话啊，你为什么不说话？"

"你说吧，我美丽的沙安杜赫特，你说就好！你的声音比小溪的潺潺流水更动听，比清晨的夜莺之歌更悦耳……"

"我真的受不了了。这太痛苦了，所以我迈出了这勇敢的一步……如果你觉得我太冒失了,请原谅我,戈尔。你不知道我受了多少苦。"

"原谅?难道爱是犯罪吗?你只是听从了你的内心。"

"几天来,我看到你从峡谷回来,爬上悬崖,穿过这个露台来到我们的塔楼。我在卧房里透过狭窄的窗户看着你。"

"你看到我抬起头,放慢了脚步……"

"但可惜城堡的窗户太窄,我的头伸不出去。于是我就有了这个大胆的想法,在这里等你。"

"仆人们呢?"

"没有人发现我,我从暗梯下来的。"

"你一个人吗?啊,你太好了,我好爱你。"

说完,戈尔想把沙安杜赫特拉到怀里,但她抓住戈尔的双手,轻轻地推开说:"不,亲爱的。高贵的青年不是这样保护他心爱的女孩的……"

"沙安杜赫特!"

"我们孤男寡女,你应该跟我保持距离,这才是保护我。"

"啊,你好严格,好苛刻啊!"

"我就来跟你说一句话,在别人面前我不敢说……说完我得马上回去。"

"唉,我好希望现在在你回去的路上能隆起一座山!"

"我就一句话……我希望你在日落前提前一个小时回来,这样我就可以每天在露台上跟你问候了。"

"就这样吗?"

"是的……就这样,直到你完成你的工作,回到城堡。"

"啊,只要沙安杜赫特在加尔尼要塞,外面的工作就要一直继续。"

"我不明白。"

"因为我担心你,担心你的安全。"

"就像担心所有要塞里的人一样。"

"不!我对你能和对别人一样吗?还有什么可说的……"

"说吧!"

"我的宝贝公主!如果敌军包围加尔尼后找不到任何一个可攀登悬崖的地方,如果他们的梯子和木塔下的地面突然塌陷,如果敌人身上浇满了油,如果阿拉伯人数月仍无法攻下我们的要塞,请你一定要知道……是因为休尼克公主,加尔尼才变得这么坚不可摧。这里的许多人能活命都是我未婚妻的功劳……"

"这是什么意思,戈尔?我不明白你的意思。"

"只要你在加尔尼,我就会一直担心这里的安全。在我看来,这些强大的山脉是松散的,特尔达特建造的所谓坚固的城墙是不堪一击的,我们的深谷是每个人都可以进入的,要塞部队的士兵人数不够,士气低落,要塞守将不够机警。这就是为什么我日夜无休,亲力亲为,带着其他人一直在忙碌。我一想到你在加尔尼,我必须要保护你宝贵的生命,我就充满了斗志。每天当我黎明时分离开要塞时,我心中就有种不可战胜的力量,取之不尽的能量。我最早到达工作地点,开始检查,检查所有可能被敌人利用的漏洞,然后努力修复每一个漏洞。我想让加尔尼的城墙牢固度翻倍,把堡垒和塔楼修得更高,让敌人根本无法进入。如果你在我们的要塞和前哨走一圈,你会看到为加固它们我们做了多少工作。而这一切都是为了你,我的宝贝,我美丽的沙安杜赫特!"

说完,年轻人握住心爱女孩的手,深情一吻。

她没有拒绝。

"都是为了你……宝贝的沙安杜赫特。啊,你是多么幸福……"王后低声说,眼泪顺着她苍白的脸颊滚落下来。

"但为什么只为了我?王后、我们的母亲、其他公爵夫人和公爵小姐都住在城堡里。在加尔尼终于有这么多人了……"公主微笑着说。

"是的,他们的生命对我来说都很重要。即使是最后一个农妇也有权作为我的亲妹妹得到我的保护,但没有人能给我的灵魂注入如此不可战胜的力量。是它把一个凡人变成了英雄,把一个战士变成了勇士。为了我的王后,我可以做一个无私的臣民,为了我的祖国,我可以做一个无畏的战士。但为了你……我不知道该怎么称呼自己……为了你,我不会牺牲自己。不,我当然会牺牲自己,如果有必要,我甚至会把我的灵魂交给地狱……但我不能死,因为我必须得活着才能保护你。在我看来,即使是成群结队的阿拉伯人也不能把你从我的怀抱中夺走。我一想到沙安杜赫特在加尔尼这里,她期待我的保护,我的心中就会生出一种狮子般的力量。在我看来,如果谁不让我保护你,我就会清除所有的障碍,压碎所有的岩石,摧毁所有的悬崖。是的,我只想为你而活,我只为了你去爱所有人。"

"只为了我?啊,戈尔,我不希望你这么说。如果有一天我不在了,你不就成了某种可悲的生物吗?"

"啊,不,我想说的不是这个。"

"那想说什么?"

"我想说的是,你的爱给我带来了生存的欲望,带来了无畏,带来了内心的力量,带来了对兄弟和祖国的爱。我一想到你,世界变得更加明亮,太阳更加火热,月亮更加皎洁……你是我的一切:生命、财富、权力和荣耀。"

"啊,够了!我不想再听了……是什么恶灵把我带到这里,简直是在我的伤口上撒盐……"王后低声说,站起来,悄悄地朝宫殿走去。她没带仆人,独自从那里回到城堡,把自己锁在寝宫里。

过不一会儿,这对恋人也分开了。戈尔答应公主每天在日落前回到城堡。

他们的这次会面深深地触动了王后。她的痛苦记忆被再次唤醒,而且是以一种更令人痛苦的方式。耳边一直回响起那对恋人的轻声笑语,她陷入了某种情境,仿佛还置身于柳树之下,听着他们耳鬓厮磨的呢喃,自己低声重复着戈尔和沙安杜赫特的谈话。

"活着,为彼此活着,幸福的孩子们,活着,因为你们温柔地爱着,因为上帝之手照耀着你们的爱……"她自言自语,"唉……我认为爱情已经消失不见,爱情之树在所有人心中都已枯萎干涸,就像那些被高温烤干的树木,溪水不会灌溉,露水不会洒落。我的爱情之树就是如此,它枯萎了,死掉了……我除了把它砍掉,扔入火中,还能做什么呢?但我又见这棵枯树的枝头吐出了绿芽……该怎么办呢?难道应该把它砍下来和这棵枯树一起烧掉?啊,不!让它活着,生机勃勃地活着,让它被太阳抚摸,被溪水浇灌。愿它永不干枯,愿它茁壮成长,愿它绿意盎然,愿在它的带领下生出更多爱情的萌芽。是的,爱情在这个世界上没有死……可是为什么他们总是要扼杀我的爱情,让我的心备受折磨?为什么他们对我一心只想他感到惊讶?为什么当我把我的生命寄托在他一个人身上时,每个人都要嗤之以鼻,为什么每个人都想让我的世界变得黯淡无光?从此以后,除了绝望,我还剩下什么?绝望占据我整个心房……我远离凡尘，隐居山林。沉默和孤独是我唯一的朋友，无所事事是我唯一的事……我怎么了，啊，上帝？没什么能引起我的兴趣，没什么能温暖我的心……敌人已经打到门口了，但我并不感到害怕。我仿佛是从棺材里在看这个世界……这还是生活吗？"

萨卡努伊什深吸一口气。

"这不是他爱我时我的生活……"她低声说，然后陷入沉默。

她的目光落在窗户上。透过窗户她看着被月亮照亮的格赫山山坡。她再次想起了那对恋人，想起了他们的谈话，沙安杜赫特的爱语，戈尔的热情。她感到一阵青春的涌动，如果不是悲伤使她的心变老，她也本该那么年轻……

"不，不能再这样下去了！一个人必须活着，哪怕是为了别人！谁给我的权利去剥夺沙安杜赫特爱情的快乐，或者剥夺戈尔平静的幸福？他们爱着，也很幸福……为什么不帮他们获得持久的幸福？他们是我们的宝贝，我们的孩子……只有他们是这样吗？还有那么多人也都想要活着，想要好好享受生活。为什么要剥夺他们的幸福呢？我们用自己的标准去评判别人。因为我们个人的不幸，就不顾所有人。国王待在卡卡瓦别尔德，我把自己关在城堡里，放任敌人不管，任由他们摧毁周围的一切。这难道不是天打雷劈的罪过吗？"

想到这些王后很激动，甚至忘记了自己的悲伤。她突然萌生出一股莫名的热情。她决定献身保卫祖国，虽然还不知道自己该做什么。但王后的脸上露出了喜悦的笑容。

"我要去找阿绍特，用我的怀抱温暖他，用我的呼吸激励他。我要让他回忆起我们的过去，回忆起我们的胜利和荣耀……我要把他从卡卡瓦别尔德带走，把他带回首都，让他再次成为亚美尼亚勇士的领袖，用他那雷鸣般的声音震慑敌人……愿爱情的种子在和平的大地上再次萌芽,让我们国家的年轻人再次品尝到甜美的爱情果实。就这样决定了。我这就去找他!谁会阻止我呢?每个人都是为了美好的理想而活着。马尔兹佩图尼大公的理想是国家稳定。他努力捍卫王位,努力争取人民的福祉。戈尔的理想是沙安杜赫特,愿我也能受到戈尔和沙安杜赫特命运的鼓舞。我将为那些渴望爱和幸福的人而活……"

王后站起来,叫来了女仆们。

"让谢达过来。"她吩咐。

乳母进来了。

"谢达,准备一下,我们明天出发。"

"去哪里,尊敬的王后?"乳母惊讶地问。

"去卡卡瓦别尔德。"

"去卡卡瓦别尔德?去国王那里?"

"是的。"

"去干什么,王后?"

"能去干什么?我要去找我的国王丈夫。这很让你惊讶吗?"

"一点儿也不,我的王后。上帝保佑你的愿望和你的旅程。我只是想问,为什么这么突然?"

"这个我们之后再细说。"

"那你现在让我做什么?"

"你去安排一下,明天一早准备好一辆骡车,只带两个女仆和两个仆人随行。让侍卫们提前一小时离开要塞,在路上等我们。我把城堡里的大小事宜全交给戈阿尔公爵夫人负责。除了要塞守将外,不准任何人知道我离开。"

谢达鞠躬后离开。

4. 攻占比拉坎

  天已经亮了,塞凡修道院的修士们在晨祷后离开圣使徒教堂,各自回到山上的房间。卡多利柯斯约翰四天前到达塞凡,现在正在教堂里。神圣仪式结束后,他没有回自己的房间,而是和萨克主教一起登上了山顶。尽管天气寒冷,他还是想欣赏一下日出:从岛上看去,景色非常壮观。

  卡多利柯斯在塞凡最古老的教堂——神圣复活教堂前驻足。岛屿周围的湖泊像水晶一样平静而清澈,那蓝锦缎似的湖面上,泛着一层微微变幻的涟漪。第一缕阳光从艾采姆纳萨尔后面洒下,一个灿烂的圆盘,像一个火的容器,开始在地平线上升起,它赐予生命的光芒,给沿海的山脉、岛上的山丘、悬崖和缺乏绿色的平原镀上了一层金光,但最奇妙的景象是格加玛湖,随着太阳的升起,湖水从深蓝色逐渐变成蓝色,又变成银色的,散发出鲜红色的光芒。成千上万的小波浪被风吹起,在阳光下闪闪发光,像钻石或闪亮的星星。

  大主教欣赏着这幅美景。

  "我们的国家是多么的美丽,多么的奇妙!"他感叹,"为什么我们不能在和平中生活？为什么不公正的命运困扰着我们？"

他的思绪随着眼前的美景，飘回了从前。那时这些地方还归格加姆主教和他的儿子们、同族人和亲信们管理，那时这里还只说本土语言，那时人们还没有陷在外国侵略者的枷锁之下。他想起了强大的特尔达统治整个国家的快乐时光。而现在……湖泊和岛屿是休尼克王子的领地，它受亚美尼亚国王的庇护。但是，如果阿拉伯人包围了这个岛，这些野蛮人冲进了修道院，掠夺了神龛，杀掉了神职人员，抓住了卡多利柯斯，谁能抵挡他们呢……

想到这些，卡多利柯斯内心非常不安。

"我们在这里也不安全吗？"他问主教。

"只要上帝之手照耀着我们，我们就安全。"主教回答。

"会照耀吗？"

"我们这些凡人不知道。我们只能希望在众多的弟兄中有无罪的人，因为他们，上帝会救我们脱离苦海。"

"'为这十个的缘故，我也不毁灭那城。'这是上帝在亚伯拉罕去多玛城路上对他说的话。但我们中会有十个义人吗？"

还没等大主教说出最后一句话，一只木筏从察马卡别尔德的方向向岛上漂来。

"谁这么早来找我们？"卡多利柯斯问。

"可能是虔诚的祈祷者。"

卡多利柯斯草木皆兵，他立即回到房间，命令主教去弄清楚。

半小时后，德温主教教堂的仆人西奥多罗执事来见了卡多利柯斯。他报告说，指挥官别希尔带着一支大军正赶往塞凡。

卡多利柯斯脸色大变。

"我都躲到这里了，他还不放过我？"他惊恐地大喊，转身对萨克主教说,"看到了吗,主教?这表明我们中连十个义人都没有!"

"或许吧。但在我看来,正如亚伯拉罕对上帝的认识:将义人与恶人同杀。"

"谁是恶人呢?"

"谁知道呢?也许是那个认为自己是正义的人。也许所有降临到我们身上的灾难都是因为某个奥南①。"

"但这个奥南是谁呢?他在哪里?告诉我们,我们就把他扔进湖里。也许这样可以平息上帝的愤怒。"

主教没有回答。

"主教,你为什么不说话?"卡多利柯斯问。

"我不知道这个奥南在哪里,他是谁。每个人都可以回想一下自己的行为,然后就知道自己是不是奥南了。但我知道的是,现在卡多利柯斯必须离开塞凡,只有这样,这里的神职人员才不会遭受艾里万克修士们同样的命运。"

卡多利柯斯明白主教的意思,深深地叹了口气。

"所以这个国家已经没有我的容身之地了。"他低声说,然后问执事,"在德温他们都是怎么说我的?"

"至圣的大主教,没人否定你的决定,但他们说,如果你留在自己的主教教堂所在地,沃斯提坎不敢追杀你。"

"我的主教教堂所在地?好,两天后我就回去。我的主教,你觉得两天时间我们能到那里吗?"大主教问主教。

---

① 奥南是指先知约拿。根据《圣经》故事,上帝让约拿去亚述的首都尼尼微城,警戒城里的人。但约拿没有听从上帝的命令,登上一艘开往他施的货船。为惩罚他,上帝在途中兴起猛烈的风暴。船上的水手们决定抽签,看看上帝到底要惩罚谁。约拿被扔到了海里,风暴结束了。

"到德温?"

"不,到比拉坎要塞。那也是我的主教教堂所在地。大教堂也离那里不远。沃斯提坎知道比拉坎是我的地产,我在那里有一座教堂和一座城堡。一年中大部分时间我都在那里度过。"

"我们可以在两天内到达比拉坎。"

"那我们今天就出发。派人去德温告诉他们,大主教已经离开塞凡,这样敌人就会放过你们了。"

当天傍晚,卡多利柯斯和亲信们从塞凡出发前往比拉坎要塞。几天后,卡多利柯斯派使者给恩瑟尔送去一封信和一份厚礼,对沃斯提坎的到来表示祝愿。卡多利柯斯送给沃斯提坎礼物,是想请沃斯提坎为他自己和他的大主教地位出具一份保护状。这是比拉坎的修士们建议卡多利柯斯这样做的。

这个做法是奏效的。沃斯提坎很高兴,主要不是因为卡多利柯斯的那封信,而是因为他的礼物。他向大主教出具了一份保护状,允许他想住哪儿就住哪儿。卡多利柯斯知道埃米尔的话和保护状无法保证他在德温的安全,所以他选择住在比拉坎。但当别希尔接到恩瑟尔停止追击亚美尼亚卡多利柯斯的命令时,他非常愤怒。他知道恩瑟尔与卡多利柯斯的"友谊"完全是因为那份厚礼,他也想得到自己的那份。

从艾里万克空手而归后,别希尔决定无论如何都要报复卡多利柯斯。但他不知道该怎么做,于是他求助阿拉伯神职人员的首领,他对德温的沃斯提坎有巨大影响。他答应销毁恩瑟尔的保护状,让别希尔有正当理由去复仇。

这边德温的谈判如火如荼地进行,亚美尼亚卡多利柯斯在比拉坎安然过冬,另一边马尔兹佩图尼大公和谢普赫瓦格拉姆从一个要塞辗转到另一个要塞,从一个城堡辗转到另一个城堡。但他们的游说没有取得预期的成果。阿格德兹尼王子承诺,如果斯帕拉佩特阿绍特和国王的弟弟阿巴斯把自己的军队交给国王,他就也同样把军队交给国王。莫格斯王子提出的条件是,除了他们之外,瓦斯普拉坎的国王也要交出军队。暴君阿绍特答应加入联盟的条件是,国王把阿拉拉特的五个省划给他。国王的弟弟阿巴斯不想加入铁人阿绍特。他认为阿绍特已经无力回天了,他应该找个要塞待着,把王位交给合法继承人,也就是阿巴斯本人,他说:"那样的话,马尔兹佩图尼大公和谢普赫瓦格拉姆根本不用乞求王子们的援军。所有勇敢的人都会自动加入勇敢的国王麾下。"

这些谈判无限期地持续下去。秋去冬来,冬去春来。马尔兹佩图尼大公和谢普赫瓦格拉姆没有达成目标。不管沃斯提坎怎么坚持,阿拉伯神职人员的首领还是劝服了他,他给亚美尼亚卡多利柯斯开具保护状是对穆罕默德宗教的极大侮辱。

"上帝给了你一把剑,让你在不信教的人中传播穆罕默德的宗教并消灭其反对者。你却袒护我们信仰的敌人,一个亵渎穆罕默德、不尊重神圣的《可兰经》的人。"

首领如此反反复复地劝说着沃斯提坎,不管沃斯提坎是真被说服了,还是被劝烦了。最终,沃斯提坎下令别希尔再次追击卡多利柯斯,抓住他并把他带到德温。别希尔就等着这句话呢。在德温的这个冬天,他已经厌倦了无所事事的生活。刚到春天就收到了沃斯提坎的命令。别希尔马上召集一支军队,准备前往比拉坎。几天后,他集结了一支大军,向白茫茫的阿拉加茨山①进军。

---

① 阿拉加茨山,又叫阿拉格兹山,是亚美尼亚的一座山。

春天伊始，尽管大雪仍然覆盖着阿拉加茨山、阿拉山，甚至叶拉布卢尔，但安别尔德省已经到处都是绿色的景色了。美丽的田野和山谷，山顶和山坡都开满了美丽的花，溪水从山上流下，河流流速加快，泉水迫不及待地涌出。牧人告别了冬季的休息，爬上阿拉拉特的山坡，在凉爽的牧场上牧羊。在阿拉拉特河谷，农民已经开始在田间劳作。

突然，从首都传来消息，一支庞大的阿拉伯军队正在向安别尔德进军。恐怖的气氛笼罩着人们。

在此期间，卡多利柯斯一直过着平静的生活，料理自己的地产。他到比拉坎后，人们纷纷来到这里，神职人员，还有普通人都来这里避难。

那是一个美丽的4月清晨。卡多利柯斯正在城堡的露台上欣赏着周围美丽的风景。北边是由四座山峰组成的阿拉加茨山，那里有风景如画的山坡和河流；东北边是阿拉山；西边的地平线被巴尔多格的雪峰覆盖，而南边则是一条山谷，从叶拉布卢尔山脚开始，穿过卡萨赫河，一直延伸到马西斯①。

山谷里散布着许多村庄，其中风景如画的奥沙坎最为出名，这里保存着第二位亚美尼亚启蒙者圣梅斯罗普的遗体。再往前是城市之母瓦加尔沙帕特，以及它附近的亚美尼亚教堂之王古都埃奇米阿津、圣加亚内修道院、处女玛利内·绍加卡特教堂，还有美丽的里普西梅②的宏伟陵墓，她拒绝了强大国王的爱。雄伟的马西斯山顶被积雪覆盖，像一个威严的、不可战胜的统治者耸立在这片宽阔的

---

① 马西斯，是阿拉拉特一座山的名字。

② 里普西梅是一位富有传奇色彩的基督教传教士，她拒绝了罗马皇帝戴克里先的爱，被亚美尼亚国王特尔达特三世（287—332）下令处决。

平原之上。

美好的景色总能令卡多利柯斯心生敬爱,但今天它们似乎特别吸引他。他非常满意,自己选择了这样一个美丽的地方作为自己的地产。他正计划增加修道院人数,建造新的建筑并加固堡垒。

就在这时,来了位信使。

"别希尔来了!"

这个可怕的消息以闪电般的速度席卷了整个要塞。在一片嘈杂声中大门被关闭。要塞的士兵和凡是能战斗的人都进入了战备状态,其中也包括年轻的修士们。但他们势单力薄,怎是阿拉伯人的对手呢?紧接着消息陆续传来,别希尔不是为攻占比拉坎而来,是为了抓卡多利柯斯。问题又来了,大主教是否要再度撤离?他的亲信中一些人担心自己的生命,他们建议卡多利柯斯立即离开比拉坎。但萨克主教、莫夫谢斯修士和当地德高望重的修士都反对。

"不能因为一个人就让所有修士们的安全都受到威胁。"他们说,"卡多利柯斯到处寻找庇护所,他每到一个地方就给很多人带来灭顶之灾。如果上帝让他死,他应该毫不犹豫地接受。无论他躲到哪里,死亡都会降临到他头上,如果他注定不会死,别希尔就不会拿他怎么样。"

然而,这次谈话并没有安抚住卡多利柯斯和他的亲信们。他们召开了一次秘密会议,决定比拉坎的命运。会议上,其他人都劝说卡多利柯斯去巴格兰,去找斯帕拉佩特阿绍特。斯帕拉佩特拥有一支庞大的军队,并且他受到沃斯提坎的青睐。卡多利柯斯相信他可以护自己周全。当卡多利柯斯把决定告知萨克主教,并邀请主教一起"逃避上帝的愤怒"时,主教说:"我不会离开我的人民。当他们战斗时,我为他们祈祷。如果他们灭亡,我将与他们一起灭亡。"

选择不离开的还有修士莫夫谢斯、执事特奥多罗斯、两位神父——莫夫谢斯和大卫兄弟俩与自己的在家人萨尔基斯等其他人。然后，当天晚上，卡多利柯斯和他的亲信们就去了巴加兰。

第二天早上，比拉坎的守军发现一支军队正向要塞移动。修士们认为这是敌人的先头部队，混乱地冲向堡垒，但仔细一看是首都军团的旗帜，他们非常兴奋，虽然也没人能够确定这是哪位王子的军队。军队到达比拉坎城墙脚下，他们看到，这是由几百名士兵组成的军队，但既没有首领也没有指挥官。带队的人身穿粗毛衣服，手里举着一面旗帜。他们打开大门让军队进来，萨克主教走到旗手面前："我看到什么了，所罗门神父？隐居修道士成了士兵吗？"

"是的，主教，保卫教堂的军队必须由隐居修道士来率领。"穿粗毛衣服的人说，并讲述了他这支军队的故事。

隐居修道士所罗门是一名被流放到萨加斯坦的亚美尼亚神父。回到家乡后，他住在教堂里。听说艾里万克大屠杀和卡多利柯斯被追杀的事，他决定帮助他的修士们和在家人。他挨个村庄游走，劝说村民拿起武器保护自己，因为王子们不愿意战斗。一些自由士兵加入了隐居修道士的行列，他们逐渐形成了一支分队。当村民们受到敌人攻击时，他们就来帮忙。他们听说别希尔要来比拉坎，想抓捕卡多利柯斯，隐居修道士就提出让支队赶去援助大主教。大家都同意。士兵们说："从前我们为国家的王子而战，现在我们为教会的王子而战。"并与隐居修道士一起前往比拉坎。

在场的人都表示希望卡多利柯斯能出来为他们祝福，但萨克主教告诉他们卡多利柯斯已经去了巴加兰，所罗门神父非常伤心。

"我的分队要是听到这个消息，他们会马上解散。"他对主教说，"他们是来保护卡多利柯斯的。如果他们知道，他为了自己，放弃了其他修士们，分队的人马上就会回去。"

"我们该怎么做呢？我们非常需要勇士们的帮助。"

"我们得告诉他们，卡多利柯斯病了，出不来了。这个善意的谎言将拯救我们。"

"不，所罗门神父。每个谎言都是一种罪过，每个罪过都会受到惩罚，我不能欺骗那些虔诚的士兵。最好告诉他们真相，然后是否要保护我们就任凭他们的良心决定吧。"

"这就等于亲手把比拉坎交给了敌人。"

"那我们该怎么做？"主教疑惑地问。

"我们没有其他出路了。"隐居修道士说，"把这个罪过算我身上。"

他走到城堡的院子里，告诉士兵们，卡多利柯斯病了，并让他转达对大家的祝福。很多人断定，卡多利柯斯一定是因为动乱病倒了，这让他们士气倍增，这一天堡垒中的所有部队都进入了战备状态。

他们分成了几组，被安置在不同的位置：有的在塔楼上，有的在城墙上，有的在城门后面，有的在隐蔽处。执事特奥多罗斯是位有经验的战士，他负责指挥当地的部队，隐居修道士所罗门负责指挥新来的部队。

敌人出现时，一切准备就绪。他们从瓦格尔沙帕特的方向过来。士兵们立即各就各位，萨克主教命令没有武器的修士们聚集在教堂里，通宵进行礼拜。只要敌人对要塞的围攻不停，礼拜就会继续。钟声一响，教堂里就挤满了祈祷的人，这里有修士和老弱妇孺。礼拜由主教亲自主持。

敌军一接近堡垒就立即发起攻击。别希尔认为卡多利柯斯在要塞中没有防御能力。这个傲慢的阿拉伯人认为根本不需要谈判,他们打算直接突袭,迫使大主教束手就擒。他决心要抓住卡多利柯斯这个最后的奴隶。但接下来的一切让别希尔非常惊讶,他在比拉坎遇到的情况跟之前在艾里万克完全不一样。阵阵箭雨从城墙和塔楼上飞出来,数以百计的长矛和飞镖刺穿了士兵们的胸膛和后背。这还不是全部。滚烫的焦油从城门上方的塔楼倾泻而下,很多人被当场烧死。

"所以我们面对的不是一个毫无防备的卡多利柯斯,而是一个配有武装的要塞?"别希尔告诉他的亲信们,"我们撤退,安营扎寨,为真正的战斗做准备。"

他下令发出信号撤退,军队撤离了城墙。要塞里传出一阵阵欢呼声,亚美尼亚人爬上城墙,嘲笑敌人是懦夫和没用的士兵。

敌人则默不作声。当天晚上,比拉坎的城墙上点起了数百盏灯。部队和人民欢欣鼓舞。但是敌人的营地却在忙于其他事情。他们准备了攻城槌、弩炮等其他攻城器械。他们还建造了龟甲攻城车和移动攻城塔,制作了攻城梯,别希尔全程亲自监工。第二天早上,要塞里的人发现一夜间敌人实力大增。

与此同时,要塞里也在做防御准备。首先增加燃料储备,在城墙底部凿出若干缺口,用来放油点火烧毁龟甲攻城车和移动攻城塔。铁匠们忙着锻造铁钩,妇女们把布团浸在焦油和沸油里。士兵们把准备好的东西都布置在城墙和塔楼上。

三天后,敌人再次兵临城下。士兵们推来一辆龟甲攻城车和一座三层楼高的移动攻城塔,拉着攻城槌、弩炮和水袋。

这时萨克主教在教堂里做着庄重的日祷。除了守备兵和侦察兵,其他士兵也和民众一起聚集在教堂里。

在给士兵们举行圣餐仪式之前，萨克主教在读经台上对他们说："啊，我亲爱的孩子们，四百七十年前瓦尔丹①的勇士们准备与敌人作战。他们和你们一样，向上帝寻求帮助。他们和你们一样，不是为了世俗的荣耀而战，而是为了祖国和教会的自由而战。现在和当年一样，敌人想奴役亚美尼亚人民，夺走他们的自由，瓦尔丹的勇士们在四百七十年前不允许他们这样做。他们说：'与其像奴隶一样活着，不如自由地死去。'他们同比自己强大得多的敌人死战。瓦尔丹对他的士兵们说：'不要怕异教徒人多势众和普通人可怕的剑。如果上帝帮助我们，我们将消灭他们，真理将获得胜利，但如果我们注定死期将至，最好是死在一场神圣的战斗中。'

"他们英勇战斗，消灭了很多敌人，他们自己也胸口中剑，英勇战死……但他们的名字将永远刻在我们心中，流芳百世。如果他们当时苟且偷生，有谁会记得瓦尔丹呢？要知道在他们之前和之后有数以百万计的人活着，但谁会记得他们的名字？瓦尔丹的勇士们没有被遗忘，因为他们为最神圣的事业——祖国自由而战斗和牺牲。你们要像瓦尔丹人一样，像他们一样准备为教会和祖国的自由而战，你们会为此赢得永恒的荣耀。不要害怕敌人。你们是正义之师，你们为正义而战，上帝会帮助正义的一方。但如果死亡降临到你们身上，请欣然接受它，因为在天堂你将获得永生，在地上你们将留有不朽的名字。"

圣餐仪式结束后，主教站在圣堂前，手里拿着圣餐杯，给士兵们发放圣餐。所有人不分男女老少都跟着他们，人们都在为死亡之

---

① 瓦尔丹·马米科尼扬，民族英雄，亚美尼亚起义军首领。公元5世纪瓦尔丹·马米科尼扬率众开展同萨珊波斯王国的武装斗争，公元451年在阿瓦雷尔战役中战死。

战做准备。

过了不一会儿,士兵们就爬上了城墙和堡垒。快到中午时,敌人的先头部队包围了要塞,开始放箭。城墙上的士兵也开始反击。然后正规军手持盾牌逐渐逼近城墙。双方阵前互相射箭,过一会儿敌人运来攻城槌。攻城槌主要由一根固定在四轮车上的巨大原木构成,桩头部分包有铁制金属头,框架上方悬吊绳索铁链。左右两边几十名士兵将攻城槌拉起,然后松手等它自然摆过去撞击城墙。另一边敌人又推来了弩炮,利用皮绳产生的扭力作为动力,驱动弩臂带动弓弦抛射石弹。攻城槌和弩炮周围的士兵们穿梭不停。

第一只攻城槌刚撞上要塞,滚烫的焦油连同油浸透的干草就从墙上倾斜而下。他们点燃了攻城槌上面的盖板。尽管阿拉伯人用水袋灭火,但火还是烧毁了盖板。顷刻间,攻城槌如雨点一般,哗啦啦散落了一地。敌人又运来新的攻城槌,这次他们铺上了湿的毡子和皮革。但亚美尼亚士兵又把它烧毁了。

破解敌人的弩炮只有一个办法:他们用绳索从城墙上放下一捆干草,弩炮的石弹遇到干草就会丧失冲击力。然而敌人却用长长的火把点燃了干草。然后困守要塞的人割断绳子,扔掉燃烧的干草,再放下新的干草。

敌人这边努力摧毁城墙和塔楼,另一边把云梯搭在城墙和塔楼上尝试爬上去。他们头顶着盾牌,手里拿着剑,非常灵活地爬上云梯,试图闯入要塞。但亚美尼亚士兵也毫不示弱,他们用长长的铁棍、矛和短柄镖枪攻击进攻者,或者用锯齿状的钩子钩住敌人,把他们拖起来杀掉。双方谁也不甘示弱。箭矢从上到下,从下到上,冰雹般飞舞。矛和短柄镖枪在空中横飞,云梯破碎,梯腿折断,盾牌碎裂。巨大的火焰吞噬着要塞。比拉坎人的抵抗让敌人部队遭受巨大损失，别希尔下令撤退。尸横遍野，敌人在城墙下收尸一直收到晚上，然后把他们埋进万人坑。

别希尔气得咬牙切齿，但又无能为力。困守要塞的人发起英勇的自卫反击战。他本想要放弃强攻，转去和卡多利柯斯和谈。别希尔确信，大主教就在要塞里，他迟早会攻下要塞，把卡多利柯斯抓走。但由于担心困守要塞的人可能不仅不接受他的提议，还会嘲笑和侮辱他，他便放弃了这个想法。

"我将用武力攻下这座要塞，把它夷为平地！"他命军队做好进攻准备。

第二天早上，天还没亮，别希尔和他的部队再次向要塞发起进攻，要塞外箭羽和攻城槌开始投入运作。此外困守要塞的人发现，阿拉伯人正在将一座移动攻城塔和一辆龟甲攻城车运到城墙边。亚美尼亚士兵和头一天一样设下陷阱、诱敌深入，他们故意在城墙上留下一个空档，然后引诱敌人进攻这个位置。敌人发现了这里，判断这里没有士兵把守。很快他们推着一座三层楼高的移动攻城塔摇摇晃晃地靠近墙边。困守要塞的人喜悦溢于言表。塔楼正好被推到设好的陷阱处。这里地面是一层木板，下面是挖好的地道，地道里堆放着浸满油的干树枝和干草。

困守要塞的人见敌人中招。敌人正好把攻城塔推到木板的正上方，攻城塔底层的阿拉伯士兵正用斧头和撬棍破坏墙基，二层的士兵则用小型攻城槌破坏城墙。攻城塔的顶层覆盖着一层皮革，用以抵挡要塞上方的箭击。一支庞大的亚美尼亚分队随即赶来。敌人正准备在城墙上架设一座铁桥。一场厮杀开始了，长矛相击，刀剑碰撞，但双方都没有退缩。一座铁桥从攻城塔顶部吱吱嘎嘎地搭到墙上。阿拉伯人一个接一个地通过铁桥。城墙上展开了激烈的战斗。

困守要塞的人英勇地抵抗。长矛被击碎，盾牌被打破，剑光闪烁，刀光飞舞，士兵们从桥上和墙上掉落。阿拉伯人一批接一批地爬上城墙。他们异常灵活地从下面爬上去。与此同时，亚美尼亚人的数量在减少。在其他地方作战的人无法赶来援助：每个分队都在抵抗各自的敌人。这些勇士殊死搏斗，焦急又愤慨地等待着攻城塔坍塌。再过一会儿，亚美尼亚人就会被迫投降，阿拉伯人也会冲进要塞，但突然间伴随着一阵轰隆声，攻城塔像一艘在波浪中摇晃的巨轮开始沉降。攻城塔的木铺板塌陷，塔顶随即轰然倒塌，塔底被大火焰吞噬。尽管灭火队立即围上去用水袋灭火，但于事无补。火焰一直冲向楼顶，不到半小时，熊熊大火中的塔楼连同武器和士兵通通化为灰烬。

要塞主塔楼附近的龟甲攻城车也有同样的遭遇。龟甲攻城车的构造是这样的：四边形，木头框架，几肘高，八个轮子，四周包裹着能防火的皮革。当龟甲攻城车移动到城墙根，几十个人立即钻进车里，用锹和撬棍破坏墙基。但只要阿拉伯人在城墙上凿出一个小缺口，比拉坎人就把大量混着油的锯末倒进去。等液体流到龟甲攻城车底部，亚美尼亚士兵直接从缺口点火，龟甲攻城车底部迅速起火。阿拉伯人急忙逃跑，很多人被烧死，龟甲攻城车逐渐被火焰吞噬。一阵冰雹般的箭羽从塔楼上射出，敌人试图用缚木索钩住龟甲攻城车，想把它从火中救出来，但是失败了，龟甲攻城车瞬间被烧成灰。

阿拉伯军队指挥官怒不可遏。他骑在马背上，手握长剑，从一边冲到另一边，气势汹汹地喊叫。他跟亚美尼亚人学，想鼓舞军队的士气，但完全没有用。箭和火给阿拉伯人的军队造成了严重的损失。许多人在恐惧中逃走了，指挥官的威胁和命令毫无效果。

最后，经过几个小时的厮杀，别希尔下令撤军回营。比拉坎人的欢呼声和嘲弄声紧随其后。当天晚上，敌人的营地里哀鸿遍野。与此同时，比拉坎人在火把和灯的照耀下庆祝着胜利。

敌人两天没有发起进攻，他们在准备新的战斗。接下来的几天敌人发起了几次进攻，但每次都惨败而归。就这样过了七天。第八天别希尔正准备再次进攻，一个意外的事件扭转了命运的轮盘。

隐居修道士部队里的两名哨兵和主教教堂的哨兵吵了起来。争吵越来越激烈。比拉坎人殴打了哨兵。然后，受伤的哨兵不听他们首领的恳求和劝告，跑到城堡想向卡多利柯斯申诉。萨克主教见了他们，努力安抚。但哨兵们执意要见卡多利柯斯。最后主教没办法，只能跟他们说卡多利柯斯其实已经离开了比拉坎。哨兵们都愣在了原地。

"所以我们不是在保卫至圣的大主教，而是在保卫一些可悲的比拉坎人？"他们愤愤不平，不顾劝告，回到了自己的岗位。

当天晚上，他们策划了一场邪恶的行动。

"卡多利柯斯逃到了巴加兰，把人民留给敌人来摆布。这样做对吗？"一名士兵问另一名士兵。

"当然不对。"

"我们到底为了什么要用自己的命去冒险？别希尔迟早会拿下比拉坎，把我们都送上刀口。如果卡多利柯斯——人民的父亲和保护者，都抛弃了他的羊群逃跑了，我们为什么不能效仿他？如果我们被杀，谁来抚养我们的妻子和孩子？"

"我们应该怎么做？逃亡？"他的战友问。

"我们可以向那些对我们不利的人复仇。今天晚上我就去找别希尔。"

"然后做什么?"

"我要和他谈谈。如果他同意给我们一百个金币和沃斯坦地区的一百块土地,我们就把要塞交给他。"

另一个人的眼睛里闪着喜悦的光芒。

兄弟们的不幸并没有触动这个叛徒的心。他们就这样做了。

深夜,阿拉伯人的号角在要塞里响起。

要塞里的人都在休息,他们确信战败的敌人不敢再来犯。突然吵闹声和喊叫声从四面八方传来。阿拉伯人开始了大屠杀。尽管亚美尼亚人立即冲上去反击,尽管特奥多罗斯执事和隐居修道士所罗门手持宝剑上前鼓舞士兵,但他们的抵抗并没有击垮敌人,敌人不断拥来。要塞的大门被攻破了,一支又一支的部队进入要塞。

几个小时过去了……要塞被浸泡在血泊中。街道上、房屋里到处都是尸体。要塞里的人几乎都被杀了,尽管每个亚美尼亚士兵死前都杀了几个敌人。

在这些血气方刚的恶人冲进教堂的那一刻,萨克主教正在做祈祷仪式。他周围是老修士、无力抵抗的老弱妇孺。祈祷和恳求、哀叹和哭声混杂在一起,充斥着整个教堂。阿拉伯人手持刀剑包围了他们。

然而,剑的光芒和刽子手的威胁没有吓倒这些祈祷的殉道者。他们似乎早就做好了准备。一部分人跑出了教堂,其他人则留在原地。愤怒的阿拉伯人把主教和修士拖出教堂,拖到别希尔面前。

"卡多利柯斯在哪儿?"他问。

"去巴加兰了。"他们回答。

"也就是说,这次又让他逃脱了吗?"别希尔大吼一声,咬牙切齿地说,"没什么,我们会去巴加兰,但你们会为他付出代价。"说完，他命令士兵扒掉他们的衣服，对他们进行严刑拷打和可耻的侮辱，把他们处死。士兵们执行了别希尔的命令。第一个被处死的是萨克主教，然后是其他修士。

924年4月17日这一天，所有反对卡多利柯斯离开并选择留在比拉坎的修士都被拷问并被处死。其中包括：修士莫夫谢斯、神父大卫和莫夫谢斯兄弟俩与自己的在家人萨尔基斯和隐居修道士所罗门。

别希尔在摧毁了比拉坎之后，带着大量的战利品和众多俘虏回到了德温。

别希尔把这两个亚美尼亚叛徒介绍给沃斯提坎，请恩瑟尔嘉奖他们。

恩瑟尔嘉奖了两个叛徒。

"你们的奖励是所有叛徒应得的。如果你们背叛了自己的祖国和同胞，你们也会背叛我们。"恩瑟尔命刽子手立即砍下他们的头。

5. 英雄的决定

格沃尔格·马尔兹佩图尼和谢普赫瓦格拉姆回到加尔尼已经几天了。如我们所知,他们的任务以失败告终。无论是国王的弟弟阿巴斯,还是斯帕拉佩特阿绍特,还是加基克·阿尔茨鲁尼都不愿意与国王结盟。阿格德兹尼和莫格斯的统治者也效仿他们,拒绝结盟。

接下来该怎么做呢?

马尔兹佩图尼大公思考着这个问题。就在这时,外面传来了别希尔占领比拉坎并屠城的消息。

这个消息令大公十分沮丧。

"那么,国家的毁灭已经开始了,我们却无能为力。"

他陷入了深深的悲伤和沉思,在城堡远处的一个房间里来回踱步。他想起了自己的努力,他努力把所有的力量团结在王位周围、把祖国从外国人的枷锁下解放出来……他想起了自己遭受的失败,绝望占据了他的心头。

之前大公从未经历过如此绝望。他一直相信基督的话,"你们祈求,就给你们;你们寻找,你们就寻见;你们叩门,就给你们开门。"他一直在祈求，却没有得到任何东西，敲了所有的门，并无一人给他开门……

"上帝可能希望我们的人民灭亡，并将关于他们的记忆从世上抹去。所以他使王子们的心变硬，使国王误入歧途，把王后逼到绝望……既然如此，让我们洗净双手，把一切都交给命运吧。我们躲在角落里，看着上帝惩罚我们不幸的、长期处于苦难之中的人民……"

大公沉浸在这些想法里。这时，谢普赫进来向他报告："一名休尼克士兵带来了个不幸的消息。"

"如果他给我们带来的是喜讯，那才叫人惊讶呢！"大公苦笑着回答，"士兵说什么了？"

"国王从卡卡瓦别尔德搬去了塞凡。"

"去塞凡？"大公很惊讶。

"是的，去塞凡，并且决定不再离开塞凡。"

"王后呢？"

"她和国王在一起。"

大公默默地继续在房间里踱步，脸上满是焦虑和担忧。突然，他停在房间中间，仔细地盯着谢普赫，问："瓦格拉姆，你打算怎么做？"

谢普赫只是耸了耸肩。

"你打算做什么？回答我。"大公又问。

"如果我们有一支军队，能得到王子们的支持……"

"我们没有军队，王子们也不会加入我们，这已经是众所周知的了。你还能说什么呢？"

"我还能说什么呢？我们势单力薄。一只手不能拍手，一朵花不能成春。"

大公把手放在剑上，直起身来，看着谢普赫。

"你没有什么要补充的了吗？"他问。

"没有。"谢普赫回答。

"我说，这次只要拍拍手，一朵花就能带来春天。"

谢普赫笑了笑。

"这是不可能的，大公。"

"如果有强大的意志力和奉献精神，没什么是不可能的。"

"我们把能做的都做了，但我们一无所获。"

"是的，我们已经把能做的都做了。但我，马尔兹佩图尼大公，还没有做到一切。我还有最后一项职责要履行。"

"你想做什么？"

"这事我明天会在要塞军队和加尔尼的贵族面前公开宣布。"

谢普赫知道大公的性格，所以没有继续追问，焦急地等待第二天的到来。

早上，大公下令，加尔尼的所有军队及其指挥官在特尔达特宫殿前集合。在神职人员的带领下，加尔尼的全体居民集合于此。所有的贵族妇女和年轻人也都来了，坐在宫殿的阶地上。

格沃尔格·马尔兹佩图尼大公盛装出席，全副武装。他头戴一顶钢盔，上面装饰着白色的羽毛和纳哈拉尔家族的纹章，身穿钢制锁甲、铜制盔甲和护肘、编织的铁制股侧佩章，脚上穿着一双钉铁鞋掌的鞋，挂在腰间的镶金重剑与军装相得益彰。大公穿着这身衣服，高大庄重，英俊威严，气度不凡，仪表堂堂。

所有人都落座后，大公走上前，爬到楼梯的顶端，用响亮而有力的声音说："尊敬的王子们，公爵夫人们，亲爱的战士和人民！

国王离开首都已经好几个月了。他离开是为了平定叛乱，安抚叛乱的王子们，但战败后他便隐居在卡卡瓦别尔德。他等待着救援，但没有人响应，没有人记得他是国王。我认为，如果我们中有人能够扮演调解人的角色，劝说王子们团结起来，他们就会团结在国王周围。我和高贵的谢普赫瓦格拉姆承担了这项任务。我们走了很远，我们走遍了希拉克、阿格兹尼克、莫格斯和瓦斯普拉坎。我们拜访了所有的王子，请求他们，劝说他们团结起来，为祖国和王位而战。但没人答应，没人被我们的请求所打动。王子们和他们的军队就守在自己坚不可摧的要塞里，每个人都只为自己着想。而我们国家的人民却没有得到保护，王位空悬，国王成了一个流浪者，这些事根本没人管。甚至连卡多利柯斯也只为了保命从一个要塞辗转到另一个要塞。与此同时，沃斯提坎占领了首都，别希尔摧毁和蹂躏了艾里万克和比拉坎，杀死了平民，消灭了神职人员。日复一日，他攻占的范围越来越大。国王目睹着这一切，却无能为力，绝望地从卡卡瓦别尔德搬到了塞凡。这个无畏的战士曾经让敌人闻风丧胆，没有任何力量可以击垮他，现在他只能躲在神父的单间居室里，因为他没有同伴可以指望了。亚美尼亚人啊，这是我们的耻辱！勇士们啊，这是我们的耻辱！"

"我们能做什么？我们能做什么？"声音从四面八方涌来。

"你们能做什么？这是个好问题。我来回答你们这个问题。祖国、人民、王位和大主教的宝座都处于危险之中，这你们是知道的。同时你们也知道，我代表你们所有人，代表所有亚美尼亚人民乞求王子们的帮助，但没人答应，没人愿意加入我。你们要不要谴责这些人？"

"要的，要的，我们谴责他们！"大家回答。

"很好。加尔尼的勇士和人民啊！王子们已经拒绝了我的请求，现在我向你们发出同样的请求，这是我履行的最后职责。请听我说！加尔尼固若金汤，坚不可摧。除非我们有叛徒出现或物资短缺的情况，否则敌人根本攻不下它。据我所知，我们这里没有叛徒，我们也有充足的物资。我们在加尔尼留一百名士兵就足以保卫要塞了。我建议，其余的士兵和将领明天和我一起下到山谷。我们分成若干分队，每个分队任命长官。别希尔正带着一帮强盗想要蹂躏亚美尼亚。我们要消灭他们，用不上一个月，我们的军队就会壮大。第一次胜利之后，会有第二次和第三次，成千上万的人将聚集在我们麾下。我们的成功将给国王带来希望。他将重新回到王位上，他将再次领导他的军队，王子们将团结在他的身边……啊，加尔尼人！这是我们多大的荣耀啊！"

大公停了下来，环顾四周，想看看他的讲话有什么效果。但所有人都默不作声。只有两个人眼睛发亮，注视着大公，准备冲向他，他们对周围人的沉默感到愤慨。他们一个是和士兵们站在一起的戈尔，另一个是沙安杜赫特。

但马尔兹佩图尼大公期待的不是他们的回应。他想听听老士兵和将领们的想法。他注意到许多人在躲避他的目光，于是平静地继续说："我没想到在加尔尼会遇到一群懦夫。那么，你们中间没有一百个人可以证明他们是勇士的儿子？"

"公爵大人，一百个人够干什么？至少得有一千名士兵上战场，我们才会加入！"一位年轻的百夫长喊道。

"无力的人才会寻求众人力量！"马尔兹佩图尼激动地说，"一个战士，如果他是真正的战士，就不应该在祖国处于危难之时等待战友。他本可以杀死敌人，用箭瞄准敌人的胸膛，却为了保命躲在另一个人身后，这就是叛徒！你想活着吗？你想享受生活吗？这很好。你为什么要拿起武器？为什么要玷污你的剑？扔掉它，拿起你的权杖，站在埃米尔们的门口。也许他们会给你一个荣誉，让你成为他们的奴隶……"

士兵和将领倍感震惊，甚至大公们都不敢相信自己的耳朵。马尔兹佩图尼可是从来没有说过任何一句难听的话，也从来没有侮辱过任何人。他到底怎么了？为什么会如此愤怒？众人互相对视，有些人甚至试图上前表达自己的不满，但大公灼热的目光把他们都钉在了原地。他停了一会儿，环视了一下军队，对谢普赫瓦格拉姆说："谢普赫大人！你昨天说过，一只手不能拍手，一朵花不能成春。你的话也被这些误以为自己是战士的修士们重复。我想证明你们都错了！"

说完，大公拔出剑，走上前去，用雷鸣般的声音喊："我要向阿拉伯人进攻！愿意加入我的勇士在哪里？站出来吧！"

"我愿意，我的父亲。"戈尔大喊，拔出剑走到前面。

"我的英雄……"大公低声说，拥抱了儿子，脸上闪烁着兴奋的光芒，热烈地吻了他。

"还有我，马尔兹佩图尼大公！"谢普赫瓦格拉姆走到大公面前说。

"高贵的谢普赫堪比一个团。"大公向他伸出手说。

"还有我，我的主人。"叶兹尼克走了过来。

"还有我们。"四个谢普赫侍卫说。

"还有我……还有我们……"加尔尼、巴先和德温的士兵们一个接一个走向大公。

志愿军的人数达到了十九人。最后，要塞守将穆舍格走到大公面前，低着头说："尊敬的大公，我一直在等待，等待更有价值的人发出他们的声音。现在我看到，勇士越来越多了。请你也接受我，作为你无私而勇敢的部队的最后一个仆人，我们将在你的麾下战斗。"

"到我这里来，我亲爱的、忠诚的穆舍格。来吧，把你的手交给我。你打了一辈子的仗，你的加入对我来说非常重要。如果像你这样的正直的人和我们在一起，上帝会帮助我们打败祖国的敌人。"

就这样大公一共招募了二十名士兵。

"有了你们，我能破千军万马！"大公大声说，然后转身对谢普赫瓦格拉姆说："我们现在就去宣誓吧。"

"去哪里？教堂在这边。"谢普赫说。

"不，我们去那里宣誓。"大公说，走向宫殿院子东边角落里的卡多利柯斯马什托茨的墓前。

他们都聚集到墓前，大公对他的部队说，"亲爱的同伴们，我们本应该在亚美尼亚卡多利柯斯的主持下宣誓并接受祝福，但是他已经背叛了自己的职责。他不是一个敢于自我牺牲的牧人，所以我们不能成为他的羊群。这里躺着最有德行和最具自我牺牲精神的主教的遗体。把你们的剑放在他的圣墓上来宣誓，宣誓恪守诺言，成为为拯救祖国而自我牺牲的战士。愿你们的剑得到圣马什托茨[①]的祝福，他的遗体将见证你们的誓言。"

勇士们拔出剑，把它们放在卡多利柯斯的墓上，宣誓要效忠祖国、效忠国王和大公。

等大家宣誓完毕，马尔兹佩图尼大公走上前去大声喊道："亲

---

① 圣马什托茨，亚美尼亚字母创造者。

爱的同伴们！我已经听到了你们的誓言。现在轮到我了，我在你们面前发誓，我以上帝之名发誓，我以我的祖国和这个圣墓的命运发誓，在我把最后一个阿拉伯人赶走之前，我不会回到家庭的怀抱，不会踏入自己家的屋檐。若违背誓言，就让上帝毁灭我，让基督徒称我为犹大，让亚美尼亚人称我为瓦萨克。我将证明，一个国家的力量不在于要塞，不在于强大的王子，而在于其子民的自我牺牲。我将证明，二十个自我牺牲的英雄比拥有两万名士兵的军队更有力量。那么，我们出发吧！亚美尼亚的上帝是我们的堡垒！亚美尼亚的十字架是我们的支柱！"

大公刚说出最后一句话，沙安杜赫特公主就从一群公爵夫人小姐中走出来，走下宫殿露台的台阶，来到圣马什托茨墓前，用响亮的声音喊道："尊敬的大公！请原谅我的鲁莽，女人是不允许干涉男人的事情和参加战争的……但没有人禁止她们为国牺牲。请求你接受我作为你的战士。我可以砍杀敌人，可以投掷箭矢。如果我不适合当战士，我也可以照顾受苦受难的人，当战士从战场回来时，为他们包扎伤口……"

公主激动得满脸通红，就像一位美丽的女神为了拯救她的爱人降临人间。

这突如其来的冲动让大公非常兴奋，眼泪从他严肃的脸上流了下来。他张开双臂，将公主抱在胸前，亲吻她的额头。

"我勇敢的孩子！"他感叹，"你为我们的誓言加冕，使我们的剑立于不败之地……如果亚美尼亚的土地上生长着像你这样的花朵，这些勇士是不会让敌人践踏这片土地的。亲爱的孩子，我不能让你加入我的部队，因为你那颗被我的话语和你对祖国的爱所激起的温柔的心，是无法承受战争的恐怖的，但我要交给你一个和战斗一样艰苦的任务，你可以胜任的。"

说完，大公拉着公主的手，趁着大家都在狂热地注视着这位女英雄的时候，把她带到了楼梯上，当众大声宣布："战士们和加尔尼的人民！这位年轻的公主已经为你们赎罪了。为了拯救祖国，她将自己的生命作为祭品。当然，你们和我一样，不会愿意接受这种牺牲，但为了鼓励她的姐妹们，我们必须奖励她。她已经证明了她是休尼克英雄的纳哈拉尔家族当之无愧的继承人。也让我们证明，我们能够欣赏艾卡兹纳哈拉尔家族子孙的奉献精神。根据国王的命令，我是加尔尼的统治者和要塞守将。我不在的时候，我把这项任务委托给穆舍格，但穆舍格加入了部队。因此，从现在开始，要塞守将就是休尼克的沙安杜赫特公主。沙安杜赫特是我儿子戈尔的未婚妻，因此也是我家的女继承人。加尔尼战士或人民若敢违抗她命令，下场就是死于这把剑下！"

大公把剑弯成一个弧形，举过公主的头顶。

"……还有死于我们的剑下！"士兵们大声呼喊，他们的剑在空中闪闪发光。

"休尼克公主万岁！"人民喊道。大公和公主的话让士兵们无地自容，于是他们也跟着人民一起喊。大公下令大家解散，一群年轻的士兵走到他面前，要求加入他的部队。大公拒绝了他们，说："你们没有以我为榜样，而是以公主为榜样。留在要塞里，忠诚地服侍你们的首领。以后如果她要求你们加入，我再把你们纳入我的麾下。"

大公下令让留守要塞的人和军队散去，公爵军队的士兵们去了王宫。在这里公爵们和公爵夫人们围着他们，对他们进行赞美。戈阿尔公爵夫人和马里亚姆公爵夫人拥抱并亲吻了戈尔和沙安杜赫特，对他们的无畏精神表示钦佩。

年轻的戈尔被他未婚妻的英雄事迹所鼓舞，走到他父亲面前，激动地对他说："亲爱的父亲！你在整个要塞面前庄严地宣布，沙安杜赫特是我的未婚妻和你的继承人，并给予她高度的信任。我对你的感激之情溢于言表。你让我成为世界上最幸福、最强大的人……现在请允许我给她一份订婚礼物，作为你祝福我们结合的信物。"

"好吧，我亲爱的。给你的未婚妻你想给的东西。"大公温和地说。

戈尔走上前去，从他的腰带上解下一把装在金色剑鞘中的小剑，这是他父亲送给他的，把它束在公主的腰上。

"让这把剑作为订婚信物，保护我的未婚妻不受任何敌人的伤害。"他说。

"女人不戴剑，戈尔，但我会收下这个礼物来纪念我们的爱情，等你凯旋，我再把它还给你。"沙安杜赫特红着脸微笑着回答。

马尔兹佩图尼大公、公爵夫人们和支队的所有士兵都为这对年轻人送去祝福，向他们表示祝贺。谢普赫瓦格拉姆为每个亚美尼亚人的幸福而欢欣鼓舞，他非常感动，用强壮的臂膀拥抱了他俩，激动地大声说："为了你们的幸福，我一定要击溃敌人。我们国家有众多像你们这样的情侣，愿你们都能幸福。谢普赫瓦格拉姆一定不会死，我还要等到在神圣的婚礼上把十字架举过你们的头顶。这一切等我把最后一个阿拉伯人从我们国家的土地上驱逐出去。"

"一定会！"士兵们大喊。

所有的人都沉浸在欢乐的气氛之中。

马里亚姆公爵夫人和戈阿尔公爵夫人为他们的孩子祈福，马尔兹佩图尼大公把剑放进剑鞘，对他的同伴们说："亲爱的朋友们，我们还需履行一项职责。在我们迎击敌人之前，让我们去找一下我们的国王，等得到他的允许和祝福后，再开始我们的行动。不管他的状况如何，不管他在哪里，他始终是我们的国王，我们手中的剑应该由他的意志和他的话语来掌握。"

"国王万岁！"士兵们齐声喊。

当天晚上，一支武装部队离开加尔尼要塞，向塞凡方向进发。要塞美丽的统治者骑着一匹休尼克马，带着一支武装护卫队护送士兵到附近的营地。在那里她害羞地抱着未婚夫，给了他她的初吻，含着眼泪祝福他上路。

6. 最悲伤的悲伤

暗红色的月亮从艾采姆纳萨尔背后升起,照亮了黑暗的盖加姆湖。湖的东部亮起了棕红色的光,仿佛数以千计的月光洒向湖面,泛起涟漪。塞凡很安静,灯光熄灭了。修士们在漫长的教堂仪式后十分疲惫,回到潮湿的单间居室,锁起门来,渐渐睡去。礼拜堂和教堂似乎也在沉睡,沿海的海浪溅起的水花仿佛哄着他们入眠。

在岛屿东侧的圣复活教堂附近,一个高大的男人静静地来回踱步,走过散落的、布满青苔的墓碑。他穿着一件类似于修士穿的宽边长袍,头上戴着一顶软帽。只有他的姿势和庄重的步态透露出对这身穿着的不适。整个岛屿东面和南面布满岩石,它们堆积在一起,形成一个巨大的屏障。不仅木筏和船只无法进入,甚至人都游不进来。

月亮在天上缓缓升起。湖水由暗红色逐渐变成银色,越过水面洒向远处的海岸,一边是高山和丘陵,另一边是田野和高原。月亮散发着平静的光。坐在岩石上的人正在欣赏这幅美丽而宁静的自然画卷。在他看来,只有在这样的时刻,当世界在睡眠的怀抱中休息时,才会有恶灵从深渊中出现或者有天使降临人间,决定普通人的命运：给一些人带来幸福，给另一些人带来悲伤……因此在这样的时刻，他的悲伤和不幸是注定的。他沉浸在自己悲伤的情绪之中。往事一幕幕浮现在脑海，一会儿是美好的画面，一会儿是严酷痛苦的画面。

"我怎么会受到这样的羞辱？"他突然大喊，把手放在额头上，似乎想赶走那些像乌云一样聚集在他脑袋里悲哀的想法。痛苦的画面一直萦绕着他。银色的湖水、雄伟的山峰、散发着温暖光芒的月亮，甚至吹拂着湖水和沿岸的花草的柔风也不能让他平静。他甚至听不到岩石脚下的涛声，他的灵魂早就飘到了远方……

突然听到一阵轻轻的沙沙声，他打了个寒战，转过头去，看到一个裹着毯子的女人向他走来。

"是谁？"他叫了一声，然后马上认出来，起身站了起来。"是你吗，王后？"他用柔和的声音问。

"是的，我亲爱的国王……"她十分小声地回答。

"你怎么在这儿？自己一个人，这么晚？"

"我是一个人吗？阿绍特国王和我在一起啊……"

"你的仆人呢？"

"我没有带他们来，我想看看你。守门人告诉我，你每天晚上都在这里散步，我之前不知道。"

"是的，这里的夜色很好……但你为什么要见我？你有什么消息要告诉我吗？"

"消息？没有。"

"那你想说什么？"

"我想和你谈几分钟。"

"我不懂。白天你每时每刻都能看到我，随时随地都能和我说话。为什么要在晚上使自己不得安宁?"

"安宁?我还有安宁吗?我还能获得安宁吗?"

"王后……"

"我永远失去了安宁的时光。"

"我们国家现在没有人能保持自己内心的安宁了。"

"此刻,是的。但等把敌人赶走,每个人都将获得安宁。"

"而你和他们一样都会获得安宁的。"

"我?啊,如果这样就好了……"

"你害怕遭受攻击吗?即便是现在你也不会遭遇任何危险。塞凡是一个坚不可摧的要塞。"

"我的要塞和我的据点早就被敌人摧毁了。我的和平和安宁永远消失了……"

"你在说什么?你又在影射旧日的恩怨吗?"

"啊,让我和你谈一次,让我对你敞开心扉,让我在你面前哭泣……"

"王后,你很激动,你需要冷静一下。"

"不要赶我走,求你了。把忧虑和痛苦留给我,只有这样,我才能获得安宁……"

"发生什么事了?有人侮辱你了吗?"

"没有。一个旧日的伤口,一个旧日的悲伤,使我的心疲惫不堪,备受折磨。唉,没有一只手能给它涂上香膏绑上绷带。我被抛弃了,我很孤独,就剩我一个人了……啊,你不知道孤独是多么难受!"

王后边说边哭。

"王后,你在哭吗?你又不是小孩子……如果别人听到了会怎么说？走吧，我送你回寝宫，你需要休息。"

"请允许我留在这里，而你，我亲爱的国王，不要离开我。给你的王后，你不快乐的妻子，哪怕一个小时。她想和你说说话。不要拒绝她这个小小的请求。"

"亲爱的萨卡努伊什……"

"亲爱的萨卡努伊什？我的天，你真的这么叫我吗？我没有听错吧？'亲爱的'，你说……啊，我多么欢喜这个小小的词汇，这个残存着爱情的词汇……为什么上帝让我们如此软弱？你在怜悯我吗？告诉我，不要隐瞒……像怜悯乞丐一样怜悯我。如果你知道我有多难，有多难受！"

"但你不想平静下来，你一直很激动……我们走吧，离开这里。"

"啊，不。我不会再离开这里，我不会离开我心爱的阿绍特……啊，原谅我，让我这样叫你吧……毕竟我现在已经可以平静地说话了。我不会再激动了，只要把你的手给我，保证你会耐心听我说。"

国王默默地向她伸出了手，王后用她颤抖的手握住他，继续说："谢谢你……你看我多容易满足。尽管我失去了我无与伦比的骑士的爱和心，但只要他允许我握住他冰冷的手，就已经很高兴了。我怎么好意思说这样的话？骄傲的萨卡努伊什怎么会向她的国王承认这一点？啊，我好羞愧……"

王后无法控制地又哭了起来，用颤抖的双手拥抱了国王，紧紧抱住他。

"萨卡努伊什，亲爱的萨卡努伊什……"国王抱住她，低声说。

"求求了，让我现在就死……我想死在你怀里……这是我唯一的愿望……"王后低声说,她哭得已经无法往下说了。

王后的啜泣和泪水让国王手足无措。他不知道怎么安抚她,于是更加温柔地把她抱在怀里。

沉默了许久之后,国王说:"亲爱的,你为什么这么激动?"

这些话说得很轻,几乎是低声细语,王后听起来却很严肃。她抬起头。

"为什么?你怎么能这样问呢?你难道不知道一颗可怜的心在承受着什么吗?难道我的眼泪没有告诉你吗?"

国王没有说话,他害怕再次让王后难受。他退后一步,坐在石头上,看着湖面。

"你不想再听我说话了吗?"王后小声问。

"你可以说,亲爱的,说你想说的,就是别提过去的事。"

"好的。"她急忙说,然后坐在他身边的石头上。

"亲爱的国王,我们在一起已经好几个月了,"她说,"但我一直没能跟你谈谈最重要的事,那就是我来找你的原因。现在我有勇气和你谈谈了。可能我接下来的话会让你不舒服,但请你不要打断我。"

"说吧,我在听。"

"在加尔尼,我以为我已经认命了,我决定忘掉自己,把我的生命投入到为人民付出的事业中去。实现这一目标的唯一途径就是来找你。我想抚平你的悲伤,抚慰你的心灵,让你回到首都,回到王位和宫廷,人民和军队都在等着你回去。你可以利用这个机会的。带着这种想法我来到了卡卡瓦别尔德。但你对我非常冷漠,你怀疑我是来嘲笑你的失败的,单是这个怀疑就足以让我的心翻江倒海了。我越是感觉到你的冷漠,我心中越是燃起嫉妒之火……然后，我想伤害你，告诉你整个国家都知道你那罪恶的爱情，军队和人民都怨恨你，所有王室都远离你，所有神职人员都谴责你的行为……唉，我以为这些话可以让你清醒过来，但我大错特错。我承认，我的所作所为就像一个深陷爱情旋涡的脆弱女人。我无法忍受你的冷漠，我忘记了我的誓言，成了嫉妒的受害者，它无情地折磨着我不快乐的心。你陷入了绝望，你没有回到首都，而是搬到了塞凡和修士们一起生活。我意识到了自己的错误，看到了自己不成熟行为的后果，我非常后悔，但为时已晚。很多很多次我想走到你面前，请求你的原谅……但你躲着我，不想单独见我，不想听到我的声音，不想看到我的眼泪。啊，如果你知道我有多痛苦！

"就这样过了几个月，我找不到机会和你说话。但是，当一位信使告诉我比拉坎被攻占和比拉坎人被阿拉伯人消灭的消息时，我感到很震惊。这个消息对于我来说犹如晴天霹雳。我想起了我的誓言和决定，想起了我犯下的罪行……'如果不是我的嫉妒心，阿绍特就会回到王位上，王子们会加入他，军队会向敌人进发……'我想。我太绝望了，差点就投湖自尽了……但我理智地想了想，决定不惜一切代价找你单独谈谈。这就是为什么我来打扰你安静的散步。你可能会不高兴，但我别无选择。危险就在眼前，我不能再等下去了。"

"你想让我做什么？"国王问。

"我想让你回到首都，回到王位上，把亚美尼亚的王子们团结起来，召集军队，赶走外国人，把国家从灾难中拯救出来。"

"你想让铁人阿绍特继续做国王吗？"

"是的，像以前一样统治国家。"

"你的愿望是好的，但我做不到。"

"为什么做不到?"

"有很多原因。"

"如果你认为我不知道,请告诉我这些原因。"

国王没有回答。他把脸转向湖面,默不作声。

"这些原因比铁人阿绍特的意志更强大吗?"王后说道,想要刺激他。

"铁人阿绍特的意志?铁人阿绍特现在比山谷中的芦苇还柔弱,一缕轻风就能吹动它。"

"你为什么要让我陷入绝望,我的国王?"王后低声说。

"我并不想让你陷入绝望。我是在告诉你真相。"

"但你曾经像沙漠中的狮子一样强壮。"

"他的吼声让其他野兽都颤抖。"国王打断了她的话。

"是的。"

"然而,狮子也会生病和死亡。"

"当然,但是那是老了以后。"

"或者当猎人打碎它的心脏的时候!"

"这个无敌的猎人是谁,打碎了你的心?"王后质疑地问。

国王苦笑着,没说什么。

"你不想说吗?"

"我不想让你伤心。"国王一边回答,一边继续看着湖面。

"我的天啊!"萨卡努伊什惊呼,"你不想让我伤心!我的爱人,我真的要疯了。"

"有些真相只有男人才能承受。"

"好吧,那就试试我的承受能力吧。"

"好吧,听我说完。你问我,谁是打中狮子心脏的猎人?那我就告诉你。"

王后竖起耳朵。

"是个女人……"

"一个女人?"王后打断了他的话。

"你看,你已经不冷静了。"

"继续,我不会再打断你了。"萨卡努伊什说,低下了头。

"我亲爱的朋友,我们是强大的大自然手中可怜的玩具。"国王继续说,"人们制定法律和规则来管理只有大自然才能管理的东西,真是徒劳!要知道大自然才是专制的统治者……我在谈论人们的心。你爱我,对吗?"

"你为什么这么问?"

"回答我,你到底爱不爱我?"

"我对你的爱无穷无尽。"

"很好。那么,告诉我,人们制定的法律有什么用?它能命令你停止爱吗?"

"恰恰相反,法律照亮了我的爱,因为我爱我的合法配偶。"

"如果你爱的是别人呢?"

"我一直恪守的基督教美德,它不允许我去想不合法的爱,而当一个人不去想不合法的行为时,这种罪过就永远不会去犯。"

"爱是没有界限的。一个人如果爱上了他无权爱的人,他该怎么做呢?"

"这就好比说,小偷和强盗想偷别人的财产,应该怎么做?当你的下属把一个强盗带到你面前受审时,你能宣布他无罪吗?"

这些话击中了国王。这一击直中要害……他沉默了一会儿。

"你没有别的话要说了吗?"王后轻声问。

"不，我想说。听着。要做什么样的法官，是偏袒还是公正？"

"当然是公正的。"

"强盗应该受到惩罚还是奖励？"

"惩罚。"

"那么，当一个公正的法官下令惩罚一个不法分子时，你为什么要奖励他？"

"我不明白。"

"你不明白？我说得很明白。"

"谁是罪犯，谁是法官？你要为谁受罚？"王后疑惑地问。

"我是强盗，我是公正的法官。我已经惩罚了自己，我已经远离凡尘，隐居于此。你为什么要让我回首都？"

"你太夸张了。"

"一点儿也不夸张。"

"你太夸张了，我亲爱的国王。"

"不要叫我亲爱的，也不要叫我国王。我是一个被上帝和人类诅咒的罪犯。你为什么爱我？你为什么想让我重获荣耀？"

"我会永远爱你……没人可以让我忘记我的丈夫……"

"丈夫？啊，不要折磨我……我无法忍受这种责备。"

"我的爱对你来说是责备吗？"

"不，亲爱的王后。对我来说，责备是你用无限的爱来回应我的不忠。我很骄傲，承受不了别人的以德报怨。"

"你没有对不起我。"

"不用安慰我。我还没有懦弱到不能为自己行为负责的程度，如果你想安慰我，那就恨我入骨吧。只有你的仇恨，只有痛苦才能让我解脱。"

"我不能恨你。"

"恨我，我不爱你。"

"啊，别这么说……"

"我不能说谎，我不爱你。"

"无情……"

"世界上我唯一爱的女人……"

"啊，不要说出她的名字！"王后大声说。

"是的，我唯一爱的女人是阿斯普拉姆，谢沃德祖先的女儿。"

"无情的人……你没有同情心吗……你就不能同情同情我这个可怜的、被遗弃的女人吗？我可是你的妻子……"

"我想让你恨我。只有这样才能减轻我的痛苦。"

"别做梦了……我不会恨你，不要白白地折磨我的心了……你告诉我你的痛苦是什么，我想办法来缓解它。"

"这就更糟了。"

"别固执了，我亲爱的国王。治病要对症下药，治疗痛苦也是如此，需要一双巧手和一颗爱心。"

"谁能治愈一颗悔恨之心呢？谁能安慰一个认识到自己罪行却又无力弥补的人呢？"

"这个世界上所有人都是罪人。"

"而所有的人都可以被原谅……"

"当然，也包括你。"

"不要打断我。所有的人都可以被原谅，但掌握人民命运的人不能，他的职责是保护人民，成为美德的典范，给他们带来福祉和幸福……这是我的职责。上帝任命我为人民的领袖和统治者。然而，难道我堪当重任吗？难道我没有违背我的神圣职责吗？难道我没有犯下很多罪恶吗?谁能原谅我,为什么要原谅我?"

"人总是陷入过去于事无补。"王后说,"学会忘掉过去,现在努力弥补。"

"忘掉过去……这可能吗?"国王感叹,"我愿意飞上天偷一颗星星,把它赐给一个有能力让我忘掉过去的人,用药水和魔力来清除我的记忆……遗忘?是的,我祈求遗忘,那是我唯一的愿望。回忆就像多头的维沙普啃噬折磨着我的心。我能忘记毁掉了我的恩人、亲戚谢瓦德的家庭,把他们父子的眼睛弄瞎的事吗?能忘记毁掉了我忠实的伙伴阿姆拉姆的家庭,把他平静的家变成地狱吗?能忘记毁掉了你的生活、辜负了你热切的爱、剥夺了你的幸福吗?能忘记我失去了王子们的信任、破坏了他们的联盟或者忘记阿姆拉姆的叛乱导致我失去了北部地区,最后,通过削弱亚美尼亚人的军事力量,加强了阿拉伯人在国家的统治吗?能忘记这一切吗?告诉我,亲爱的,我怎么能忘记这些?我又怎么能忘记我是为了那场罪恶的爱情做的这一切……

"不!我不配得到宽恕。不要试图让我忘记我罪恶的过去。我是一个基督徒,我有良知。它告诉我放弃我的王位、我的荣耀、我的辉煌,让我在荒凉的地方隐居,忏悔我的罪过,用严格的禁欲主义来赎罪。于是我来到塞凡,这是我忏悔的地方。你不应该认为是你的指责让我做出这个决定。不,不是绝望把我带到这里,而是我的良知。如果我的内心是平静的,如果我的行为是正义的,即便整个世界都在反对我,我都不会放弃,绝望控制不了我……但我的良知残酷地折磨着我。你悲伤的眼睛、你痛苦的神情、你苍白的脸庞困扰着我。我逃避你不是因为我恨你,而是因为我一看到你,我的心就会很痛。我的羞愧和我的良知让我辗转难眠。所以我来到这里，隐藏我的悲伤，向上天祈祷宽恕。我以为这次你会离开我，回到首都，那里有忠诚于你的人，但我的愿望没有实现。你不愿意让我独自承受悲伤，你像一个爱妻一样跟着我，第一百次证明我不值得你的爱，命运白让我们结合在一起……

"亲爱的王后，我知道这一切，我不能再回到那个被我良知驱逐的世界了。让我在这炼狱中过吧。也许我可以弥补我的罪过，也许我可以把我的灵魂从地狱中拯救出来……"

"如果你能通过对人行善来赎罪，上帝会很高兴的！"王后说。

"当然，这样他会高兴的，因为做好事总比白白地哭泣强。"

"是的，那就回到王位上，执掌大权，把你的人民从危难中拯救出来。"

"但为此我必须再次成为国王？"

"当然了。"

"我不认为自己配得上阿绍特一世和贤明的斯姆巴特所坐的王位。我的住处在塞凡，我将在这里生活，也将在这里死去。"

"那国王的宝座呢？"

"让阿巴斯继承吧。他是王位的合法继承人。"

国王的话如同一道闪电从天而降，击中了王后。这是她第一次听到这些话。她想过很多痛彻心扉的事，但从未想过他会失去王位。怎么？阿巴斯做国王，古根杜赫特做王后？在谢瓦德有生之年，阿布哈兹古根的女儿会成为亚美尼亚人民的王后，而骄傲的萨卡努伊什会被关在塞凡作为一个臣民，作为阿布哈兹人不幸的俘虏？看到亚美尼亚的王子们围绕着新的国王，在新的王后面前低头，在她面前谄媚逢迎、阿谀奉承？啊，不，这不可能的！她的自尊心受到了伤害。她甚至忘记了自己的悲痛。她以女性特有的敏捷思维权衡了她的悲伤和可能受到的侮辱，她确信承受精神上的悲伤要比忍受羞辱和自我侮辱更容易。

"不，我光荣的国王，这是不可能的！你不能留在塞凡，王位和人民都在等你！你必须回到首都。"她坚定地说。

"这不可能……我应该把我的心从胸膛里扯出来……带着这样的心和这样的想法，我无法再次统治这个国家。"

"你必须怜悯你的人民。它现在就像一个没有牧人的羊群……狼从四面八方包围着它，母羊和羔羊在峡谷里嚎叫……"

"阿巴斯会保护这群人的，他会做得比我好。"

"不要这样说。不要提阿巴斯的名字，亚美尼亚国王还活着。"

"不，他早就死了。当他屈辱地从茨里克·阿姆拉姆那里逃出来的时候，他就已经死了。"

"不要回忆过去！求你了。"

说着，王后拉着国王的手，深情地看着他那双凝视着月亮的眼睛，轻声说："阿绍特，我光荣的国王，我亲爱的丈夫，不要让阿布哈兹人嘲笑你妻子——萨卡努伊什的骄傲，让我以亚美尼亚王后的身份死去……"

"啊，你是真的不了解我的悲痛啊！"国王低声说，转身向湖边走去。

"如果你还有别的悲痛，请告诉我，对我敞开心扉。"

国王没有回答，静静地看着湖面。

他有什么可说的呢？他怎么能揭开掩盖他最沉重的悲伤的面纱呢？他怎么能说他仍然想着谢沃德公爵夫人，他那罪恶爱情的不幸受害者，他以她的痛苦为生，他每时每刻都在想着她的诅咒？当他不断听到她的悲鸣时，他怎么能坐在王位上，去想那些胜利和荣耀。他不断地对自己说:"整个国家都在颂扬你,为你的回归加冕,庆祝你的胜利……而在那里,在谢沃德的山上,在塔武什阴暗的地牢里,一个可怜的女人正在煎熬着。她被所有人抛弃,被世界抛弃,只活在自己的耻辱中,自己的羞辱中……她对你低语:'当我哭泣时不要笑,当我痛苦时不要欢喜!'如果那个把心和灵魂都交给我的女人被活埋了,我还有什么权利再去品尝生活的快乐?"

这些想法让国王非常不安,他不自觉地喊道:"不,不可能!如果她死了,我也活不下去了……"

"你说的是谁?谁死了?"王后问。

国王颤抖着从座位上站起来,向王后伸出了手。

"走吧,天快亮了。"他坚定地说。

"你刚才说的是谁?"萨卡努伊什又问。

"那个在监禁中逐渐消失的人。"国王回答,向前走去。

王后跟着他,不敢再说话。

7. 一花成春

正午时分,格沃尔格·马尔兹佩图尼的骑兵到达塞凡岸边,察马卡别尔德的渔民们正在忙碌着。大公惊讶地发现渔民们没有在捕鱼,只是在岸边徘徊。湖面上和岸边都没有看到木筏或船只。这让大公更好奇了,因为他需要一只木筏子上岛。渔民们回答他说:"国王下令任何人都不得在岸上停靠木筏或船只,所以所有木筏或船只都在村里。"

大公知道这样做是为了防止敌人进入塞凡。他命令渔民们为他们放下一条船,渔民们很是犹豫。

"如果我们违抗国王的命令,他会绞死我们的。"他们说。

大公没有再坚持,下令向岛上发出信号,让他们从那里派出一只木筏。

渔民们立即在岸边的岩石上生起了信号火。火焰越来越大,向上腾起。很快两名修士从要塞里出来,朝码头走去。他们解开那里的一只木筏,从岸边推开。在木筏到达之前,渔民们给大公一行人准备了美味的鲑鱼早餐。

大公一行人到达时,岛上的日祷刚刚结束。国王看到格沃尔格·马尔兹佩图尼,非常惊讶。

"你是来为你的国王赎罪的吗?"他问,浅浅地笑了笑。

"不,国王,现在不是弥补的时候,而是行动的时候。"马尔兹佩图尼说。

"行动?这还有时间规定吗?"

"是的,国王。《十诫》中有一条是'不可杀人'。现在是违背这条戒律的时候了。我们必须杀人。"

"我希望你们不是来让我做你们帮凶的。"

"如果国王带领我的军队,我愿减寿二十年。"

"你的军队?你真的召集了一支军队吗?"国王惊讶地问。

"是的,国王。"

"在哪里,你的军队?"

"在这儿,在塞凡。"

"在塞凡?"国王更加惊讶了。

"是的,国王……"

在场的王后打断了这次谈话:"你们的木筏接近小岛时,我在塔楼上看着。你们总共不超过二十人,其他人什么时候到?"

"我的军队只有这二十个人,我无法召集更多的人。"大公回答。

"你病了吗,马尔兹佩图尼大公?"国王盯着他问。

"你或许觉得我疯了?"大公笑了笑说。

"是的,我想是的。"他严肃地回答,"你说你的军队由二十个人组成,你希望国王率领这支军队。这是什么?嘲弄吗?"

"没有的事!"大公深情地说。

"你说的是什么军队?"

"这二十名士兵,他们就是我的军队。"

国王和王后惊奇地看着对方,似乎在怀疑大公是否真的疯了。

马尔兹佩图尼猜到了他们的想法,苦笑着说:"你们有权利认为我是个疯子。在这个动荡的时代,拥有数千名士兵的强大王子们固守在自己的要塞里,让这二十名士兵去与阿拉伯人作战,这似乎是疯狂的。但我这样做是为了让那些亚美尼亚的王子们感到羞耻,他们夸耀自己的慷慨,但在极度危险的时刻却没有人愿意帮助他们的祖国。"

"如果你的冒险成功了,你将保留这一权利。"国王说,"但面对强大的敌军,二十个人又能做什么呢?"

"我的二十名士兵都能一对二十。我们虽然不能与大军作战,但我们会打散敌军,逐渐削弱他们的力量。"

"你这样做也拯救不了国家!"

"每一个伟大的行动都是从一个小行动开始的。"

"那么,你觉得最后能赢吗?"

"要么赢,要么死。现在国王离开首都,在塞凡隐居,卡多利柯斯失去了地位,在全国各地避难,成千上万的人民死在贪得无厌的敌人手中。看到这些,我做不到只顾自己的安危,待在要塞里,如果我的兄弟们正在死去,我为什么要活着?活着哀悼他们吗?一个手还能握剑、声音还能回荡在战场上的男人……"

国王很激动,他想拥抱和亲吻这位勇士。他说:"大公,你是多么幸福,你可以作为一名普通的士兵为你的祖国战斗。我甚至被剥夺了这种权利……"

"那么你为什么要来塞凡呢?"国王强忍着激动的心情问。

"我想在行军前得到国王的许可和祝福。"

"我勇敢而忠诚的大公,没有国王的祝福,你甚至不想获得荣耀。你是我值得信赖的伙伴,而我,唉……一个不值得信赖的国王……"

"别这么说,国王。命运可以把狮子锁在笼子里,但不能摧毁他的心和力量。住在这里,直到你的仆人砍掉铸造这只笼子的手。"

"我勇敢而高贵的大公,铸造这只笼子的是……"他想说,如果你砍掉这双手,你会令我永远悲伤。但他没有继续往下说,迅速从座位上站起来,"你的勇士们在哪里?让我们去找他们。这样的英雄是值得国王亲自去见。"说完,他走出了房间。

大公跟在国王身后。门卫从另一条路跑向修道院会馆,通知大家国王要来。在谢普赫瓦格拉姆的命令下,亲兵们立即在树荫下的草地上列好队列。

国王和大公从山上下来。当他们走近圣母教堂转向空地时,起誓士兵们齐声大喊:"国王万岁!"

这声呼喊令国王震惊,这句话有多久没有在他耳边响起了,有多久没人提醒他,他是亚美尼亚国王,是亚美尼亚王公的领袖,在这个国家还有忠于他的人,他还可以指挥他们……

修道院的环境、几乎每天都参加的教堂仪式、岛上单调平静的生活和沉重的忧伤让他忘记了一切,杀死了他身上的活力。在他看来,整个世界都像塞凡岛一样休眠了,死亡在整个亚美尼亚展开了翅膀。

士兵的喊声把他从昏睡中拉了出来。一阵生命的颤抖穿过他的身体。他的心和灵魂被一种自豪感所填满。岛上有大约一百名士兵与国王在一起,他们都是经验丰富、骁勇善战的士兵,但他们都放下了他们的武器。他看到他们每天无所事事,参加教堂的仪式,坐在单间居室前面或者拿着渔网在岸边徘徊,但他并没有生气,似乎感觉很正常。可现在当一队武装部队出现在他面前,准备投身战斗的时候,他好像又活过来了。国王加快了脚步,走到士兵们跟前。

"你们好,我的勇士们!"他大喊。士兵们再次齐声喊道:"国王万岁!"

谢普赫瓦格拉姆上前,摘下头盔,低头鞠躬。国王伸出手来,热情地问候他。谢普赫后面的是要塞守将穆舍格,国王也跟他寒暄了一番。戈尔王子也走了过来。国王看到他后,赞叹道:"你也在这里吗,我亲爱的戈尔?你也在这支无私的勇士队伍中吗?"说着国王张开双臂,真诚地亲吻了这位年轻人。

"戈尔,你把你的未婚妻托付给谁来保护?"国王微笑着问。

"托付给她自己的勇敢。"他脸红着回答。

"是的,你父亲已经全都告诉我了。加尔尼已经交由她来守护了。休尼克公主担得起这个荣誉。当男人在战场上战斗时,女人必须保卫要塞。我很难过,亚美尼亚的土地只有二十位士兵,但我很高兴,有一个女人加入了这二十位勇士;她是我的养女和戈尔的未婚妻。要对得起你的未婚妻,我的勇士!"说完这句话,国王走到其他人面前,与每个人交谈,跟每个人寒暄,然后,转向马尔兹佩图尼,提出让他带走一半塞凡的士兵。

大公拒绝了国王的提议,希望把士兵留下来保护国王。

"在危险的时刻,我们可以撤退,"他说,"但国王无路可退,我不能带走任何一位士兵。"

国王感谢他这位战友伙伴的关怀,他对大公和谢普赫瓦格拉姆说:"王子们侮辱并离开了我,因此我自愿把自己囚禁在塞凡。如果你成功了,就能够抹去背信弃义的王子们留在我们旗帜上的污点,那时我就会走出去,带领你们向胜利进军。从今天起,我把我的旗帜交给你们。让它激励着你们,同时也提醒你们,你们的国王正作为囚犯,生活在塞凡……"

说完国王命侍卫们把旗帜拿来。

全场一片寂静,士兵们虔诚地等待着侍卫们。

看到旗帜,所有人摘下头盔,再次高呼:"国王万岁!"

国王从侍卫们手中接过旗帜,交给马尔兹佩图尼,说:"我把这面旗帜交给你,我授权你代表我行事。这面旗帜也代表着我与你的部队同在。"

然后国王请所有士兵一同就餐。

第二天,这支分队带着王室旗帜,国王、王后和所有神职人员的祝福离开了。

在察马卡别尔德,勇士们骑上马向阿拉拉特河谷进发。他们的目标是击败别希尔的分队,敌人正在蹂躏毫无抵抗能力的村庄。攻占比拉坎后,阿拉伯人更加肆无忌惮,为所欲为。他们坚信亚美尼亚王子们不会离开自己的要塞,不会为了拯救农民的生命和财产来跟他们拼命。

大公的分队刚刚通过拉兹丹河,就遇到了一大群难民。

"你们从哪里来,要到哪里去?"大公问他们。

"从格赫要塞来的,大人。"高个子首领回答,"我们要去休尼山避难。"

"有些人要去格赫,有些人则要从那里逃出来?发生了什么事?谁威胁到了要塞?"

"别希尔,大人。"

"谁告诉你的?"

"主教教堂的监督从德温来告诉我们的。"

"那你们为什么要逃？格赫要塞足够坚固。"

"是的，但那儿没有军队。"

"如果大家都跑了，当然就没有军队了。马上回来，否则我将把你们全部送到剑下！"

首领看着他的同伴们。妇女们拉着面纱，一直盯着大公。孩子们惊恐地蜷缩在母亲身边。

"回来吧！"大公重复，"你们应该在格赫的城墙上。"

难民们恳求大公放他们走，但马尔兹佩图尼很坚决。

"大人，你这是把我们出卖给别希尔。"一位老妇人说，"再过几天，他就会占领这个要塞。"

"我不会让别希尔到达格赫的，大婶。但是，如果你要死，最好是死在家里，而不是死在异国他乡。"

"我担心的不是我自己，而是那些年轻人。"

"年轻人会保护自己的。"

大公命令逃亡者的首领回去，转身对他的分队说："我们会护送这些不幸的人到格赫山脚下，然后继续上路。"

第二天傍晚，大公和他的士兵们把难民们送到格赫山脚下。分队继续上路向德温进发。天色渐暗。大公和谢普赫决定不离格赫边界太远。于是他们爬上了一座矮山，上面长满了森林和灌木丛。他们找了一个僻静的山洞，有树木遮挡，他们决定在这过夜。一些士兵忙着准备晚餐，一些士兵去打水。他们在山坡上没有找到泉水，所以他们下到山谷，从流淌的河流中取水。那是韦季河的一条支流，从格赫山的高处流下。但是，当勇士们从灌木丛中走出来时，他们看到在最近的山脚下搭起了许多帐篷。到处都有火光，这就是阿拉伯人的营地。

勇士们回来后向大公报告了这个消息。

"阿拉伯人正在向格赫进军。"谢普赫说。

"的确如此。"马尔兹佩图尼说。

"我们该怎么做?"

"你还不清楚吗?"

"我们必须阻止他们,但是……"

"先吃晚饭,再行动。"大公坚定地说。他坐在草地上,准备吃简朴的晚餐。所有人在一起吃饭,不分大公还是仆人,他们都是兄弟,都是同一个十字架和旗帜下的士兵。他们吃的是塞凡鱼、水煮肉和奶酪。

吃饭时一片寂静,每个人都在思考即将到来的战斗。

晚饭后,大公站起来说:"我亲爱的勇士们!上帝把敌人交到我们手中,我们必须抓住这个机会。天亮前我们发起进攻。就这样决定了,躺下休息吧。我和谢普赫瓦格拉姆去勘察地形和敌人营地,然后去格赫寻求帮助。"

"父亲,我跟你一起去。"戈尔王子说。

"不,我的孩子,躺下休息吧。一名士兵必须和他的战友在一起。"大公严厉地说,他想让他的儿子知道,他和别人比并没有特权,他必须像其他士兵一样服从父亲的命令。

戈尔微笑着,顺从地低下了头。

大公和谢普赫向敌人的营地走去。

敌人帐篷所处的山谷在三个高地之间:北边是格赫山山坡,西边是大公部队所处的山脉,东边是封闭的山丘,南边是韦季的山谷,韦季河正流经这里。

"如果我们从这边进攻,"大公指着山谷的北部说,"敌人将被迫向南逃窜。我们必须出其不意地发起进攻,必须先震慑敌人,打他个措手不及。否则,即使最轻微的抵抗也会破坏整个事态的发展。"

"最重要的是拿到火把。只要我们放火烧掉一两个帐篷,就会让阿拉伯人陷入混乱。"谢普赫补充说,"格赫人将会处理这个问题,我们的士兵会战斗。"

大公和谢普赫商量了很久,再次勘察了这个地方,然后回到了部队。士兵们已经睡着了,但有些人听到脚步声就跳了起来。大公看到酣睡的戈尔,不自觉地在他身边停下脚步。月亮透过树叶照着他年轻漂亮的脸庞。他在睡梦中微笑着。强壮的胸膛和背部包裹着铜制盔甲。茂密的头发从头盔下面飘出,散落在额头和脖子上,即使在睡梦中,他的左手也握着银色的凸形盾牌,盾牌在月光下闪着柔和的光芒。

大公看着他的儿子,看了很久。仿佛他的爱子之心刚刚从沉睡中醒来。悲伤涌上心头。"也许我的努力并不能取悦上帝。也许他会因为我大胆地袭击安睡的人而对我生气。也许,为了惩罚我,他将用阿拉伯人的剑刺穿我儿子的心脏,我将永远失去他,我生命中唯一的安慰……我将看到他血淋淋的脸,他美丽的嘴唇上露出永远定格的微笑,他可爱的眼睛将永远闭上……不,这不可能!可真到那时候,什么神会治愈我的伤口啊?等我见到他的母亲,我该怎么对她说?我不是一个无情的野蛮人,为什么我不让他离开?难道部队没有他的帮助就不行吗?难道就不能派一些普通的士兵来完成他的任务吗?我为什么要选择毁掉马尔兹佩图尼家族最后一丝血脉?不!他必须离开这里,要不然我们就推迟即将到来的战斗……"

想到这些，马尔兹佩图尼十分不安。这时谢普赫走到他身边，把强有力的手放在他肩上。

"我们要迟到了，大公。振作起来，这里所有的士兵都和戈尔王子一样有父母。走吧！"

谢普赫的话点醒了大公。他回过神来，说："走吧！愿他们的母亲作为圣洁的殉道者的母亲而荣耀！"

大公要去格赫，想从那里带些人。谢普赫要去韦季村，如果失败了，就去切尔曼尼斯，把那里的人召集起来。他们的目的不是为了召集士兵，而是为了赢得一群人，用他们的呼喊声吓倒敌人。他们在奇金河边分开。在前往要塞的路上，大公再次想起了戈尔，但这次不是作为一个软弱的父亲，而是作为一个狂热地爱着自己祖国的士兵。

"无数像他这样的年轻人已经沦为敌人的剑下亡魂了。之所以会发生这种情况，就是因为每个王子都只顾保护自己的家族和亲人的生命，不愿共同保卫祖国。他们就像我一小时前心疼儿子的那种胆怯的想法已经让人民成为牺牲品了。但我做出了公开的承诺，许下了坚定的誓言，我怎么能违背它？我的戈尔不可能永远活着，死亡迟早会让他闭上双眼。他可能会死在某个邪恶叛徒的暗箭之下。如果他死在战场上，为国捐躯，岂不更好？与其屈辱地死去，不如让他戴上烈士的冠冕？为什么不安慰自己，我为祖国牺牲了生命中最宝贵的东西……最后，如果我的戈阿尔公爵夫人得知她儿子的死讯，会不会像古希腊人那样鼓起勇气说：'这就是我生的……'"

大公一直沉浸在这些想法里，他都没有注意到自己是怎么爬上格赫的山坡，到要塞的城墙边的。他在城门附近没有找到木槌，于是拿起一块大石头，砸向垫高的铁门。大门被砸得咣咣响，但塔楼里没人回应。大公又砸了几下,这时才听到一个嘶哑的声音。

"开门!现在不是睡觉的时候,你们这些傻瓜!敌人都打到家门口了!"大公大喊。

卫兵们很熟悉马尔兹佩图尼的声音。他们赶紧跑去找要塞守将,守将闻讯急忙打开大门。进入要塞,大公立即下令拉响警报叫醒居民。

"发生什么事了,我的大公?敌人已经逼近了吗?"守将焦急地问。

"我没时间跟每个人单独说一遍,让所有的人都到这里集合,听我讲话。"大公回答。

守将命令士兵们立即拉响警报。人们惊恐地起来,拥上大街。半小时后,格赫所有居民,包括妇女和儿童都聚集在要塞广场上。许多人都拿着剑和矛。守卫要塞的士兵也来了。大公下令点起火把,然后站在一块大石头上说:"我把很多逃走的人又带回了格赫,他们应该说了,我们奉国王之命向阿拉伯人进攻。敌人现在驻扎在韦季山谷,明天应该就会对你们发起进攻,但我决定今晚突袭他们。如果你们愿意帮助我们,我们就一定会获胜。否则格赫明天就会变成一片废墟。"

"我们什么也做不了!我们无能为力,我们没有士兵!"声音四面八方传来。

"大家安静,先听我说。"大公命令。

所有人都安静下来。

"我不是在要求你们提供军队或者武器,我是想让这里所有的人都跟着我,爬上山谷周围的山头,和我们的士兵一起大声喊叫。如果你们当中有几位勇士,希望赢得国王和王后的嘉奖,就用火把烧毁敌人的帐篷。这场战斗由我的勇士们来打，战利品属于你们。"

大公的话显然对格赫人民很奏效。尽管有些人颇有微词，但最终他的提议还是被接受了。他们只要烧毁敌人的帐篷，便能得到国王的嘉奖，这一点鼓励了很多人。于是人们组织起了队伍，没有武器的人拿起了斧头和铲子，卫兵们准备了火把。一些人用土盆和小锅盛着焦油。所有人都跟着大公的马，悄悄走出要塞。

大家放轻手脚走路，动作小心翼翼。大公骑得很慢，以便能与瓦格拉姆同时返回。但是，当他到达誓师部队的营地时，他看到谢普赫早就在等他了。谢普赫从韦季和切尔曼尼斯带来了一大群人，他们挤满了山坡上的小树林，这让他非常吃惊。所有的新到的人被分成三组，在山坡上安顿下来。拿着火把的人悄悄地接近帐篷，等待谢普赫发出进攻的信号。谢普赫会点燃第一个帐篷，然后大家就开始呼喊，誓师部队会开始战斗，击退敌人。

快天亮了，太阳从东边一点点地升起，黑暗渐渐散去。阿拉伯人还在营地沉睡。火光早已熄灭，周围一片寂静，甚至连卫兵的脚步声都听不到。显然，他们一点儿也不担心亚美尼亚人会攻击。毕竟谁敢扰乱一个有一千人的营地的安宁呢？就连别希尔帐篷前值守的卫兵都睡得很香，可能在梦中想着攻占要塞，屠杀居民和俘虏。

突然，马尔兹佩图尼的声音在山谷中响起："冲啊，我的勇士们！上帝与我们同在！"

"国王万岁！"士兵们大喊着冲向敌人。

在山岗和山坡上，人群发出了狂野的吼声，声音响彻山谷。帐篷里的人立即惊醒。阿拉伯人惊恐地冲出帐篷，整个营地陷入一片混乱。帐篷里点起的火光照亮了山丘和山坡上的人群。人群在大声呼喊，无序地到处跑动，这让人感觉正有一大群人从山上冲下来。

阿拉伯人以为他们被一支大军包围了，便急忙冲向山谷的出口。每个人都只顾自己，有马的人跳上马背，步兵在后面跟着跑。每个人都有剑，但没有人战斗。每个人都把盾牌举在头上，用以防止攻击。愤怒的别希尔跳上马背，大声指挥军队。但没人听他的话。在黑暗中根本区分不出来谁是亚美尼亚人，谁是阿拉伯人。别希尔感觉，似乎有一股巨大的力量将营地挤压在一个钳子里。他和侍卫们努力击退袭击他帐篷的人，这其中有戈尔。这位勇敢的王子希望得到最昂贵的战利品，于是想方设法前往指挥官的帐篷。凶猛的阿拉伯人举起剑，正准备劈向这位年轻人的头时，一直盯着他儿子的马尔兹佩图尼大公大喊："卑鄙的家伙！你在劈谁？"

然后他用钢剑劈在别希尔背部的盔甲，力度之大，让别希尔一个踉跄，从马背上摔下来。大公正要冲向他，别希尔的侍卫挡在大公面前，他不得不转而攻击他们。别希尔尽管身材高大，却轻巧地从士兵人群中溜了出来，骑着他的侍卫的马逃走了。阿拉伯人看到他们的首领跑了，也都飞快地跑开了。他们都只想着自己保命。

看到这一幕，山上咆哮的人群急忙拿着锄头和斧头追赶逃兵，甚至还误伤了一些誓师部队的士兵。

大获全胜。

早上回来的时候，士兵们惊讶地看到整个山谷里都是敌人的尸体。他们不敢相信这是他们干的。大公召集了士兵，清点这场以少胜多战斗的损失。他痛苦地说，他们一共损失三人，这三人在战斗中倒下了。然而，这场胜利还是太伟大、太光荣了，失去三个英雄并没有让他极度悲痛。大公、谢普赫和戈尔一起找到了这三个人的尸首，把他们安置在帐篷里。大公随后命令众人收缴战利品，掩埋尸体。

看着这些收尾工作,马尔兹佩图尼大公对谢普赫说:"记得吗,瓦格拉姆,你在加尔尼说的话?"

"说的什么?"谢普赫问。

"你说:'一朵花不能成春。'"

"是的,我记得。"

"看,怎么样?现在一朵花成春了吗?"

"愿上帝保佑,是的!"谢普赫回答,他宽广的面颊上露出了笑容。

8. 湖上的战斗

马尔兹佩图尼大公在一次成功的夜战后，派人到塞凡禀告国王，他们打着国王的旗帜取得的胜利。戈尔王子带着同样的喜讯赶到加尔尼。美丽的首领从瞭望台上看到了那面熟悉的旗帜，在要塞门前迎接未婚夫。胜利的消息以闪电般的速度在要塞上空飞过。自从丈夫和儿子离开后，一直生活在焦虑之中的戈阿尔公爵夫人，喜极而泣，紧紧抱着戈尔。城堡和要塞里的居民都围着这位年轻人，听他讲述这场胜仗的细节。然后他们一起进入教堂，为马尔兹佩图尼大公的士兵们创造的奇迹祈祷。这一天其余的时间大家都在欢庆中度过。

但马尔兹佩图尼大公还有其他顾虑。他知道，别希尔一定会为此次惨败复仇的，所以他没有浪费时间，而是开始为即将到来的战斗做准备。他把所有的战利品分给士兵和当地居民，然后前往格赫招募一支新部队。一个好运总是能带来另一个好运。这次格赫要塞的所有士兵都积极响应他的号召。能够携带武器的韦季和切尔曼尼斯的男性居民、从乌尔察卓尔到格赫避难的人都加入大公麾下。同时还有很多加尔尼的人请求休尼克公主向大公说情，让他们加入队伍。这一请求得到了允许,加尔尼的士兵们和戈尔一起匆匆赶往格赫。这样,马尔兹佩图尼大公的军队数量倍增,现在已达到五百多名士兵。

但别希尔并不打算与马尔兹佩图尼作战。这次失败和仓皇出逃令他非常愤怒,只是打败马尔兹佩图尼和他的分队并不能让他泄愤。他决定去塞凡,俘虏亚美尼亚国王。

此前不久,沃斯提坎恩瑟尔前往阿特尔帕塔坎镇压加巴沃人叛乱。他委托别希尔全权负责德温事务。就在这段时间,他竟然在马尔兹佩图尼率领的二十名士兵手中遭受了可耻的失败,这彻底激怒了别希尔。他必须用一场大胜来洗刷这前所未有的耻辱。于是他下令召集德温所有阿拉伯军队和卫队分队,甚至硬抓来一些手无寸铁的居民。他认为光是看到这样一支军队,亚美尼亚国王肯定就会害怕了。晚上,别希尔离开德温前往塞凡。由于害怕马尔兹佩图尼新一轮的突袭,他没有选择穿越格赫山,而是经过马扎兹,进入科泰克。

格沃尔格·马尔兹佩图尼在格赫要塞等待着别希尔,他相信别希尔会为他的失败报仇。

三天后,阿拉伯大军占领了格加玛湖岸边,在岛屿正对面搭起了帐篷。但别希尔完全不了解塞凡的情况,他看到眼前四面环水的岛屿,非常惊讶。

"我们要如何攻下这座不一般的要塞?"他思考着,召集军事长官来开会。一些人建议把木筏捆起来,乘木筏进入要塞。另一些人不知道湖的深度,建议用土和石头填平岛屿与岸边之间的湖水。

一位老兵则建议别希尔把湖水放掉。

"把水放掉?"别希尔惊讶地问。

"是的,两百年前沃斯提坎穆罕默德二世就是这么做的,"老兵回答,"穆罕默德连续三年围攻要塞,但始终无法攻下。他多次准备了木筏,用众多兵力包围了该岛,但亚美尼亚人用长长的铁钩子把木筏推到岩石上,在上面浇油烧掉。沃斯提坎决定尝试用武力夺取要塞,也没成功。有经验的亚美尼亚船夫从岸上将食物偷运到岛上。就当沃斯提坎失去所有希望准备放弃围攻离开时,穆罕默德军营里一位有文化的阿拉伯人建议把湖水排干。他说:'塞凡岛的海拔很高。拉兹丹河从这里发源。只要摧毁一个河岸,便可打开通道,进入最近的峡谷,把湖里的水排出去。'穆罕默德批准了这位有文化的阿拉伯人的建议。他下令立即照做。阿拉伯士兵用了几个星期挖了一条巨大的运河,水流入峡谷。我们面前的这片湖水几天内就被抽干了。穆罕默德轻松地进入了塞凡岛,占领了要塞。据说该要塞自建立以来从未被攻占过,然后,阿拉伯人屠杀了岛上所有的居民,掠夺了教堂里丰富的财物,俘虏了亚美尼亚公爵夫人……"

"我们也这么办。"别希尔打断了老兵的话,"你们谁能成功找到这条古运河,就能得到丰厚的回报。"

"那位提出意见的智慧的阿拉伯人是我的祖先。"老兵继续说,"这个故事在我们家族内部世代相传。他的后代可能会找到这条运河。"

现在我们先把阿拉伯人放一放,看看此时塞凡岛上在做什么。

一位修士发现了岸上的阿拉伯军队,那时已经是早上了。他们对阿拉伯的旗帜很熟悉,立即通知了院长和修士们,当大家上岸时,敌人的骑兵已经占领了对面的平原。誓师勇士们胜利的消息与阿拉伯人的出现完全不符,如果别希尔被打败了,那么是谁的军队来进攻塞凡呢?

国王得知这一消息后，他说："别希尔被马尔兹佩图尼打败后，决定进攻我们。"

"我们现在该怎么办？"王后惊愕地问。

"没什么。"国王轻描淡写地回答，"如果阿拉伯人驶向我们的岛，我们就打破他们的木筏，淹死他们。"

"但是怎么做呢？我们只有一百名士兵。"王后担心地再次问。

"还有一百名修士。"国王补充说，"吃人民面包的人也能为人民而战。"

"我们准备好了。"修道院院长说，"但修士们没有武器。"

"谢天谢地，这个岛上全是石头。"国王回答，"你们不需要用剑和矛来对付木筏，命令石匠在岸边收集石头就可以了。我想我们的神父会设法投掷它们，当士兵们开始投掷箭矢和用钩子拖动木筏时，修士们就向阿拉伯人投掷石头。"

"这个我们可以……"

"我们会把他们的木筏全部击沉……"修士们激烈地谈论着。

国王和岛民们还在商议，一个侍卫进来报告说，有一条船正从敌人那里驶向小岛。

"由着它，让它来。"国王下令，"一条船不会有什么危险。"

然后他离开房间，命侍卫们立即武装起来，上岸去。对教友们也下了同样的命令。当所有人都集合完毕后，国王上了岸，将士兵和修士按顺序排列，以给别希尔的使者留下深刻印象。

一艘由来自察马卡别尔德的船靠近了小岛，船由亚美尼亚人驾驶。船上坐着两位阿拉伯王子和一些士兵。他们上了岸，说是别希尔长官派使者来见亚美尼亚国王。奉国王之命，侍卫们把他们护送到国王那里，为了防止这些陌生人借机勘察这个岛的情况，国王就在岸边的一个建筑里接待了他们。

"二位给我们带来了什么消息?"国王微笑着问。

使者们低头回答:"别希尔长官委托我向亚美尼亚国王致意,并转告国王,奉沃斯提坎之命,他带着他的旗帜来占领塞凡岛,俘虏国王本人。但别希尔作为国王的朋友,想邀请国王到自己的帐篷里去,缔结和平友好协定,主动投降,把塞凡岛亲手交给沃斯提坎。否则……"使者们补充说,"长官既不会放过你,也不会放过塞凡的居民。"

这放肆的话激怒了国王,但他还是努力保持冷静,微笑着回答:"亚美尼亚的土地属于埃米尔,这一点没人否认。因此,与一个对你们来说可以自由进入的岛屿作战是没有意义的。至于我,告诉别希尔长官,我对他的问候和友好非常感动。告诉他,明天早上我将亲自去问候他,把我们的会面推迟一天,以便我可以好好准备致敬长官。"

使者们对国王谦虚有礼的回答很满意。他们调转船头,返回营地。

别希尔听到国王的回答,欣喜若狂。他以为国王是怕了他的军队,推迟会面是为了准备厚礼。

国王回到自己人那里,宣布明天要和阿拉伯人决一死战。国王的卫兵很惊讶,他们一共还不到一百人。"国王真的准备战斗吗?我们能拿那支庞大的军队怎么办啊?"他们心想。

国王察觉到士兵们的困惑,对他们说:"你们想让你们的国王被别希尔抓住吗?"

"绝不!"所有人齐声喊。

"那就准备战斗吧。马尔兹佩图尼大公带着二十名士兵都能打败别希尔的军队。你们有一百个人,难道还做不到吗?"

马尔兹佩图尼勇士的名字鼓舞了士兵们的斗志。

"带领我们战斗吧,伟大的国王!"他们热切地呼喊。

"我将与你们共同战斗到最后一口气。"国王说,然后他问修道院管事,"岛上有多少只木筏?"

"如果不算船的话,一共有二十只。"管事回答。

"明天天亮之前,把它们下水准备好。"

"天黑前就能准备好。"管事回答,然后低头离开了。

国王的计划非常大胆。用几十名士兵去对付别希尔的军队,这简直等于去送死。

修士们深知其中危险,他们请王后劝阻国王的行动。

"如果我们守在岛上反而更容易保护自己。"王后说,"我们的士兵和教友们可以应对敌人的木筏,这很容易,但我们在岛外没有优势,敌人会用箭射杀士兵,然后占领岛屿。"

"我这么做有两大理由。"国王回答,"首先是我的王室尊严。这个无礼的阿拉伯人竟敢派人向我索要塞凡岛,并称它是埃米尔的领地。他让我去和他签署和平协定,好将我俘虏。这个可恶的人被马尔兹佩图尼的二十名士兵打败了,他认为亚美尼亚国王如此软弱,竟敢向我提出如此羞辱性的提议。我必须向他证明,狮子即使在笼子里也有一颗狮子的心。我前面有马尔兹佩图尼的例子。无论我有多少士兵,我都必须打败别希尔。铁人阿绍特的勇气要是还不如马尔兹佩图尼大公,这才是耻辱。

"第二个理由更重要。生命对我来说已经毫无意义了,我不珍惜它。这一点我已经告诉你很多次了。你也知道我有权利接受死亡,所以我必须抓住机会。我想最终摆脱良心和灵魂上的无尽折磨。此外，在这场战斗中死亡可以给我带来荣耀。当然，我关心的不是自己，而是后人。我的死亡会成为他们的榜样。"

"第一个理由是成立的，合情合理，但第二个理由是不人道的。"王后回答，"如果生命已经成为你的负担，你想摆脱它，这是你的权利，但给更多的人判死刑是很残忍的。这些人如果留在岛上就可以躲避危险。为什么要在你死前把新的罪孽加到你的灵魂上？为什么要让人们不快乐，让他们的家庭失去支柱？"

"我不会允许这件事发生的。我已经权衡好了一切，我知道谁会死。在这场战斗中，寻求死亡的人将会倒下，其余的人将胜利归来。"

"奇怪的预言。"

"是的，就是这样。别希尔静静地坐在帐篷里，等着我带着厚礼去找他，并且交出自己。在得到我的答复之后，他就安心等着呢。我考虑过了。请修士们和王后都安心……"

"王后？你认为国王一心去求死，王后能安心吗？"

"我不想让你伤心，但我意已决。无论后果怎样，你都必须接受，即使当幸福与我为伴时，荣誉也是最重要的。现在我怎么能玷污它呢，我对自己只有恨！"

"啊，你太无情了……你为什么要这样说？为什么你要让我觉得，没人可以让你为之活着？"说完，悲伤的王后离开了国王，回到了自己的房间。

第二天早上，黎明前不久，木筏被放出。士兵们在国王面前练习投掷箭矢。国王把他们安排在十只木筏上，每只木筏上有七个人，任命有经验的修士做桨手。他为自己选择了一条轻巧的船，他的几个随从也坐在里面划船，然后，国王命令其余的士兵和修士观察他们的行动，并在第一时间发出信号，用长矛武装起来，登上木筏,向敌人进攻。这是为了给人一种感觉,即一支新的军队正从岛上赶来帮忙。

当太阳从艾采姆纳萨尔后面升起时,小型王室船队从岛上起航,慢慢向别希尔的营地进发。国王的船上挂着旗帜,行驶在最前面,后面是两排木筏。亚美尼亚人把长矛和盾牌藏起来以欺骗敌人。当木筏从岛上起航后,别希尔的军队就拥上岸来见亚美尼亚国王。许多阿拉伯人没拿武器,有些人甚至光着脚,穿着半截衣服。他们根本没有料到会有攻击。

此时别希尔正在帐篷里躺着,听说铁人阿绍特来了,命随从在帐篷外列队。然后他穿上富丽堂皇的衣服,戴上带有金色缨子的头巾,挎上镶金的大马士革马刀,坐在豪华的垫子上,等着客人的到来。他决定先向国王致敬,等收到国王的礼物后,就把他抓起来,送他步行到德温。"那时候,亚美尼亚人就会认识别希尔,听到他的名字便会闻风丧胆。而那个胆敢在夜间扰乱我营地安宁的卑鄙大公,就让他在德温的地牢里跪地求饶,为他的不幸哭泣吧。"

别希尔正沉浸在这些想法中,阿绍特国王带着他的士兵正向岸边驶来。岸边和岩石上聚集的阿拉伯人越来越多。国王的木筏对他们来说似乎是漂亮的玩具。

但此时国王从侍卫手中接过银弓,大声喊:"是时候了,我的勇士们!射箭吧!"

士兵们迅速拿起盾牌,拉开弓,向阿拉伯人射箭。

岸上开始了一阵骚乱。阿拉伯人措手不及,互相推搡着,跑向帐篷,但箭以可怕的速度飞向他们,箭无虚发,把他们射倒在地。正当别希尔还沉浸在自己的遐想中时,绝望的呼喊声传到了他耳朵里。他疑惑地从座位上跳起来,冲向门口。他的侍卫们面部扭曲,向他跑来。他们七嘴八舌,报告说遭到亚美尼亚人袭击。

"冲啊!拿起武器!"别希尔用嘶哑的声音大喊,拔出剑,向岸边冲去。但是当他冲进逃跑的士兵人群中时,他被迫退回到侍卫身边。他们给了他一匹马,他亮出马刀,向前冲去。

"阿拉伯人!不要退缩!不要慌乱!跟着我!前进,长矛手!敌人不多,进攻,打他!"

但跟随长官的人不多,士兵们大喊:"敌人在湖面上,长官!我们的刀枪能奈何得了他们吗?"

"冲啊,射箭!向异教徒展示你们的力量!淹死这些卑鄙的亚美尼亚人!"别希尔怒吼。

弓箭手们围着他,用盾牌围成了一个龟甲形防御阵,向岸边移动。他们戴上弓,开始射箭,但天助亚美尼亚人。太阳晃着阿拉伯人的眼睛,他们无法击中目标。他们的箭落入水中。与此同时,亚美尼亚人的钢箭刺穿了敌人的龟甲形防御阵,射掉了头盔,射进了胸部和大腿。岸边布满了尸体。别希尔顽强地抵抗着,希望最后能驱散英勇作战的王室士兵,但亚美尼亚人离岸边越来越近。这让阿拉伯人十分惊讶。突然,一面红旗在国王的船上飘扬起来。这是给岛民的一个信号。随即出现了新的木筏,它们从岩石后面出来,向国王提供援助。敌人清楚地看到木筏上摇晃的长矛,这说明他们身后有一支大军。木筏上铜盾和盔甲闪闪发光,他们来势汹汹。

别希尔的士兵们惊慌失措。别希尔安抚他们,但他的话对灰心的阿拉伯人毫无作用。他呼喊着,骑着他的马从一边冲向另一边,完全没用。整个军队陷入混乱。别希尔的一个战友走到他身边,劝说他撤退。

"亚美尼亚人似乎有大量兵力。他们现在正在转移我们的注意力，他们会发起新一轮更大的攻势。"

"我们会把他们全部打败！"别希尔大喊。

"其他人会跟着他们。我去见国王的时候，岛上到处都是军队。我们不能再打了。"亲信坚持说。

就在他们争论不休的时候，射击队放弃抵抗，可耻地逃跑了。别希尔面目狰狞地冲过去，但无法抵挡绝望的人群，他也被卷入逃跑的人群里。而那些仍在抵抗的士兵，看到他们的长官在撤退队伍里，认定他逃跑了，于是也转身撤退。撤退的人越来越多。别希尔和他的将领们与军队一起撤退了。

敌人的逃跑让亚美尼亚人士气大振。他们的木筏在波浪中前行，接近岸边。士兵们一个接一个拥上岸来，带着威胁性的喊声开始追击阿拉伯人。很快，令敌人惊恐的其他木筏也到了。木筏上有国王留在岛上的三十名士兵，还有一些修士。修士们戴着头盔，在国王的命令下手持盾牌和长矛。他们是代表军队的。因此，许多人手里拿着几支长矛。国王的行动大获全胜。新来的人也冲向了逃跑的阿拉伯人。附近村庄的亚美尼亚人也加入了他们的行列。他们屠杀了大部分零散的敌人，其余的人则逃进了山里。

来到阿拉伯人营地，亚美尼亚人收缴了敌人遗留下的丰厚战利品，从死者身上取下武器，拆掉帐篷，把它们全部运回岛上。

王后与她的女仆们屏息等待着。战斗结束后她们一起上岸，用胜利的歌声迎接归来的勇士们。

亚美尼亚人没有人阵亡，有几个人受了伤。国王下令把他们立即转移到舒适的房间，在那里接受治疗。

修士们举行了感恩祈祷，国王、王后和所有士兵都参加了。然后盛宴开始了。周围村庄的居民都参加了。

但国王很难受，脸色苍白。他提前离席，回到房间。王后很担心，于是她去找国王，看看他什么情况。

"我受伤了。"国王低声说。

"受伤？"王后大声说，"你为什么不说呢？医生在哪里？得把他找来……"

"别管了，我不想破坏胜利的喜悦，可以等明天再治疗。"国王打断了她的话。

"但你的脸色苍白，又很难受，你的伤口一定很深……"

"我难受是因为我还活着……"

"我的天啊！你怎么又说这个……"

"我怜悯我的伤口不是致命的。"

"我求你怜悯我……"王后哀求。

"当敌人的箭插进我的肋骨时，胜利已经属于我们了。我为胜利将以死亡为冠而欢欣鼓舞，我立刻拔出箭，以便我的灵魂可以随箭飞出。但可惜的是，阿拉伯人的手没能给铁人阿绍特造成致命的伤害。"

"啊，你太无情了！"王后低声说，无法忍受，便离开了房间。门口的士兵跑着去找医生。

医生检查后，仔细地清洗了肋骨的伤口，在上面抹了几滴药水，小心地包扎起来。

当王后问及伤口情况时，医生回答："感谢上帝，国王没有生命危险。"

等房间里就剩国王和医生时，他吩咐医生不要瞒着他。医生说："伟大的国王，这支箭是有毒的。伤口迅速发炎，不是好兆头。"

令医生惊讶的是，国王的脸上露出了满意的微笑。

9. 出得龙潭，又入虎穴

马尔兹佩图尼大公忙于为新的战斗做准备，他对德温几天来发生的事件一无所知。他确信，别希尔在战败后会进攻格赫，但是，他手下的士兵带来消息说，返回德温的商队在湖岸上看到别希尔的一支大军，他十分震惊。

大公猜测，他想出其不意地攻击塞凡。他要向国王复仇……国王有生命危险，得赶紧去帮忙！

大公命军队做好准备，即刻出发。他刚宣布他的意图，国王的信使就骑着马来了，带来了国王在湖上取得胜利的喜讯。

"感谢万能上帝的帮助！"大公感叹，摘下头盔，真挚地朗诵了一首大卫的诗篇①。

人民和军队都跪下来，做了感谢祈祷。这一天的其余时间都在欢乐的庆祝活动中度过，大公和他的随从以及誓师部队的士兵们都参加了庆祝活动。

当亚美尼亚人在塞凡和格赫庆祝胜利时，别希尔被失败激怒，

---

① 大卫的诗篇，即亚美尼亚史诗《沙逊的大卫》。

回到了首都。

他召集了被打散的军队，把他们整编好，决定将格赫作为邪恶之源进行攻击。他认为，马尔兹佩图尼在乌尔察卓尔。所以当他的一个将领说马尔兹佩图尼有可能发动攻击时，别希尔做出了回应："这个卑鄙的大公就敢在峡谷里游荡，他没胆量在空地上和我们正面交锋。"

别希尔穿过科泰克，进入沃斯坦，在叶拉诺斯村附近的阿扎特河岸扎营。他从那里派人到格赫，要求得到要塞大门的钥匙，他相信村民们不敢违抗他的命令。但当信使回来说被拒绝时，他非常愤怒。

"我们要塞的钥匙太重了，"这些人告诉信使，"你自己拿不动，告诉别希尔让他自己来拿。"

"所以他们在嘲笑我？"别希尔大喊。

"是的，长官，他们甚至嘲笑你的命令。"

"好！我要把嘲笑重新塞进他们的喉咙里！那些强盗有多少部队？"

"我不知道。他们不准我进入要塞，就在塔楼上跟我说话。"信使回答。

别希尔的将领们建议他回到德温，先让军队修整一下，再向格赫进军。

"这段时间我们可以打听出要塞中的军队数量。"他们说。

"不，在两次失败之后，我不能去德温。"别希尔回答，"我习惯带着胜利进入德温，这次也是如此。"

劝说顽固的阿拉伯人是不可能的，将领们不得不服从。

那是一个阴沉沉的五月早晨。深灰色的云彩遮住了天空。在别希尔看来,大自然将太阳藏在云层后面,本身就是胜利的预兆。所以他命令将领们立即排兵布阵,向格赫发起进攻。

叶拉诺斯领主执行马尔兹佩图尼的命令,已经向格赫派出使者,告知阿拉伯大军将至。

大公和他的军队正在等待别希尔的到来。

亚美尼亚人被胜利鼓舞着,于是大公决定不待在要塞里,直接去格赫山山坡上攻击敌人。亚美尼亚军队焦急地等待着信号。每个士兵都想建立军功。以前亚美尼亚人只要一想到阿拉伯人的入侵就会感到恐惧,如今这种恐惧已经不复存在。马尔兹佩图尼大公的声音赋予了他们非凡的力量和胜利的信心。

别希尔渡过德温河,朝盖赫山山坡上爬。浓雾遮盖住了山顶,根本看不到要塞,这令他大为震惊,但他什么也没对将领们说。他默默地骑着马,一根金色的缨子在他白色头巾上骄傲地飞舞着。

阿拉伯人爬到了半山腰,进入了一片浓雾之中。身边有人提醒别希尔,在浓雾中前进危险,但他没有理会。突然,传来了亚美尼亚士兵的呼喊声,就像一股汹涌的洪流,席卷了阿拉伯人。一场激烈的战斗爆发了。阿拉伯人在混乱中试图逃跑,但别希尔的喊声阻止了军队。阿拉伯人不知道亚美尼亚人在哪里,也不知道他们有多少人,他们在山坡上排好队,开始反击,但他们只有在别希尔的迫使下才会战斗。只要别希尔走到旁边,阿拉伯人就一步步退到山坡上。攻势太过猛烈,仅仅一小时,山坡上布满了尸体。很多阿拉伯人连人带马滚下了峡谷。谢普赫瓦格拉姆、戈尔王子和穆舍格老将在各自的区域作战。他们的军队把敌人越逼越远。只有别希尔和他的侍卫们在拼命反击。他们愤怒的马匹仰天长啸,向不同方向飞奔,试图踩踏拿着剑和长矛的亚美尼亚士兵。

马尔兹佩图尼大公一直在山坡上作战,看到别希尔和他的军队顽强抵抗,他爬上了更高的山坡,冲破前队,迅速冲向别希尔。

"哪里跑?卑鄙的家伙!"他愤怒地大喊,将长矛刺向他的胸膛。但长矛没有刺中别希尔的钢盾,而是滑过马身。马倒下了,别希尔跳到一边。他的士兵们包围了大公,大公命悬一线。

但这次他的儿子赶来帮助了他的父亲,他带着他的士兵们冲向敌人。

阿拉伯人进行了短暂的抵抗,然后开始撤退。别希尔跑过峡谷来到德温。他亲眼看到自己的军队被打败,只能急忙保命。这使最后一批抵抗的阿拉伯人陷入绝望。他们一步步地后退,退到山脚下,然后逃跑了。

这次马尔兹佩图尼没有追赶逃跑的阿拉伯人,因为德温离这里不远,再追可能会遇到德温的阿拉伯援军。

他召集部下,清点阵亡人数,在战场做了感谢祈祷。然后,大公策马扬鞭,向格赫出发。他的战友和军队跟着他,唱起了胜利的歌。

下 篇

1. 不安分的人

　　阿胡良河的西岸，阿胡良河和捷科尔河交汇的三角洲上，坐落着一座古城。古城南面是高高矗立着的城墙，这里是进出古城的唯一通道。东面、北面以及西面都被天然屏障所包围。东面和北面是一条深谷，河水浩浩荡荡，从谷底奔腾而过。西面的深谷和绝壁阻断了古城与外界的联通，远远向北望去，一座历史悠久的堡垒耸立于悬崖绝壁之上。八个世纪以前这里信奉多神教，曾经聚集了亚美尼亚多神教教徒的所有圣物、多神教的主要神像以及多神教神庙，这里还曾举行宗教活动和祭祀仪式。

　　这座古城就是著名的巴加兰，它由叶尔万德二世建造。除了多神教神庙外，巴加兰还因它宏伟的宫殿闻名遐迩。大祭司以及他的亲信和一大批仆人都曾住在这里。这座城市有众多的祭司和女祭司，他们占总人口的大多数。他们从亚美尼亚各地一同拥入这座城市祭祀。人们向圣火献上丰富的祭品，祭司们的神庙和宝库也日渐充实。三个世纪以来，这些神像一直矗立在这里。三个世纪以来，亚美尼亚人民一直在向它们祈祷。

　　当时的巴加兰很强大，从不惧怕敌人，铁门从未关闭过。人们住在这里就是为了祈祷和娱乐。

925年的巴加兰却是另一番景象。随着时代的变迁,古老的神庙早已消失得无影无踪,再也看不到半点儿多神教遗迹的影子。

巴加兰的山丘矗立着宏伟的教堂和风景如画的小教堂。多神教的颂词被虔诚的基督徒的祈祷所取代,人们转变了信仰,却并不像他们的多神教教徒的祖先那样幸福,他们没经历过曾经自由祥和的日子。如今的巴加兰四周都筑起了防御工事。高耸古老的城墙、幽静昏暗的塔楼和荒无人烟的阿胡良河峡谷,给人以与世隔绝的静谧和阴沉惆怅之感。

巴加兰的主人是国王的叔叔——斯帕拉佩特阿绍特。他管理着这片领地和领地上的臣民,然而他拒绝保护国王的臣民。几年前,他被沃斯提坎优素福加冕,斯帕拉佩特决定把他的侄子,也就是合法的国王从王位上赶下来取而代之。因此人民给他起了个绰号叫"暴君"。从那时起,他对不依附于他的人民的不幸漠不关心,对国王的不幸幸灾乐祸。

然而,这并没有妨碍卡多利柯斯约翰向这位被人民鄙视的暴君寻求庇护。正如我们所见,当别希尔带着一支军队向比拉坎进发时,卡多利柯斯从比拉坎逃到了巴加兰。从那时起,至圣的大主教卡多利柯斯在斯帕拉佩特的庇护下过起了安稳的日子。

一个美好的一天,格沃尔格·马尔兹佩图尼率领一支骑兵分队来到巴加兰峡谷。

他为什么要来巴加兰?

几个月过去了。马尔兹佩图尼的布置有了成效。阿拉伯人逐渐撤离了亚美尼亚人居住的省。别希尔和他的残余部队死守德温不敢离开。在马尔兹佩图尼的鼓励下,亚美尼亚王子们也纷纷起兵把阿拉伯强盗赶出了他们的领地。

整个国家充满着自由的气息,社会和谐稳定,百姓安居乐业。国王手下的士兵在国王战败后四处散去,投靠到其他王子麾下。他们听说了马尔兹佩图尼大公的胜利,而且是奉国王之命行事,于是纷纷加入他的部队。就这样,马尔兹佩图尼的部队一下子壮大到了几千人。

这让大公信心倍增。他制订了一个计划,就是要彻底把阿拉伯侵略者赶出去,从此一劳永逸稳固王位。他决定趁着沃斯提坎在阿特帕塔坎,抓住机会夺回德温,把别希尔从首都驱逐出去。

这项任务比前几次要困难得多,必须做好充分准备。他与谢普赫瓦格拉姆、要塞守将穆舍格和儿子戈尔协商,最终决定将部队留在格赫山里,那里的马扎兹、沃斯坦和乌尔察卓尔的居民可以为他们提供食物。他本人去巴加兰,劝说卡多利柯斯回到德温主教的宝座上,再从巴加兰去叶拉兹加沃尔斯,劝说国王的弟弟阿巴斯与国王和解。之后,马尔兹佩图尼想去塞凡接回国王和王后,想让国王一起参与,指挥德温之战。

正值中午,大公和他的支队经过阿胡良河,朝巴加兰的山坡上走去。山坡的起点是峡谷,终点是古城最南端的城墙。哨兵们沿着城墙巡逻。

他们骑着快马飞速前进,马具在阳光的照射下闪闪发光。看着支队行进的样子,哨兵们判断来者是友军,于是毫不犹豫地打开了要塞的铁大门。

大公直奔斯帕拉佩特的宫殿,求见卡多利柯斯。暴君阿绍特亲切地接待了他。国王是他自称的,暴君这个绰号在希拉克山谷和阿尔沙鲁尼峡谷众人皆知。

"不知道胜利者马尔兹佩图尼要来,要是知道,我就派随从去接你了。"他亲切地说。

"你顺从的仆人,光荣的大公,对这种接待已经很满意了,甚至或许他都不配这样的接待。"大公谦虚地回答。

"不配?"斯帕拉佩特急忙反驳,"应该为你戴上桂冠,竖起一座代表着荣誉与胜利的凯旋门。别希尔看见你的身影落荒而逃,德温的埃米尔听到你的名字闻风丧胆……看你把他们吓的!"

马尔兹佩图尼根本不相信斯帕拉佩特的话,他用微笑掩饰。他太清楚了,暴君阿绍特只是表面赞美,实则并不希望他获胜。

"我多希望我配得上这样的赞美,但我还差得多呢……"大公说。

"别这么说。我侄子真幸运,能有你这样的战友!"斯帕拉佩特感叹,"谁要是能给我找到一位像你这样的同伴,我愿意拿整个叶拉斯哈卓尔跟他换。"

马尔兹佩图尼用审视的目光端详着斯帕拉佩特,仿佛想看穿他的内心,消除他心里的嫉妒和仇恨。他伤心地叹了口气。

他怎么能不伤心呢?站在他面前的是斯姆巴特国王的亲弟弟。身材高大匀称,肩膀宽厚有型,声音饱满洪亮,走路铿锵有力,而这个身强力壮的人,不是国王的伙伴和祖国的保卫者,而是他们的敌人。虚荣侵蚀了他的灵魂,外国侵略者用阴谋诡计夺走了他的理智。阿拉伯人用一个有名无实的国王头衔便扼杀了他心中最崇高的感情——对祖国的爱。仇恨之心扼杀了这位勇士,泯灭了他的人格尊严。他无法称呼铁人阿绍特为国王。他叫他"我的侄子",好像要是称呼他"君主"或"国王",就会剥夺自己的国王头衔。不过,他还是赞扬了国王的亲信,努力获取信任,以便将来自己与国王发生冲突时可以将其争取到己方阵营里来。马尔兹佩图尼大公对这一切心知肚明。

斯帕拉佩特避开大公的目光,急忙询问他的来意。

"你不喜欢巴加兰,大公。显然,你来是有正事的。"他微笑着说。

"是的,我有正事。"马尔兹佩图尼回答,并说出了他的来意以及他打算恢复卡多利柯斯的地位。

"你为什么不想让我们继续庇护至圣的大主教?"斯帕拉佩特疑惑地问。

"因为沃斯提坎迟早会从阿特尔帕塔坎回来,如果他发现主教教堂是空的,他就会占领它,然后找我们为别希尔报仇。"

"这对他有什么好处?"

"难道你不知道吗?数以百计的修道院和神职人员都是靠大主教的地产收入生活的。"

"是的,这值得关注。修道院将遭受损失。"斯帕拉佩特回答。他再次审视着马尔兹佩图尼,感觉大公有一些秘密计划没说。

大公没继续补充,防止说出什么不该说的。

"我可以见至圣的大主教吗?"大公问。他确信卡多利柯斯就在斯帕拉佩特宫里。

"当然,但我希望你先休息一下。去他那路途遥远且艰辛,你可能会很累,尤其是现在太阳非常大。"

"他不在你宫里吗?"大公惊讶地问。

"不在。"

"那么,是在某个百姓家里吗?"

"不,他在堡垒里。"斯帕拉佩特微笑着回答。

"堡垒？他在那里做什么？"马尔兹佩图尼高声说。

"自打你率队去追击阿拉伯人，至圣的大主教就一直待在堡垒里。他甚至不相信我的军队能保护他。"

"这就是被上帝赐予教职的人！"大公嘲讽地说。

他抬头看了看远处的堡垒，堡垒像个威严的巨人一样矗立在山头上，他问："王子，你命令谁陪我去？我想马上见到至圣的大主教。"

"如果你同意，我的侍卫长会和你一起去。"斯帕拉佩特回答。

大公向他们表示感谢，然后与他的随从和向导一起走向堡垒。这条路需要越过岩石山丘，穿过蜿蜒的峡谷，即使是一小群人也很难通过。大公和他的同伴们彼此相随，排成长长的一队。

此时，卡多利柯斯与一位主教正站在堡垒的阳台上。一幅幅壮观的自然景象呈现在眼前，但他根本无心欣赏风景。

眼前的景色壮丽优美。这里东北部是四座山峰耸立云间的阿拉加茨山，南部是挡住了远处地平线和叶拉斯赫河谷的卡普伊特山，还有阿尔沙库尼峡谷。在他面前还有美丽的巴加兰，这里有富丽堂皇的宫廷建筑和教堂圆顶。阿胡良河水流湍急，在岩石间穿梭，如同维沙普在要塞周围奔腾而过，气势磅礴。威严的悬崖峭壁悬于深渊之上，但眼前所有这些景色都没法吸引卡多利柯斯，他只注意到一件事：一支分队正沿着盘山的岩石道朝山上走来。

"他们是谁？这么热的天他们爬上堡垒做什么？"卡多利柯斯心想。

就在此时这支分队已经爬到了要塞的斜坡上。再走几步，就能看到士兵了。

他们迈着坚定的步伐朝堡垒的大门走来，卡多利柯斯认出了马尔兹佩图尼大公,大声说:"是他!就是他!他来这里做什么?"

"是谁,至圣的大主教?"主教问道。

"是他,那个不安分的人,永远都坐不住。"卡多利柯斯故意压低声音,似乎害怕他的声音会传到要塞脚下。

"他是谁?"主教再次问,从座位上站起来,看到底是谁来了。

"马尔兹佩图尼大公。他肯定会给我们带来不幸的消息。"卡多利柯斯说,担心他的到来会打破他平静的生活。

"为什么一定是不幸的消息呢?"主教问。

"我不知道,我感觉的。"卡多利柯斯回答,然后继续向前走。

几分钟后,吱呀一声要塞的铁门打开了。铁门位于两座塔楼之间,前面有一座巨大的堡垒。带有射孔的高墙让这座堡垒更加坚不可摧。大公看着这些防御工事,不自觉地笑了。

"如果一个人对自己的生命如此战战兢兢,我还有可能把秘密托付给他,或者要求他无私奉献吗?"他想了想,心情很压抑,大步向前走去。

卡多利柯斯用爱和祝福问候大公,让他坐在自己身边,称赞他的功绩。

"我想向我们的王子们和你证明,至圣的大主教,完成伟大的事业不在于力量。一个人若想拯救祖国,不能总是被动地等着机会降临,不能指望着依靠王子们的帮助。而是应该相信上帝,依靠自己的力量,无私地爱自己的祖国。我已经证明了这一点。现在轮到你以我为榜样。"大公说,他想抓住卡多利柯斯的话把儿。

"该怎么做呢?"卡多利柯斯惶恐地问。

"我们每个人都必须履行自己的职责。"

"什么职责呢?"

大公简单地跟他讲述了他的计划。他打算夺回德温，希望卡多利柯斯能回到大主教的宝座上。

"你想夺回德温吗？"卡多利柯斯惊讶地问。

"是的，越快越好。"

"你不怕激起伟大的埃米尔和强大的阿拉伯人的愤怒吗？"

"埃米尔对我们来说算什么？我们有自己的国王！"大公激动地大声说。

"但德温被埃米尔占领了，他还占领了沃斯坦、恰卡特克、察格科特的大部分地区，甚至把察格科特归入了占领的图鲁别兰。"

"这意味着，所有这些土地都是这个可恶的阿拉伯人的财产？"大公气愤地问。

"暂时是的。"卡多利柯斯平静地回答。

"不，绝对不是！"大公大声说，"亚美尼亚的土地是属于亚美尼亚人的。德温是霍斯罗夫国王的杰作。恰卡特克、科科维特、察格科特都是我们王室的土地。图鲁别兰是马米科尼扬家族的财产。所有这些省我们都有完整的史料记载。谁能否认这一点？你在写亚美尼亚的历史。你怎么能为一个卑鄙的阿拉伯人作证？如果亚美尼亚历史学家霍列纳齐①的灵魂现在出现在这里，你也敢这么说吗？"

"我刚刚说的是，暂时是的……"

"不！不是暂时不是，以后也不会是……"大公打断了他的话，"阿拉伯人应该在阿拉伯统治，而不是在亚美尼亚。"

"那就这样吧，我不打算反对。"

---

① 莫夫谢斯·霍列纳齐，亚美尼亚著名的历史学家，学者，作家，著有《亚美尼亚史》。

"那就这样吧,至圣的大主教,如果你不拒绝我的请求。"

"什么请求?"

"我已经告诉你了,你必须回到大主教的宝座上。"

"回德温?"

"是的。"

"这对你有什么好处?我不是士兵,我也没有军队帮你。如果你打算依靠自己的力量夺回德温,那就去做吧。把德温从阿拉伯人的手中解放出来,然后我就会带着内心的祝福,回到我的宝座上。"

"原谅我,如果你愿意,就请立即回到德温去,趁着现在沃斯提坎不在德温。在我军队围攻德温之前回去。"

"最后向我解释一下,我回去有什么用?"

"你在这座堡垒里,告诉你这个秘密不是很危险吗?"

"不,如果你能说服我离开,我马上就离开这里。"

"很好。至圣的大主教,你回去对我的好处是,我在德温城内需要忠诚的内应。现在别希尔严防死守,我的人根本进不去。但你可以毫无阻碍地回到宝座上,这甚至可以满足沃斯提坎的虚荣心。那时一些忠于我的人将随你一起进入德温……"

"德温是不允许外人走城门进城的。"卡多利柯斯打断了他的话。

"我知道,他们会乔装成修士进城。"

"我的天啊!你这是把沃斯提坎的剑架到我身上!"卡多利柯斯大声说,吓得脸色苍白。

"不要担心,至圣的大主教。我不会让沃斯提坎伤害你的。"

"你的人要做什么?"

"他们会从主教教堂里挖一条秘密通道到城墙上。"

"不，不！我不会参与此事。那位命令我们'上帝的归上帝'的人也命令我们'恺撒的归恺撒'。"卡多利柯斯坚定地说。

"谁是你们的恺撒？"大公问，气得浑身发抖。

卡多利柯斯没有回答。

"你们有一个必须尊重的国王，那就是铁人阿绍特。"大公继续说，"阿拉伯人无权进入这个国家。他们是侵略者，是强盗。称呼他为恺撒的亚美尼亚人是叛徒，而叛徒应该被士兵第一个处死，这是正义之举。"

"我正在逃离暴君的复仇。"卡多利柯斯说，"而你们却派我去迎接它。我的死对你有什么好处？"

"不要说'你'，说'祖国'。如果你认为你回去是去送死，那你应该高兴。像格翁德士兵一样，这样死总比死后什么也没留下好。"

大公的话不但没引起卡多利柯斯的愤怒，反而令他感到难堪。

"加入格翁德？"卡多利柯斯说，"我想配得上这份荣誉，但我配吗？"

"有愿望就能做到，眼前就是机会。勇敢点儿，把这短暂的生命看轻点儿。做好你对弟子的宣讲，你的记忆将被世代祝福。"

"我在德温应该做什么？"卡多利柯斯问。

"你要保护在你精神指引下住在主教教堂里的士兵们，他们会在夜里执行任务。"

"那如果有叛徒呢？"

"那么会有几个人牺牲，也许包括卡多利柯斯。但这些牺牲是必要的。"

"这很难做到。"

"还有什么能比为祖国而死更容易、更愉快的事呢。"

"对于一个英雄和一个献身于祖国的人来说是的,但……"

"我知道你并不勇敢,至圣的大主教,但你爱你的祖国,你不会否认这一点。"

"那就照你的意思办吧,亲爱的大公。如果上帝让我死,我就坦然接受。我不会被当作苦难圣徒,这点我知道。但至少等我死后不会受到诅咒。"卡多利柯斯坚定地说。

"上帝保佑你平安,至圣的大主教。命运已经帮助过我们了,这次我们也会成功的。"

"拭目以待,也许上帝会听到虔诚教徒的祈祷。"

大公站了起来,伸手握住卡多利柯斯的手,向他表示感谢,问他打算什么时候离开巴加兰。

"如果有必要的话,就明天吧。"大主教回答。

"每一天都可能给我们带来无法弥补的灾难。"

"那么在一两天内,如果斯帕拉佩特不留我的话。"

"斯帕拉佩特?对啊,我怎么把他忘了,至圣的大主教,我们这次谈话你一个字都不要告诉他。"

"那我怎么说我为什么要离开巴加兰?"

"我已经告诉他了。你要去德温,解放主教教堂。"

卡多利柯斯很满意这个理由,他同意第三天和大公一起离开巴加兰。大公必须准备好士兵,在茨年多茨森林里与卡多利柯斯会合,和他一起去德温。

当天,马尔兹佩图尼告别了斯帕拉佩特,出发前往格赫。

2. 三个方向

马尔兹佩图尼大公刚离开巴加兰，斯帕拉佩特就上了堡垒，询问卡多利柯斯大公的真正来意。他断定卡多利柯斯会隐瞒此事，于是决定采用迂回的方式。

"我不同意大公的意图，"他没问大主教任何问题，自己说了起来，"你绝不能成为这个人手中的工具。"

"怎么会，你已经知道他的意图了吗？"卡多利柯斯老实地问。

"他本想瞒着我，但我迫使他向我透露了他的计划。"

"他还警告我……"

"不要告诉我任何事情？"斯帕拉佩特接了他的话，狡猾地笑了。

卡多利柯斯焦急地看着他，不知道该说什么。

"别隐瞒了，至圣的大主教，他都跟我坦白了。不要以为是我的晚餐和酒让他松了口。不是的，是我承诺会派军队去帮他，他的事业需要我的支持。"

"你会信守你的承诺吗？"卡多利柯斯十分欣喜。

"当然，为了祖国的福祉。"

"祝你健康长寿。这样卡多利柯斯就可以不用参与到这可耻的事中来了。两年前你们一起拿下德温,现在你们也要拿下它。"

"可耻的事?不,你绝不能这样做,我不允许你这样做。"

"我会为你和大公祈祷。我会恳求上帝让我们的军队立于不败之地,但我不能在主教教堂里搞阴谋……"

"难道大公委托你做这个?"

"把士兵们藏起来。士兵会伪装成修士,住在主教教堂里,在那里挖一条秘密通道。这可能吗?"

斯帕拉佩特就想知道这个,他成功了。

"不,你不必这样做。我不会让亚美尼亚卡多利柯斯成为阴谋家的。我的手还很有力,它将代替你行动。我会把我的军队和大公的军队联合起来,我们将用武力夺取德温。我也是这样告诉他的。"

卡多利柯斯就等着一个借口来收回他的承诺,他现在喜出望外。他向斯帕拉佩特详细讲述了他与马尔兹佩图尼大公的谈话。

暴君阿绍特再次让卡多利柯斯放心,心满意足地回到了宫殿。

"不,你的计划不会成功的,马尔兹佩图尼大公!"他兴高采烈,在宏伟的大厅里踱来踱去。你想让一个已经被活埋在塞凡的国王复活,你想让他登上王位,合法的国王不会允许这件事发生的。如果亚美尼亚人民想要和平,就让他们承认我。我是亚美尼亚王位的继承人。首都的军队、谢普赫军团、宫廷的分队都在我的统治之下……如果阿绍特是铁人,他为什么要在塞凡当修士?他为什么不赶走他的敌人?你想夺走我的荣耀,把它交给一个隐士吗?不,我的朋友,我们生来就不是为了第二次蒙羞的。这不是我们一生征战的原因,这不是我们获得权杖和王冠的原因……我们的王冠不会被藏在修道院的单间居室里,它将在全世界面前闪耀。合法国王的事业将被所有人看到，它们将被历史见证。"

暴君阿绍特回到自己的房间，叫缮写员拿来墨水和羊皮纸，坐下来写信。显然，这是机密信件，因为他没让缮写员写，而是自己用阿拉伯语写的。

写完暴君阿绍特盖上国王印章，交给缮写员把信封好。然后，他叫来一名忠诚的士兵，把信卷交给他，命他在三天内送达。

"我的主人，三天到不了阿特尔帕塔坎……"

"三天内把这个信卷送到。"斯帕拉佩特重申。

信使没有回答，低头鞠躬后出去了。

在美丽的叶尔万达克尔特附近的阿尔沙鲁尼峡谷东坡，阿胡良河流入叶拉斯赫河的地方，覆盖着一片茂密的森林。森林从卡普伊特山山脚一直延伸到叶拉斯赫河畔。

这里生长着巨大的橡树、雪松和杨树，高耸入云。白天，它们遮挡住了太阳的光线，而到了晚上，它们又形成了难以穿透的阴暗。这就是著名的茨年多茨森林，由叶尔万德国王种植，用于王室打猎。聚集在这里的野兽成倍增加，但国王的猎人不再猎杀它们了。与外敌的战争、无休止的动荡和内乱让王子们没有心情从事这项娱乐活动了。只是偶尔有打猎的村民会来打上几只，或者逃兵的长矛不小心会击中野兽。长期以来，这片森林一直是阿拉伯强盗的巢穴。然而，最近一段时间，这些团伙也从这里消失了。他们的窑洞里现在住着一帮亚美尼亚士兵，他们驱逐或杀掉了部分以前的主人。士兵们在这里打猎觅食，守卫着通往德温山谷的道路。

这些人是马尔兹佩图尼的使者，他们在这里等待着卡多利柯斯，准备乔装成他的随从，一起前往德温。但日子一天天过去，卡多利柯斯并没有出现。为了打发无聊的时间，他们玩起了战争游戏,挖了一条秘密通道,运送军用物资。

就这样过了一个星期,巴加兰仍然没有消息。

这时马尔兹佩图尼在哪里呢?

他正在叶拉兹加沃尔斯,在国王的弟弟阿巴斯那里。他想拿下德温,决定求助于阿巴斯。大公想先让他与国王和解,然后向他寻求帮助。

当时阿巴斯住在他的父亲斯姆巴特国王建造的宫殿里。他身材高大,肩膀宽阔,英俊潇洒。他比国王年轻,以审慎和稳重著称,以谦虚和美德闻名。他谴责他的哥哥,认为他的不道德行为玷污了从父亲那里继承的王位。有一次,他的岳父阿布哈兹古根和他的叔叔暴君阿绍特利用兄弟不和,劝说阿巴斯加入他们的阴谋,推翻国王统治。众所周知,这个阴谋失败了。阿绍特不想找他弟弟报仇,于是毁掉了阿布哈兹古根的国家,这进一步加剧了阿巴斯的不满。然后,国王把矛头指向了暴君阿绍特,暴君阿绍特却虚伪地与他和解了。阿巴斯并不想和他哥哥和解。他住在叶拉兹加沃尔斯,不参与任何事情。他甚至拒绝了马尔兹佩图尼提出的与王子们结盟的要求。即使是现在,大公对赢得阿巴斯的帮助也不抱什么希望。他只能指望最近的胜利让他更有底气和阿巴斯对话。

但这一次,大公发现他有了很大的变化。阿巴斯不仅接受了大公提出的与他哥哥和解的建议,而且还准备把军队交给大公。

"我为你的胜利感到惭愧,"他坦诚地承认,"当我听说你带着二十名士兵在乌尔察卓尔攻击别希尔,在格赫要塞击败了他的军团,我就发誓要加入你。在叶拉兹加沃尔斯这里,我有一支常备军,无论你想去哪儿,都可以带领它。我将向国王伸出援助之手,以适当的荣誉在这里迎接他。"阿巴斯补充说,"他是否愿意离开塞凡，由他自己决定。"

"如果他知道你向他伸出了和解之手，他会非常乐意返回首都的。"

"是的，我已经决定与他和解。我已经原谅了对国王来说是不可原谅的弱点。我原谅他了，但我担心他仍然不愿意回到叶拉兹加沃尔斯。我衷心希望看到他回到王位上……就像我希望不快乐的王后能得到安慰一样……"

马尔兹佩图尼感受到阿巴斯话语中的温暖和柔情，很是惊讶。他发生了什么事？他是否已经悔悟不该跟哥哥争吵，还是自己的背叛一直折磨着他的心？

"我会去找国王，请他以自己和你的名义和我返回首都。"马尔兹佩图尼说，"希望他不会拒绝我们的请求。"

"我和你一起去。"阿巴斯说。

"你，伟大的王子？"大公惊讶地问。

"你感觉很奇怪吗？"

"不奇怪，理所当然，只是我不知道……十分出乎意料……"

"为什么出乎意料？"

"你的心软让我意外，我之前以为你的心那么硬。"

"大公，要忘记自己的亲哥哥是很难的。"

"而且我想补充，忘记是不可能的。"

"国王给我送来了一份手写信……"阿巴斯打断了他的话，悲伤地垂下眼帘。

"一封信？"大公很惊讶。

"一封悲伤的信，让我非常难过。"

"他写了什么？为什么他的信会让你难过？"大公迅速问。

"他生病了。"

"病了？什么病？"

"他在湖边的战斗中受伤了。"

"这我不知道。"大公担心地说。

"是的，他被毒箭所伤。据说，医生已经束手无策了。"

"啊，这太不幸了！"大公激动地说，"我们绝不能把他留在塞凡。我们要赶快把他带到这里。"

"我们明天就出发。"

"能否让我看一下国王的信？"大公迟疑地问。

"你是王室忠实的朋友，我们对你没有秘密。"阿巴斯肯定地回答，"就在这里，快读吧！"

说完他走到箱子前，拿出一个信卷，交给了马尔兹佩图尼。

信的内容如下：

亚美尼亚不幸的国王阿绍特向他心爱的弟弟阿巴斯王子问好！

亲爱的兄弟，上帝之手已经触摸到我了。上帝对我所犯的罪行进行了严厉的惩罚。我亲眼看见了我的国家毁灭，亲眼看到身边亲人离我而去，亲眼见证了我王冠的光芒变得黯淡。

我不知道自己是否罪有应得，我只知道，上帝不会做不公正的事。我尊重他的圣意，感恩他赐予我的怜悯。我很快就会离开这个世界，不再受苦，解脱的时刻指日可待。在与别希尔的战斗中，我寻求死亡，但只得到了一个伤口。这个伤口将长期折磨我，提醒我的罪孽，不仅折磨我的身体，而且折磨我的灵魂。当然，这是上帝的旨意，我为之祝福。但我的医生已经束手无策，他预见到我即将死亡，所以我赶紧求助于你。我亲爱的弟弟，请求你赶紧给我带来和解之吻。我已经决定死在塞凡岛。你要把我的身体带到巴加兰，把它埋在我们祖先的墓穴里，但我的灵魂必须在这里，留在我忏悔的地方。这是我的心愿。所以，请答应我最后的请求。

我并无子嗣，我死后你仍然是我王冠和王位的继承人。但我希望你不是作为敌人，而是作为兄弟来继承王位。给我一个兄弟之吻，从我手中接过合法的王位。同时，我有遗嘱要给你，我只能委托给你，我唯一的亲人！

看完信后，大公情绪十分激动。

"你是什么时候收到这封信的，伟大的王子？"

"三天前。"阿巴斯回答。

"你还在犹豫？"

"我很犹豫，我很痛苦。如果国王只是说要和解，我会立刻去找他。但他写信说我应该继承王位，我感到压力很大。他可能认为我是为了利益去找他的。"

"你的犹豫可能会给他带来更多的痛苦。"马尔兹佩图尼说，建议他赶快出发。

几天后，阿巴斯王子和马尔兹佩图尼大公离开叶拉兹加沃尔斯，前往塞凡。一千名全副武装的士兵随行。

为了鼓励周围的居民，他们没有途经希拉克去古加尔克，尽管这是最短的路线，而是向南走，到了阿拉加茨山山脚下，穿过尼格和瓦拉日努尼克省。每经过一个村庄和村落，他们就会吹响号角，迈着胜利的步伐行进。人们欢天喜地迎接他们，向国王的旗帜鞠躬，热情地招待士兵。

看到这一切，阿巴斯兴奋地对马尔兹佩图尼说："人民的精神力量如此之大，为什么我们这些王子却如此软弱？"

"因为自己的小算盘消耗了你们所有的精力，因为你们只顾着自己。"大公回答，"而人民是强大的。人民是一股洪流，当它汇聚时，可以摧毁高山，可以推倒一切障碍。但我们没有一个信任人民的人，没有一个激励人民的人。"

"谁能成为那个人呢？"阿巴斯问。

"一个愿意为国家牺牲自己的人。"大公回答。

"我知道这个人是谁？"

"他是谁？"大公变得兴奋起来。

"这个人就在我面前……就是你。"阿巴斯笑着说，并伸出手来，补充说，"另一个人即将加入你，他将是你忠实的、不分彼此的战友。"

"还有我的主人！"马尔兹佩图尼激动地说，热切地握住阿巴斯的手，"从今天起，一个新的太阳将会升起！它将会温暖冰冷的心，带领人民走向光明！"

国王的弟弟阿巴斯和马尔兹佩图尼从北部进入休尼克省，同一时间该省的南部也有事件发生。沃斯提坎恩瑟尔从暴君阿绍特的信中得知，战胜阿拉伯人的马尔兹佩图尼要向德温进军。于是他立即集结军队，从阿特尔帕塔坎的波斯人中组织了众多支队，进入瓦斯普拉坎。他决定先占领瓦斯普拉坎的几个村庄，但他被加基克·阿尔茨鲁尼的军队打败了。恩瑟尔不想与加基克国王交战，这会削弱他的兵力，于是他离开了瓦斯普拉坎，迅速穿过叶拉斯赫，进入休尼克省。他知道该省的两位统治者现都被囚禁在德温。只剩下一个斯姆巴特王子，斯姆巴特王子当然不敢对抗他。闯入叶雷贾克省后，恩瑟尔向叶雷贾克要塞进发，决定占领要塞、屠杀百姓，并打

295

算消灭通往德温的路上的所有居民。

然而，令他出乎意料的是，他竟然在达尔夫山中遇到斯姆巴特王子和他的军队。

马尔兹佩图尼作为榜样鼓舞了亚美尼亚的王子们，他们都准备好了防御。勇敢的斯姆巴特王子就是那一批人的其中之一。

当时斯姆巴特王子在叶雷贾克，他得知恩瑟尔的军队通过叶拉斯赫后，立即率军向敌人进发。两军在达尔夫峡谷相遇。王子率军在山坡上安顿下来，派信使给恩瑟尔送信。

"上帝的惩罚之手把你带到这个峡谷里。你欺骗了我的兄弟们，在这里你将为他们的痛苦受到惩罚。你的军队已被我的勇士们包围。除非我愿意，否则没有一个敌人可以活着离开这里。为了拯救你的军队和你自己，我建议你回到德温后，立即释放我的兄弟。我要求你以书面形式宣誓，并从你年长的王子中挑选人质。否则，达尔夫峡谷就是你的军队的葬身之地。"

事实上，阿拉伯军队面临着巨大的危险。休尼克人把他们逼入一个狭窄的峡谷里，叶雷贾克河从这里流过。峡谷的两边都是山，完全被休尼克人占领。他们来势汹汹的样子和峡谷的位置使阿拉伯人感到害怕。他们看到，亚美尼亚人可以向他们投掷石块，一小时内便可将他们摧毁，他们无处可退。

沃斯提坎在权衡了形势和看到敌人的实力后，采取了卑鄙的手段。他接待了王子的使者，接受了所有的条件。王子来到沃斯提坎的营地，与他进行了友好的交谈，在收到人质和誓言后，护送恩瑟尔到叶雷贾克边界，同时向他赠送了宝贵的礼物。沃斯提坎经过纳西杰万，进入沙鲁尔和乌尔察卓尔，这两个地方是他的庄园。在乌尔察卓尔，他洗劫并摧毁了所有的亚美尼亚村庄，以报复他们对马尔兹佩图尼的帮助。等回到德温后，他不仅没有释放休尼克王子，反而下令更加严格地看管。

此外，恩瑟尔从别希尔那里了解到阿拉伯人遭受了巨大损失。为了补偿损失，他立即占领了主教教堂。在他看来，一切罪恶的根源在于亚美尼亚卡多利柯斯。如果他不逃跑，阿拉伯人就不会有理由与马尔兹佩图尼和国王的军队对抗。恩瑟尔把他的仆人安顿在主教教堂，没收了教会的所有的财产，这些财产是数百名教会教友的生活来源。

斯姆巴特王子得知这一切后，十分后悔放走这个背信弃义的人。他发誓有一天要为恩瑟尔给乌尔察卓尔人带来的不幸报仇，并在上帝的帮助下解放主教教堂、救出他的兄弟。

…………

在巴加兰要塞里，卡多利柯斯和暴君阿绍特正在交谈。卡多利柯斯为亚美尼亚教会失去财产感到痛心，阿绍特正在安慰他。

卡多利柯斯悲痛欲绝，非常悔恨。

"如果我听了马尔兹佩图尼的话，如果我信守承诺，主教教堂就不会被攻占，我们就不会失去教会的财产。"他对暴君阿绍特说，语气中带着责备。

"恰恰相反，我把你从耻辱和不可避免的死亡中解救出来。"暴君回答，"你已经从沃斯提坎那里逃脱了好几次了。这次你就算回去也消除不了他的愤怒。他迟早会把你关起来，也许会把你关在地牢里……马尔兹佩图尼的计划只会给你带来羞辱和死亡。"

"我已经蒙羞和死亡了。"大主教回答，"如果我任凭他们抢走教会之父留给我的圣物，我还有什么权利活着并自称卡多利柯斯？"

"这不是因为你软弱，而是因为那个自称是亚美尼亚国王的人无能，他只会自己躲在塞凡。如果一个拥有武器和军队的国王都逃避敌人，还能要求一个唯一的武器是祈祷的修士做什么呢？"

"啊，但愿我的人民也这么想……但他们会把一切都归咎于我。那个不安分的大公会向人民告发我的。"

"马尔兹佩图尼？"

"是的，我很怕他。等他回到这里时，我该怎么跟他说？"

"你什么都不用说。他是谁？他有什么权利指挥你？"

"他是国王的亲信，他代表国王行事。他给了我很好的建议，我却没听……"

"至圣的大主教！你想避免和他发生不愉快的谈话吗？"暴君阿绍特突然问。

"我想，但能怎么避免呢？"

"离开巴加兰。"

"去哪里？在阿拉拉特已经没有我的位置了。"

"你不仅是阿拉拉特的卡多利柯斯，而且是所有亚美尼亚人的大主教。无论你的宝座在哪里，亚美尼亚人都有责任去尊重它。"

"可我能去哪里？现在谁会保护我？"大主教悲伤地说。

"那个不止一次邀请你并希望保护你的人，但你总是拒绝他的请求……"

"谁？"卡多利柯斯问，不明白说的是谁。

"加基克国王。"

"加基克国王？"卡多利柯斯突然惊呼，面露喜色。

"是的！去找瓦斯普拉坎的加基克·阿尔茨鲁尼。他将是你的保护者和庇佑者。如果你不愿意住在首都，你可以住在阿克达马尔岛[①]。国王已经在那里建造了一座坚不可摧的要塞、一座城堡和一座宏伟的教堂。在这个岛上建立你的宝座吧,在亚美尼亚的中心地带!把神职人员聚集在你身边,在那里传播基督的信仰,平静地度过你的晚年!"

暴君阿绍特的话打动了卡多利柯斯。他抓住他的手,热切地握着,激动地说:"上帝没有抛弃我!他借你的嘴跟我说话,给我指了一条救赎之路。我感谢你,非常感谢你。只要我活着,我就会永远祝福你。我就去瓦斯普拉坎,隐居到阿克达马尔岛,在那里我将远离世俗事务,平静地生活。亚美尼亚大主教的宝座将在那里牢不可破,我的继任者将祝福你,因为你为在一个安全的地方建立启蒙者的宝座做出了贡献。

"在那里我将召集新的神职人员,把门徒聚集在我身边,在阿克达马尔岛上点燃信仰的火把……我在世间已经流浪了如此之久!现在是时候让我找到一个角落好好休息了……"

"在那里你将完成你的作品——亚美尼亚的编年史。"暴君阿绍特提醒他说。

"是的,是的,我的作品,它还没有完成……如果我完成,我会归功于你!"卡多利柯斯激动地说。

大主教高兴得像个孩子。他认为,他的苦难已经结束了。

几天后,卡多利柯斯约翰和亲信们离开了巴加兰,前往叶拉斯哈卓尔。

在茨年多茨森林中等待他的亚美尼亚士兵们,远远地注意到了卡多利柯斯和他的随行人员,于是把自己乔装成修士。就这样,当

[①] 阿克达马尔岛是凡湖上的一个岛屿。

卡多利柯斯进入德温时，一大批修士将为主教的随行人员增添光彩。士兵们得知沃斯提坎已经占领了主教教堂，只是在寻找机会抓捕大主教，非常沮丧。这就是为什么他不能回到他的宝座，也不能留在巴加兰。他决定去瓦斯普拉坎寻求加基克国王的庇护。这个消息打破了他们的计划和希望，他们悲痛地与卡多利柯斯分开。

士兵们回到了格赫。根据谢普赫瓦格拉姆的命令，他们从那里前往塞凡，向马尔兹佩图尼大公报告消息。

卡多利柯斯安全地越过叶拉斯赫，经察卡特克往下走到巴格列万德，经过科科维特，最后进入瓦斯普拉坎。在边界处卡多利柯斯一行人受到加基克国王武装军队的迎接，他们被隆重地护送到阿尔兹鲁尼的古都——凡城。瓦斯普拉坎人民隆重地迎接卡多利柯斯，加基克国王和他的王子们在离首都几帕拉桑①的地方迎接他。加基克国王的喜悦无以言表。

全亚美尼亚的大主教宝座从此将在加基克的国家，这对他来说是一个巨大的荣誉。

我们先把卡多利柯斯留在加基克·阿尔茨鲁尼的国家，现在回到塞凡，去看看阿绍特国王。

---

① 帕拉桑是波斯的长度单位，相当于18750米。

3. 和解的成果

此刻整个塞凡岛都陷入了悲伤的气氛中。国王的精神状态不佳，未愈合的伤口在一天天侵蚀着他的健康。尽管有王后的细心照料和医生的全力救治，可他不仅没有好转，反而一天比一天消瘦，脸色愈发苍白。他强壮的身体日渐虚弱，就像一棵强大的橡树，它的根被虫子吃掉了……他变得沉默寡言，不愿见人，只在孤独中寻求平静。

医生在征得王后的同意后，建议国王留下遗言，准备与世界告别。

医生的建议很巧妙。他知道国王的伤口是致命的，但也没那么快会死。为了不让他继续自己折磨自己而过早死去，国王需要住在王宫里，在他所爱的人中间，履行他的职责。

医生的计策很成功。国王欣然接受了他的建议，给他的弟弟阿巴斯写了那封我们知道的信。

一个天朗气清的日子里，湖岸边布满了军队。国王从他的城堡窗口看到军队上岸，起初以为是别希尔回来复仇。心里的警报如沉重的石头，压得他喘不过气来。但当他看到在岸边飘扬着国王的旗帜时，他的焦虑被喜悦所取代。

"是马尔兹佩图尼，我勇敢的、忠诚的大公。"他低声说，迅速离开房间，爬上塔楼。

王后遇到了他。她看到国王展露笑颜，很是惊讶。她已经很久没有看到他这么精神了。怎么了？会不会是精神疾病的征兆？

这些想法在王后的脑海中闪过。但当国王告知她马尔兹佩图尼大公来了，这些想法瞬间消散了。

没有什么能比大公意外的到来更让这位被放逐的王后高兴的事了。她厌倦了长久以来的孤独，国王的病也令她非常沮丧。她需要一个朋友来分担她的忧愁。这个朋友来了。她还知道，马尔兹佩图尼，一个充满生命力和力量的人，可以用希望和愉快的心情激励国王。她和国王两人一起上了塔楼，从那里看到了即将到来的军队。

湖的对岸有许多公爵事先准备好的木筏和小船，可以容纳几百人，整个船队向岛上移动。

第一艘船上坐着马尔兹佩图尼大公和阿巴斯王子及其随从。一面王室旗帜在船头飘扬。马尔兹佩图尼在胜利的光辉中归还了这面旗帜，感到非常高兴。他想起了他从国王那里接过这面旗帜时的不安，也很高兴阿巴斯与他同行，与国王进行兄弟的和解。阿巴斯的帮助可以确保大公新计划的顺利实施。

但阿巴斯一心想着其他的事情。在去见国王哥哥的路上，过去的记忆在他脑中不断闪现，他感到十分不安。他想起了自己的童年，在叶拉兹加沃尔斯的宫殿里，在游戏和娱乐中度过，与他的哥哥阿绍特和穆舍格形影不离。他回忆起自己年轻的时候，那时他和他的兄弟们时刻准备履行保卫祖国和与敌人作战的崇高职责。他回忆起自己的青年时代，那时已经是王位继承人的阿绍特在战斗中大获全胜，他和穆舍格全力辅助他，不愿与兄弟分离，并宣誓他们的情谊长存，永远忠诚于彼此。然后，他回忆起在尼格省与叛徒加基克·阿尔茨鲁尼的战斗。在这场战斗中，他们像狮子一样战斗，但由于逃离战场的谢沃德人的背叛而战败，穆舍格也因此被俘。有那么一瞬间，他心中的宿怨爆发。他想起了阿绍特和谢沃德公爵夫人的爱情故事……有那么一瞬间，他为自己要与哥哥和解感到后悔。

但他转过头，看到马尔兹佩图尼用坚毅、清晰的目光看着他。马尔兹佩图尼是如此热切地、无私地爱着祖国，忘记所有个人的恶意和报复。他感到羞愧，怒火也随即消失了。

他眼前浮现出被钉在十字架上那个不幸的父亲。他想起了暴君优素福和那非人般的残忍，那个像天谴降临人间，冲进首都，驱散阿拉伯人，打败他们分队的野兽优素福。而为父亲的殉难向阿拉伯人报仇的英雄，则是他的兄弟阿绍特，他的出现让敌人闻风丧胆，自己曾发誓要对他效忠和友好。兄弟的情义和团结的力量激励着每个人，战场上捷报频传。但随着爱情的冷却和联盟的瓦解，一个个不幸接踵而至。现在狮子在笼子里，敌人虎视眈眈，铁人阿绍特把自己困在荒凉的住所里……

如果国王罪孽深重，那么他自己，阿巴斯，就没有罪吗？看到他的哥哥如此受辱，看到英雄的胜利者阿绍特被困在修道院的房间里，他感觉如何？

这些想法让阿巴斯非常难过，他的眼睛里充满泪水。

"我要热切地把他抱在怀里，让他忘记悲伤。"阿巴斯低声说。

船只靠岸，国王的侍卫们早就在岸边恭候。他们是来迎接大公的。当他们看到国王的弟弟和大公在一起，而且还亲切地问候他们，他们兴奋地大喊："王子万岁！"紧接着客人们被护送到国王居住的上层城堡。

阿绍特国王没料到阿巴斯会来，看到他和马尔兹佩图尼在一起，高兴得不得了。他既忘记了自己的身份，也忘记了弟弟给他的侮辱。他只记得阿巴斯是他的弟弟，是他在世上唯一的亲人，他赶紧过去迎接。在郁郁葱葱的山坡上，兄弟相见。热情的拥抱和亲吻淹没了"亲爱的兄弟！""亲爱的国王！"的问候声。

大公和其他随从站在山坡上，默默地看着这场感人的会面，很多人都流下了眼泪。每个人都知道，这两兄弟的争吵给国家带来了多少灾难，而他们的和解又能带来多少期望。

国王因过于兴奋体力不支，几乎无法与其他人打招呼。他握着马尔兹佩图尼的手说："我太感激你了，大公，我要活下去，我要建立功勋，我要报答你。"

"为你的王位和祖国而活，国王！马尔兹佩图尼大公是你的仆人，只是在履行自己的职责！"马尔兹佩图尼回答。

然后他们登上了城堡，王后在那里热情地迎接她的夫弟和马尔兹佩图尼大公。

国王的房间里充满了热切的交谈声和欢快的笑声。

很快，其他部队陆续上岛，塞凡恢复了往日的活力。大公下令举行和解宴。那天修士们都出来庆祝，房间都空了，甚至神父们也忘记了他们的祈祷，休尼克古老的堡垒呈现出节日的气氛。

庆祝了几天之后，国王把弟弟阿巴斯叫到跟前，当着王后和马尔兹佩图尼大公的面，对他说："我早就希望向你，我的继承人和弟弟，伸出和解之手，因为看到国家因我们的争吵遭受了巨大的痛苦。但是长兄的身份和王室的尊严不允许我在我的弟弟面前卑躬屈膝……我希望你来找我，等待你先说出和解的话。我不知道这么做是否正确……当一个人渴望活着的时候，他就会满怀激情地把自己交给这种虚妄的感情。但我的希望落空了,你没来找我。看到你如此执着,我深感痛心。不到一年的时间,幸福已经离我远去,活下去的希望在我心中消亡……但让我们抛开这一切。当我的医生告诉我伤口无法治愈时,我感谢上帝,他给了我一个与你和解的理由。谢谢你,亲爱的阿巴斯,谢谢你给哥哥的吻。它比世界上所有的吻都要珍贵。唉,为什么有些事,总是懂得太慢,明白得太晚!

"作为回报,从今天起,我把我的王冠和王位交给你,这是我们的父亲留给我的。我把它交给你,你是我和王后的唯一继承人……请你带着上帝、人民和我们的祝福继承它。"

说完,国王怜悯地看着王后,又看向阿巴斯,继续说:"但是,亲爱的弟弟,在你登上王位并接受王冠之前,请接受我的另一份珍贵的礼物,并发誓以最温柔的方式保存和珍惜它。这份珍贵的礼物就是我的王后、你的兄嫂,她在这个世界上遭受了太多苦难,我只能把她的命运托付给你了,我唯一的亲人……"

王后悲伤地、静静地听着国王的话,突然哭了起来。

"不要哭,亲爱的萨卡努伊什,这个世界上没人可以永远活着。"国王深情地看着她说。

"那就不要为我担心……"王后抽泣着回答。

"为什么要说这些悲伤的话,杰出的国王?"阿巴斯从座位上站起来,大声说,"难道对我来说,国王的宝座要比责任更宝贵吗,难道王冠和权杖可以取代我的哥哥吗?别让我伤心,我对你满怀爱意,渴望再一次看到我的国王登上荣耀的顶峰。愿上帝延长你的生命,愿我成为你王位的仆人。这是我唯一的愿望,也是我的责任。"

"我相信你的诚意,亲爱的阿巴斯。我很遗憾这么晚才领会到你的爱,但我的日子已经不多了。我必须离开这个世界……愿上帝保佑你，保佑你的人民，他们在我的统治下遭受了太多痛苦。"

"在你的统治下，他们将不再痛苦。"阿巴斯立即回答，"你会回到你的王座之城，夺回你的王位。我们会努力用荣耀为它加冕……"

"我早就把它的源泉榨干了。"国王悲伤地打断阿巴斯的话。

"不，杰出的国王，那些泉水没有干涸，它们只是变浅了，这不是你的错，是我的错，我必须让它们再次复苏。"

"你只有一个责任：你要做一个合格的统治者，安邦定国，让人们忘掉铁人阿绍特的名字……"

"这个名字要变得更加光荣！"阿巴斯坚定地说。

"我只剩下几天时间了。"国王说。

"不是几天，是几年。"马尔兹佩图尼说，露出了神秘的微笑。

"你看到我的伤口了吗？"国王问。

"我已经和你的医生谈过了。"

"到底是什么意思？"国王惊奇地问。

马尔兹佩图尼请国王原谅医生，他为了国家的利益对国王说了假话。他立即补充说，国王的伤并不致死。如果国王离开塞凡，回到首都，对他的健康有好处。

国王一直坚持自己的决定，要在塞凡生活和死去，但阿巴斯和马尔兹佩图尼最终成功说服了他。

国王的弟弟和大公立即召集沃斯坦的军队来塞凡，他们希望国王可以荣耀和隆重地回归。他们也向休尼克王子斯姆巴特发出了同样的请求，斯姆巴特立即召集他的自由部队，进入格加尔库尼克准备迎接国王。

谢普赫瓦格拉姆也率军从格赫山上下来，和戈尔王子一起赶往塞凡。

阿巴斯的其他部队也来到这里，军队的数量达到了数千人。

国王看到这些准备工作后恢复了精神，这对他的健康有好处。国王不知道如何表达对阿巴斯和马尔兹佩图尼的感谢和赞赏，他们给自己注入了新的活力。

几天后，国王、王后、阿巴斯王子等其他王公贵族告别了好客的塞凡，率军出发前往王位所在地希拉克。

一个星期以来，叶拉兹加沃尔斯已经大变样了。安静的街道热闹起来，广场上挤满了人。王宫充满活力，同时又不失庄严。宏伟的大厅里装饰着地毯、丝绸和天鹅绒。宫殿里分外隆重。

根据马尔兹佩图尼大公的命令，所有的贵族妇女和王后的随从都在国王到来前几天抵达这里。沙安杜赫特公主、马里亚姆公爵夫人和戈阿尔公爵夫人一起来到这里，公主把她的职位交给了穆舍格。宫廷里的每个人都在为国王和王后的到来做着准备。

这一天终于来了。首都的居民们纷纷出门走了几段路去迎接国王。走在他们前面的是亚美尼亚的贵族们。阿巴斯王子的妻子古尔根杜赫特夫人率领的王后和公爵夫人们的随从在救世主教堂等待着国王。

最后，与王后、阿巴斯和陪同王公们一起，国王进入了他一年前离开的首都。他的回归是如此的宏伟和庄严，就像一场凯旋的游行。除了人数众多的军队（其中大部分人留在城外），几乎所有希拉克的人都来了，人们高声欢呼，迎接国王的归来。

国王眼含热泪，他想起了自己过去的辉煌，想起了人民曾经和现在的热情，他发现一切都没变。但他自己，唉……已经不再是那个英雄了。他的灵魂已经死了。大家的热情并没有温暖他的心。

但为了不让周围的人，特别是弟弟阿巴斯和马尔兹佩图尼大公失望，国王努力克制自己，极力伪装成自己很开心很快乐的样子。

他甚至决定利用大众的热情，带领他的军队前往德温。

庆典结束后，国王把阿巴斯和马尔兹佩图尼请到他那里，向他们宣布自己的决定。

"既然我们在这里有这么多军队，休尼克王子和他的军团也在这里，准备向德温进军吧。"国王说，"阿拉伯人招架不住这样一支军队，你们会攻下首都的。"

"怎么做，你允许我们这样做吗？"马尔兹佩图尼问，不知道是该惊讶还是该高兴。

"我还没有说清楚吗？我不仅允许，我还建议立即行动。"

"这是我的梦想，我伟大的国王。"马尔兹佩图尼补充说，"我在塞凡得知卡多利柯斯逃亡，而且是受斯帕拉佩特的唆使，我当时就想请你允许我立即进军德温，打阿拉伯人个措手不及，然后占领德温，这会让斯帕拉佩特无比懊恼。但希拉克人都热切地盼着我们回来，我不想让他们失望。现在奉国王之命，我们可以在两天内调动军队。现在就等着王位继承人阿巴斯和休尼克王子的允许了。"

"我已经准备好了，我的军队也准备好了。"阿巴斯坚定地说。

"和斯姆巴特王子谈谈，告诉我他的答复。"国王吩咐。

当天晚上，在国王弟弟的宫殿里聚集了马尔兹佩图尼大公、休尼克的统治者、谢普赫瓦格拉姆和戈尔王子。阿巴斯说出了国王的愿望。所有人齐声附议。斯姆巴特王子发誓要对沃斯提坎的背叛行为进行报复，他认定是上帝亲自给国王注入了这种思想。尤其令他高兴的是，他将能够释放他的兄弟们，把阿拉伯人赶出主教教堂。

不久，其他王子也开始为这次行动做准备。

在叶拉兹加沃尔斯周围的山谷里，在季格尼斯河与阿胡良河交汇处，王子联军搭建起帐篷。几天来，这里热火朝天地进行着准备工作。士兵们锻炼身体，准备攻城用的攻城器械和必需品。王子们亲自监工。戈尔王子都抽不出空去看望他在宫殿里的未婚妻，军事准备工作占用了他所有的时间。他勤勤恳恳地忙碌着。谢普赫瓦格拉姆安慰他："很快，很快，我亲爱的，很快我们就会夺回德温，举行宴会，在大教堂里为你们的结合祈祷。"

正当叶拉兹加沃尔斯忙着这些准备工作时，突然一个意外事件打破了联军及其领导的计划。

在国王回到希拉克之前，就有消息传到沃斯提坎耳朵里，说国王要带着一支大军返回首都。恩瑟尔很了解铁人阿绍特。他还记得有很多次，阿绍特似乎已经被打败了，但他重整旗鼓，对恩瑟尔的军队发起了可怕的反击。侦察员向他报告了军队的规模，描述了人民的热情和国王的庆典，他变得更加焦虑了。阿巴斯与国王的和解已经意味着很多了。这两位英雄的结合是阿拉伯人无法与之抗衡的。恩瑟尔得知休尼克王子也加入了他们，他完全失去了信心。

"这个联盟是针对我的。"他心想，"阿绍特想把我从这里赶出去。光打败我的军队还不够，他还想让这个国家都不再臣服于埃米尔的统治。斯姆巴特王子也加入了他们，以报复我违背誓言和囚禁他的兄弟对他造成的侮辱。"

在这些想法的压迫下，他召集军事将领别希尔和德温的金佩特[①]来开会。

别希尔报告说，城里的阿拉伯军队连十天都扛不住。城里没有

[①] 金佩特是穆斯林教会的首脑。

任何补给，而且短期内也没有地方可以提供补给。唯一的出路是派人去大马士革，向哈里发求救。但这可能需要很长时间，亚美尼亚人会在此期间占领德温。

"如果我们主动向国王提出和解呢？"恩瑟尔问。

"我们的信仰允许你在无法用武力打败异教徒的情况下，用谦卑的态度打败他。"金佩特说，"但你必须要知道，如果你向敌人谦卑一次，你之后必须让敌人向你谦卑十次还回来。"

"现在必须让亚美尼亚军队离开叶拉兹加沃尔斯。"沃斯提坎回答，"我断定，他们那里肯定会出现新的分歧，王子们又会争吵。俗话说：'两个亚美尼亚人的脑袋不会在同一口大锅里沸腾。'等时机成熟，我们就再次拔剑。"

"是的，这样更好。这是唯一明智的做法。"别希尔说。金佩特也同意他的提议。

那天，王子联军在山谷中排兵布阵，国王骑着马在随从的簇拥下进行检阅。这时远处出现了一支骑兵分队，他们正冲向亚美尼亚营地。当他们靠近时，马尔兹佩图尼大公认出是阿拉伯旗帜，马上命戈尔率军迎战。

戈尔走近这些骑兵，令他惊讶的是，来者竟然是全副武装的休尼克王子巴布肯。这太出乎意料了，戈尔还没来得及表达惊讶，巴布肯王子便骑马上前，拥抱他，亲吻他。

"到底是什么契机让你归队，什么风把你吹来了，王子？"戈尔高兴地大声说。

巴布肯王子简要地说了下来意，然后他俩在骑兵的陪同下，骑马前往营地。休尼克王子斯姆巴特从远处就认出了他的兄弟，赶紧跑过来热情地拥抱他。兄弟俩会面太过激动人心，沃斯提坎的使者们都不得不跟着停下来。随后，巴布肯王子和他们一起去拜见国王。国王在所有王子的陪同下，露天接待了这些使者。

"沃斯提坎恩瑟尔让我们转达，欢迎你们回到沙辛沙赫王位的城市。"使团团长上前一步说，"同时，希望与强大的沙辛沙赫建立永恒的友谊。埃米尔请你们忘记旧怨，忘记因不幸的对抗产生的所有恶意和仇恨，为了人民和哈里发缔结和平联盟。为了证明他的善意，沃斯提坎从监狱释放了西萨基扬王子们。其中一位护送我们来这里，另一位萨克王子舒服地生活在德温，在亚美尼亚国王的宫殿里。埃米尔给沙辛沙赫带来了一份厚礼，这代表了他对亚美尼亚人民和亚美尼亚国王的友谊，请收下这份礼物。"

使者说完，招了招手，士兵们把礼物送到了国王面前。

使者的到访扰乱了国王原本的计划，国王心中很是不悦。但为了巴布肯王子，他还是亲切地接待了使者，感谢他们的好意和礼物，然后邀请使者进城。他答应几天内给恩瑟尔一个答复。

这个消息对于王公贵族和士兵们来说还是有些突然。所有人早已枕戈待旦迎鏖战。戈尔王子翘首以待攻下德温，只有他自己知道地下的秘密通道。他渴望着率军从秘密通道进入要塞，亲手把旗帜挂在德温的城楼上。他期待着胜利后能在叶拉兹加沃尔斯宫殿里得到未婚妻的奖励之吻。

阴险的阿拉伯使团让他的希望破灭了。

国王召开了一次会议。起初，所有人都赞成进攻。但巴布肯王子告诉他们，恩瑟尔威胁说，倘若他们进攻，他就把萨克王子吊死在要塞塔楼上。这让他们很吃惊。

"至少为了保住兄弟的命，我们必须接受沃斯提坎的提议。"斯姆巴特王子匆匆开口，似乎害怕其他人会反对。

"你太着急了,亲爱的王子。"国王笑着说,"不管我们的军队和王子进攻德温的要求多么合理,如果能与敌人和解,我就不会牺牲士兵的生命。虽然我们比沃斯提坎实力强,但要想毫发无损就拿下德温,我们也做不到。而且我们应该谨慎行事,毕竟我们为此已经牺牲太多了……起初沃斯提坎的提议让我感到不快,因为我被大家的热情冲昏了头脑。但后来权衡了所有情况,我决定,把德温留在阿拉伯人手里比牺牲亚美尼亚人要好。这就是为什么我同意接受沃斯提坎的提议,与他和解。这样我们可以处理好国家内务,等待命运帮我们从敌人手中救出萨克王子。"

大家欣然接受了国王的决定,休尼克王子们衷心感谢国王对他们兄弟的关爱。只有戈尔王子不高兴,因为这个决定让他没办法在德温之战中建立军功。

国王注意到这一点,微笑着对在场的人说:"你们谁愿意帮我补偿戈尔王子因此次和解受到的损失?"

"我愿意,伟大的国王!"瓦格拉姆大声说。

"说吧,谢普赫,我会感激你的。"国王微笑着说。

"伟大的国王,几个月前,我们在加尔尼为戈尔和沙安杜赫特公主的婚约献上祝福。我们决定,等驱逐阿拉伯人、恢复国家和平之后,就为他们举办婚礼。现在时机已到。的确,阿拉伯人还没有被驱逐出亚美尼亚,但他们的力量已经被削弱了,他们正在请求和解。请允许我们为他们举办婚礼吧,以此来补偿戈尔王子的损失。"

"祝你健康,谢普赫!没有比这更明智的建议了!"国王激动地说,"宫中已经很久没有庆典了,明天就着手准备吧。更何况,公主的叔叔们和休尼克军队现在都在叶拉兹加沃尔斯。"

马尔兹佩图尼大公站起来,向国王表示感谢。戈尔害羞地红了脸，跪下来热烈地亲吻国王的手。

第二天早上，双方签署了和平协议。国王在协议上盖了印章，把协议和礼物一起交给了沃斯提坎的使者。

几天后，在斯姆巴特国王建造的宏伟的救世主大教堂里，戈尔王子与沙安杜赫特公主举行了婚礼。国王、王后、整个王室以及亚美尼亚的王子们都出席了典礼。瓦格拉姆履行在加尔尼的承诺，他佩戴着闪亮的武器，身穿耀眼的礼服，给人以威严之感，然后把十字架举过新人的头顶。至于戈尔王子和沙安杜赫特公主，他们比在场的所有年轻男女都漂亮。

婚礼的庆祝活动持续了几天。整个希拉克和军队都参加了宫廷的狂欢。

…………

这一年是925年，和平协议的签署给亚美尼亚带来了持久的和平。

王子联军率领各自军队离开了叶拉兹加沃尔斯。只有马尔兹佩图尼大公一人没回加尔尼要塞，没回到戈尔、戈尔年轻的妻子和戈尔的母亲身边。

当国王建议他回归家庭时，大公回答："现在还没到我可以享受安宁的时候。"

"此话怎讲？"国王问。

"我还没有完成我的职责。"大公说。

"你已经完成你的职责了。"国王说，"这两年来，你劳神费力，把我从叛军的迫害中解救出来，努力团结王子们，组建新的军队，战胜了敌人，驱散了成群的阿拉伯人，让我与阿巴斯和解，让沃斯提坎感到恐惧，迫使他向我们求和。你还有什么顾虑呢？"

"最重要的事情,我的国王。"

"那是什么?"

"我的誓言。"

"什么誓言?"国王惊讶地问。

"我在加尔尼圣马什托茨墓前发过誓,当着誓师部队的士兵和加尔尼的人民发过誓。"

"什么誓?"

"在我把最后一个阿拉伯人赶走之前,我不会回到自己家庭的怀抱,不会迈进家门一步。"

"那么,既然你发过这样的誓,为什么还同意我与沃斯提坎和解?"

"我认为,与其牺牲我们的士兵,还不如自己做个流亡者。"

"但你早就打算向德温进军了。"国王说。

"那时我是打算让士兵乔装成修士,随卡多利柯斯一起进入德温。"

国王默不作声,若有所思。他了解这位大公。他知道,马尔兹佩图尼对敌人无所畏惧,对家人关怀备至。每位父亲都在期盼儿子结婚的那一天。大公终于盼到了这一天,但无情的命运却不允许他回到自己家,见证儿子的幸福,给他父亲的关怀。

这些想法让国王很不安。他愿意付出任何代价,只要能让他心爱的大公完成誓言。但怎么才能做到呢?唯一的出路是撕毁与沃斯提坎的协议,但他不能这样做。

然后马尔兹佩图尼大公的话疏解了他的不安。

"我们不能破坏与恩瑟尔的友谊,但我们有权要求他归还财产。"他对国王说,"劫掠主教教堂不仅是抢劫,而且是亵渎。在恩瑟尔之前,波斯的马尔兹潘①和沃斯提坎都不允许这样的行为。如果我们放弃报复这种侮辱,那我们至少有权要求他归还教堂的财产。我准备去瓦斯普拉坎,劝大主教回来。让他作为教会的领袖出面要求恩瑟尔归还主教教堂。大主教现在可以不用害怕沃斯提坎了,因为我们很强大。如果沃斯提坎答应他的要求,卡多利柯斯将重新坐上他的宝座。如果不答应,我们就用武力拿回本属于我们的东西。任何有尊严的人都不会同意与一个践踏自己神圣权利的邻居签署和平协议。"

国王认为大公言之有理。大公认为有必要与加基克·阿尔茨鲁尼结盟,这样一旦发生战争,他就会加入阿拉拉特国王的阵营。大公请国王写封授权信,以便他能以国王代表的身份去找加基克。国王给了他一封手写信。

几天后,马尔兹佩图尼大公和侍卫离开了希拉克,前往瓦斯普拉坎。然而,他刚到边境,就得知大主教卡多利柯斯约翰在卓尔修道院离世了。

这个消息让大公非常难过,大主教的离世可能会带来灾难性的后果。首先,这破坏了大公攻占德温和驱逐阿拉伯人的计划。其次,主教教堂和教会的财产仍在恩瑟尔手中,众多修道院和神职人员被剥夺了收入。第三,大公本人也失去了从誓言中解脱出来的机会。第四,大主教的宝座在瓦斯普拉坎,这可能会引起长期的动荡不安,很可能会形成新的大主教宝座,这会让教会本已下降的统治力雪上加霜。

即便如此,大公还是立即赶到了卓尔修道院,参加了卡多利柯

---

① 马尔兹潘是波斯国王在亚美尼亚的行政长官。

斯的葬礼。

这里聚集了修道院的神职人员、德高望重的年长主教以及大量的瓦斯普拉坎民众。加基克国王和随从以及王宫贵族也在这里。马尔兹佩图尼大公代表阿拉拉特王国来到卓尔修道院,加基克国王庄严地接待了他。卡多利柯斯约翰的遗体被安葬在修道院的地下室,加基克国王邀请马尔兹佩图尼去他的首都凡城。

大公在王宫里住了一段时间。他精明强干,品德高尚,是国王乃至整个宫廷的宠儿。最终,加基克国王接受了阿绍特国王的提议,同意结成联盟,写了一份带有签名和印章的结盟书。

与此同时,修士们正忙着推选新的卡多利柯斯。和马尔兹佩图尼预料的一样,几个大的修道院之间爆发了争端。

亚美尼亚北部省份的神职人员希望从当地的主教中推选出大主教,留在沃斯坦。同样,南部省份也希望从瓦斯普拉坎的修士中推选出大主教,居住在前大主教去世的卓尔修道院。联盟的王子们也参与了这场争论,产生了严重的分歧。

马尔兹佩图尼大公很清楚,这场争论可能对新建立的联盟不利,尤其是加基克国王的亲属支持选出"南方"大主教。他给国王写了封信,告诉他面临的危险,建议他顺了瓦斯普拉坎人的意愿,以维护加基克国王的自尊。这样可以使阿尔茨鲁尼家族和巴格拉图尼家族变得更加紧密,这种友谊对王位和国家有利。

他也给阿巴斯写了封信,请他敦促国王做出决定。

很快便有了回信。国王和阿巴斯同意让大公自行解决这个问题。

第一次见到加基克国王时,大公就问他希望谁成为卡多利柯斯,以及希望在哪里建立大主教宝座。加基克国王说斯捷潘诺斯主教是他中意的人选,他希望把大主教宝座设在阿克达马尔岛上。他在那里建造了一座宏伟的教堂和一座坚不可摧的城堡,他的王宫也会很快迁往那里。

大公说,阿绍特国王和继承人阿巴斯委托他代表阿拉拉特王国,在这件事上遵从加基克国王的意愿。让国王酌情选择自己中意的人继承大主教宝座。北方省份所有大的修道院都会同意这一选择。

这让加基克国王非常满意。

"我非常感激阿绍特国王和王位继承人阿巴斯的慷慨提议!"他高兴地说,"从今以后,阿尔茨鲁尼家族将成为巴格拉图尼国王不可分割的盟友。他们的敌人就是我的敌人。"

不久,在阿尔茨鲁尼首都召开了全体大会,斯捷潘诺斯主教当选为大主教。

加基克国王郑重地将新当选的大主教带到阿克达马尔岛。在新的基督教堂里举行了涂香膏仪式,之后卡多利柯斯作为全亚美尼亚的大主教留在那里。为了表达对阿绍特国王的感激之情,加基克国王给国王和马尔兹佩图尼大公送了一份厚礼。

但大公高兴的并不是这些礼物,而是他在瓦斯普拉坎获得了友谊,这将成为未来胜利的保证。

大公并不像加基克·阿尔茨鲁尼那样看重卡多利柯斯的选举。加基克·阿尔茨鲁尼认为大主教宝座设在阿克达马尔岛是一种巨大的荣誉,这彰显了他在阿拉拉特王国的地位。马尔兹佩图尼则认为,相比卡多利柯斯的宝座,瓦斯普拉坎王公的军队更重要。在亚美尼亚的主教中,大公认为没有比格沃尔格或马什托茨主教更合格的继承人了。

国王和阿巴斯王子也是这么想。所以他们由衷地感谢马尔兹佩图尼这种舍小求大的处世智慧。

马尔兹佩图尼大公回到了叶拉兹加沃尔斯,对此行感到满意。他带回了一份与加基克国王的友好协议,这比卡多利柯斯约翰活着并和他一起返回首都更有价值。

在王宫稍事休息后,大公又开始考虑攻取德温的事。如今加基克与国王结盟了,这意味着可以采取更大胆的行动。亚美尼亚人可以猛攻德温,即使需要耗费大量的时间。大公决定冬季先养精蓄锐,等春季再出兵。

但是,不可抗拒的命运却不由他这样。他还没来得及做必要的安排,乌季克便传来消息,茨里克·阿姆拉姆联合古加尔克和泰克王子,要把亚美尼亚北部的三个省交给别尔王子(这时别尔的父亲古根,阿巴斯的岳父已经去世,别尔接替他统治阿布哈兹)。

国王和马尔兹佩图尼大公听到这个消息特别伤心。

大公来找国王,询问他对阿姆拉姆新一轮叛乱的想法。他发现国王很伤心,而且还病了。

"这次叛乱,"国王说,"是以前叛乱的延续。就像我跟你说的,谢普赫不是人民的敌人,是我个人的敌人。他所有的恶意都是针对我的。之前我逃离了他,在塞凡过着不光彩的生活,所以他平复了情绪。我的不幸让他满意,熄灭了他心中的复仇之火。而现在我又重新回到王位上,他心中又燃起了愤怒和复仇之火,酝酿发起了新一轮叛乱。他认为命运再次眷顾我,新的幸福曙光为我升起,他想再次伤害我。他把亚美尼亚的土地交给了我们的老对手别尔……倘若他知道我的心受到了致命的伤害,也许他就会怜悯我,不再作恶了……"

"我把所有事情都移交给伟大的阿巴斯王子,然后去乌季克。也许我能够在阿布哈兹国王行动之前阻止这场危险。"马尔兹佩图尼大公说。

"去乌季克?是的,这很好。但你太累了。亚美尼亚找不出第二个马尔兹佩图尼了,你要照顾好自己。"

"如果袖手旁观,那所有的马尔兹佩图尼都是毫无价值的人。国王,请批准我明天去乌季克。也许我还来得及阻止叛乱的发生。"大公再次说道。

国王沉默着,看了马尔兹佩图尼几分钟,一直没说话。

"或许,是有什么顾虑吗?"大公问。

"不,去吧。我希望这次你能说服他……但你想去哪里找阿姆拉姆?"

"我会找遍整个乌季克。"

"不,直接去塔武什,他可能还在那儿。"

"塔武什?好极了。但我首先要去古加尔克。"

"你打算什么时候出发?"

"明天。我在这儿没什么要做的了。"

"明天?这么快?"

"越快越好。"

国王悲喜交加,思绪万千。他忘记了北部省份,忘记了别尔,忘记了茨里克·阿姆拉姆……他的思绪飘到了塔武什,飘到了城堡的地牢里。在那里寻找那个不幸的囚犯,那个美丽的公爵夫人。她火热的眼神在他心中点燃了致命的爱,造成了如此多的罪恶……他有多久没有看到她了,他有多久没有听到她的消息了!她是死了还是活着?她还爱着他还是在诅咒他?他一无所知。

他和叶格尔部队进入古加尔克时，他听说阿斯拉姆囚禁了他的妻子，把她当作死刑犯关在那里……他只知道这些。现在，马尔兹佩图尼大公要去塔武什，他肯定能带回一些关于阿斯普拉姆公爵夫人的消息……啊，他多么想委托他，命令他！不，请求他，求他进入牢房，进入那个阴暗的地牢，那里关着不幸爱情的受害者。找到她，对她说，亚美尼亚国王，铁人阿绍特没有忘记她，他依然爱着她……想起她悲惨的命运，想起她在他面前痛苦的脸庞和哭泣的眼睛，他很痛苦……

但是，可以给马尔兹佩图尼这位高尚的英雄这样的委托吗？在这个在世界上，他可是只承认两个神圣的东西，那就是祖国和家庭。

国王深知这一点，所以他什么也没对大公说。他想，如果大公在塔武什得到一些关于公爵夫人的消息，然后回来告诉他，他就已经很满足了。

第二天，马尔兹佩图尼大公和侍卫离开了叶拉兹加沃尔斯，前往古加尔克。

4. 旧愁的结束

　　大雪覆盖了古加尔克山脉，通往塔武什要塞的路上隆起一个个雪堆。城堡里众多仆人在忙着打包，捆绑包袱，准备物资。有的人牵着骡子，有的人在装车，有的人在给马套马鞍。整个城堡里看不到一个女人。甚至连衣服和用具都是由仆人们安排的，尽管这一直是女仆们的工作。这里好像发生了什么灾祸，把所有女人都从城堡里驱逐出去了。

　　在楼上的一个房间里，大壁炉里的火烧得正旺，谢普赫阿姆拉姆正在房间里。他的脸很忧郁，眉头紧蹙，目光黯淡。他的胡子已经长到了腰部，银色的胡须在黑衣服上显得格外醒目。腰间没有绑束带，剑也没用黄金捆绑。阿姆拉姆手持念珠，一边摆弄着一边在房间里慢慢踱步。

　　他在一扇窄小的窗户前停下来，凝视着塔武什的斜坡，那里有一队骑兵正沿着峡谷快速前进。他竭力睁大眼睛，但看不清骑手们。

　　当队伍到达城堡大门时，他认出了马尔兹佩图尼大公，走到石台上，下令立即开门。

"他来干什么？他想从我这里得到什么？"想到这里，谢普赫回到了房间。

马尔兹佩图尼大公注意到院子里正在做出发的准备工作，低声说："我们来晚了，他要出发了。"

上到城堡楼上的房间，大公看到这里空空如也。地毯和装饰品都被搬空了，沙发被收起来了，灯也被放下了。总之，城堡是空的。

"为什么这么匆忙，在冬日里？"大公想了想，没想出为什么。

他走进去，谢普赫正坐在壁炉旁，数着念珠。

"马尔兹佩图尼大公，你来塔武什了？"谢普赫大声说，向他走去，忧郁的脸上勉强挤出些笑意。

"如你所见，伟大的谢普赫，我来了。我到你的城堡来拜访你，你好像故意让城堡暴露在敌人面前。"

"是上帝暴露了它，亲爱的大公。他从我这里拿走了我城堡里最好的装饰品！"谢普赫用颤抖的声音回答，握着大公的手，请他在壁炉前坐下。

"坐下吧，暖和暖和！路上冻坏了吧？我们塔武什峡谷可是因暴风雪臭名昭著。"他边说边用钳子搅动煤块。

"是的，我们在山上见识过了！要不是有披肩，早就冻死了！"

"这么冷的天，你怎么想起我了，大公？"谢普赫紧接着地问。

"这么冷的天，你为什么要离开你的领地呢？"大公反问。

"我把我的土地给了阿布哈兹国王，作为回报，我得到了乔鲁赫河岸……我要去新的领地了。"谢普赫回答。

"这个我知道，但为什么在冬天？"

"在这里每多待一天我都感觉窒息。在城堡的房间里，有地狱般的怪物，他们日夜追捕我，我要逃离他们。"

"什么怪物？"马尔兹佩图尼疑惑地问。

"你从未见过吗？一次也没见过吗？"

"我？没有。"大公回答，在他看来，这个谢普赫似乎已经疯了。

"那你是幸运的人。我曾经也是如此，但你的国王毁掉了我的幸福……"

"伟大的谢普赫……"

"对了，那个不快乐的人在做什么呢？他在举办宫廷盛宴？梦想着夺取首都？忘记了自己的罪行吗？"

"我饿了，谢普赫。给我些吃的吧。"大公打断了他的话，想换个话题。

阿姆拉姆沉默了一会儿，然后说："大公，原谅我的鲁莽……但我能做什么？我的灵魂和心都长满了疮，我的思想不再听我指挥了……"

他站起来，拍了拍手。一个仆人走了进来。

"叫人摆好餐桌。"他吩咐。

仆人们马上送来水。两个人洗了手，然后坐下来吃饭。

饭后，谢普赫聊起了一些不相干的事打发他的客人。他不想让自己再伤心，也不想破坏大公的心情。

第二天早上，他要求马尔兹佩图尼告诉他此行的目的。

"我必须尽快离开塔武什。"谢普赫说。

"我们在首都得知，"马尔兹佩图尼说，"你已经决定与古加尔克和泰克王子一起将北部省份给阿布哈兹国王。这个消息让整个王宫陷入悲伤，我感到很震惊。我是来阻止这场对祖国的土地的出卖。"

"你来晚了。"谢普赫冷冷地说。

"有多晚?"

"我们已经完成了。"

"怎么完成?"

"我们已经把你提到的省份给了别尔国王,并签署特许状,确定了这次转让。作为回报,我们将得到阿布哈兹的土地。"

"你们凭什么这样做?"

"凭我们从亚美尼亚国王那里得到的权利。"

"他只是任命你们为这些省份的总督。"

"但我们发动叛乱占领这些省份,国王不能从我们手中夺走它们。"

"毕竟,它们不是你们的财产,你们是通过背信弃义的手段得到的。"

"是的,没错,我们是通过武力占领了这些省份。如果不是茨里克·阿姆拉姆,古加尔克和泰克这些土地就不会从亚美尼亚王国分离出来,这是我安排的。这一切你都清楚啊,你也知道我为什么要这么做。"

"但你已经报了仇。你们剥夺了国王的财产,迫使他逃亡,在塞凡躲了好几个月。最后,在与别希尔的战斗中,他受了致命的伤,这伤迟早会把他带进坟墓。你还想怎么样?你为什么要让他付出百倍代价偿还?况且这些省份的亚美尼亚人到底犯了什么罪,你要把他们交给一个外国人?"

"大公,你这么说让我感觉是我错了。但当我想到过去和现在的事,我感觉我做得还远远不够。阿绍特国王偷走了我最宝贵的东西……只有等到我把他的头挂到阿拉拉特险峻的悬崖上,我的复仇之火才能熄灭。但我发动了叛乱,乌季克被攻占了、阿绍特逃至塞凡过起隐居的生活,这些事熄灭了我的复仇之火。我想,我已经打败了敌人,现在我可以忘记他了,我开始忘记……不,我已经忘记了,我已经与我的不幸和解。但是……我不想记住……这太可怕了!"

"是什么阻止了你?"

"啊,大公,我要是不能说话就好了……"

"发生了什么事?"

"没有,没再发生什么事……"

说完,谢普赫脸色大变,把他灼热的目光从马尔兹佩图尼身上移开。

"发生了什么事?说吧。"大公坚持说。

"发生了什么事?天塌下来了,你能想象吗?是天啊。不,你不会明白的。恐怖的地狱降临人间,折磨着我的心和灵魂。"

"伟大的谢普赫,我不明白你的意思。"大公惊恐地说。

"好吧,我说得清楚点。我将再次回忆起恐怖……"谢普赫在沙发上坐直,然后靠在椅背上,摆弄着念珠,继续说,"在我知道了这个令我震惊的谜团后,我很生气。于是下令把我的妻子用铁链锁住,扔进阴暗的城堡地牢……啊,为什么上帝只给野兽以尖锐的獠牙?难道人不比它们要残忍吗?是的,我把她锁在地牢里,下令不准探视,不准给她传递任何消息,只给她送食物。我想让她为自己的罪孽受苦……然后我离开了塔武什,发动了一场叛乱,前因后果你都很清楚。

"回到塔武什后,我下令把我可怜的妻子从监狱里带出来。她戴着镣铐，颤颤巍巍地来到我面前……啊，为什么我没有在那一刻失明！看到她那个样子，我怎么还能故作镇定？她身体消瘦，美丽的脸庞变得惨白，热切的眼神消失了……她看着我，想说些什么，但被我制止了。为什么上帝之手在这一刻没有惩罚我？也许她想为自己辩解，证明自己的清白……但我，无情地制止了她……我狠狠地看了她一眼，告诉她国王失败了，她的爱人可耻地逃跑了。之后我对她唯一的怜悯就是，我下令卸下她的铁链，把她锁到城堡楼上的一个房间里。"

阿姆拉姆深深地叹了口气，用手捂住脸，陷入了沉默。他似乎再也说不出一个字了。大公请他不要继续说下去。

"悲伤使……"谢普赫抬起头，再次开口，"我沉默多久了？城堡里回荡着我的呻吟和痛苦的啜泣多久了？啊，这太艰难，太难以忍受了。这注定只属于我们这些可怜的凡人……但我想，如果别人能看到我们的灵魂，看到那里发生的一切，我们的悲伤就不会如此无情地折磨我们……告诉我，大公，如果你处于我这种境地，你会怎么做？"

"什么境地？"

"如果你突然发现你爱的人背叛了你？"

"我认为人无完人，我们都有自己的弱点。所以我总会原谅那些犯错的人。"

"但是难道就没有不能被原谅的罪行吗？它们应该被绞死，在火中被烧死，在水中被淹死！"

"有这样的……"

"这些罪行是什么？告诉我，我想知道。"

"背叛祖国。"

"只有这个?"

"这是唯一不能被原谅的罪行。"

"如果你爱的人对你不忠呢?我在说什么?你能明白吗?我已经说过,如果人们学会相互理解,悲伤就不会可怕。"

"说吧,我会理解你的。"

"告诉我,如果你发现,原谅我的无礼,戈阿尔公爵夫人背叛了你,你会怎么做?回忆过去,回忆你的青春,回忆燃烧和激荡你心灵的激情和火焰。"

"我不知道,我从没吃过醋……"

"从没吃过醋?啊,你太幸福了!这就是为什么马尔兹佩图尼家族的领导者可以怀着平静之心,为祖国的荣耀努力奋斗,为祖国的繁荣鞠躬尽瘁。这就是为什么他以尽忠报国而闻名于世。而茨里克·阿姆拉姆,他的心也曾为祖国而跳动,如今却成了叛徒……啊,如果你能读懂我的悲伤,哪怕只有一小时、一分钟,如果你能原谅我关押她,我的阿斯普拉姆,我那么爱着,全心全意地爱着的她……我把她锁在塔楼里。但你知道吗?当我看到她失去了光芒,独自承受悲伤,我有多痛苦。多少多少次,我想去找她,去这个可怜女人受苦的地方,把她抱在胸前,说:'阿斯普拉姆,我原谅你!'但我一想到她在监禁中可能比在我的怀抱中更幸福,我就抑制住了冲动……

"就这样,几个月过去了。或许是自尊心作祟,我始终无法放低姿态去见她,无法说出那些藏在心里好久好久的话。我的灵魂饱受折磨。有时候我沉溺在可怕的悲伤中难以自拔,直至窒息,直至痛哭流涕。

"有一天,我看到一个女仆从塔楼回来,手里端着一口没动的饭菜。我问她公爵夫人为什么不吃东西,女仆回答:'她不想吃东西,让我不要再送任何食物。'这让我十分震惊。'她想把自己饿死吗?'我想。我非常难受。我又动了要去找她的念头,我想去给她自由,然后原谅她。但是我还是抑制住了,我在房间里待了很久。几个小时过去了。城堡教堂的钟声响起,召唤人们去祈祷。钟声让我从呆滞的状态中清醒过来。'我还在等什么,是时候让这个可怜的女人获得自由了。'我心想。我从座位上跳起来。啊,就一分钟,为什么闪电没有劈死我?"

"发生什么事了?"大公惊讶地问。

"我迅速爬上塔楼,命看门人打开门。我的天啊!我妻子的尸体,我心爱的阿斯普拉姆,在空中摇摆……"

"她上吊自杀了?"大公惊恐地说。

"是的,是的……她摘下铁灯,用铁链上吊自杀了。天哪!我的天塌了,地狱的灵魂包围着我……我像受伤的狮子一样咆哮着,声音在城堡的拱顶上回荡。人们冲了出来,我抓住她,把她抱在胸前,像疯子一样,从塔楼上跑下来。有那么一刻,我以为她还活着,以为她要开口对我说话,睁开她那双光芒四射的眼睛。唉,真是疯了……阿斯普拉姆已经死了,她美丽的脸变成了蓝色,她的眼睛失去了光芒,她嘴唇紧闭,心脏也不再跳动。我看到了这一切,全身心地感受到了这一切,我拥抱着这具尸体,像疯子一样痛哭。

"接下来发生了什么,我完全不记得。整整几天,我的脑袋都是蒙的。直到最后她的棺材被放进坟墓的那一刻,我才清醒过来,开始哀悼我的妻子……"

谢普赫重重地叹了口气,低下了头,陷入沉默。

大公深感震惊,他试图安慰谢普阿姆拉姆,但他的话却适得其反。

"不要可怜我，大公。"谢普赫激动地说，"你无法安慰一个失去生命中最宝贵东西的人，他的心是坚硬的，他活着只是为了受苦……如果你想安慰我，告诉我，如何向我的敌人国王复仇。只有复仇，只有残酷的复仇才能抚平我的伤痛。当我看到阿绍特在地狱里受苦，我的灵魂就会欣喜若狂……你不是说他快死了吗？上帝保佑，我根本不希望他死，我只希望他的下半生受尽折磨。不，让他活着，直到茨里克·阿姆拉姆亲自惩罚他。"

"伟大的谢普赫，你太激动了……但还是允许我问你一个问题。一小时前你还说，在国王逃跑后，你已经与你的不幸和解了，为什么现在又重新燃起怒火了？"

"是的，我已经与我的悲痛和解了，但随之而来的是更可怕的不幸……"

"这就是你把亚美尼亚土地交给别尔的原因吗？"

"是的，这就是原因。我不能再在塔武什待下去了。这座城堡对我来说已经成了一个活地狱。这里闹鬼，这里的每个角落都能让我想起阿斯普拉姆。从她上吊的塔楼那里总能传来鬼叫……啊，这地方太可怕了……我一定要离开这里。"

"你可以离开塔武什，但为什么要把你的土地交给别尔？"

"只有这样，等我走了，阿绍特就不能占有它。"

"你真的认为别尔会守住这里吗？"

"他会与阿绍特战斗，扰乱他的和平，蹂躏他的土地……这就是我想要的……"

大公看到谢普赫一心想复仇，任何劝告都无济于事，感觉自己算是白来一趟，于是停止了询问。

两天后，茨里克·阿姆拉姆带着所有的财产和亲信离开了，把他的土地交给了阿布哈兹国王驻塔武什代表。

马尔兹佩图尼大公也离开了，但他没有返回首都，而是去找古加尔克和泰克王子，劝说他们放弃对别尔国王的承诺。

在离开塔武什之前，大公给国王写了封信，告知他阿姆拉姆新一轮叛乱的原因。他对阿姆拉姆的故事记忆犹新，在信中他严厉地谴责了国王。他没想到，这个消息给生病的国王带来了毁灭性的打击。

信使离开几天后，大公就后悔写信给国王了，但为时已晚。

在信中马尔兹佩图尼还请国王派瓦格拉姆去乌季克，让他带几个团在阿布哈兹人到达之前占领乌季克、古加尔克和泰克。

不到十天，瓦格拉姆就进入了乌季克。没等马尔兹佩图尼下令，他就攻占了一个又一个要塞，驱逐阿布哈兹的代表。人民不愿意向陌生人进贡，全力帮助国王的军队。古加尔克的情况也是如此。

然后，瓦格拉姆转向西南，进入了泰克省，在那里他遇到了格沃尔格·马尔兹佩图尼。大公告诉他，古加尔克和泰克省的总督带着随从去了阿布哈兹，阿布哈兹军队占领了边境附近的堡垒。

当时正值冬天。想要攻下泰克，就必须先占领几个城堡，为此需要从沃斯坦调来一支新部队。恶劣的气候阻碍了军事行动。所以大公和瓦格拉姆决定在古加尔克和泰克边境的帕纳斯克尔特峡谷安营扎寨，在这里等待春天的到来。

攻占德温和把阿拉伯人赶出亚美尼亚对马尔兹佩图尼来说越来越重要，是一个生死攸关的问题。他不允许北部省份继续掌握在阿布哈兹人手中。因此，即使泰克的冬天气候恶劣，坚守这里困难重重,但大公还是坚持不撤军,直到把泰克从外国人手中解放出来。

冬天大公也没闲着。他与泰克省的小公国进行秘密谈判,尽一切努力获得他们的友谊。那些仍然忠于王位的公国愿意与大公结盟,共同对抗阿布哈兹人。

终于,春天来了,天气变暖。冰雪开始融化,道路也被清理了。马尔兹佩图尼大公和他的同伴们率军前往帕纳斯克尔特。要塞守将事先就与大公谈判好了,主动地交出了要塞和村庄。

大公保留了他的职务,给他留了一支警卫队。大公亲自率军进入乌季克,阿布哈兹的军队驻扎在那里。

双方在乌季克开战难以避免,所以大公事先派信使去找国王请求援军。他请军队经由阿拉特巴森增援他。这样马尔兹佩图尼离开巴森前往泰克时,就能在乔罗赫泉与国王的援军会师,再一起向乌季克进军。

但他的信使刚走,国王的信使就从首都赶来,把王子阿巴斯的消息交给了马尔兹佩图尼。读完信,大公脸色发白。阿巴斯告诉他,国王已经病入膏肓,请他即刻返回首都。

"厄运正在追赶我们。"大公对瓦格拉姆说,"你和你的军团留在这里,守住被占领省份的边界。我骑马去首都,看看还有什么不幸等着我们。"

"去吧!"谢普赫回答,"我将撤退到帕纳斯克尔特,在那里军队会很安全。如果需要我帮助,就派个信使来,我马上去希拉克。"

马尔兹佩图尼感谢了谢普赫,跟他告别,骑马前往巴森,再从那里前往希拉克。

当马尔兹佩图尼到达叶拉兹加沃尔斯时,国王已经奄奄一息。但国王看到他忠实的朋友来了,非常高兴。

"把他叫来。"国王下令,大公立刻走在他面前。

"我唯一的愿望就是死之前再见你一次。"国王说,向他伸出了颤抖的手,"到我这里来,大公,告诉我,你原谅我了。"

"为什么要说原谅呢,国王?"大公激动地说,跪下来亲吻国王的手。

"我有太多罪过,数也数不清……我只想说,我是你所有烦恼的根源……原谅我,原谅你的主人……"

"伟大的国王,我们对抗的是外面的灾难,它们正从远方向我们袭来……"

"不,这些灾难的原因也在于我。你从塔武什给我送来了信,告诉了我真相。我感谢你。你知道我有多高兴吗?我的灵魂一直饱受折磨,不过很快我就能彻底解脱了。"

大公理解国王的意思。尽管他相信国王确实为他的死感到高兴,但他还是很痛心,是他的信加速了国王的死去。

"是你必须原谅我,国王。"大公说,"都是我的疏忽,是那封信加重了你的痛苦。"

"完全没有!你的信履行了王位赋予你的伟大使命。铁人阿绍特是个罪人奥南。他让国家变得像波涛汹涌的大海。只要这个罪人在船上,马尔兹佩图尼的所有努力就永远无法平息它。抓起我,把我扔进大海的无底深渊,这艘船就能幸免……"

国王沉默了一会儿,然后睁开眼睛,环顾四周。他看到了床边悲伤的王后和她身边的阿巴斯弟弟。

"我很快就会离去……"他用虚弱的声音继续说,"生活中的所有悲欢离合都留给你了,阿巴斯。努力地好好生活,别学我,没能好好地珍惜生活。我把王位留给你,我心爱的阿巴斯,我把这个千疮百孔的国家留给你。继承王位，维护祖国福祉。你的家庭生活很幸福，你的统治也会同样顺遂。因为能成为孩子模范父亲的人，也会成为臣民的模范父亲。而你，我不幸的王后，我留给你的只有悲伤、泪水和痛苦的回忆……我希望你能忘记我，可是，唉，这是不可能的。只是不要诅咒我，不要诅咒你的国王丈夫……因为如果你的诅咒到达永恒之神的宝座，我会在地狱中受到双重折磨。"

几天后，国王去世了。国王的医生说他是死于旧伤。人民也相信了。但宫里有人说，是阿斯普拉姆公爵夫人的自杀加速了国王的死亡。这位不幸的国王无法承受良心的谴责，死者的灵魂和活着的王后的眼泪一直萦绕在他心头，他选择去死。但没人知道，是哪位天使给他带来了死亡……

5. 旧的敌人和新的国王

国王去世的消息迅速传遍全国。亚美尼亚王子和纳哈拉尔家族，各自带着自己的军队赶到叶拉兹加沃尔斯参加葬礼。

巴加兰统治者暴君阿绍特、瓦斯普拉坎王子阿绍特·杰列尼克、图鲁别兰的王子、阿格德兹尼统治者、莫格斯王子、休尼克王子们、阿格万谢普赫、加德曼统治者大卫等其他王子和各地区统治者都聚集于此。只有身在北方地区的谢普赫瓦格拉姆缺席。

和瓦斯普拉坎王子一同来参加葬礼的还有卡多利柯斯泰奥多罗斯（这时斯捷潘诺斯已经去世，泰奥多罗斯在阿克达马尔岛上担任卡多利柯斯）。

国王的遗体被庄严而奢华地从叶拉兹加沃尔斯运出，埋葬在巴加兰的巴格拉图尼王室墓地。

国王的棺材由不朽的木材打造，周身镶嵌着金银装饰。棺材被安置在一辆镀金灵车上，由六头白色马骡拉着。灵车上覆盖着昂贵的锦缎流苏棺罩，在阳光下像金锭一样闪闪发光。棺材前方是卡多利柯斯，周围是有威望的主教、修士、神职人员和唱诗班。国王的弟弟阿巴斯，在随从的簇拥下，骑着一匹披着丧毯的马跟在棺材后面。后面是萨卡努伊什王后和古根杜赫特夫人,她们在随从和公爵夫人的陪同下,坐在丧葬轿子里。再后面是暴君阿绍特、阿绍特·杰列尼克等其他王子,他们按照等级高低依次排列,并由一个由游方歌手①和小号手组成的合唱团陪同。

再往后是披着金甲和丧毯的国王马匹。队伍的最后是阿拉拉特、宫廷和谢普赫各部队——巴森部队、首都部队、瓦南德骑兵队和其他自由部队。率领这些部队骑在最前方的是格沃尔格·马尔兹佩图尼大公和他的儿子戈尔。这是阿巴斯王子的命令,因为他发现,现在军队掌握在可靠的人手里尤为重要。

军队后面跟着一大群人,他们跟着队伍向巴加兰移动。然后有越来越多周围村庄的人也加入了送葬队伍,队伍逐渐壮大。就这样,送葬队伍在几千人的陪同下到达了巴加兰。

国王的遗体被埋葬在大教堂里,他的父亲斯姆巴特国王和兄弟穆舍格也安葬在这里。

王后在公爵夫人和游方歌手合唱团的陪伴下,放声痛哭,悼念亡夫。国王的弟弟阿巴斯和其他王室成员也含泪送别国王。

哭得最伤心的还是他的朋友、战友格沃尔格·马尔兹佩图尼。他陪伴国王走过了一生:童年时是玩伴,少年时是朋友,青年时是伙伴,国王登基后,他是国王唯一忠诚的盟友。多年来,他帮助过国王,和国王一起战斗,获得过胜利,也遭受过失败,一起分享快乐和悲伤,一起欢笑,一起哭泣……往事一幕幕在眼前闪现。铁人阿绍特统治时期,局势动荡不安,可谓多事之秋。他回忆起,自己是多么钦佩国王的英雄事迹,钦佩他不惧强敌英勇奋战,钦佩他高

---

① 游方歌手是亚美尼亚的民间歌手。

超的剑法……曾几何时，幸运之神向国王微笑。而他，马尔兹佩图尼大公，为国王的成就欢欣鼓舞，希望阿绍特成为国家的救星，把国家从外国的枷锁中解放出来，取得巨大的荣耀，让昔日的荣光再次照耀王位。但遗憾的是，爱情的蛀虫啃噬了这颗伟大的心。现在，阿绍特停止呼吸，躺在冰冷的土地里。他的心已经感受不到任何东西了，爱和眼泪都无法触动它……他把巨大的希望和期待都带进了坟墓。一个庞大的国家，一个几百万人的大家庭，因为他的软弱而承受了许多不幸。国家正处于内忧外患之中，既有公开敌人的侵扰，又有虚伪朋友的威胁。如果这个唯一掌握着祖国命运的人，没有为了个人利益而牺牲最神圣的东西——对祖国的爱，那一切都会不同……

在国王遗体下葬的悲痛时刻，这些想法一直笼罩着大公，他痛哭流涕。

而大公旁边站着的人，对国王的死却有另一番感受。在他看来，埋葬着国王遗体的这片土地应该给他带来新的生命，新的荣耀……这个人就是暴君阿绍特。他的愿望还没有消失，他想成为拥有国家无限权力的统治者，成为整个亚美尼亚的国王……看到众人聚集到巴加兰及其周围地区，他决定借此机会向军队和人民展示他的财富和慷慨，从而把他们纳入自己的阵营。他打算先获得人民的爱戴，然后等哀悼日结束就提出要登上王位。现在可谓天时地利。军队离首都很远，继承人和王子们都在巴加兰。他可以轻而易举地夺取王宫和财富，把阿巴斯扣留在巴加兰。

连续几天，他不仅热情地款待着王室客人和王国贵族，而且对士兵和所有人也是如此。他还向穷人发放救济金，似乎是为了拯救已故君主的灵魂。他的做法确实给军队和人民留下了良好的印象，一些王子也对他产生了好感。

看到收效不错，暴君阿绍特变得大胆起来，开始准备实现他的"主要目的"。他派人去找恩瑟尔，介绍了自己的计划，请求恩瑟尔在必要时派军队援助他。恩瑟尔正愁找不到借口复仇，欣然地接受了暴君阿绍特的提议。

随后暴君阿绍特命他在叶拉斯哈卓尔的军队向叶拉兹加沃尔斯方向悄悄移动。他还决定把阿巴斯和亲信扣留在巴加兰。为争取王室军队的支持，他拿出一大笔钱让亲信去贿赂军事长官。

安排妥当后，暴君阿绍特向王子们打听王位继承的事情。他想看看有谁对阿巴斯继承王位不满意，以便拉拢到自己阵营里来。但他很失望，王子们都一致认为阿巴斯是王位唯一的合法继承人。

"阿巴斯是唯一合法的国王，人民正在等待他！"他们说。

不仅如此，他们甚至还认为，阿巴斯应该尽快加冕。

卡多利柯斯也建议阿巴斯尽快加冕，以免夜长梦多。

这些话刺痛了暴君阿绍特。在王子们离开巴加兰之前，他一直掩饰着自己的不满。

出丧过后，王后、阿巴斯、加德曼的统治者大卫、马尔兹佩图尼大公和儿子戈尔都留在了巴加兰。

不过戈尔留在了城外，他在那里负责管理阿胡良河岸扎营的部队。

马尔兹佩图尼大公觉得时间过得太慢，让人难以忍受。他焦急地等着阿巴斯服丧期结束后回到叶拉兹加沃尔斯，安排继承王位的事宜。他和卡多利柯斯想法一样，认为应在敌人进攻前尽快为阿巴斯加冕。王位交替之际，每个叛徒都蠢蠢欲动"翻旧账"，扰乱国家和平。马尔兹佩图尼已经和忠心的王子们谈过这件事了，如果有必要,希望他们能够提供帮助。

然而,休尼克王子斯姆巴特告诉他,他在离开巴加兰的路上遇到了暴君阿绍特的分队,说他们正打算从叶拉斯哈卓尔前往叶拉兹加沃尔斯,这让大公感到震惊。斯姆巴特觉得这一举动很是可疑,建议马尔兹佩图尼早做准备。

大公收到消息,在营地里思考如何应对,这时忠实的叶兹尼克告诉了他另外一个消息。

"大公,这两天,"他说,"有几个巴加兰人一直给我们军队赠送食物。他们向士兵们保证,每个在巴加兰的亚美尼亚士兵都可以使用斯帕拉佩特的粮仓。他们还一直赞扬斯帕拉佩特,说他给的报酬很高,他们十个士兵的报酬比我们一百个士兵的报酬还高。"

听到这个消息,大公脸色大变。他立即把戈尔叫来,告诉他这个消息。

"从种种迹象上看,暴君阿绍特又开始玩他的老一套了。没想到他竟然这么卑鄙,连丧期都不放过。我这就进城,让王后和王子立即离开巴加兰。你也要小心,密切关注军队和城里的情况,我有一种不好的预感。"

说完,大公骑上马,冲进了城。

叶兹尼克跟着他。

马尔兹佩图尼骑马来到王宫,这时暴君阿绍特和阿巴斯正准备去看看斯帕拉佩特的新城堡。一支士兵分队站在宫殿前,随时听候暴君阿绍特吩咐。

"你要去哪里,王子?"马尔兹佩图尼对阿巴斯说,意味深长地看着他。

"叔叔想消解我的忧郁,提议一起去堡垒,去看看他的新城堡。"阿巴斯不加掩饰地回答。

"你要和我们一起去吗？"暴君阿绍特友善地问，"如果马尔兹佩图尼大公能去欣赏我的杰作，我会非常高兴的。"

"你忘了，大公，之前卡多利柯斯约翰住在那里时，我已经看过了。"大公冷冷地回答。

"没关系，再去看看，天气这么好。"斯帕拉佩特坚持邀请他一起。

"大公大人，你的城堡很漂亮，也很结实。王子中的王子，他可能会喜欢它，但我们不能惹王后不高兴。"大公反驳道。

"我没懂。"阿巴斯惊讶地说。

"丧期内不能参加娱乐活动。"马尔兹佩图尼回答。

"活人总不能跟死人埋在一起，大公。"暴君阿绍特虚伪地笑着说。

"但死者不应该这么快就被遗忘。"

"马尔兹佩图尼大公！"暴君阿绍特严厉地说，"不应该由你来教导这位伟大的王子，他现在是你的国王。"

"是的，他是我的国王。亚美尼亚国王阿巴斯万岁！"大公大声说。摘下头盔，严正地看着斯帕拉佩特。

"这到底是什么意思？"阿巴斯疑惑地问，感觉他话里有话。

"告诉我，王子，你自己有没有表示过想上城堡？"马尔兹佩图尼问阿巴斯，没有回答他的问题。

"没有，是叔叔提议去的，我感谢他的关心。"

"是的，是我提议的！但是你，马尔兹佩图尼大公，你似乎忘记了在你面前的我也是一个国王，你的指责很不合适！"暴君阿绍特激动地说，愤怒地瞪着马尔兹佩图尼。

大公没有理他，平静地对向阿巴斯说："我的王子，你的仆人请求你。如果想消解悲伤，请你下到营地，而不是上到城堡。阿胡良河岸可比城堡美多了，那里的阳光也很明媚。"

还没等阿巴斯回答，暴君阿绍特大声说："你为什么不回答我的问题，马尔兹佩图尼大公？"

"在我回答你之前，我必须先问你，你的军队为什么要从叶拉斯哈卓尔转移到叶拉兹加沃尔斯？"

"我的军队？"暴君阿绍特脸色一变，反问道。

"从叶拉斯哈卓尔到叶拉兹加沃尔斯？"阿巴斯激动地问。

"当我们平静地坐在这里时，我们热情好客的主人正在为我们准备一个陷阱……"大公继续说。

"你胡说！"暴君阿绍特大喊。

"胡说的是你，国王陛下！"马尔兹佩图尼愤恨地回答。

"你敢这么跟我说话？"暴君阿绍特继续说，并命令侍卫："拿下这个卑鄙的家伙！"

一群侍卫走了过来。

"敢活捉马尔兹佩图尼的人还没出生呢！"大公愤怒地大喊，拔出剑，对士兵们说："来，拿出你们的本事，巴加兰的勇士们！"

趁着混乱，叶兹尼克跳上马，冲进营地。士兵们还站在原地。

"这是什么意思，大公？巴格拉图尼的后裔怎么能干出这么低级的事？"阿巴斯激动地说。

"你在我的士兵面前说什么卑贱的话？"暴君阿绍特喊道。

"你践踏了神圣的待客之道，你侮辱了已故国王的祭奠。还让我怎么评价你的行为？"

"所以你又想侮辱我一遍？"

"我还可以说,你是个叛徒。"阿巴斯愤慨地回答,转身对马尔兹佩图尼说,"大公,以我的名义请王后准备离开,我们今天就走。"

"没人可以离开这里!"暴君阿绍特打断了他的话。

"是否离开,我们自己说了算。"阿巴斯说。

"那也得问我同不同意。"暴君阿绍特回答。

"同意?你把我们当囚犯了吗?"阿巴斯气得浑身发抖。

"不,我只想让你们和我多待一会儿!"暴君阿绍特讥笑着说。

"这就是你把我带到城堡的原因吗?你想诱骗我吗?"阿巴斯愤恨地问。

"你愿意相信你的猜测吗?"

"这不是猜测,是事实。马尔兹佩图尼大公已经猜到了你的意图。"

"既然如此,就让它成为事实吧!没有人可以离开这座宫殿!行动吧!"他对侍卫首领说,然后转身进入宫中。

阿巴斯拔出了剑,挡住了暴君阿绍特的去路。"你去哪里?站住,再说一遍!"他用可怕的声音喊道,"你不该侮辱巴格拉图尼王位继承人!站住,告诉我你是谁!"

"我是亚美尼亚的国王,你是我的臣民。"暴君阿绍特回答,再次对侍卫大喊,"你们还在犹豫什么?"

"的确,你们站在那里准备干什么?"马尔兹佩图尼大喊一声,拔出了剑。

士兵们包围了他,想卸掉他的武装。阿巴斯急忙过来,助他一臂之力。

"来呀!履行自己的职责!"他一边喊着一边出手。

宫殿里一片哗然。阿巴斯的侍卫们看到他有危险，就冲了出来，向叛乱的人冲去。一场战斗随之展开。

幸运的是，这场冲突离女士们的住所很远。暴君阿绍特下令封闭她们住所的出口。所以王后在寝宫里没听到任何动静。叛乱的人数越来越多，要是再多一点儿，阿巴斯和马尔兹佩图尼就会被卸掉武装。几只强壮的手抓住了大公，试图夺走他的剑。就在这时，宫殿前面响起了号角，戈尔拿着剑冲向叛乱者。

"你在干什么，你这个地狱的魔鬼？"他喊道，开始砍杀他父亲的对手。

年轻的王子身后跟着侍卫，再后面是王室部队和瓦南德人。几分钟后，王宫广场上挤满了士兵，他们挥舞着剑和长矛，似乎随时准备清除挡在他们面前的一切。

其他部队很快赶到，全方位封锁了王宫。

至于暴君阿绍特，他一听到号角声就马上消失了。

阿巴斯和马尔兹佩图尼脱离了危险，匆匆赶到女士们的住处，安抚被号角声惊动的王后和其他女士。

"我们走吧，我们快点儿走吧。"王后哀求，"这座城市里有我爱人的遗体，所以我不想诅咒它。"

"我们今天就离开。"阿巴斯说，"但给我点儿时间去把叛徒抓住。要是不打碎他的头，这条毒蛇会咬你的……"

"别管他了，亲爱的阿巴斯，如果他罪有应得，上帝会亲自惩罚他的……阿绍特背叛了他的客人，但客人不应该对主人忘恩负义。"

"叫他叛徒！"马尔兹佩图尼大声说。

"你想叫他什么都可以，但别管他了。"王后坚持说。

古根杜赫特、戈阿尔、沙安杜赫特和其他贵族女士也提出了同样的请求。

阿巴斯的随行人员则相反，他们要求复仇。

阿巴斯为了避免冲突，最后答应了王后的要求。

当天晚上，阿巴斯王子、王后、马尔兹佩图尼和王室部队离开了这座阴谋重重的城市，前往叶拉兹加沃尔斯。

加德曼的统治者谢普赫大卫护送他的王后姐姐前往首都。

暴君阿绍特的部队正前往叶拉兹加沃尔斯，试图占领这座城市和这里的宫殿。途中他们听说暴君阿绍特的计划失败了，于是立即转向希拉卡沙特，以防在返回巴加兰的途中遇到阿巴斯的军队。

阿巴斯和他的士兵们在罗摩斯河边看到从叶拉兹加沃尔斯回来的阿拉伯骑兵，他们非常惊讶！

骑兵们看到亚美尼亚军队后想躲起来，马尔兹佩图尼命先头部队包围了阿拉伯人。

他们甚至都没有抵抗。

阿巴斯问他们是谁，在他的土地上做什么，骑兵首领回答说："奉埃米尔恩瑟尔之命，我们来到叶拉兹加沃尔斯，协助巴加兰国王的部队。听说你回来了，巴加兰人逃走了，我们决定返回德温。"

阿巴斯非常生气，差点儿下令杀死所有的阿拉伯人，但马尔兹佩图尼大公让他冷静，说："上帝保佑我们，最尊贵的王子。如果我们违背了与沃斯坎的协议，就会激怒哈里发。但现在是恩瑟尔先背叛了誓言，我们就有权去德温。"

阿巴斯认为大公说得有道理。他下令收走阿拉伯人的武器和马匹，让他们步行前往德温。

"去告诉恩瑟尔，我们很快就会去找他算账……"他对阿拉伯骑兵首领说，然后骑马离开。

到达叶拉兹加沃尔斯后，马尔兹佩图尼先派人到瓦斯普拉坎，去提醒加基克国王要记得与先王的联盟，并请他与卡多利柯斯一起到叶拉兹加沃尔斯为阿巴斯加冕。

加基克借口自己年事已高，请阿巴斯到瓦斯普拉坎来，在古都阿尔茨鲁尼加冕。

"我们现在正处于内忧外患之中。"他在回信中说，"敌人们甚至可能会干涉加冕典礼。因此，我建议这个神圣的庆典应该在凡城举行。我将邀请所有的王子前来，亚美尼亚国王可以在这里尽情享受和平时光。"

阿巴斯和马尔兹佩图尼认为他的建议很恰当，立即告诉加基克他们同意这个建议。

随后，加基克国王向亚美尼亚所有省份派出使者，邀请王子们和纳哈拉尔人来到首都凡城，为巴格拉图尼的阿巴斯国王加冕。

王子们听说暴君阿绍特的阴谋，都很气愤，于是纷纷赶到凡城，向亚美尼亚王位的继承人表达他们的友谊和忠诚。

…………

928年的春天来了。布兹努尼湖岸边一碧千里。西潘和瓦拉格、阿尔托斯和格尔古尔①山上融化的雪水流到古老的湖边。春天的田野里，人们热火朝天地忙碌着，花园被披上了绿装。但最令人惊叹是湖东岸的景象，谢米拉米达美丽的领地安静地坐落在那里的高山上。巨大的岩石山脊从东向西延伸，像一个自然奇迹被人类的双手

---

① 西潘、瓦拉格、阿尔托斯和格尔古尔是环绕凡湖的山脉。瓦拉格山脚下有一座同名的修道院，是亚美尼亚中世纪一个重要的文化中心。

赋予了宏伟的外观。在石头环绕下，这里有千百年来挖出的无数藏匿处。它们是城市主人的宝库、地牢和救赎之所。在这个巨大的山丘上有一个坚不可摧的堡垒。北部和西部是几排城墙和堡垒，南部和东部是悬崖峭壁。

南边有一座城市，房屋遍布整个山脚。在它众多的建筑中，人们可以看到宏伟的宫殿、有柱子的避暑屋、石制教堂和小教堂。但加基克国王宫殿的宏伟和豪华胜过了所有这些建筑。宫殿里有拱门、柱子、凉台和无数用黄金雕刻装饰的大厅。茂密的树木包围着城市的街道，溪水在凿开的石头中流淌，滋养着树木。所有这些都被带有高塔的城墙所包围，城墙前有一条宽阔的护城河。城东是无尽的花园和葡萄园，有潺潺的小溪和清凉的泉水。

那是一个温暖的春天，亚美尼亚的贵族王子、纳哈拉尔人和谢普赫带着他们的家人和随从拥向阿尔茨鲁尼这个宏伟的首都。卡多利柯斯和高级神职人员也来到这里。随后，阿巴斯带着他的随从和王宫贵族，古根杜赫特公爵夫人带着她的仆人们，马尔兹佩图尼大公带着阿拉拉特王国的军队都来到这里。

阿绍特·杰列尼克和阿尔茨鲁尼家族、瓦斯普拉坎的王子们一起在托斯普边境迎接阿巴斯，郑重地将这些尊贵的客人送到了他父亲的王城——凡城。加基克国王亲自在城门口迎接王位继承人。他在随从、受邀的纳哈拉尔和王子们的陪同下，庄严地护送阿巴斯到加基克宏伟的宫殿。

鲜艳的旗帜、彩色的织物、精美的地毯……精心装扮的城市营造出喜庆的氛围。王宫里同样光彩耀人，柱上挂满了绿植和花环，拱门和拱顶覆盖着金色流苏点缀的紫色帷幔。大厅的地板上铺着地毯、天鹅绒和丝绸。家具装饰特别华美，上面镶嵌着象牙或珍珠母，再点缀上金银等奢华元素。这里的一切尽显王室贵族的奢华气派。

瓦斯普拉坎国王极其虚荣。他装饰宫殿不单是为了阿拉拉特国王加冕，也是为了向贵客们炫耀自己的财富。加基克国王此举确实令很多宾客印象深刻。然而，马尔兹佩图尼大公和休尼克国王的亲属们知道这一切的代价，也知道他这奢华的王宫是用多少人民的悲痛换来的。只是形势所迫，他们不得不寻求老叛徒帮助，选择在他的首都为阿巴斯举行加冕大典。

休尼克王子向马尔兹佩图尼谈及这点，马尔兹佩图尼回答："我们已经选择了较小的邪恶……"

几天后，卡多利柯斯特奥多罗斯在凡城宏伟的圣约翰教堂，在加基克国王、王公和所有受邀贵族面前，为阿巴斯和他的妻子古根杜赫特举行了加冕大典。

就这样阿巴斯成为亚美尼亚的最高统治者和万王之王。加基克·阿尔茨鲁尼和所有亚美尼亚王子都热烈拥戴新国王，并宣誓效忠，建立牢不可破的友谊。阿巴斯国王向出席加冕仪式的王子们赠送了珍贵的礼物。但最高的奖赏是给格沃尔格·马尔兹佩图尼的。国王任命他为全军的斯帕拉佩特，而且他的家族可世代享有这一荣誉。

6. 夺取德温

加基克·阿尔茨鲁尼让阿巴斯国王和所有受邀宾客多留几周。这段时间,他招待他们去乡间游玩,向他们展示壮观的自然和人造奇迹。客人们参观了加基克国王修建的防御工事、山洞密道、石制教堂和水库。他们坐在湖边山坡上的半圆形剧场的石椅上,欣赏着眼前的美景。从这里可以看到城里的各种建筑,泛着涟漪的湖水以及岩石岛屿环绕周围,远处延伸着沿湖花园、树林、绿色的田野和四面环湖的山脉:北边是西潘,南边是阿尔托斯,东边是瓦拉格,西边是格尔古尔和因德扎基萨尔①。

加基克带着他的客人穿过美丽的森林,这些森林沿着湖的南岸延伸,那里散布着村庄和王子的庄园。在所有引人注目的地方,在潺潺的泉水边和阴凉的树下,国王举行着欢快的宴会,宴会上可以品尝到他宫里久负盛名的丰盛点心,欣赏到舞蹈和游方歌手的歌曲。

他陪同客人们一起去瓦拉格的岩石山坡,带他们去狩猎。他又

---

① 因德扎基萨尔,译为巴尔索夫山,位于凡湖岸边。

带着大家一起参观了以学校和开明教友而闻名的瓦斯普拉坎的修道院。他组织了游船活动，在此期间，客人们参观了沿海防御工事以及里姆岛、科图茨岛、阿尔杰尔岛和阿克达马尔岛的美丽风光。加基克国王在阿克达马尔岛上建造了宏伟的教堂、宫殿和城堡，他一般在这里过夏天，当然，所有亚美尼亚的卡多利柯斯也住在这里。他向尊贵的客人展示了这一切，欣喜地听着客人们的称赞。

在游览过程中阿巴斯国王特别关注加基克·阿尔茨鲁尼的防御工事。因为沃斯提坎优素福和他的继任者都曾经过这里，但这些工事保护了这里没有被蹂躏。此外，瓦斯普拉坎还受到良好的天然防御工事的保护。即使像加基克这样没有经验的军人都可以借此高枕无忧。加基克把瓦斯普拉坎的所有峡谷、山丘、山坡、修道院和荒地都变成了堡垒，这些堡垒和城堡坚不可摧。这就是为什么瓦斯普拉坎的人民生活得更好，教堂更富有，神职人员比阿拉拉特王国更有学问。阿巴斯梦想着回国后以同样的方式壮大自己的王国。

格沃尔格·马尔兹佩图尼心里在想别的事情。他在考虑加强阿拉拉特王国和南方公国之间的联盟，说服聚集在这里的王子们联合起来向德温进军，占领首都，王子们将一劳永逸地把外国人赶出他们的家园。他不断地劝说阿格德兹尼和莫格斯的统治者，以及休尼克王子，更多的时候是劝说加基克·阿尔茨鲁尼和阿绍特的继任者德列尼克。

他的努力获得了成功：所有亚美尼亚王子都决定向德温进军。

沃斯提坎很担心。他知道阿巴斯已经在瓦斯普拉坎加冕，大多数亚美尼亚王子都站在新国王一边。沃斯提坎参与了暴君阿绍特的阴谋，违背了自己的誓言，破坏了与阿巴斯签订的和平协议。他随时都有可能遭到攻击，因为他已经收到了阿巴斯的威胁，必须准备自卫。

首先，他与暴君阿绍特结盟，得到了承诺，在阿巴斯进攻时会得到暴君的援助。然后，他向哈里发请求出兵，说阿拉伯各省正处于危险之中。但哈里发忙于镇压国内的动乱，无暇顾及恩瑟尔的请求。恩瑟尔随后与美索不达米亚和库尔德斯坦的独立埃米尔结盟，从他们那里得到了军队，加固德温及其周边地区的防御工事。

他在德温和阿尔塔沙特要塞驻守了强大的守卫部队，这两个要塞由地下通道连接。因此当其中一个要塞被攻陷时，他可以跑到另一个要塞躲避。然后，他把军队分成几个分队，指派第一分队保护内城的城墙和塔楼，第二分队保护外城堡垒，第三分队保护护城河和负责可移动的桥梁，第四分队保护阿尔塔沙特著名的塔佩拉坎桥，敌人会通过这座桥向德温进军。此外，他还将他的骑兵分成四队，派他们去守卫通往城市的道路。第一条是西南方向至赫拉特的道路；第二条是东南方向至纳希杰万的道路；第三条是东面至别尔德克的道路；第四条是北面至科格巴波尔的道路。至于通往卡林的道路，沃斯提坎没有设防，这条是他留给他的盟友暴君阿绍特部队的。他料想阿巴斯会沿赫拉特或纳希杰万道路行军，休尼克人将沿别尔德克道路行军，而仍在古加尔克的谢普赫瓦格拉姆将沿科格巴波尔道路行军。

然而，尽管做了这些准备，沃斯提坎知道亚美尼亚人生性爱好和平，还是希望能和平解决这个问题。他认为，他可以再次赢得国王的青睐，重修旧好。于是，他派使者带着礼物前往瓦斯普拉坎，祝贺阿巴斯国王登上王位。恩瑟尔还提议结盟。

"告诉埃米尔，亚美尼亚国王将在德温接受他的祝贺。"阿巴斯回答。他没有接受礼物，打发阿拉伯使者回去了。

349

这就够了。沃斯提坎意识到，国王并不相信他。恩瑟尔开始积极备战。

阿巴斯国王的军队由阿拉拉特军团和阿尔茨鲁尼部队组成，正在缓慢推进。按照事先部署，莫格斯统治者和阿格德兹尼王子在沙鲁尔山谷与国王会合。休尼克王子在进入马扎兹后，与加尔尼和格赫部队一起下到乌尔察卓尔。无须再与阿布哈兹人对抗的谢普赫瓦格拉姆，恐吓了他们之后，打算带着他的部队进入希拉克，在叶拉兹加沃尔斯与军团会合，然后向德温河谷进发。王子联军决定围攻德温，火速攻下。

德温正在热火朝天地备战。阿拉伯人在城墙附近囤积弹药，在仓库里装上易燃物，准备补给材料。堡垒被铁钩和攻城机械包围。塔楼上堆满了花岗岩碎石，用以摧毁云梯和弩炮。

准备工作完毕，恩瑟尔下令将护城河填满水。数百名阿拉伯士兵行进到阿尔塔沙特运河，准备挖开水坝，把水引到德温河。

这条运河建于公元前200年的阿尔塔什斯一世①时期，根据著名的迦太基统帅汉尼拔的设计建造的。当汉尼拔从他的国家流亡到亚美尼亚时，阿尔塔什斯一世为他提供庇护。迦太基统帅汉尼拔是位经验丰富的指挥官，在他逗留期间，根据他的建议在叶拉斯赫建立了一座城市和阿尔塔什特要塞。由于建城的地方三面被叶拉斯赫河和梅察莫尔河环绕，于是在第四面挖了一条运河，这样就用水把城市四面包围起来，城市变得坚不可摧。

如今著名的阿尔塔什特早已不再是首都，德温继承了它的荣耀

---

① 阿尔塔什斯一世，亚美尼亚阿尔塔什斯王朝的建立者，在位期间为公元前189年—160年。

和辉煌，阿尔塔什特的古运河为德温的护城河供水。阿尔塔什特沦陷后，亚美尼亚历任国王，从建造德温并将王位转移至此的霍斯罗夫二世，到巴格拉图尼的继承人，都对德温倾注了全部心血，大大加固了它的防御工事。从那时起，运河只为德温服务。

几天过去了，阿巴斯国王的军队没有出现。守卫纳希杰万道路的骑兵报告说，阿巴斯仍在沙鲁尔。于是，阿拉伯人便放松了警惕，甚至在运河上劳作的士兵也变得懈怠。几天的时间他们只挖出了水坝的一小部分。

与此同时，阿巴斯国王的军队在与阿格德兹尼和莫格斯军队会合后，早已离开了沙鲁尔。

他们在沙鲁尔留下了空帐篷和一些分队，用于蒙骗守卫道路的阿拉伯骑兵，制造出亚美尼亚人没有离开的假象。亚美尼亚军队则分成若干分队，沿着鲜为人知的道路向德温方向前进。

马尔兹佩图尼收到消息称阿拉伯人正在摧毁水坝，将水引向沟渠，此时联军已经相遇了。灌满水的沟渠是很大的阻碍。首先，军队无法到达堡垒墙下，这会导致攻击失败。其次，需要关闭运河出口并将沟渠填满，至少在某些地方，需要大量的劳作。而且在行动过程中，亚美尼亚人可能会遭到敌人的箭射。

考虑到这些，斯帕拉佩特告诉国王，必须派几支部队到阿尔塔什特，去阻止敌人破坏运河。王子联军同意马尔兹佩图尼的提议。

国王派巴布肯王子率领瓦南德和休尼克的部队前去执行任务，因为巴布肯王子对阿尔塔什特的环境非常熟悉。

当巴布肯王子率军进入阿扎特河谷开始向德温推进时，已是傍晚。他们选择穿过霍斯罗夫森林，德温河谷的阿拉伯支队并没有注意到他们。

夜幕降临,亚美尼亚人渡过了梅察莫尔河,沿着河道向阿尔塔什特前进。尽管士兵们很疲惫,但王子不想浪费时间休息,要知道,多耽误一分钟就多一分危险。在离阿尔塔什特还有几段路的时候,他不得不停下来,先派侦察兵去侦察运河。如果阿拉伯人已经成功地挖开了运河,往沟渠里灌满了水,那么向阿尔塔什特进军不仅毫无意义,反而会打草惊蛇,让他这支小部队陷入危险。

侦察兵回来后报告说,大坝还没有被挖开,但有数百人在那里劳作。

"绝不能耽搁!"巴布肯王子大声说,赶紧向前冲去。士兵们急忙跟在他后面。

而事实上,再有几个小时大坝就会被挖开。别希尔负责工程,水必须在天黑前灌入沟渠。尽管天色昏暗,别希尔还是骑着马来回督促着干活。

突然,亚美尼亚士兵从阿尔塔什特方向冲出来,高喊着进攻阿拉伯人,挥舞着剑和长矛,左右夹击。这次进攻打得阿拉伯人措手不及,他们扔掉了铁锹和锄头,惊恐地向德温的方向逃窜。别希尔拔出剑,努力稳住他们,但没人听他的话,几十个本来尝试用铁锹和马刀抵御亚美尼亚人的人愣在原地。看到这一幕,别希尔骑马跑回德温。亚美尼亚人高喊着追击阿拉伯人,追到了城市的边界,然后返回占领了运河。

别希尔向沃斯提坎请求出兵。但恩瑟尔更有远见,行事更为谨慎,他不允许别希尔从城内调兵。

"我们尚未掌握亚美尼亚军队的情况,不知道他们兵力集中在哪里。最好不要让军队暴露在危险中。"他对别希尔说,"等早上了解清楚了敌人的实力,我们再做决定。"别希尔认为合理,接受了沃斯提坎的建议。

然而，当阿拉伯人在早晨醒来时，他们惊讶地发现占领运河的只有几支部队而已。别希尔一看到自己竟然被这点儿兵力打得落花流水，十分沮丧和愤怒。

"我要立即消灭他们所有人，一个亚美尼亚人也别想从我手中逃走！"他大声说，召集了最勇猛的分队，准备率军向德温城外进军。

沃斯提坎站在宫殿尖塔上观察周围情况，他注意到，在没有设防的卡林道路上出现了骑兵。

"我们盟友的部队到了！"他激动地对在宫殿前发号施令的别希尔说。

"没有他们，我们也能应付！"长官傲慢地回答。准备就绪后，他率军出城去了。

巴布肯王子的处境并不轻松。他的部队只有五百人。虽然他们是经过挑选的亚美尼亚勇士，但面对敌人的大部队也坚持不了太久。此外，他们身处德温和阿尔塔什特之间的一片空地上。阿拉伯人可以包围并当场屠杀他们。他们唯一的出路就是撤退，但这样的话，运河又会落入敌人手中。

阿巴斯国王派王子来这儿，答应第二天早上会派出联军。但是太阳已经升起，别说部队了，连先头部队都没看到……巴布肯王子的侦察兵在阿尔塔什特山上观察周围情况，回来报告说，骑兵正沿着卡林道路前进，很快就会抵达德温的城墙。在其他道路上只有阿拉伯人的守卫部队。

"只有暴君阿绍特的军队可以沿着卡林道路走。"巴布肯说，"我们只能等待来自德温河谷的援军。"

"还有来自天堂的救赎。"他的一个同伴说。

"如果上帝高兴的话。"王子补充说,然后陷入了沉默。

这时,德温的南门打开了,阿拉伯军队在号角声中开始向阿尔塔什特运河方向行进。

与此同时,巴布肯王子把他的小部队安排好。他把部队排成一个三角形,令他们在进攻时切入敌人队伍,把敌人一分为二,开始战斗。他希望通过这种方式削弱敌军的力量,确保行动自由。

听到号角声,王子策马上前,拔出剑来,大声喊:"我亲爱的勇士们!我们势单力薄,敌人人多势众,但我们的事业是正义的。上帝帮助正义的人,上帝之手是强大的。勇敢地直面敌人,不要回头。上帝会帮助我们再次杀死敌人,如果我们中有人死亡,请让他知道他是为国家而死,为那个从德温河高处照耀着我们的十字架而死。"

他拔出剑,大喊一声:"冲啊!"然后冲向敌人。休尼克和瓦南德的士兵们紧紧跟着他。

最后,两军相遇,展开战斗。剑和长矛闪闪发光,激烈的战斗打响了。攻击太过迅速和猛烈,双方部队一下子就都被冲散了。瓦南德人与休尼克人分开,休尼克人彼此分开,阿拉伯人也无法维持他们的队伍。一些亚美尼亚人推开了右边的阿拉伯人,后者又推开了左边的亚美尼亚人。因此,战斗在几个点位上分开进行。这对亚美尼亚人有利,因为他们获得了行动自由。然而,在尖塔上观察战斗的沃斯提坎看到亚美尼亚人的抵抗,派出新的部队来支持别希尔。亚美尼亚人在遇到了新的攻击后,开始后退。每支部队都被阿拉伯人团团包围。战斗进入关键时刻。与敌人激烈战斗的巴布肯王子退了几步,看着德温大教堂,诚恳地喊道:"启蒙者的十字架啊,你会允许我们的失败,并把胜利送给卑鄙的敌人,让他们滥用你的神圣吗?四翼天使啊,请告诉我们,你没有辜负我们的希望,你的手是万能的!"

说完,他带着拔出鞘的剑冲向扑过来的敌人,以异乎寻常的勇气保卫着队伍中实力较弱的那一侧。王子和他的士兵们英勇奋战,但始终无法战胜阿拉伯兵团,阿拉伯兵团人数在不断增加。在一些地方,亚美尼亚人开始屈服。眼看着阿拉伯人马上就要吹响胜利的号角……就在这时,传来了亚美尼亚士兵雷鸣般的呐喊声,手持宝剑的谢普赫瓦格拉姆闪电般地撞进阿拉伯人的队伍。紧随其后的是古加尔克、巴森和希拉克的勇士们。他们像飓风一样扑向敌人,无情地砍杀、碾压和用马蹄践踏着敌人。

巴布肯王子目瞪口呆,谢普赫从哪里突然冒出来的?他的军队藏在哪里?

原来,德温西部道路上移动的骑兵,那些让沃斯提坎以为是援军,让巴布肯王子担忧的骑兵,竟然是谢普赫瓦格拉姆的军队。他们是国王派来援助巴布肯王子的。这支军队避开阿拉伯人的护卫分队,绕过德温河谷,穿过霍斯罗夫森林,进入了卡林道路。

谢普赫大军的到来扭转了战斗局面。阿拉伯人被打蒙了。休尼克人和瓦南德人重燃斗志,与敌人展开了更激烈的战斗。战斗再次打响,部队再一次发生冲突。数以千计的刀剑飞舞,长矛折断,头盔碎裂,盔甲撕裂,盾牌破碎……平原上响起了胜利的呼喊声、伤员的呻吟声和武器的铿锵声。

胜利之星显然站在了亚美尼亚人一边。阿拉伯人看到新的分队后,混在一起,开始撤退。别希尔为了保存实力,下令发出撤退信号。阿拉伯人听到撤退号角后,没有一步步地撤退,而是急忙跑向德温。

亚美尼亚人冲到他们后面,开始无情地砍杀。很快,德温的大门打开了,迎接撤退的部队。

看到这一幕,谢普赫产生了一个大胆的想法,要跟着阿拉伯人冲进城去。但巴布肯王子更有远见,上前阻止了他,他说部队在城中可能会有危险。

他们很满意此次胜利,集结部队,返回山谷。

到了晚上,国王带着格沃尔格·马尔兹佩图尼、同盟的王子和国王的军队赶到。

斯帕拉佩特下令,军队将德温团团围住。

当国王看到德温护城河仍然干涸,听说大败阿拉伯人时,亲吻了巴布肯王子和谢普赫瓦格拉姆以示感谢。然后,他下令当晚在营地点火庆祝。

在古老的德温森林中,士兵们砍伐了数百棵杨树和雪松,在营地和城墙周围搭建起巨大的篝火。

黑幕降临,篝火燃起。在熊熊篝火的映照下,德温变成了一座童话般的城市。数以百计的火星喷发到空中,照亮着首都的城墙和塔楼。从远处看,整座城市仿佛都在发光。在幽暗的夜色中,高大的宫殿和柱子、带有闪亮十字架的教堂穹顶、教堂的高大尖塔和带有金色新月的沃斯提坎宫殿,这一切都在明亮的火光和橙黄色的折射中闪烁着,给城市蒙上了一层神秘的面纱。

从德温河的高处看,则呈现出一幅不同的画面。国王军队包围着这座城市,白天看已经很可怕了,在黑暗的夜晚显得更加恐怖。篝火的火焰让军队的规模看起来十分庞大。士兵围着篝火跳舞,欢呼声和胜利的歌声响彻城市上空,这让被困的阿拉伯人深深陷入不安。

德温城里的亚美尼亚人不敢公开表达他们的喜悦,而是暗自欢喜。一想到陌生人的统治很快就要结束,傲慢的阿拉伯人最终会在胜利的国王的旗帜前鞠躬,他们的心中充满了无限的喜悦。每个人都在低声祈祷,孩子和长者、女人和男人都在祈祷上帝再次显灵,把胜利送给亚美尼亚的十字架和格列戈里的信仰。

沃斯提坎从尖塔上看到了巨大的篝火,看到了亚美尼亚士兵的游戏和舞蹈,听到了他们欢快的歌声,愤怒得发狂。他回想起自己屡次的失败,把这一切归咎于指挥官和部队的愚蠢和粗心,他一边责骂一边诅咒他们。

"我们本可以早一天打开运河,把水灌进沟里……"他自言自语,"由于粗心大意,我们失去了最好的防线,我们对战败负有责任……而我的哨兵队呢……他们在哪里?为什么敌人来了,四个哨兵没有一人赶来报告?"

但其实沃斯提坎也是冤枉了哨兵队。他没有及时观察到敌人,不是因为哨兵队玩忽职守,而是因为亚美尼亚斯帕拉佩特经验丰富。他巧妙地把军队分成小股,带领他们出其不意地更换路线,让阿拉伯哨兵队无法追踪他们。他在沙鲁尔留下了帐篷也是等部队到达德温河谷后才拆除的。

沃斯提坎召别希尔来开会。

"亚美尼亚军队来势汹汹,我们招架不住啊。"他对军事长官说,"我认为现在只有一个办法可以防止冲突,就是迫使阿巴斯与我们和解。"

"这可能吗?"别希尔问。在遭受失败后,他变得不再傲慢。

"我们向亚美尼亚国王宣布,如果他不接受我们的和平提议并从德温撤军,我们就吊死手中的人质,休尼克的萨克王子,他的表弟。"

"如果阿巴斯想要和平,他就不会把你的使者从瓦斯普拉坎送回来。他会拒绝你的提议。"

"那么我就吊死萨克王子,让他的兄弟斯姆巴特和巴布肯与我们一起战斗。在他们拿下德温之前,他们就会拥抱到他们兄弟的尸体。"

"如果他们拿下德温呢?"

"让他们拿,如果他们有本事的话。命运是无法逃避的。但至少杀了个王子,我就能伤到他身边人的心。"

"不,我的主人,这是一个非常危险的决定。"别希尔回答,"亚美尼亚人不是一个暴力的民族。当他们占领一座城市时,他们不会像我们那样杀死居民。占领德温后,他们不会伤害我们和我们的军队,只要你不发泄你的愤怒。但如果你杀了萨克王子,我们就得不到任何怜悯。你不了解休尼克人,我经常和他们打交道,我知道他们那肆无忌惮的怒火。他们是不会容忍你处决他们的王子、对他们造成侮辱的。"

军事长官的话让沃斯提坎动摇了,他低头思索着。

"我们该怎么做?"他问,若有所思地盯着别希尔,捋着浓密的胡子。

"我们会竭尽全力地坚守。"别希尔坚定地说。

商议好之后,沃斯提坎和军事长官分开了。

亚美尼亚营地里在等待着天亮,天亮后他们将决定是猛攻还是包围。

深夜,哨兵向斯帕拉佩特报告,一支庞大的骑兵部队正沿着纳希杰万道路向营地移动。那是沃斯提坎早先派来的一支卫队,他们得知亚美尼亚人从沙鲁尔撤军的消息后,赶紧挡住他们的去路并通知沃斯提坎。

斯帕拉佩特意识到他们要从后方进攻,于是立即命令谢普赫瓦格拉姆带兵去迎击。莫格斯勇士们也加入了谢普赫的行列。

在韦季的一个山谷里,谢普赫追上了阿拉伯骑兵,命令他们放下武器。

黑暗中阿拉伯人确定不了亚美尼亚人的数量,没有放下武器,而是对他们展开攻击。

谢普赫威胁声响起,亚美尼亚人高喊着冲向敌人。

一场血腥的冲突爆发了,但没有持续很久。阿拉伯人一下子就感觉到了敌人的数量,在短暂的抵抗之后,他们缴械投降。

谢普赫瓦格拉姆下令结束战斗,收缴了骑兵的武器,俘虏了他们。

第二天,斯帕拉佩特得知守卫部队已经在赫拉特、别尔多克和科格巴伯尔的路上了。马尔兹佩图尼大公在得到国王的允许后,派了几支部队前往。在谢普赫瓦格拉姆、斯姆巴特大公和莫格斯统治者的指挥下,亚美尼亚士兵袭击了阿拉伯骑兵,经过短暂的战斗,把他们赶到了阿特尔帕塔坎和科尔杜阿,俘虏了一部分人带回了营地。

暴君阿绍特听说阿巴斯国王和他的盟友来到德温,并大获全胜,于是撕毁了与恩瑟尔的条约,撤走了他的军队,并在巴加兰设防。

与此同时,阿巴斯国王在封锁了通往德温的所有道路之后,召开了王子会议,商讨如何进攻。

格沃尔格·马尔兹佩图尼珍视每个亚美尼亚士兵生命,他建议国王让恩瑟尔主动投降,交出德温。

"如果他同意最好,如果不同意我们就发动进攻。"斯帕拉佩特说。

"如果恩瑟尔知道自己已经孤立无援了,他会接受我们的条件的。这对我们和他都有好处。"

国王同意了这个提议,联盟的王子们附议。

当天,阿格德兹尼王子和其他几位王子前往德温与恩瑟尔谈判。

埃米尔恩瑟尔在官中的一个豪华大厅里郑重地接待了他们,并表示愿意接受国王的提议。

"阿巴斯国王命我告诉埃米尔大人,阿格德兹尼王子说,德温是亚美尼亚的首都。它是由亚美尼亚人建立和统治的,直到最近几年它还属于亚美尼亚王国。哈里发的沃斯提坎可以留在首都德温,为哈里发征收贡赋,但他们无权占领和统治这个国家,因为这个国家是由亚美尼亚国王统治的,其命运由人民自己决定。优素福和他的前任们曾经经常试图侵占德温,无耻地掠夺民众。但这是发生在亚美尼亚王子们没有顺从国王或恶意地背叛他的时候。'今时不同往日,'国王说,'现在王子们团结在王位周围,军队忠诚于我,我很强大,不允许优素福的继任者暴虐我的人民。且不说埃米尔恩瑟尔先是与先王达成了和平协议,后又背叛了自己的誓言,与亚美尼亚王位的叛徒合谋。更别说他还非法攻占了亚美尼亚主教教堂,把卡多利柯斯赶出首都,我作为教会的捍卫者,本应该为此惩罚恩瑟尔。尽管我有种种正当的理由出兵,但我不希望发生流血事件,所以我提议沃斯提坎主动向我交出城市,我会允许他继续生活在宫殿里。否则我就武力夺取德温。让沃斯提坎知道，只需一天我就能歼灭他的军队和所有在首都有地产、在德温广场有宫殿的埃米尔的军队……我也不会放过沃斯提坎本人。同时，我不会与哈里发为敌，只会惩罚他手下那些无礼扰乱我国家的臣民……'"

开始沃斯提坎一直静静地听着，直到听到最后一句话，他暴跳如雷，厉声喊道："你们的新国王比他的前任更加傲慢无礼！告诉他，我不接受他的任何条件，我有权统治一座两百年前就被阿拉伯人的剑征服的城市。如果他有本事，就让他武力夺取德温吧。但请他不要忘记，他是在与神圣的阿拉伯哈里发交战，不是仅仅与他的沃斯提坎交战。"

王子使者和同伴们回来了，转告国王恩瑟尔的答复。

"很好。那我们就向这个阿拉伯人证明，他的威胁吓不倒我们，我们不会放弃我们的权力。"国王说，并命斯帕拉佩特准备进攻。

马车把进攻所需的武器逐渐从叶拉兹加沃斯运来，有攻城器械、弩炮、投石器、射击器、点火器和铁梯子。所有这些都是阿巴斯国王还在瓦斯普拉坎时，马尔兹佩图尼大公下令准备的。他命有经验的军事工匠建造木制的移动攻城塔，本来是要开到要塞的城墙上攻破城墙，为部队进入城内开辟道路。

然而护城河河宽水深，阻碍了攻城塔的移动。填平护城河需要时间，所以国王下令第一次进攻先不用攻城塔。

进攻开始了。亚美尼亚军队采用分组围攻的战术，从不同方向分散防御者的防御能力。阿拉伯军队防御力量遭到削弱。

亚美尼亚人在盾牌的掩护下，起初向阿拉伯人发射了大量的箭矢，进而逐步靠近要塞，开始爬墙。阿拉伯人全力攻击在城墙上搭梯子的部队。部队不仅受到两端带钩的长铁杆的阻挠，而且还受到了阿拉伯人箭矢的攻击。

一场激烈的战斗在德温的正门爆发了。那里有几个堡垒守卫着铁门和外墙。在占领了这些堡垒后，亚美尼亚部队很容易就摧毁了第一道城墙，削弱了城市的防御能力。一支强大的亚美尼亚部队正在这里厮杀。

然而，从上面落下的箭雨和从城墙上倾泻下来的燃烧的焦油流，阻碍了亚美尼亚人搭云梯。这时他们拿来喷火器，捧来成捆的灌木和干草，头顶着盾牌，迅速跑过护城河，靠近城墙开始点火。后面跟着士兵，手中抱着木柴。几分钟后，巨大的火柱在城墙和塔楼下燃烧起来。

高温和浓烟很快就把阿拉伯人逼出了堡垒。亚美尼亚人立即把云梯放到没有着火的城墙上，开始往上爬。

阿拉伯人看到后，赶紧攻击这些士兵，但亚美尼亚的勇士们继续向上攀登。尽管高温和浓烟让人喘不过气来，但在顶部仍进行着激烈的战斗。剑被砍断，长矛刺入身体，盾牌破碎，尸体像秋天的树叶一样从塔顶高处纷纷落下。双方僵持了很久。但随着阿拉伯人越来越少，亚美尼亚人的数量越来越多，阿拉伯人被迫撤退。攻击者占领了外围的堡垒，突破了第二道防线。在这里亚美尼亚人和防守城墙的阿拉伯人再次展开战斗。阿拉伯人没有援兵，被打败了。亚美尼亚人占领了外墙，开始摧毁这里，逐渐填平了沟渠。

这次胜利令国王和他的盟友非常高兴，马尔兹佩图尼对取得的胜利很满意，为了保存实力停止了进攻。

大部队返回营地，剩下的小部分继续破坏外墙。傍晚时，他们几乎拆除了大部分外墙，填平了护城河，这样第二天他们便可以将攻击机械和攻城塔运到内墙。

但由于亚美尼亚人也遭受了相当大的损失，于是国王下令，修整几日再发起新一轮攻击。与此同时，伐木工在德温森林中砍伐树木，将其填入沟渠。他们还把一部分树木放到城墙下，以便需要时采取火攻。

几天后，国王和斯帕拉佩特决定发动第二次进攻。一大早，士兵们开始运送攻城机械。他们把攻城槌运到要塞，以突破城墙上的缺口，数百人操作着重型弩炮，轻型弩炮的防攻击能力没有攻城槌和重型弩炮那么强，于是士兵把它们放在较远的地方，这样堡垒上的箭矢就无法射到它们。攻城塔在轮子的带动下吱吱作响，那些较重的攻城塔借助滑道逐渐向前移动。

阿拉伯人迅速向亚美尼亚人发起攻击，他们用弓箭射击，用投石器投出石弹。亚美尼亚人在强大的攻城器械的保护下小心翼翼地向前进攻，虽然损失不大，但进攻速度缓慢。

晚上，亚美尼亚分队守卫着城墙，防止阿拉伯人在夜间破坏攻城机械。

最后，国王下令开始进攻。

那是一个5月的清晨，日出前的德温要塞呈现出迷人的景象。但太阳一从地平线上升起，就把每个生物都烧焦了。

亚美尼亚军队基本完成进攻前的最后准备工作，联盟的王子们出去勘察进攻点。这时，马尔兹佩图尼收到消息，阿拉伯人正从阿尔塔沙特的堡垒进到城里。这意味着德温的统治者决定从德温和阿尔塔沙特两个方向突袭亚美尼亚人。如果亚美尼亚人离开营地进攻德温，阿尔塔沙特部队就会从后方进攻。斯帕拉佩特很清楚敌人这一招。他命令部队全副武装离开营地，但同时命莫格斯王子和谢普赫瓦格拉姆留在后方，一旦敌人在阿尔塔沙特方向出现，就做好击退准备。这样前方部队就可免去后顾之忧,安心地攻击从德温出来的阿拉伯人。

谢普赫欣然受命。他提出了一个大胆的计划,踩着被打败的敌人的肩膀冲进城市。他非常高兴,莫格斯王子同意他的计划,王子和他一样无所畏惧,甚至更有魄力。同样戈尔王子也带着年轻的手下加入了谢普赫。

事实上,亚美尼亚人刚要离开营地走下围墙,阿尔塔沙特的大门就打开了。阿拉伯人高喊着冲进战场。由戈尔、谢普赫瓦格拉姆和莫格斯王子率领的亚美尼亚军队就等着敌军这手呢。他们转过身来向敌军冲去。

阿拉伯人根本没想到亚美尼亚人会突然发起进攻,他们被打了个措手不及,意识到亚美尼亚军队已经猜中了他们的意图,但还是继续迎敌而上。亚美尼亚人以众敌寡,从三面包围了敌人。一场激烈的战斗爆发了。

战斗没有持续很久。阿拉伯人拼死顽抗,等待着德温里的沃斯提坎的援军。然而,时间一分一秒地过去,亚美尼亚士兵持续进攻,德温援军却始终不见踪影。

为何援军迟迟未赶来增援?沃斯提坎和别希尔观察战况,发现一部分亚美尼亚军队突然转身冲向阿尔塔沙特人,另一部分留在原地。他们意识到亚美尼亚人计谋更胜一筹。此时再让军队出城援助就很危险了。

阿尔塔沙特的阿拉伯人看到德温方没有履行承诺,他们只能孤军奋战,于是掉头向城内逃去。

亚美尼亚统帅们命军队冲进要塞。戈尔和谢普赫一马当先。敌人被打怕了,只想着怎么保命,没阻拦他们进城。要塞总督等撤退士兵都进城后,立即下令关闭城门,但为时已晚,亚美尼亚军队已破门而入,战斗在城内打响。

戈尔率军打到了阿尔塔沙特堡垒,堡垒已丧失了防御能力。戈尔制服了那里为数不多的守卫,把旗帜挂在了堡垒上空。绝望笼罩着阿拉伯人,特别是当他们看到亚美尼亚人胜利的旗帜已经飘扬在古堡上空时。

阿拉伯人意识到他们败局已定,于是要求和解。亚美尼亚人立即停止了战斗,解除了敌人的武装,占领了城市和要塞。

胜利的消息传到了国王那里。随着阿尔塔沙特被占领,唯一阻碍进攻的防御工事也被攻陷。

第二天早上,王室军队抵达德温城墙,斯帕拉佩特格沃尔格、谢普赫瓦格拉姆、休尼克、莫格斯和阿格德兹尼的王子们一起发起了第二次进攻。

战斗打响了,太阳出来了,整个格赫山上被镀上了一层金光。

弓箭队向阿拉伯人射出冰雹般的箭矢,弹弓飞舞,弩炮射出石弹,炮弹和攻城槌击碎了城墙。攻城塔上的士兵们扫除了守卫分队,把云梯搭到城墙上,成功剿灭了敌人。

战斗非常激烈,阿拉伯人损失惨重。木制防御工事一次次起火,一次次倒塌。但阿拉伯人困兽犹斗,他们的长矛手和弓箭手也让亚美尼亚人付出了惨痛的代价。阿拉伯人烧毁了一座攻城塔,毁掉了几辆攻城车,用铁杆和钩子摧毁了大量梯子和木材。

阿拉伯军队被迫抵抗来自四面的攻击,防御能力遭到大幅度削弱。

在亚美尼亚军队的猛烈围攻下,阿拉伯军队被迫放弃一些地方外墙,退回内侧的防御工事,亚美尼亚军队立即乘胜追击。

此外,斯帕拉佩特的士兵们用攻城器械成功破门,亚美尼亚军队随之摧毁堡垒的拱顶。其实原本只要把沙子和砾石移开,就可以打通进城的通道。

看到这些,别希尔赶到沃斯提坎宫中,通知敌人即将进城。他建议在堡垒上筑起防御工事,趁还来得及把军队转移过去。

埃米尔恩瑟尔想起了国王的威胁,如果德温被攻占,他就会把他们都杀了,于是变得心烦意乱。

"现在城墙和堡垒都被摧毁了,城堡无法保护我们。"他对别希尔说,"如果阿尔塔沙特没有被攻占,我们可以依靠堡垒,从那里的地下通道去阿尔塔沙特。但现在不可能了。亚美尼亚人会夺取要塞,或者长期围困活活把我们饿死。我们只会激怒敌人,一旦我们占领了堡垒,他们不会放过士兵和我们。"

"敌人已经在门外了。我们该怎么做?"别希尔问。

沃斯提坎没有回答。他垂下眼帘,思索着。

"我们该怎么做,大人?我们不能再等了。"指挥官又问。

"你知道我们要做什么吗?"

"下令吧。"

"我们必须主动向亚美尼亚人交出这座城市。"

"那怎么行?我们之前所有的牺牲呢?"别希尔大声说。

"保留实力是明智的选择。"埃米尔严肃地回答,"如果我们坚持,我们将失去一切……"

"该怎么做?"

"把首都交给亚美尼亚国王,以拯救我们自己和军队。"

别希尔默默地低下了头。

一小时后,一面绿色的旗帜从主城门的塔楼上降下,这表示要求和平，结束战斗。

过了一会儿，城门打开，恩瑟尔的使者们出现了。他们拿着城门的钥匙，递交给亚美尼亚国王。

斯帕拉佩特立即下令吹响停战的号角。

第二天，亚美尼亚军队顺利进入德温。

首先进入德温的是格沃尔格·马尔兹佩图尼的阿拉拉特军团，打着斯帕拉佩特的旗帜。紧随其后的是打着军团和王子旗帜的王子联军。骑兵队的前面是谢普赫瓦格拉姆，后面是打着王室旗帜的国王骑兵和阿巴斯本人，周围是高贵的侍卫。队伍的后面是戈尔和后方军团，他们打着马尔兹佩图尼家族的旗帜。

攻下城市后，斯帕拉佩特急忙去寻找休尼克王子萨克的下落。得到萨克在城堡里的消息后，斯帕拉佩特带着他的一个分队立即前往那里。进入城堡后，释放了囚犯，庄严地把他带到国王面前。

看到表弟安然无恙，国王热切地拥抱了王子，说："为了你，我原谅了这个沃斯提坎，让他住在他的宫殿里，享受德温的好处。"

休尼克的亲人们相见，眼里充满了喜悦的泪水。其他王子也和他们一起欢欣鼓舞。

国王在斯帕拉佩特格沃尔格、所有王子和军队的陪同下前往圣格里高利教堂，感激上帝赐予他们胜利。德温的所有神职人员以庄严的队伍迎接国王。

离开大教堂后，阿巴斯前往季克努尼宫。斯帕拉佩特早已下令，季克努尼宫准备接驾。

第二天，亚美尼亚人解放了主教教堂，将阿拉伯人从那里赶走。同时，其他被阿拉伯埃米尔夺取的王宫和大型建筑都回到国王手中。

格沃尔格·马尔兹佩图尼第一次进入卡多利柯斯宫殿的大殿，也就是主教宝座曾经所在的地方，他激动地哭了。

"终于解放主教教堂！"他用颤抖的声音大声说，"但是卡多利柯斯在哪里？他的宝座在哪里？为什么这个人不相信上帝的帮助？"

他说的是已故的大主教约翰。由于他的胆怯和软弱，大主教的宝座不得不被转移到遥远的阿克达马尔岛。

尽管如此，人们还是很高兴，因为亚美尼亚军队终于夺回了首都。

7. 十五年后

漫长的十五年过去了。

这些年阿巴斯和平地统治着亚美尼亚。

人们忘记了以前的入侵、抢劫、破坏等灾难。农民安居乐业，耕田播种。园丁栽培葡萄，种植树木。他们无须担心敌人的突然袭击会摧毁自己的劳动成果。荒凉的土地、毁坏的葡萄园、废弃的花园都重新变得绿意盎然，生机勃勃。由于国家的持久和平，不仅曾经离开故土的亚美尼亚人回来了，而且许多邻国的人也搬到了亚美尼亚。村庄发展了，城镇改善了，手工业繁荣了，贸易恢复了。

生活欣欣向荣。新的科学和艺术之花开始绽放。亚美尼亚的修道院在混乱时期是空荡荡的，破败不堪的，现在逐渐被修缮。被剥夺和放逐的修士们回到了他们的修道院，恢复和重建了被毁坏的地方，聚集了教友，辛勤地工作，在修道院里潜心从事科学和写作。亚美尼亚的修道院，自涅尔谢斯和圣萨克时代起，除了照顾人们的精神需求外，还照顾病人和穷人，为流浪者提供庇护。现在这一切都已经恢复了，许多修道院都开设了孤儿院和医院。一部分资金是阿巴斯国王从王室国库中支出的，一部分则依靠庄园的收入。

在阿巴斯国王统治时期，在阿尔沙鲁尼省建立了卡穆尔贾卓尔修道院，有三百多名修士居住于此。该省卡普塔卡尔修道院也享有盛名，这里的修士学识渊博。在希拉克有著名的罗摩斯修道院，这里不仅向穷人提供食物，而且还提供衣服。还有德普列万克修道院，这里的科学和写作非常繁荣。哈尔别尔德省的莫夫谢萨万克修道院、卡林的因德祖特修道院和瓦约茨峡谷的察希亚茨修道院也十分著名。最后，在勒什图尼省建立了纳列卡茨修道院，从那里走出了反对通德拉克派运动①的阿纳尼·纳列卡茨和伟大的抒情诗人格里戈尔·纳列卡茨。

和平时期，国王也时刻保持警惕和斗志。他统筹内部建设和外部安全，加强国家内部实力和对外防御能力。他意识到，他的国家总是受到周边野蛮部落的侵扰。

出于这种考虑国王决定迁都。叶拉兹加沃尔斯防御工事已经被摧毁，而德温位于一个开放的地区，需要大量的军队来保卫。

国王一刻也没有忘记坚不可摧的凡城要塞，他决定建造一个像它那样坚固的堡垒，避免历史重演。

他向格沃尔格·马尔兹佩图尼请教。马尔兹佩图尼是一位经验丰富的军事家，对国家非常了解。马尔兹佩图尼向他建议了瓦南德省的卡尔斯。大公说，卡尔斯可以改造成一个坚不可摧的强大据点。

这座城市的堡垒过去属于勇敢的瓦南德祖先。它的历史可追溯到远古时代。卡尔斯地处瓦南德省中部，位于卡鲁兹河上。西部和北部流经一条大河，河岸是岩石，完美地保护了这座城市。东边和

---

① 亚美尼亚的民主思想运动，反对封建领主和教会，拥护群众。

南边有城墙和尖塔。

城市的西北部是堡垒,矗立在坚不可摧的岩石上,两面受大河保护,另两面受岩石悬崖保护。

阿巴斯国王选择了这座城市作为首都,他首先选择加固堡垒。

他先在四周筑起坚固的城墙和参差不齐的小堡垒。为了监视周围的情况,他在东边的角落里建造了一座高大的花岗岩塔。城堡的入口处有一个铁门,门前有石头做的屏障。墙内是存放武器和物资的仓库。他在中间挖了一个巨大的池塘,有三百个石阶。这样,经常导致堡垒倒塌的供水问题就解决了。

完成堡垒工程后,国王开始加固城市。他用带有方形塔楼的第二道城墙包围了东部和南部,下令挖掘一条沟渠,将城市与西部和北部的河流连接起来,使其几乎成为一座岛屿。卡尔斯三面被山丘、悬崖和深谷包围。国王在城市周围建造了众多塔楼和小堡垒,派驻军队和哨兵队进行防御。

完成了这些,国王开始完善城市设施。他建造了一座宏伟的宫殿和一座城堡,将他的王位从叶拉兹加沃尔斯迁到卡尔斯,宣布卡尔斯为首都。然后,他陆续建造了宏伟的大教堂、新的街道、拱桥和供水系统。

在很短的时间里,首都聚集了大量的人口。各种各样的工厂纷纷开张,纺织业得到了发展,贸易得到了恢复。卡尔斯成为一座人口众多、繁荣富庶的城市。

943年到了。这是阿巴斯统治的第十五年。这一年,建成了一个卡尔斯的主要建筑,该建筑在十三年前就已经开始建造。

这就是宏伟的圣徒教堂,这是这位虔诚的国王在930年为纪念登基而建造的。这座教堂在当时堪称完美的建筑典范,它建在城堡脚下一座风景如画的山上。外部雕刻精美,内部有一个八圆角十字架。有十二个壁龛,每个壁龛都装饰着一个使徒头像。圆锥形的穹顶位于没有柱子支撑的拱顶上。

在阿巴斯统治的十五年里,国家和人民享有和平,国王希望举行庄严的庆祝活动,纪念新教堂的落成。

他向卡多利柯斯、王子和纳哈拉尔人的后裔、亚美尼亚贵族、神职人员和王室邻居发出邀请,请他们到首都卡尔斯为新教堂举行祝圣仪式。

马尔兹佩图尼大公应该利用这个机会,解除他在加尔尼的誓言。虽然祖国早已尝到了和平的滋味,王位也很稳固,但他仍然认为自己受到誓言的约束。

如今阿拉伯人已经被打败并被赶走了,德温在亚美尼亚人手中,阿拉伯统治者也没有勇气再压迫亚美尼亚人民了。但由于担心招致阿拉伯哈里发的愤怒,他们没有赶走所有的阿拉伯人,在德温仍有阿拉伯埃米尔,在亚美尼亚各省也有阿拉伯人。这就是为什么马尔兹佩图尼大公仍然没有回到加尔尼的原因。他认为既然上帝没有帮他把所有阿拉伯人都赶出亚美尼亚,就意味着不希望他回去。

这段日子,他一直住在王宫里,先前住在叶拉兹加沃尔斯,最近住在卡尔斯。古阿尔公爵夫人、他的儿媳沙安杜赫特和他的儿子戈尔经常来看他。但他本人却从未踏入过自己的城堡。

大公年事已高。近年来,他越来越想向卡多利柯斯请求解除誓言。这样他死后就有权埋葬在加尔尼的圣马什托茨墓旁。

阿巴斯国王得知他心爱的斯帕拉佩特希望在新教堂祝圣仪式上解除誓言,急忙向卡多利柯斯发出邀请,以报答这位祖国的守卫者。

卡尔斯正在为庆祝活动做准备，但一个意外扰乱了国王和斯帕拉佩特的计划。

泰克王子传来消息，阿布哈兹国王别尔率大军进入泰克省，并从那里向古格尔克推进。

在过去的十五年间，阿布哈兹人休养生息，养精蓄锐，为战争做了准备。别尔国王想起了与茨里克·阿姆拉姆的协议。根据协议，亚美尼亚的北部省份应归他所有。于是他再次集结军队，越过了边境。

这一消息使爱好和平的阿巴斯国王感到不安。他对此事高度重视，他怜惜士兵的生命。而且别尔是他的内兄。国王希望能说服他撤军，回到自己的国家。

与斯帕拉佩特格沃尔格协商后，阿巴斯给别尔写了封信。

"如果没有特殊原因让你破坏我们国家的和平，"阿巴斯写道，"那么请记住，我是你的姐夫，是你的基督徒邻居。因此和我建立友谊比和我对抗对你更有利。认真考虑一下吧。不要再怀有征服之心了，要知道，如果你不心甘情愿地回到你的国家，那些让你沉默了十五年之久的人将永远让你沉默。"

国王把这封信交给了戈尔王子，如果阿布哈兹国王给出了消极的回应，戈尔就趁机探查阿布哈兹的军事力量，然后返回卡尔斯。

阿布哈兹国王在见到戈尔之前，已经穿过古加尔克，进入阿尔达甘省，并在库拉河右岸、阿尔达甘要塞以北扎营。

王子到达阿布哈兹营地后，向国王介绍自己。

别尔不再是他这个年龄段的苗条青年，他已经老了，脸变得更粗糙，眼神变得冷漠。浓密的小胡子和络腮须让他看起来严厉又威严。

别尔傲慢地接待了戈尔,接过亚美尼亚国王的信,交给缮写员,让他在阿布哈兹众位王子面前大声朗读。

读信时,他脸上露出了轻蔑的笑容。当缮写员读到最后几行时,阿巴斯警告别尔,亚美尼亚人将使他永远沉默,别尔非常愤怒。

"回去告诉你的国王,我认为没有必要向他解释我为什么进入他的国家。我只想说,我听说他在卡尔斯建造了一座宏伟的新教堂,而且要举行祝圣仪式。告诉他,我是来按照我们的习俗为其祝圣的,在我进入卡尔斯之前,他不敢举行任何庆典……"

"很好,残暴的国王,如果这样的话,我们将亲自迎接你,并光荣地护送你到我们的首都。"戈尔嘲讽地回答。

戈尔回到卡尔斯,来到阿巴斯国王面前,汇报他与别尔见面时他们的对话。

国王听到戈尔的话后,大声说:"干得好!你的回答符合一个亚美尼亚国王使者和勇敢的斯帕拉佩特儿子的身份。我们要会会这个厚颜无耻的人,如果上帝保佑,我们将教他如何按照外国的习俗为我们的教堂献祭。"

然后,国王向斯帕拉佩特讲了他的计划,即迅速向古加尔克进军,切断别尔通往瓦南德的道路。

马尔兹佩图尼大公在他儿子回来之前就已经命军队进入警戒状态。他从戈尔那里得知有几个高加索部落加入了阿布哈兹人,于是派人去找休尼克王子,让他们赶紧把军队送到古加尔克。他亲自将军队分成四支部队,任命已经成年并在他手下学习过兵法的阿绍特王子为第一支队指挥官,任命戈尔为第二支队指挥官,任命谢普赫瓦格拉姆为第三支队指挥官，马尔兹佩图尼大公亲自指挥第四支队。

阿巴斯国王不想让年迈的斯帕拉佩特独自指挥部队，于是国王带着首都军团加入了第四支队。

阿布哈兹国王当时还在阿尔达甘。得知亚美尼亚军队正拥向瓦南德，他犹豫是否该渡过库拉河。他想先侦察一下敌军的情况，然后再调整战术。

几天后，亚美尼亚军队进入阿尔达甘，开始向北推进。军队逐渐靠近阿布哈兹营地，他们在库拉河左岸安营扎寨。

当年迈的大公看到敌人的营地时，立即变得精神灼烁、充满力量。他让士兵们先休息一会儿，然后给马套好马鞍，让部队起立，进入战备状态。他担心阿布哈兹人会突袭。

这位老大公最近满脑子想的都是临死的时刻和解除自己的誓言。当他看到敌人的营地驻扎在亚美尼亚的土地上时，这位老人突然振奋起来，一腔热血想要复仇。他发誓，要么死，要么彻底打败这个宿敌。

他有权发出这样的誓言。在这一刻他表示岁月对他没有任何影响，他还能像以前一样挥舞着剑，像三十年前一样箭无虚发。

的确，他骑着烈马，像年轻人一样在战场上驰骋，发号施令。他雪白的头发和胡须给人一种威严之感，他的声音像几十年前一样坚定。士兵们崇拜他们的这位统帅。

第一天，斯帕拉佩特和其他指挥官来到国王处开会。

马尔兹佩图尼大公最有经验，他建议当天晚上或黎明时分马上发起进攻。

"这很关键。"他说，"阿布哈兹人指望我们因长途跋涉会感到疲惫，会尽量避免对抗，所以他们不用进行太多的抵抗。"

"是的，这是迷惑敌人并以最小代价获胜的最好方法。"国王说，"但我们的军队怎么渡过库拉河？"

"这段库拉河刚从卡尔斯山流下来，河水不深。"马尔兹佩图尼回答，"骑兵过河很容易，步兵要从岸上帮助我们。"

"谁来带领骑兵？"国王问。

"国王，我和谢普赫瓦格拉姆带兵，王子和戈尔留在岸上听你指挥。"斯帕拉佩特回答。

国王同意了大公的提议，下令黎明时行动。

黎明之前，亚美尼亚军队已经准备好前进。

国王和戈尔把他们的步兵部队安置在离营地一阿斯帕列兹远的库拉河岸上，就在阿布哈兹人的对面，等待进攻的信号。格沃尔格·马尔兹佩图尼带着他的骑兵越过了库拉河。为了不被阿布哈兹人看到，他故意先离开营地几帕拉桑远，然后才开始渡河。

东方开始泛红，斯帕拉佩特命部队加速前进。

阿布哈兹的营地很安静。别尔国王和王子们还在睡觉，大部分的部队都在帐篷里。天刚蒙蒙亮，足以看到河对岸，阿布哈兹的守军看到亚美尼亚的军队排成一排对着他们。他们立即报告上级，营地一阵骚动。阿布哈兹人原本也计划当天进攻，但没这么早。指挥官命令他们立即拿起武器。阿布哈兹人还在准备，亚美尼亚骑兵就像飓风一样，以汹涌之势向他们冲来。

阿布哈兹人不知所措，冲出帐篷，匆忙列好队列。许多人都没拿武器，有些人甚至衣服只穿了一半。亚美尼亚士兵看到敌人直接冲过去，丝毫不给他们反应的时间。阿布哈兹士兵陷入混乱，指挥官鼓舞着士气，终于让士兵筑起了一道防线。新的武装部队很快赶到，他们与战友们一起，抵抗着亚美尼亚人。然而，亚美尼亚骑兵来势汹汹，阿布哈兹人虽全力抵御，却也没能坚守营地。亚美尼亚人把他们打出了防御阵地，双方在空地上展开战斗。

这时，在侍卫的簇拥下，别尔国王开始鼓舞士气。阿布哈兹士兵本已开始后退了，他们看到国王，又重新与亚美尼亚人展开拼杀。

同时亚美尼亚人设法把他们逼到岸边，这里离他们弓箭手更近，然后弓箭手开始向敌人射箭。阿布哈兹人纷纷举起盾牌遮挡，但根本来不及，箭雨实在太密集了。他们完全被打蒙了，现在不知道是该对抗骑兵，还是该抵御弓箭手。

尽管阿布哈兹人进行了英勇的抵抗，但他们很快意识到根本无法击退从两面夹击的亚美尼亚人。他们迅速撤离战场，急忙逃走了。士兵们吓坏了，国王的呼喊声和指挥官的威胁声都无法阻止撤退。

亚美尼亚人高喊着冲向他们。步兵们过了河，上了岸，也开始追赶逃兵。

在把敌人赶到相当远的地方后，亚美尼亚人收缴了战利品，返回了营地。

同一天，斯帕拉佩特派出信使前往休尼克，将胜利的消息告知西萨基扬王子，通知他们不要从休尼克撤军。但信使走到半路，在阿尔达甘的边界遇到了休尼克军队。萨克和巴布肯王子为感谢阿巴斯国王，想亲自向他表达感激和祝贺。于是，他们继续向阿尔达甘推进。

萨克王子的到来让国王的营地呈现出更加喜庆的气氛。庆祝活动持续了整整两天，士兵们生起篝火，一同庆祝，没有想到阿布哈兹人可能会回来，突袭他们。

第三天早上,阿布哈兹人袭击了亚美尼亚人的营地。

别尔国王被可耻的失败激怒了,再次召集军队,武装起来,率军对抗征服者。他的军队在夜间越过库拉河,在晨祷的时候接近亚美尼亚营地。如果他们偷袭,可能会发生大量的流血事件。但阿布哈兹国王想吓唬一下亚美尼亚人,就下令吹响了号角。

这突如其来的声音让亚美尼亚军队始料未及,陷入惶恐。

长官们跑出帐篷,在侍卫队的带领下,冲到城墙上,防止敌人进入营地。斯帕拉佩特策马向前,指挥军队进入战场。

当阿布哈兹人封锁了亚美尼亚营地,并大声呼喊着冲向营地。一些人登上城墙,在那里遭遇卫兵,另一些人包围了帐篷。

亚美尼亚人是在为死亡而战,而不是为生命而战。阿布哈兹人打算解除他们的武装,并将他们压在帐篷上。亚美尼亚人试图冲破阿布哈兹军团的包围。战斗愈演愈烈。双方都打得很激烈,没有退缩。

阿巴斯国王对斯帕拉佩特的经验充满信心,正等待时机打破敌人的防线,将其赶入战场。但看到阿布哈兹部队正在赶来,亚美尼亚人被赶到帐篷里,他迅速武装起来,跳上马,拔出闪亮的剑,向敌人冲去。

"前面,我的勇士们!"他高喊,国王的声音让亚美尼亚人士气大振。

士兵们看到国王像一位普通士兵一样与他们并肩作战,变得热情高涨,愤怒地冲向敌人。国王的剑为他们铺平了道路,阿布哈兹人开始退却。冲突发生在营地里,亚美尼亚人行动受限,要赶走阿布哈兹人很困难。但有一个情况帮助了亚美尼亚人。

西萨基扬王子率军在离营地一阿斯帕雷兹的地方,得知阿布哈兹人的突然袭击，立即让军队做好准备。他们把军队分成两部分，从两边冲向敌人。

面对新的敌人，阿布哈兹人被迫在两条战线上作战。结果，他们在一些地方开始撤退，然后逐渐开始被推回战场，而且越推越远。命运又开始眷顾亚美尼亚人。战斗再次激烈打响。双方都毫无畏惧地战斗着。这是一场两个国王之间的激烈战斗，他们俩都是勇敢的军事领袖。

然而，如果斯帕拉佩特没有采用帕提亚人的常用战术，那么这场战斗将会有大量人员丧生。他命令戈尔和王子撤出战场，引诱阿布哈兹人追击。戈尔和王子下令撤退，弓箭手开始撤退。

阿布哈兹的骑兵脱离了营地，冲了上去。

亚美尼亚人随后袭击了留在营地的阿布哈兹人，把他们赶回了库拉河。

撤退的亚美尼亚士兵看到骑兵在追赶他们，立即回头，向追兵射出大量箭矢。

阿布哈兹人发现自己进退维谷，既不能前进，也无法返回营地，因为亚美尼亚人堵住了他们的路，现在唯一的出路就是逃跑。

在营地作战的阿布哈兹人继续向河边撤退，希望能在对岸集结兵力。

他们离开了战场，一个团一个团地赶往渡口。但亚美尼亚人并没有给他们渡河的机会。他们继续进攻，追击阿布哈兹人，一直追到河边，那些从剑下逃出的人被淹死在水中。岸边布满了尸体，河水被血染红。

别尔国王率军进行了激烈的战斗，但他注意到其他军队的溃退，也决定结束战斗，因为坚持下去也是徒劳。这时，瓦格拉姆率一个步兵团包围了他。

看到危险一步步逼近，别尔怒吼着，挥舞着剑，左冲右突，开辟道路。他的侍卫跟着他，但他面对的是谢普赫瓦格拉姆率领的勇猛的瓦南德人。

一场激烈的战斗爆发了。士兵们浴血奋战，前赴后继，但阿布哈兹国王仍然毫发无伤。瓦格拉姆狠狠一鞭子下去，别尔从马背上摔下来。若非这样，只要再坚持一会儿，别尔可能就会冲破瓦南德人的围攻了。

别尔从地上站起来，试图回到马背上，但赶来的瓦南德人把他拉住了。他们夺了他的剑，把他拖到帐篷里。别尔的侍卫们也被夺了剑一同拖到帐篷里。

国王被俘的消息像闪电一样传遍了阿布哈兹人。他们不再犹豫，逃离了战场。亚美尼亚人追赶逃兵，杀死了许多人，这样祖国的敌人就会减少。

8. 最后一个敌人的结局

第二天早上,国王检阅了部队,看看他是以怎样的代价赢得了这场胜利。这场胜利的最大收获是抓住了敌国国王。他发现,这场艰苦而激烈的战斗损失了约五百名亚美尼亚士兵,国王很难过。虽然敌人付出了沉重的代价,但这并没有让国王感到欣慰,因为所有死去的阿布哈兹人加起来都顶不过一个活着的亚美尼亚人。

阿巴斯下令将阿布哈兹国王带到他面前。

在国王帐篷旁的一个宽阔山谷里,亚美尼亚军队一字排开。他们共有几千人。内侍官和王室军团站在帐篷两侧。他们身后是谢普赫、阿拉拉特、巴森、西萨基扬、乌季克、泰克等军团。每个军团前面站着一位穿着节日盔甲的指挥官。

国王站在帐篷旁,斯帕拉佩特、阿绍特王子、谢普赫瓦格拉姆、休尼克王子和王室随从围着他。大家都在等待着被俘的国王。

然后,在营地的尽头,戈尔王子骑着马,带着一把拔出鞘的剑。他身后是被戴上锁链的阿布哈兹国王和他的王子们,一支拿着长矛的瓦南德人分队押送他们。

被俘的国王被押送着,经过长长的军队队伍,最终来到国王面前。

"你好,阿布哈兹勇士。"国王平静地说。

"你好,妹夫!"别尔傲慢地回答。

"你还敢这么叫我?"阿巴斯说。

"是的。"

"你要知道,现在跟你讲话的是获胜的国王。"

"你就是一个窃取我继承权的窃贼而已,此外没有其他的身份!"别尔轻蔑地打断了他的话。

"我以为会在你身上找到一个谦卑的灵魂和一颗忏悔的心,"国王慢慢地开始说,"我以为你会屈服,以为你会为你犯下的暴行,为你对自己和我的军队所造成的损失,为你无耻又残忍地将成千上万的人送到剑下乞求宽恕。但你执迷不悟,不思悔改,你对我说话就像对我的使者说话一样无礼。你是对生活感到厌烦,想寻求死亡?还是你忘了在跟谁说话?"

"阿布哈兹国王统治着庞大的国家,他拥有巨大的财富、宏伟的宫殿和美丽的妃嫔,他不可能对生活感到厌烦。这一点必须让我的妹夫知道,并且我也知道我在跟谁讲话。你是亚美尼亚国王,你打败了阿布哈兹人,抓住了他们勇敢的国王。我承认这对你来说是巨大的荣耀。但我不会因此就在你面前卑躬屈膝、乞求宽恕,让这荣耀加倍。你用锁链束缚住我的双脚,但无法束缚住我骄傲的灵魂。我是你的敌人,并且永远都是。你不要以为失败会让我在你面前低头。"

"如果是这样,我就不会再把你当作亲人,你是我的敌人。你想怎么骄傲就怎么骄傲,但你要知道,你的傲慢不会减少这锁链上的任何一环,也不会增加我对你的尊重。一个热爱自由的国王不会侵犯他朋友的自由。你不仅要这样做,而且还篡夺了我的土地,侵犯了我人民的自由,威胁要用一种外来的仪式为亚美尼亚教堂祝圣……你是个暴君,最大的罪过是,你是我王位的敌人。上帝反对暴君并摧毁他们,他把你送到了我的手中。我可能会放过暴君,但我无权放过我国家的敌人。"

说完,他对戈尔说:"王子,你答应过要护送别尔国王去我们首都。履行你的承诺吧,让这位勇士看看他本想按照外来仪式祝圣的教堂。"

国王看都没看别尔,转身进了帐篷,瓦南德人把囚犯带走了。

几天后,卡尔斯的王城呈现出一派节日的喜庆景象。这里的众多建筑、宫殿、阳台、甚至塔楼和堡垒都被鲜艳的旗帜、彩色的织物、精美的地毯精心装扮着。从城门到王宫的路上,好几处都竖起了凯旋门,上面点缀着绿植和花环,装饰着徽章。街道和广场上布满了篝火,用于夜间的庆祝活动。

街上到处都是热闹的景象,人群川流不息,处处洋溢着喜庆的气氛。平时足不出户的妇女和女孩们站在屋顶、阳台和窗户上,热切地望向远方。

每个人都在期待迎接阿巴斯国王和他的军队凯旋。

成群结队的人们拥向宫中的街道,爬上城墙和山丘,以便更好地看到来往的军队。

亚美尼亚的胜利和阿布哈兹国王及他的王子们被俘的消息已经传到城里。每个人都迫不及待地想看到这个无礼的敌人,他曾扬言要攻入卡尔斯并用自己的方式祝圣。

终于号角声响起,先头部队的旗帜出现在人们视野里。人们被某种未知的力量推动着,冲上前去,大声欢呼。终于步兵团出现了,随后是骑兵,很快整个卡尔斯东部的山谷都充满了军队。

当他们走近时,人们把他们团团围住,似乎不愿意让他们继续前进。当先头部队走过,国王的旗帜出现时,人们发出雷鸣般的呼声:"国王万岁!"不一会儿国王本人出现了。他身着金色盔甲,骄傲而威严。头盔上装饰着金鹰,一根雪白的羽毛在金鹰上方飘动着。他坐在一匹披着镀金盔甲的马上,周围是高贵的侍卫。这里人山人海,国王嘴角带着温和的微笑,点头回应着热烈的欢呼声。

国王身后是瓦南德步兵,他们用锁链牵着别尔国王和他的王子们。

看到这些俘虏,人群中爆发出热烈的欢呼声,围观者中最活跃的人开始嘲弄这些俘虏。但骑在瓦南德人后面的斯帕拉佩特举起了手,制止了嘲弄声。

国王进入城门,一支神职人员的队伍迎接他,护送他到大教堂。军队进城后,所有的街道和广场挤满了人。男人们欢呼雀跃地迎接胜利者,女人们用鲜花迎接他们。

古根杜赫特王后在她的仆人和公爵夫人的簇拥下,在大教堂里等待着国王。他们周围的每个人都兴高采烈,神采奕奕。只有王后是悲伤的。外面传来的庆祝声和欢呼声是用她自己的亲兄弟、她祖国遭遇的不幸换来的。她知道此时此刻她的祖国正处于悲痛之中,她又怎么高兴得起来?

但是,作为亚美尼亚王后,她必须隐藏自己的悲伤,走到人民中去和大家共享喜悦。王室的职责胜过家庭的感情。王后命令妹妹忘记哥哥的不幸,为她国王丈夫的胜利而高兴……只有一个细腻的女性灵魂才能将这种悲伤隐藏在欢迎的笑容之下。

神职人员在国王、斯帕拉佩特、朝臣和所有王子面前进行了祈祷仪式。仪式结束后，王后走到国王面前，祝贺他的胜利。

国王很爱他的妻子，他读懂了她眼中的悲伤，说："上帝和神圣的教会见证了亚美尼亚军队的正义之举。你的哥哥别尔威胁了我的王位和我们的祖国。亚美尼亚的勇士们保卫了这片神圣的土地。"

"威胁你王位和祖国的人不可能是我的哥哥。"王后郑重地说。

"如果上帝惩罚他，你也不要悲痛。"国王补充说，"因为那是他应得的。"

这些话让王后的心沉了下去。她意识到她的哥哥即将面临另一场灾难，但在群臣、王子和公爵夫人的面前，她不敢问。

她叫来了戈阿尔公爵夫人，在她耳边轻声说："去斯帕拉佩特那里打听一下我哥哥在哪里。"

"他就在这城里。"公爵夫人回答。

"我知道，但他被带到哪里去了？"

"他们说他被带到了圣徒教堂。"

"去圣徒教堂？为什么？"王后害怕地问。

"我不知道。"

"去问问斯帕拉佩特。弄清楚他们打算怎么处置他。国王的话不是好兆头。我很害怕，我的心很不安……去吧，公爵夫人，去看看吧！如果他们做出了什么可怕的决定，我们必须阻止……"

"这就去，我的王后，这就去。"公爵夫人说着就朝外走去。

公爵夫人终于设法见到了斯帕拉佩特，此时王后和贵族妇女的马车已经离开了教堂。

"大公，别尔被带到哪里去了，他们打算怎么处置他？"她问马尔兹佩图尼。

"你问我这个做什么，我亲爱的夫人？"

"我想知道……"

"我们已经把他送到了圣徒教堂。"

"为什么?"

"这样他就可以祈祷了。"

"你在开玩笑吗?"公爵夫人大声说。

"你呢?"

"我是认真问的。"

"你的行为欠妥啊。你应该知道,马尔兹佩图尼大公从来都没告诉过一个女人他的意图……你只能问我发生了什么。"

"但是……"

"但是什么?说吧。"

"王后想知道。"

"王后?啊,你本可以不说,我早就料到了……但既然你说了,我必须回答。去告诉王后,在战场上我们失去了五百名勇士,没有一个姐妹来打听她的兄弟在哪里,以及要对他做了什么。"

说完,斯帕拉佩特从公爵夫人身边走了过去。

"我就知道……我有一种预感……我们不能命令一个妹妹的心不受伤害。让我们快点儿,以免这个女人的魅力和恳求坏了事。"斯帕拉佩特一边跟着国王,一边低声对自己说。

圣徒教堂里发生了什么?

几天前,当军队还在阿尔达甘扎营时,国王召开了一次王子会议,商讨如何处置被俘的别尔。

一些王子建议将他处死,另一些王子建议将他囚禁起来,而斯帕拉佩特则要求将他弄瞎。

国王不想让王后伤心,同意囚禁起来,但同时他也不想拒绝他亏欠的斯帕拉佩特。

"弄瞎和谋杀一样都是罪过。如果我弄瞎了别尔的眼睛,这种罪行就会算在你头上。我不希望它妨碍你实现最深切的愿望。"

"你说什么?"斯帕拉佩特问。

"你想解除你的誓言,回到加尔尼,回到你的家。你要知道,如果别尔被弄瞎了,卡多利柯斯是不会解除你的誓言的。"

"就让我永远回不去我的家,就让我的骨灰永远不会安葬在我的故土,但我的祖国会摆脱一个凶恶的敌人!"马尔兹佩图尼激动地说,"要是我确信,别尔获得自由后,会平静地离开我们的祖国,那么我会最先请求他宽恕。然而,他不会,他是一颗蛇卵,要是我们不把他彻底粉碎,他是不会善罢甘休的。你认为囚禁就能永绝后患吗?不可能,没有什么地牢的门是不能用贿赂打开的,总会有卑鄙之徒。他应该被带到卡尔斯,先让他看看他想侮辱的教堂,然后就在教堂前弄瞎他的眼睛,让他和他的亲人感受到亚美尼亚教会的力量。这是一种残酷的惩罚,但如果该亚法可以宣布:'你们不明白,让一个人为人民而死,强于毁灭整个国家。'把这些话用在这个造成许多士兵死亡的罪犯身上,岂不公平?他的父亲古根王子给我们的国家带来了多少灾难!我们本以为,他死后我们就可以摆脱北方边境的侵扰了,但他儿子又步了他父亲的后尘……上帝把他送到了我们手中。如果我们现在不把他弄瞎,他将发起更多的战争来扰乱和平。那么,我们将受到人民和那些惨死在这个魔鬼剑下士兵们灵魂的诅咒……"

国王被斯帕拉佩特的话所感染,再也无法拒绝他的要求,尤其是其他王子也同意马尔兹佩图尼的意见,他答应弄瞎别尔。

然而,斯帕拉佩特担心国王回到卡尔斯后会扛不住王后的恳求,于是他请国王允许他进城后立即弄瞎别尔。

这就是为什么别尔被带到了圣徒教堂,大家也都赶到了那里。

当国王和他的随从到达新教堂时,那里已经聚集了大量的人群。别尔和被俘的王子们也在那里。手持长矛的瓦南德人负责看押。

国王避开了王后的目光,想着赶紧行动。他下了马,走到别尔跟前,拉着他的手说:"去看看你准备按照你的方式祝圣的教堂……"

他领着别尔走进教堂,指着教堂内部说:"你看这里多好啊!它排成四翼,分为十二个壁龛。每个壁龛里面你都能看到一张使徒的脸。你看那圆顶,多美啊!它建在没有柱子支撑的拱顶上。你看那圣堂,多高啊!你睁大眼睛看看,因为你马上就再也看不到了。"

说完,国王领着别尔出来,从外面看教堂,说:"你看,教堂已经准备好了,我们要为它祝圣,但你阻止了我们,因为你想按照自己的方式祝圣。上帝不允许你这样做,因为他是反对恶人的。但你还是要参加我们教堂的祝圣。我们的习惯是在祝圣教堂前向上帝献上祭品。你将成为那个祭品,为自己赎罪……"

说完,他离开别尔,转身对马尔兹佩图尼说:"斯帕拉佩特!这就是造成你五百名士兵死亡的人。给他应有的惩罚吧!"

然后国王骑上马,带着他的随从离开了教堂。

斯帕拉佩特走近别尔。

"阿布哈兹国王啊,有一些法律,"他说,"这些法律是为人民的幸福和福祉服务的。那些无视这些法律的人将受到上天的惩罚……在你的一生中,你已经违反了很多法律,剥夺了太多人的幸福和快乐。如果今天你受到了上帝的惩罚,请不要诅咒我们,去诅咒那个给你带来不幸的人，去诅咒自称'阿布哈兹国王'的别尔……"

说完，他叫来大执行官。

执行官把别尔带到最近的监狱，挖出了他的眼睛。

阿巴斯国王回到王宫，王后一直在焦急等待着他。看到国王回来，王后马上出来迎接他。

"光荣的国王，我的哥哥在哪里？"

"我们把他留在地牢里。"国王回答，尽量避开她的眼睛。

"你们对他做了什么？"王后惊恐地大喊。

"弄瞎他。"国王回答。

她大声哭了起来，倒在女仆们的怀里。

几个星期过去了。阿布哈兹王子们得知他们国王遭遇的不幸，他们带着贵重的礼物来到阿巴斯国王面前，请求释放别尔和被俘的王子们。

阿巴斯不仅要求他们支付巨额赎金，还要求赔偿别尔给国家造成的全部损失。

阿布哈兹王子们答应了他的要求。他们支付了赎金，弥补了战争损失，实现了永久和平。然后，他们带着瞎眼的国王和被俘的王子们回到了阿布哈兹。

这给了王后一丝安慰。她的哥哥，哪怕眼睛瞎了，但总归回到了王位上，而国家也得到了补偿。

至此，茨里克·阿姆拉姆挑起的北方边境争端结束。亚美尼亚的北方边境维持了多年的和平。

9. 英雄之死

在别尔事件之后，阿巴斯国王处理了国家的内部事务，试图加强与各王子的联盟，把不满的人也争取到自己的阵营里。因此，943年秋举行了这样一场活动——庄严的新教堂祝圣仪式。

应国王的邀请，参加仪式的有：刚刚登上阿克塔玛尔教会宝座的卡多利柯斯阿纳尼，亚美尼亚德高望重的年长主教们，瓦斯普拉坎国王阿绍特·德列尼克，阿格德兹尼、莫格斯和图鲁别兰的统治者，休尼克、古加尔克、泰克等地的王子，萨克·谢瓦德的儿子大卫以及众多杰出人士和民众。

在大教堂的祝圣仪式和持续了几天的庆祝活动之后，根据格沃尔格·马尔兹佩图尼大公的建议，亚美尼亚国家缔结了一个联盟。联盟条约规定，所有的亚美尼亚王子、纳哈拉尔和王室都联合起来，并发誓在敌人进攻亚美尼亚的某个地区时，全体要武装起来，听从阿拉拉特国王的指挥。该条约由卡多利柯斯阿纳尼亲自在新落成的大教堂中宣布。阿拉拉特和瓦斯普拉坎国王以及所有的亚美尼亚王子共同签署了条约，他们发誓要维护这个神圣而不可侵犯的联盟，这将加强国家的力量和亚美尼亚人民的福祉。

阿巴斯国王向贵客们赠送了厚礼，与他们友好告别。

此外，国王还对一些王子给予特别的恩惠。例如，由于一直给予王室军队支持，阿格德兹尼和莫格斯统治者被授予了新的土地和大公的称号。休尼克的亲属因对王位的忠诚，国王把与他们的省接壤的几个省份给了他们。在所有战役中无私战斗的谢普赫瓦格拉姆被任命为乌季克和阿格万全权总督，并被授予曾经铁人阿绍特手下的茨里克·阿姆拉姆享有的所有权利和收入。

萨克·谢瓦德的儿子大卫王子被国王任命为加德曼的统治者，并被授予他对该公国的统治权，以结束自铁人阿绍特统治时期以来在此爆发的纷争。叶拉兹格沃尔斯的萨卡努伊什王后搬回她的家乡加德曼，与她的兄弟一起度过余生。出于对她的尊重，阿巴斯国王又给了大卫王子阿格万的几个省。

至于格沃尔格·马尔兹佩图尼，国王不知道该如何感谢这个忠心的伙伴，王位的巩固和祖国的繁荣都归功于他的爱国之心。

他当着所有王子的面对马尔兹佩图尼说："在我的整个王国里，没有任何财宝可以用来奖励你。唯一配得上你的就是'祖国的恩人'这个称号，从今天起我把它授予你。"

说完，国王握住马尔兹佩图尼的手，热切地亲吻了它。

老大公深受感动。他拥抱了国王，亲吻了他的头。

"上帝已经赏赐我了。"他说，"我看到我的祖国和平幸福，王位稳固，亚美尼亚王子们团结一致，我的敌人被驱逐。我现在可以心平气和地说：'主啊！现在可照你的话，放你的仆人平安去了！因为我亲眼看见了你的救援。'"

"祖国的恩人"之后做了什么呢？他像以前一样，白发苍苍地留在王宫里，他认为自己永远不可能再回到加尔尼了。

他继续持有掌管国王军队斯帕拉佩特的头衔，而军队具体事务则由戈尔负责。

在王宫里，上至国王下到官职最小的朝臣，所有人都爱戴和珍视他，人民崇拜他。格沃尔格·马尔兹佩图尼的名字对亚美尼亚人来说是神圣的。当他骑马出去散步或出现在部队面前时，各地都会用欢呼声来迎接他。每个人都想见到他，都想和他说话。他在年轻时曾勤勤恳恳地报效祖国，如今这位老斯帕拉佩特仍孜孜不倦地鼓励年轻人奋发图强。他唤醒了他们的爱国主义精神、团结精神，点燃了他们爱国的情感。

"你们每个人都可以超越我。"他经常对聚集在他身边的年轻人说，"你们要做的就是热爱你们的国家，不顾危险，无私奉献。当我在艰难的日子里走上战场时，我身边只有二十人。有人认为我疯了，有人嘲笑我，其中还有把自己和部队锁在城堡里的王子……但我依靠上帝和我的意志，正如你们所知，克服了所有困难。我向世界证明了，只有当一个人被最崇高的感情——对祖国的爱——所激励时，他才能做到这一点。"

"你们每个人都用我身上的那种对祖国的信念、对兄弟的爱、对上帝的希望来武装自己，你们就会把不可能变成可能，障碍会自己消失，危险不再是危险。最重要的是，要团结一致。因为团结是切割山脉、扫除一切障碍、阻止河流流动的力量。要学会为了团结牺牲你在这个世界上最宝贵的东西，这会给你和你的孩子带来幸福，那是一种许多人渴望但并非所有人都能找到的幸福。"

…………

又过了几年平静的日子，祖国的恩人的生命即将走到终点。他感到自己时日无多，他叫来已经有了孩子的儿子戈尔和儿媳沙安杜赫特，给他们留下了最后的教导。

"一个民族的力量在于家庭。"他说，"如果一个民族有强大的家庭，家庭成员品德高尚、互敬互爱、和睦相处，这个民族就会强大。农民的茅舍、不起眼的小屋，那里住着被富人鄙视的衣衫褴褛的穷人，它们是国家的真正力量。

"一个人要想看到他的民族强大，他的国家胜利，首先要先照顾好他的家庭。所以一个有爱心的园丁，为了让树木茁壮成长结出果实，就要照顾好埋在地下的根，这些根是人们看不见的。这些根给了树木生命，如果树根干枯或者被虫蛀，树木无法生存。如果家庭中存在罪恶，那这个民族也无法存在。

"如果说普通百姓的堕落都能给民族和国家带来这样的危害，那么掌管国家的人的堕落会给国家带来更严重的危害。比如说，你们看铁人阿绍特的家庭。他的软弱给这个家族带来了多少痛苦和悲伤，也给祖国带来了多少灾难！

"知道了这一切，我亲爱的孩子们，请听我最后的诫命，常怀敬畏之心，遵守它。就几个字：彼此相爱！爱会使你和你的孩子幸福。它将是你们家庭的快乐源泉，上帝的祝福将降临给你们，马尔兹佩图尼家族的继承人们。"

老大公没有再说。戈尔和沙安杜赫特跪在他面前，热切地亲吻他的手，承诺会神圣地履行他们敬爱的父亲的诫命。

阿巴斯国王听说大公日渐衰弱，就去拜访他，想知道他希望葬在哪里。

"我的誓言禁止我埋葬在加尔尼。"马尔兹佩图尼大公说，"把我埋在我家乡的任何地方吧。"

"我希望你的骨灰能安放在巴加兰，安放在巴格拉图尼的祖先圣地。"国王说。

"巴加兰？是的，把我带到那里，但不要把我埋在你祖先的墓穴里。诚然，你的父亲、殉道者国王和你英勇的兄弟都在那里，但暴君阿绍特也埋在那里，我活着要与这个叛徒分开，我离去也不要将我们结合起来。"

"你希望埋在哪里？"国王问。

"把我埋在堡垒前面的岩石高地上，我要在那里看着暴君阿绍特的坟墓……防着他背叛埋在他身边的神圣的人……"大公用微弱的声音回答。

几天后，祖国的恩人把他正义的灵魂交给了上帝。

整个宫廷、卡尔斯王室和阿拉拉特国家都为他哀悼，阿巴斯为他举行了王室葬礼。

马尔兹佩图尼大公的遗体被埋葬在巴加兰堡垒前的一个陡峭悬崖上，在悬崖脚下，阿胡良河的河水拍打着河岸，用永恒的赞歌赞美这位无与伦比的英雄的丰功伟绩。

国王随后将斯帕拉佩特的职位委任给了戈尔，因为他是伟大爱国者的合格继承人，并下令在马尔兹佩图尼的坟墓上建造圣格沃尔格教堂，该教堂至今仍矗立在消失的巴加兰的废墟中。

穆拉灿
(1854—1908)

本名格里戈·特·霍夫汉尼斯扬,亚美尼亚著名作家、小说家、诗人,是亚美尼亚最为著名的新文学时期作家之一。

1869年出版的长篇历史小说《格沃尔格·马尔兹佩图尼》是他最著名的代表作,小说以其恢宏的历史背景、引人入胜的故事情节、饱满的人物形象塑造和深刻的文学价值成为亚美尼亚文学中的经典之作。这部作品奠定了穆拉灿在亚美尼亚文学史的地位。

其他代表作包括《揭开谜底》(1890年)、《二者之一》(1891年)、《皮拉里安夫人的悲痛》(1897年)、《谋事在男人,成事在女人》(1897年)、《花圈抗议》(1899年)、《存局待取》(1899年)、《为什么不接受我的签名》(1902年)等。

黄雅婷

文学博士，北京外国语大学讲师，中国翻译协会专家会员，持有全国翻译资格（水平）考试俄语一级口译证书。主要研究方向为语言学、翻译学、俄罗斯和中亚国别区域研究，出版学术专著《塔吉克斯坦文化教育研究》，在国内外刊物上发表《俄汉语空间语义范畴语法化对比研究》等学术论文数篇，参与编写教材《23天突击俄语熟语教程》《俄语二级口译真题解析》等。